El Fondo De La Espiral

Pablo Castelo

Todo libro es más de un libro; este
libro está en todos los libros.
Adeuda a Carl Jung, Joseph
Campbell, Martin Gardner,
Umberto Ecco, Hilaire
Belloc, Escher,
Cervantes,
Borges, Virgilio,
Ovidio,
Homero...
y a muchos
más y a
cada
uno de
ellos.

ISBN-10: 0692218726
ISBN-13: 978-0-692-21872-3
Escrito e Ilustrado por
Pablo Castelo

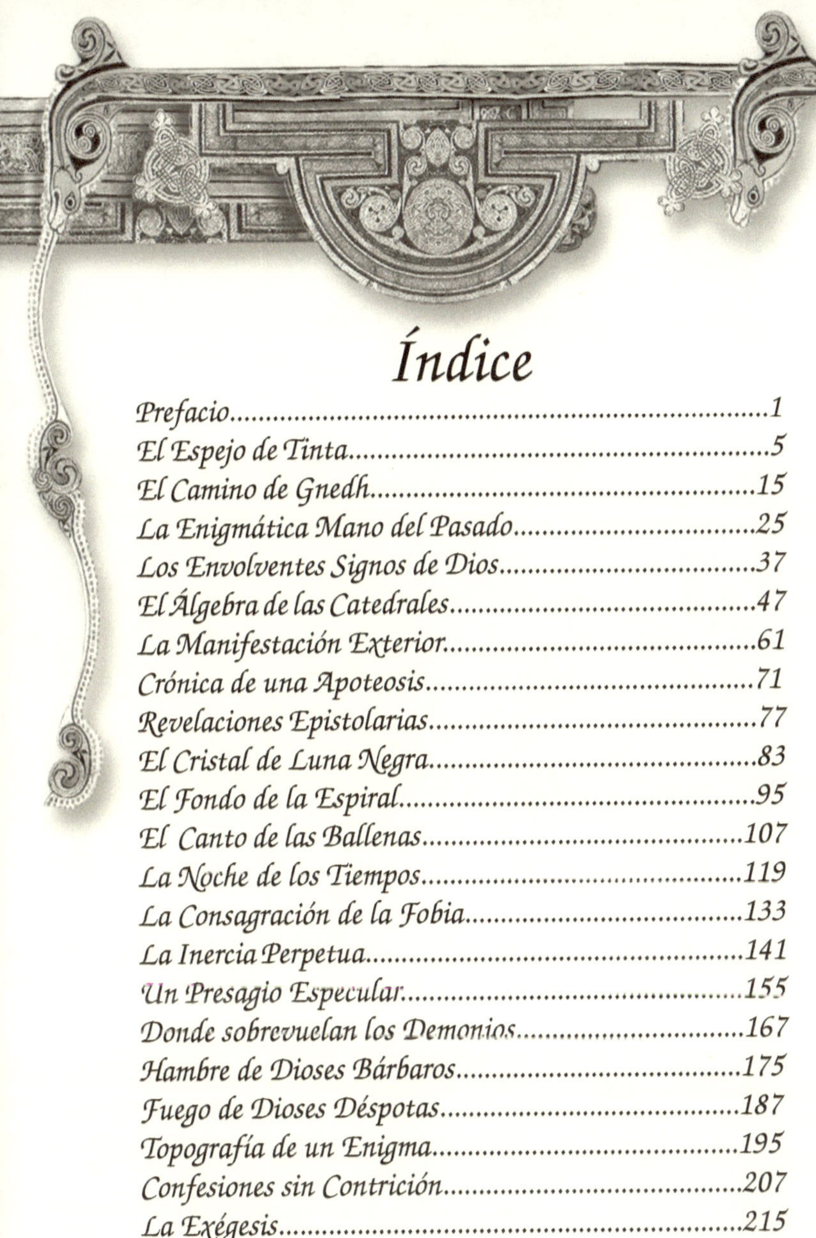

Índice

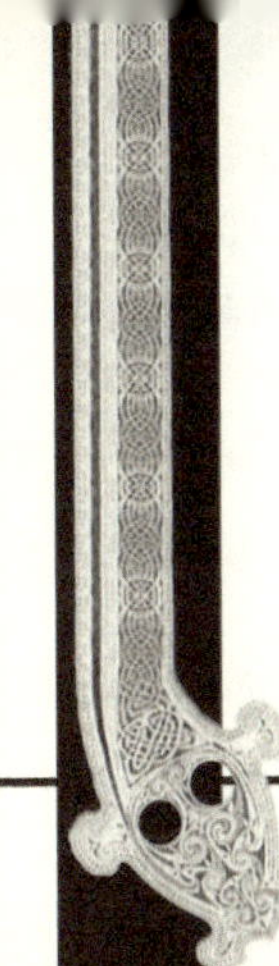

Prefacio

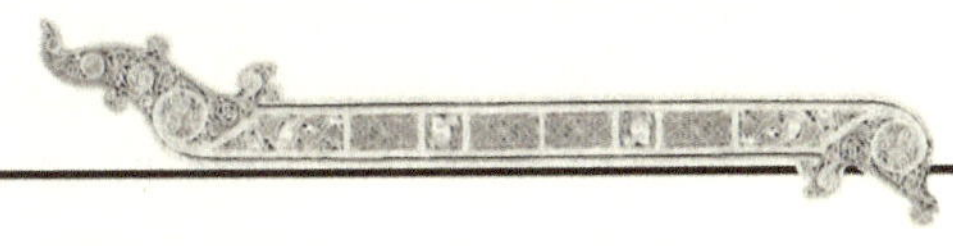

Ahora que la noche de mi existencia va ganando sombras para mis ojos y se ocupa en marcar su rastro plateado en mis cabellos; ahora que, detenido por la rigidez, toda mi aventura se limita a despedir a los que parten y verlos con nostalgia perderse entre las curvas del sendero que se enrosca en la montaña; ahora y antes de que la decrepitud envicie los acontecimientos y malogre los recuerdos; antes de que sea demasiado tarde, voy a revelar los sucesos extraordinarios de mi vida temprana, hechos que mi perpleja mocedad prometió anotar en el auge del entusiasmo. Mas no lo haré por sentirme en deuda con un impulso alegre de juventud; lo voy a hacer porque aquel muchacho que yo era se vio envuelto en los hilos de los designios que urden el destino común que nos enlaza a todos. Éstos, al haberme enlazado con asuntos de interés general, desprivatizaron la anécdota de mis andanzas hasta terminar convirtiendo lo que fue mero antojo testimoniador, en insoslayable deber. Parte de esta exigencia me conmina a hablar sobre el reverendo Ogli-s-Oöp, mi generoso maestro.

Nuestra relación prosperó desde la primera vez que nos vimos. Me saludó sin etiquetas, o debo decir, con la desembarazada ceremonia con que los muchachos celebran sus encuentros. Sus grandes y brillantes ojos negros me miraron como a un descubrimiento. Ya había oído de él pero nunca me lo imaginé tan semejante a mi padre. También él tenía el rostro arrugado con pliegues que parecían haber sido amontonados con mucha paciencia como los anillos anuales de los árboles viejos.

Su entrecejo sufría una fatiga resignada pero sus ojos resplandecían con un avivamiento jovial; tenía el aire enérgico pero sin prisas. El pesado cuerpo de mi maestro se sostenía sobre piernas enormes y lo que éstas no podían lo recargaba en su bastón tan típico de las tierras altas donde los tortuosos senderos se encaraman sobre las rocas. Su figura era desgarbada, pronunciada hacia adelante, casi horizontal, como en perpetua reverencia cósmica. Cuando el Rvdo. Ogli-s-Oöp se desplazaba, producía la impresión que iba balanceándose en colaboración con el mismo ritmo universal que también mecía las hojas y palpitaba en las piedras y que jamás volví a notar en el tránsito de ninguna otra persona. Ogli-s-Oöp era diferente, era algo más.

Por lo regular, era dueño de una sencillez que desarmaba, de una modestia exasperante. Nunca lo vi desairar a nadie desatendiendo una inquietud o encontrándole inconvenientes a un alimento cedido con generosidad, por más extraño que haya sido. Su profundidad nacía de una intelectualidad lúdica ausente de presunciones, sin poderes que demostrar. Su talento era ni más ni menos el resultado práctico de su magnífico sentido de la belleza. Gracias a sus curiosos conocimientos, sabía cómo enaltecer al guijarro más insignificante poniendo en relieve sus insospechados atributos. Manejaba una sapiencia engalanadora de misterios que se servía de otros tanto más sorprendentes. Mi maestro era sabio y humilde. Podía, sin embargo, encolerizarse con la ignorancia cuando es arrogante. No podría decir que el Rvdo. Ogli estimaba a todos con el mismo afecto -con algunos hacía verdadero esfuerzo- pero era capaz de entregar su vida si ésta valía la fraternidad universal.

Ogi-s-Oöp cultivaba su celebrada autenticidad, ajustándose a ella como si en eso radicara el honor de una vida. Aparte de la sabiduría propia de un monje szabeo, era poseedor de una gran universalidad. Leía el artesio y el grezco casi con tanta soltura como su propia lengua lo que le permitía el acceso a fuentesrestringidas para el común de los estudiosos. A diferencia de estos, concedía poca importancia a tales méritos. Cuando nada le urgía un juicio o una acción, era espontáneo y alegre. Pero solía abstraerse durante horas para concentrarse en la interpretación de los sueños y meditar en la geometría multidimensional. Creía encontrar en el hiperespacio, atisbos de divinidad.

Como pensador, Ogli-s-Oöp difícilmente puede ser considerado sencillo y menos aún popular. Esto se debe tanto a la complejidad que alcanzó la resolución de sus tesis como por la contada clientela de sus ideas, sobretodo de sus métodos. La dificultad radica en el esfuerzo necesario para racionalizar los misterios. Es improbable también que la simpatía del Rvdo. Ogli se deba a la difusión de sus teorías; al contrario, éstas sólo están -por ahora- al alcance de especialistas. Incluso hoy en día sus libros se difunden con pereza. Por esta razón, he tratado en lo posible de domesticar sus reflexiones -desacralizadamente a veces- procurando transmitir sus ideas de la misma manera en que me fueron compartidas cuando joven. La idea de popularizar sus teorías, de volverlas accesibles, fue originalmente del propio Ogli-s-Oöp pero sus actividades pacifistas nunca le obsequiaron el tiempo suficiente y su propósito se volvió impracticable.

Ya se había percatado por sí mismo de la transmisión imprecisa de sus conceptos y de las dificultades teóricas que impermeabilizan el tema; él se lamentaba por eso. Como si esto fuera poco, el rechazo de Ogli-s-Oöp a las conclusiones dogmáticas inhibió cualquier enunciación de un cuerpo doctrinal, lo que ha contribuido a la desorientación de aquellos que necesitan un sendero marcado. Ogli-s-Oöp conocía muy bien la intransigencia de las mentalidades áridas y se cuidaba de ser infectado. Por eso, se mantuvo en una actitud abierta y se abstuvo de formular leyes y se esforzó por combatir sus propios prejuicios. Esta duda permanente no obedecía a una voluntad pusilánime sino a un vigor creativo asentado en la honestidad.

Algunos, acostumbrados a la seguridad con que el intransigente ignora la posibilidad de otras verdades -y las verdades mismas-, creyeron ver en el monje szabeo la personalidad de un enclenque. Probablemente, Ogli-s-Oöp hubiera considerado ésta como una posibilidad indescartable. ¡Así era mi maestro!

Creo necesario apuntar algunos comentarios finales. Si bien muchos tendrán volcada su curiosidad sobre la total existencia de Ogli-s-Oöp, debo aclarar que este relato dará cuenta sólo de una parte de aquella; en particular, la que él ocupó en desvelar el más extraordinario misterio que lo llevó a la relevancia mundial. Habrá otros interesados que tendrán enfocada su curiosidad justamente en esto último. Lo que pasó después de nuestro retorno al ámbito secular y cotidiano pertenece a la esfera pública. A mí me corresponde dar a conocer aquello sobre lo cual yo y nadie más que yo puede testificar.

Los hechos aquí narrados son verídicos en toda su integridad, no obstante, reconozco que mis explicaciones científicas o históricas podrían ser susceptibles de reparo. Los mismos asuntos, vistos por ojos mejor entendidos, reclamarían el ser rectificados y promovidos a una más apropiada versión.

Inconexamente, algo se supo acerca de nuestro viaje por boca del propio Ogli-s-Oöp en las contadas veces en que hizo alusión a éste de forma anecdótica. Estas referencias fueron bastante puntuales y, sin quererlo, dejaron en la conciencia general una crónica fragmentada de lo que sucedió. Lamentablemente, se ha tratado de completar el faltante en base a conjeturas de origen apócrifo con las cuales, por más que se ha ocupado toda fantasía, tan sólo se ha alcanzado adaptaciones remotas. Espero que con este relato quede todo aclarado.

He escrito estas páginas tal como las viví, en el mismo orden con el que se presentaron los hechos y los asombros. Con esto pretendo hacer posible una aproximación al proceso que yo experimenté en mi irrecuperable adolescencia, sin necesidad de exponer al lector a los peligros que enfrentaron maestro y doctrino en la más reveladora y magnífica entre todas las aventuras que se han fraguado sobre o bajo la superficie de Ghesta.

Rvdo. Ad-d-Tuar
Monasterio de Kien
Año III del Guilar

Capítulo I

El Espejo de Tinta

El pequeño escarabajo huyó de mí sobre el áspero y renegrido borde del pozo. En su huida, superó una marca cincelada en la masa rocosa que debió parecerle el cañón de un río seco. Tal vez mi sombra titánica o el cataclismo sensorial que produjo la aproximación de mi mole lo tomó de sorpresa en la clandestinidad de una ranura y el pobre insecto se alteró. Su dubitativo escape sobre la piedra expuesta lo volvía presa fácil de un dedo infame. Posiblemente, al carecer de un punto de vista elevado sobre la superficie, el escarabajo no podía privilegiar ninguna dirección en particular y su ruta indecisa era el saldo de la inmediata solución de obstáculos; la aspereza del relieve se le volvía un laberinto abierto a los peligros.

Su frágil y eficiente estructura me hizo pensar en un hermoso y esforzado mecanismo de reloj, un prototipo biológico experimental. Cuando llegó al borde, donde la piel de la roca se torcía por la vertical hasta hundirse en el líquido del pozo, el escarabajo obedeció indiferente la precipitación de su suelo como si la gravedad fuese tan sólo una dirección más entre tantas. Comenzó a descender y a meterse en el pozo cuyo contenido empezaba nada más que a un palmo del borde. El encuentro frontal con la imagen de sí mismo sobre la perfecta reflexión del fluido negro no pareció interesarle. Ni la encaró ni se echó para atrás. Simplemente, al dar con la superficie espesa que colmaba la oquedad, escogió continuar la fuga por su izquierda.

Corrió sobre la pared que rodeaba la materia líquida. En su carrera despavorida, el pequeño animalito rozaba siempre el húmedo estorbo lateral que lo limitaba a su diestra. Sus infalibles antenas medían las posibilidades de escape. El temeroso insecto se alejó, circunvaló el pozo y cuando estuvo a punto de volverme a encontrar, de alguna manera se percató de mi presencia y volvió a huir por donde había venido. No tardo en repetir el encuentro, la reversa y el rodeo.

En ese momento, el comportamiento del escarabajo no me invitó a ninguna reflexión. Las angustias del insecto eran para mí un entretenimiento y nada más. Lo que sí me llamó al cálculo fue el hecho, no menos curioso y más cercano a mis facultades, que el bicho no se mostraba interesado en su imagen. Me pareció, en verdad, algo como para detenerse. Al escarabajo, su imagen le importaba un rábano igual que a los artistas y sabios puros como zumo de limón.

Existen, sin embargo, otros animales que dan muestras de percibir su imagen pero no de descubrir su carácter ilusorio. El phaisamisjal de Oriente, ave-camaleón pequeña y doméstica, reacciona furiosa frente a un espejo y desafía a su imagen a adoptar las más variadas formas. Togos y groanes, aparentemente, son más inteligentes pues retiran su atención después de la primera escaramuza; aunque algunos groanes, como uno que me acompañaba hasta hace poco, son capaces de ladrarle al espejo un día entero. El cese de hostilidades hace suponer que, llegado el momento, ellos se vuelven conscientes de la irrealidad de la imagen, suspenden la alarma y desestiman la amenaza. Ahora, desentenderse de la imagen no significa, ni de lejos, haber llegado a comprenderla. Los cipamios en cambio, aventajan largamente al resto de animales. Un cipamio no sólo se percata de que el otro cipamio es inofensivo sino que es capaz de reconocerse a sí mismo. Su ávida curiosidad lo mantiene jugando por horas con el espejo. Se ríe de sí mismo -demostración notabilísima de evolución- haciéndose muecas. Refleja los rayos de luz en las paredes y saca de juicio a sus congéneres encandilándolos con el resplandor y -hecho difícilmente tergiversable- observa partes de su cuerpo que nunca antes había podido ver. ¡No queda ahí! El cipamio saca provecho del descubrimiento utilizándolo para rascarse la espalda con mejor aplicación. Esto último me hizo pensar en los ultraístas quienes preponderan el valor de los seres pensantes por la posesión del alma cuya prueba de existencia radica en la capacidad de raciocinio. Si eso fuese cierto, entonces el cipamio tiene alma para regalar y los groanes deberían despreciar a los phaisamisjales. Como novicio szabeo que yo era, sabía que debía respetar cualquier forma de vida porque Dios anida en todos los seres y así, el alma no es una esencia discriminatoria sino más bien un vínculo unificador.

Lo que no sabía en ese entonces es que los seres pensantes nos asemejamos más a los togos y groanes que a los cipamios en cuanto a nuestra reacción frente al espejo. También nosotros nos desentendemos de las imágenes especulares creyendo haber entendido y hasta agotado las lecciones del espejo.

Al escarabajo no lo vi más. Me hallaba tumbado, boca abajo, sobre el amplio borde del pozo. No era un pozo corriente. Éste guardaba la oscuridad brillante que todo novicio desea penetrar. Mi atención estaba concentrada en mi imagen, mi peso en los codos, mis codos sobre los petroglifos que, labrados alrededor del pozo, medían el decurso del tiempo. Una ligera evaporación de olor mineral se desprendía del fluido bituminoso y llegaba a mi olfato. A veces, se combinaba con efluvios más amables, aromas vagabundos, remanentes del último incienso. El pozo se hundía justo en medio de la capilla abovedada que quedaba al sur del convento. Ni el continente era roca cualquiera ni el contenido cualquier agua; eran, respectivamente, magnetita y tinta espesada con óxidos de hierro. Cuando algo del vapor condensado goteaba sobre la tinta, no se oía nada de inmediato, ni goteo ni salpicado. Se abría, desde el lugar del impacto, una onda sorda de forma circular que avanzaba amortiguadamente por la superficie. Sólo cuando las ondas concéntricas habían alcanzado la circunferencia del pozo, transmitían su perturbación al último átomo del borde. Entonces, se podía escuchar, como una descarga, el chasquido normal del goteo que luego resonaba en toda la oquedad de la cámara. Cuando nada alteraba la espléndida reflexión de la tinta, ésta parecía palpitar con pulsos de luz según el avivamiento de las teas crepitantes de alrededor.

¿Cuándo -se preguntaba el muchacho que yo era- le será posible a mi mirada sumergirse en las tinieblas del pozo y contemplar todas las facetas del mundo como lo hacen los Dómines Iluminados, maestros de mis maestros? ¿Cuánto tendré todavía que ver y entender para que los secretos que guarda el otro lado de este espejo se fíen de mí y se me muestren sin el celo que por ahora los ahuyenta?

Volví a poner la vista en el reflejo y enfrenté mi rostro por largo tiempo. Presentía cambios en mi semblante. Luego, me saqué mi anillo y lo confronté con el de mi imagen. Trataba de encontrar en lo consabido una fisura por la cual colarme y penetrar los misterios de la tinta.

- ¡No sabía que ya podías ver bajo la tinta! -dijo una voz ahuecada que provenía de todas y ninguna parte.

Me sobresalté tanto que dejé caer en el pozo el anillo que me había acompañado toda mi infancia.

- ¡Ah!... No... ¡Claro que no, maese Garg! Sólo observo mi apariencia.

Por supuesto, no se oyó ningún "splash" todavía.

- Y... ¿qué es lo que observas?

La interrogación me dio un respiro. Miré dentro del pozo. Di por irrecuperable el anillo caído.

- Pues, que si cierro el ojo derecho, mi imagen cierra el izquierdo. Mi lunar aparece en el lado contrario. Si me peinase con la raya a un costado mi imagen la exhibiría en el otro. ¡Todo se invierte!

- ¿Estás seguro, Ad-d-Tuar?

- ¡Si, eso creo!

- Todas las zonas de cualquier clase de espejo son homogéneas y no tienen por qué mostrar diferentes propiedades, es decir, la superficie de un espejo es isotrópica. ¿Verdad?

- ¡Sí, maese Garg! -contesté a medio entender. Me preocupaba más que en cualquier momento se iba a liberar el sonido de mi anillo cayendo en el pozo sacrosanto. Temía no poder justificar mi irreverencia.

- Entonces -continuó- sus partes a izquierda y derecha no deberían comportarse de distinta manera que sus partes superior e inferior. ¿Cierto?

- Sí, maese Garg -dije sin atender realmente. Sufría cada segundo pensando cómo iba a explicar lo del anillo.

- Si un espejo es capaz de trastocar el brazo izquierdo por el derecho y al diestro volverlo zurdo, ¿por qué no invierte también lo que está arriba por lo que está abajo, intercambiando tu cabeza por tus pies?

- Pues...

- Si llegaras a pensar que los lados de un espejo están embrujados, podrías darle un cuarto de vuelta, colocando a un lado la parte del espejo que antes se encontraba arriba. ¿Qué pasa entonces? Que las partes que ahora son izquierda y derecha serán presa del mismo hechizo. ¿Por qué la naturaleza se obstina en mostrarse diferente cuando

se trata de izquierda y derecha si ambos conceptos son apenas un recurso de orientación inventados por el intelecto? ¿Eh... Ad?

Yo, hace rato que había perdido el hilo. Me hacían falta las preguntas anteriores. ¡Qué pasó con el sonido! Por mi ignorancia respecto a los espejos y por mi situación desventurada nunca me hallaría más cerca de la condición de los groanes que en esa precisa ocasión. Sólo fui capaz de intuir que me encontraba totalmente desarmado ante un misterio relevante y de tanta altura como la que ostentaba mi severo maestro que esperaba contestación. Cuando estuve a punto de hablar...

- ¡Buenos días, maese Garg! -intervino una voz potente- Este joven debe ser...

- Ad-d-Tuar -contestó maese Garg- ¡Buenos días!

- ¡Reverendo Ogli! -exclamé yo.

- ¿Me conoces Ad-d-Tuar?

- ¡Cómo no! Digo... No directamente, claro está. Usted concibió el Método del Espacio Comprimido. No sé muy bien de qué se trata pero sí sé que es importante.

- Estoy seguro que lo sabrás, mi querido muchacho -me dijo maese Garg- ¡Eso y mucho más! Incluso, el sagrado misterio sobre el empecinamiento del espejo. Tú eres nuestro doctrino más prometedor y por esa razón he solicitado como compañero de tu viaje de iniciación a quien, estoy seguro, es el mejor guía que un novicio pudiera tener: el reverendo Ogli-s-Oöp.

Con una amplia sonrisa en su rostro redondo avanzó el Rvdo. Ogli hacia mí, tendiéndome la mano abierta. El condenado sonido jamás se escuchó.

Luego de esa breve presentación, maese Garg me pidió reunirme con mis condiscípulos en la evolución normal del convento. Yo, en particular, tenía por tarea el rejuvenecimiento de los adornos que embellecen las letras capitales de los manuscritos antiguos. Pero sólo de aquellos que no siendo parte de las letras pululan alrededor.

Entre estos ornamentos, los había dorados y de colores. El retoque del dorado suponía el dominio de una técnica delicada que se alcanzaba con el tiempo. Yo repasaba solamente el color azul cobalto. Los novicios teníamos que dedicar dos horas al trabajo manual, una hora a las labores domésticas -que incluían el cuidado de las huertas o la fabricación del queso- y el resto, al seguimiento de la instrucción szabea en el conocimiento de la ciencia y las artes.

Teníamos tres ceremonias al día. Se celebraba y despedía la primera y última aparición de colores en el cielo; por la noche, la tercera ceremonia saludaba el antiguo brillo de las estrellas. Para estas ocasiones, nos reuníamos sobre los brazos de las terrazas del convento y ejecutábamos la danza del viento. A mí me causaba bastante temor pues, desde aquellas terrazas sin barreras, totalmente expuestas al vacío, así como se podía explayar la vista también era posible quedar extendido en el fondo del abismo. Pero, en cambio, me gustaba ver cómo las faldas de nuestros hábitos se levantaban cuando los giros alcanzaban regularidad, mientras las anchas mangas tremolaban con la fuerza del viento. Mi gusto también privilegiaba las sesiones dedicadas al cultivo de la Fuerza Interior y el Poder Mental en donde, a través de la meditación y la respiración profunda, nos iniciábamos en las artes telepáticas, hipnóticas y contemplativas.

Al reincorporarme a mis labores, mis compañeros de mesa, sin descuidar lo suyo, empezaron a interrogarme sobre mi Shematt. Ese era el nombre que se daba a la reunión en donde el doctrino es presentado a su guía. El Shematt acontece siempre en la víspera del viaje de iniciación de los novicios szabeos. No pude contenerme y les confesé el nombre de mi guía. Mis compañeros, que ya cursaban el segundo nivel, me contaron que habían oído al reverendo Ub-er, el panadero del convento, afirmar que el reverendo Ogli se había criado desde niño entre monjes szabeos, participando en sus liturgias y sus quehaceres.

En la región montañosa de Orme, ensortijados bosques de mocas rellenan las axilas rocosas donde el viento ya no quiebra las hojas. No todas las oquedades tienen bosque pero las que lo tienen siempre acunan un riachuelo donde abrevan los animales y las mocas se aglomeran. Conforme discurren, estos ríos infantes van hermanándose en cada encuentro hasta que terminan derramando su hermosura gélida en rápidos y cascadas, formando escalones de cristal azul verde que descienden sobre zonas pastorales de menor encumbramiento.

A despecho de su bondad, Orme fue alguna vez hogar de muerte y espanto. Los modestos pueblitos desperdigados entre sus verdores fueron sometidos por un tiranacho desalmado que esquilmó a los pastores con impuestos. Cuando los pastores declararon que ya no tenían más que dar, el tirano empezó a atormentarlos pues pensó que le estaban mintiendo. Luego, creyó que estaban fraguando una revuelta y desató una matanza que hasta ahora se lamenta. Se cree que los padres de Ogli, en un desesperado esfuerzo por salvarlo de la espada, lo abandonaron a su suerte dentro de una canasta de paja, en las aguas del Umbre donde apenas empieza a ser el accidentado río que es. Desde la región de Orme hasta las tierras llanas de Acqeor, el Umbre va dando saltos. No se sabe cómo, el niño sobrevivió el descenso, viajó dentro de la canasta sobre los huraños encrespamientos del Umbre y fue a encallar en un remanso donde el cocinero del Convento de Strioja, que había ido a pescar arrovos, lo recogió y lo llevó a su convento. Los arrovos surcan los ríos de las montañas burlando las cascadas y hay quien ve su intervención en esta historia. Los arrovos habrían amortiguado con sus lomos la caída de la canasta conduciendo al niño hasta donde el monje solía pescar para que él lo rescatase. Lo cierto es que aquel monje no volvió a pescar arrovos y los demás reverendos los extrañaron hasta el advenimiento del siguiente cocinero.

En fin... Allí se crió el niño con los monjes y los novicios szabeos. Alejado del estrépito y de los objetos, dicen también que siempre fue algo más privado que los demás muchachos. Se cuenta que, alrededor de los siete años, el niño se volvió más misterioso todavía. Se mostraba más reservado. Vigilándolo de cerca, descubrieron que el niño, a hurtadillas, llevaba un vaso y una jarra con agua a una bodega repleta de baratijas y allí permanecía por un tiempo. Los monjes dejaron que el niño volviera a su cama. Entraron en la bodega y examinaron la jarra. Luego, deliberaron. Un monje no le quitó el ojo por el resto de la noche. A primera hora, al día siguiente, acudieron a su camita. Interrogado el niño sobre el propósito de su proceder, contestó que durante el día Dios se ocupaba en sus cosas que eran muchas, como mantener andando las estrellas y sembrar las plantas que no las siembra nadie. Llegada la noche, Dios se sentía exhausto y buscaba el descanso en esa habitación. Su intención siempre había sido restablecer a Dios llevándole algo de beber; que así era cómo él se recuperaba de las jornadas en la huerta junto a Maese Ert. Lo más curioso del asunto fue que cuando los monjes fueron por la jarra, ésta ya había sido consumida por una sed invisible.

Mis compañeros de mesa también comentaron sobre el viaje que estaba a punto de emprender, entusiasmándome de muchas maneras. Me confiaron la forma como habían acariciado la novedad de ser parte de un recorrido por escenarios inverosímiles y de cómo la experiencia había superado largamente sus expectativas. Me anunciaron edificios espléndidos que colmarían mi vista; paisajes exóticos, gente diferente, montañas sombrías y apacibles valles con agua corriente. Me anticiparon que regresaría con la memoria cargada de imágenes imborrables. Y me advirtieron algo que entonces apenas pude comprender: "Quien emprende el Camino de Gnedh no vuelve jamás".

Luego, en la noche, tuvimos una cena en honor al Rvdo. Ogli-s-Oöp. Nada ostentoso. Lo único especial fue que sirvieron ponche a todo el mundo. Esto sólo lo hacen cuando alguien cumple años y sólo lo ofrecen al celebrado. La Orden Szabea es en realidad bastante pobre tal como lo mandan sus votos. Otro detalle modesto pero muy significante fue que Maese Garg, dos días antes, nos mandó a confeccionar farolitos de colores. Se fabricaban con papel translúcido de colores y una vela. Primero, se formaba un cilindro de papel, se le añadía a una base de cartón y se colocaba una vela en su interior. Justo antes de finalizar la cena, maese Garg mandó a unos elegidos a colocar los farolitos a lo largo de los bordes de las ventanas, de los salientes de las techumbres, de los pasamanos y de los frisos, es decir, de toda longitud que pudiera producir un collar de luz. De tal manera que, cuando salimos del comedor hacia los pasillos que rodeaban el patio interior que se ubicaba dos pisos abajo, todos nos llevamos una muy memorable sorpresa. La noche estaba nublada y la oscuridad rodeaba al edificio pero la blancura glaciar de las paredes del Convento de Kien se mostraba salpicada de brillantes colores. ¡Era un verdadero espectáculo! Mi corazón, todavía infantil, se llenó de emoción. Sentía una vibración aguijoneando mis entrañas como si algo trascendental estuviera pasando con mi vida; una vibración que aquella noche no me abandonó hasta que, en mi celda monástica, me sumí dificultosamente en el sueño. ¿Qué aventuras me estarán esperando allá afuera? ¿Qué cosas voy a ver? ¿Qué emociones me van a invadir? ¿Qué fue lo que quisieron decir mis compañeros?

Al día siguiente, muy por la mañana, el Rvdo. Ogli y yo abandonamos el convento. Estuvo a despedirnos Maese Garg, los reverendos Tres, Zköy e Ibo y el hermano Bóghaz que oficiaba de organista y portero. Un representante de los seminaristas me colocó, según la costumbre de Otân-guié, el escapulario de la orden szabea y me dio a mascar dos hojas de gjenci obtenidas del primer retoño primaveral. Su frescura se alojó en mi paladar y a mi mente llegaron las airosas tardes cuando retozaba en los floridos campos de Sheik, mi pueblo natal, en donde, no hace mucho, también oí adioses.

El monasterio de Kien, trepado en las alturas escarpadas de los picos Bujier, domina la Sierra de Athamutt. Siempre parece estar entre que se endereza y precipita. A veces, me imaginaba que el convento había surgido de las profundidades, descarnando dolorosamente las encías montañosas. Como los primeros dientes, en cualquier momento el edificio se desprendería llevándonos a todos en su caída. Este colmillo solitario en el bocado serrano,aquel día, se veía más enorme que nunca pero no con la enormidad de la mole que destaca sobre lo llano. Se me figuraba descomunal porque era uno más entre tantos otros colosos de una horda donde lo exótico era más bien lo pequeño. Otras veces, mi imaginación hacía del convento algo mínimo y ahogado. Mirándolo desde la moderada lejanía, me había parecido ver cómo zozobraba un modesto navío arrastrado por las olas gigantescas de una marejada de granito.

Hay un tortuoso sendero que sigue las crestas de aquel oleaje de rocas y que da con un refugio de caminantes. Allí, encontramos las provisiones que se nos había dedicado. Las cargamos sobre un amable knork que, a decir del hermano Zëk, respondía al nombre de Oj. También nos dijo que, aunque era el más lento de la manada, era sin duda el más fuerte de cuantos pastaban en los alrededores. Su cara, cubierta de pelaje, tenía la expresión amanecida como tienen todos los knorks. Parecía que en su vida había dormido tan sólo unas cuantas veces. Era muy manso y cariñoso. El Rvdo. Ogli prefirió aliviarlo un poco dispensándolo de cargar con su mochila.

Ese día, era día radiante. El horizonte, aserrado por tantos picos, rompía los fulgores del amanecer. Mirando más allá de la lejanía, el Rvdo. Ogli-s -Oöp aspiró una bocanada de aire montañés y dijo enérgicamente:

- ¡En marcha, pequeño Ad!

Sentí entonces que todo había empezado.

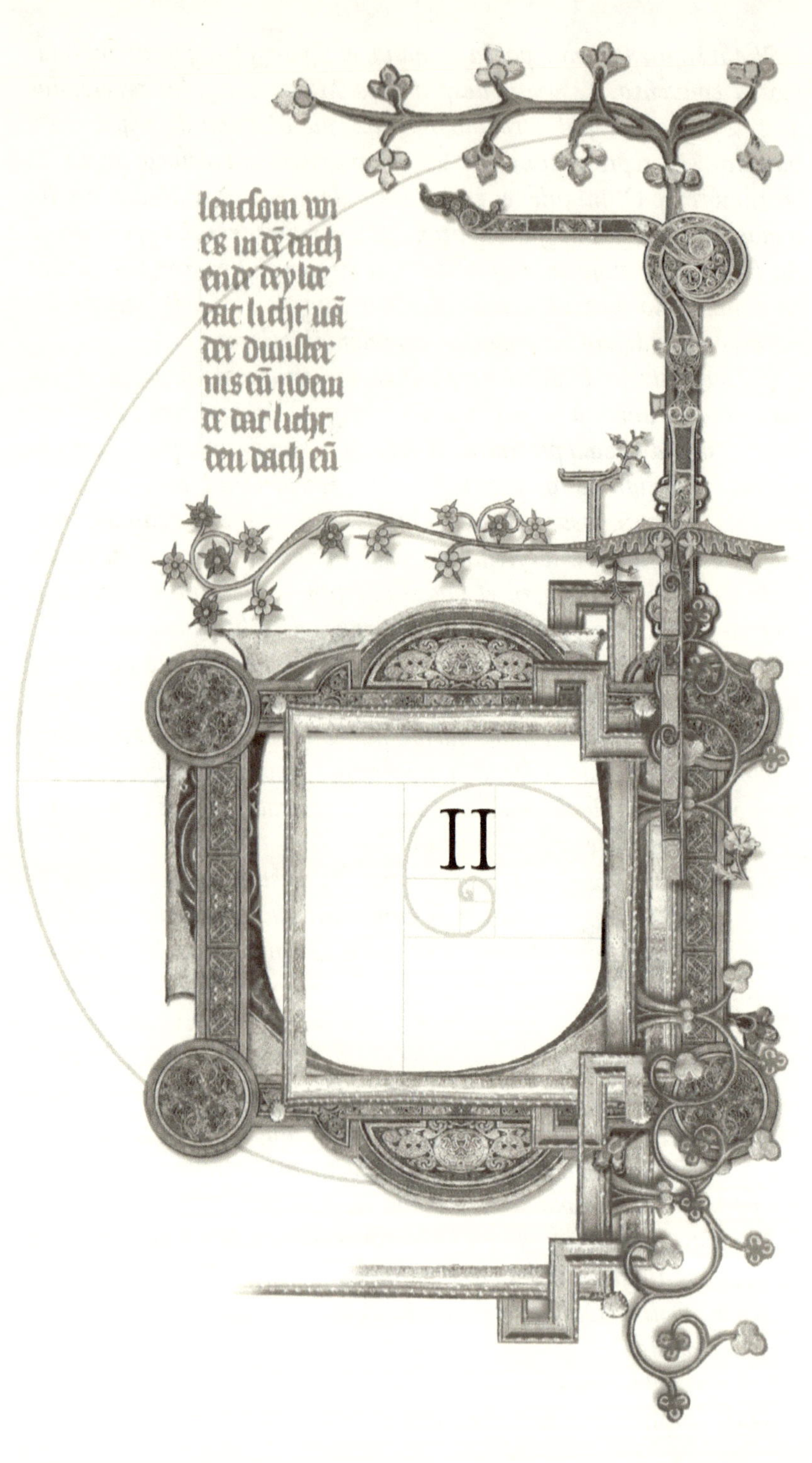
II

Capítulo II

El Camino de Gnedh

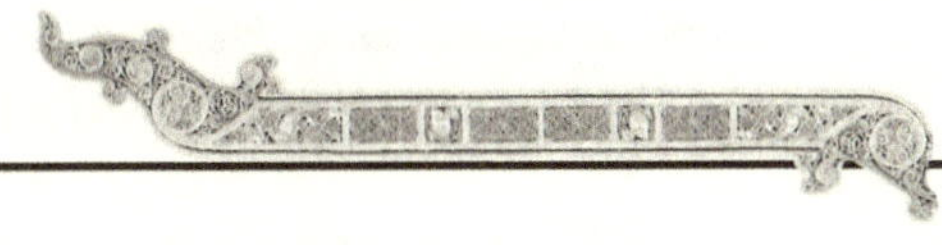

escendíamos por el empinado corredor que se aleja del Convento de Kien. El viento fresco me traía el olor de la hierba joven.

- ¿No estás contento por el viaje? -me preguntó el Rvdo. Ogli.

- Estoy contento desde el día en que me lo anunciaron.

- Entonces, ¿a qué se debe ese aire circunspecto?

- No es que esté descontento. Estoy tan contento que estaba tratando de entender lo que pasa con el espejo.

- ¡Ah!... ¡La pregunta de maese Garg! ¿Por qué un espejo hace izquierdo lo que viene derecho pero no pone las cosas de cabeza? ¿Es eso?

- Sí, Rvdo. Ogli.

- Ayer estabas en apuros, ¿cierto?

- ¡Uff!... Sí.

- La explicación, Ad, es muy sencilla. Si tú así lo quieres, yo me permitiría explicártelo.

- Me encantaría. ¡Por favor!

- Una vez que se entiende, la cuestión parece menos intrincada. Aunque, como debes recordar, has de acostumbrarte a no dar tu verdad como del todo genuina y menos creer que es la única explicación al respecto. En fin... Como dije, la cuestión es sencilla y precisamente ahí radica su dificultad. Toda búsqueda de sencillez supone una *purificación que ha de llevar al individuo a descomponer todo aquello que no es esencial hasta limpiar la verdad de toda mezcla. El problema, en este caso, es que la mezcla es rebelde a desglosarse porque nos falsifica un suceso que hemos hecho habitual.*

El Rvdo. Ogli se detuvo. De su mochila, extrajo un cuaderno de apuntes. Eligió una hoja en blanco y empezó a dibujar.

-Supongamos una mano frente a un espejo. Tu mano izquierda, por ejemplo, Ad. Ahora, ¡piénsalo, Ad! ¿El espejo invierte o no invierte tu imagen?

-Mi mano izquierda aparece como una mano derecha. Si contemplara mi cara, mi ojo derecho aparecería a la izquierda; mi lunar al otro lado. ¡Claro que invierte, eso está claro! Mi imagen levanta su mano izquierda cuando yo levanto la derecha, cierra su ojo izquierdo cuando yo cierro el derecho. ¡Claro que invierte las imágenes!

El Rvdo. Ogli no dijo nada, sólo volvió a dibujar.

- Este nuevo espejo, ¿invierte o no invierte las imágenes?

- Pues... -Lo pensé y ya no me pareció tan claro.

- Lo que muestra el segundo espejo, eso sí sería una inversión. ¿Estás de acuerdo?

- ¡Sí, es verdad!

- ¿Ahora lo entiendes? En este caso, los dedos de la imagen, sí que están invertidos de izquierda a derecha. Lo que ocurre es que, sin afán de malicia, el espejo nos devuelve formas que tienen el potencial de confundirnos. Nuestro cerebro trata de entenderlas lo mejor que puede. No hay nada más natural que intentar comprender algo extraño comparándolo algo extraño comparándolo con algo que ya nos es familiar y que lo comprendemos muy bien. Cuando miramos la imagen especular

de nuestra mano izquierda, creemos ver en ella el lado opuesto de nuestra mano derecha. Esta primera impresión, sin ninguna reconsideración posterior, es promovida a la calidad de una norma general y de ahí en adelante afirmamos que el espejo cambia lo derecho en izquierdo. Responsabilizamos al espejo por algo que hacemos nosotros. Afirmamos muchas otras cosas de la misma manera y esto nos ocurre en muy variados campos de nuestra vida. El mayor peligro, mi querido Ad, es que nos podemos volver injustos con los demás.

- ¡Ya veo!

- Los espejos, entonces, no invierten nada. Cada uno de los puntos de un objeto se corresponde perpendicularmente con los de la imagen. Eso es todo lo que hace un espejo. Si enfrentamos una regla con su imagen especular, se nos haría más evidente lo que acabo de decir.

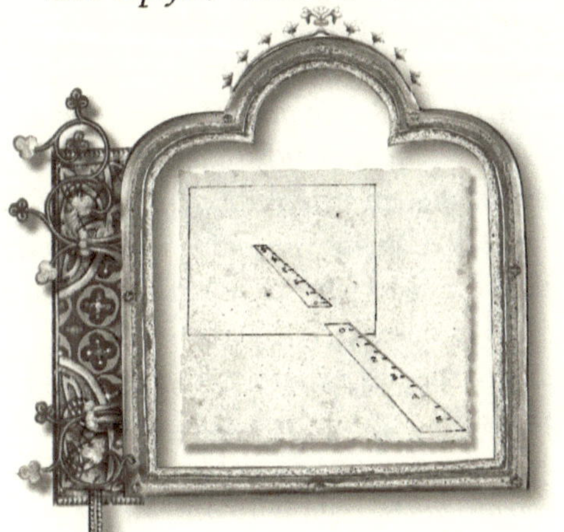

- El espejo -continuó- no cambia sus marcas de izquierda a derecha sino que opone una distancia proporcional entre cada número y su correspondiente imagen.

- ¡Ya! Creo haber entendido.

- En los fenómenos ilusorios, la mente siempre juega un papel preponderante. ¡Trata de pillarla! Verás cómo entonces acude la verdad. Nos parece que el espejo invierte izquierda con derecha porque no nos damos cuenta que hemos sido nosotros, con el portentoso instrumento de nuestra imaginación, los que hicimos el giro, los que nos dimos la vuelta de izquierda a derecha. Esto se parece al error en que caemos cuando acusamos al resto de cometer lo que no somos capaces de ver en nuestro mismo comportamiento. Ser consecuente es una cuestión de simetría. Quizá por eso, se dice que sólo aquel que tiene la conciencia en paz puede mirarse tranquilamente al espejo.

- Gracias por su explicación, Rvdo. Ogli.

- ¡No tienes por qué! No obstante el error, hay en todo esto algo maravilloso. Hemos podido inferir una propiedad física de un universo imaginario: en el mundo que está detrás del espejo, todo va al revés.

En lo que a mí respecta, quedé muy satisfecho con la explicación. Ya me va a oír, maese Garg -me dije a mí mismo. Estaba también muy complacido de tener al Rvdo. Ogli-s-Oöp como guía de mi Ashimathá, es decir, mi viaje de iniciación. Era entonces muy temprano para saber cuán privilegiado había sido.

El recorrido que estábamos iniciando el Rvdo. Ogli y yo era conocido por los allegados a la orden szabea -y sólo entre ellos- como El Camino de Gnedh. Sin llegar nunca a confundirse, este recorrido comparte algunas etapas, rutas y estaciones con otra trayectoria de peregrinación, esa sí de fama turística: El Camino Aciago. Aunque la idea de ambos es parecida, la diferencia es substancial: el Aciago ignora otros templos y otros cultos que no sean los crucíglobas; el de Gnedh no es excluyente, sus visitas rastrean contactos más amplios y, por eso, su jurisdicción es mayor. El Camino de Gnedh ciertamente no es restringido pero, en cambio, es hermético.

Como ya puede presumirse, este camino empata con legados de religiones reñidas con el cruciglobismo y que fueron abolidas por éste hasta suprimirlas de la memoria común; memoria que la orden szabea conserva. Nuestros escribas lo registraban todo mientras, en los exteriores, unas religiones desbancaban a las anteriores levantando sus templos sobre los templos conquistados y reemplazando los dioses caídos por los victoriosos. Por ejemplo, Aciago de Orqe, meta del periplo crucígloba, tiene hoy una catedral que antes fue un templo erigido a Eliseo y antes a la diosa Sidra. Originalmente, fue campo de menhires. Éste, el Aciago, es el más joven de los caminos porque caminos, en verdad, hubo muchos. Fue Agrodes, Rey de Lepuria, quien comprobó - o inventó - el hallazgo de la tumba de un mártir crucígloba y se apresuró a reconocer oficialmente un itinerario de peregrinación que ya existía, al que dio el nombre de Camino Aciago. Hay quienes sostienen que esa fue una muy hábil jugada política pues la Lepuria naciente estaba por encarar la invasión de los lunilaicos orientales. Al contabilizar la peregrinación como parte de los haberes crucíglobas, Agrodes aseguró su reino, con un eslabón indesintegrable, a la cadena de reinos crucíglobas que dominaban el Continente Occidental. Así consiguió el respaldo incondicional del resto de monarcas vecinos, exaltadamente devotos.

En la Edad Intermedia, el Continente Occidental fue estremecido por las incursiones lunilaicas que pujaban por entrar ya por el Estrecho de Batzar, ya por el de Arteria, sino por Ariana. Aciago de Orqe fue el núcleo sobre el cual cristalizó la religiosidad de esa parte del mundo y la identidad lepuriana sedimentó en las proximidades de esa encomienda mística durante la ocupación lunilaica. Fue en esta etapa neurálgica cuando Lepuria se afirmó como parte del círculo defensivo continental de los crucíglobas que se cerraba haciendo eje sobre Marteria, capital de la diócesis. Al reconquistarse para el cruciglobismo los territorios lepurianos, El Camino Aciago se volvió importante para la práctica seglar y eclesiástica. Desde las gargantas del Piroterio hasta el valle orquelano, este itinerario religioso condujo por siglos a incontables peregrinos de todo el mundo occidental a lo largo de una topografía espiritualizante pensada en la introspección y el retiro. Para el efecto, la ruta cuenta hasta ahora con numerosas estaciones siempre asistidas por albergues, lugares de culto y piedad donde al peregrino le es posible reposar y recogerse en meditación.

Paradójicamente, la profunda mansedumbre y misericordia que el avance infunde en los andantes se ve disgustada por efervescencias anti-orientales que convergen conforme acuden las reminiscencias. Éstas se ofrecen a la memoria como lances rencorosos, heredados desde mucho, que envuelven al peregrino en episodios de guerra de rememoración tendenciosa y de cuya evocación sólo trabajosamente se emerge indiferente. La propia catedral de Aciago de Orqe tiene un pasado virulento y genera en el caminante ánimos encontrados. La primitiva iglesia, mandada a levantar por Agrodes, fue devastada por los lunilaicos en una invasión comandada por Bn-jal-Umer que no dejó un sólo monje crucígloba vivo ni una estatua en pie. ¡Claro, hay que ver qué dicen los lunilaicos! También ellos padecieron lo suyo y que no deja de indignar al que escucha sin partido.

Elefo, el mártir crucígloba que dio origen al periplo, también encarna un matiz belicoso. El Rey Nanerdo, la noche en que su ejército estuvo a punto de ser derrotado, afirmó que Elefo se le había aparecido cabalgando un jralen, vistiendo malla de alambre y empuñando una espada de Tiledonia. Esto hizo que, luego, durante la reconquista, se ostentara su imagen en los estandartes de los caballeros cerontes que combatían a los "infieles". A Elefo le apodaron Matador de Ejos, como ofensivamente se llama a los lunilaicos. El nombre del mártir se transformó en grito de guerra. Un santo-matador es una figura que la doctrina szabea no la comprende y, aunque no la excomulga, la mantiene en cuarentena estudiándola a la distancia. Se comprenderá, ahora, que para el peregrino -más el de la Edad Intermedia que el de la actual- el viaje hasta Aciago de Orqe simbolizaba la reconquista de Lepuria o, lo que es lo mismo, la expulsión del lunilaicismo. Esta empresa viajera se considera a sí misma algo cercano a la expedición de una cruzada. Por tanto, el Camino Aciago no deja de estar impregnado de asociaciones odiosas. Al margen de estas antipatías, un hondo recogimiento vinculaba en el viaje a mansos y bruscos, cerontes contritos, pastores, monjes y hasta criminales en afán expiatorio; todos, en sincero hermanamiento. A menudo, había enfermos incurables que, ya por haberlo escuchado de otros o porque empeñaban la fe a su cuenta y riesgo, estaban convencidos de la reinstauración de su salud al término del camino. Al crecer la afluencia de peregrinos, el trayecto se fue refinando. Aparecieron albergues y hospedajes. Los monjes del Convento de Igur escribieron una guía esquematizada del recorrido. La Orden de los Pensionarios dispuso una guardia de caballeros cerontes a lo largo del camino y construyó -aparte de ermitas, puentes y calzadas- varios alojamientos para acoger a los advenedizos.

La mayoría de las veces, el devoto camina sin mirar. Los paisajes más felices no le dispensan de rumiar sus culpas. Mas, en algún momento hace frente a las cautivantes vistas que costean el perfil de Lepuria sobre el Mar Enorme. Allí, los bosques se dispersan verdeando las laderas montañosas del litoral, corren cuesta abajo para reflejar hasta el último arbusto en las azulísimas ensenadas que han afamado este margen que también es vereda pastoril para ganado trashumante. Entonces, al penitente le es inevitable disipar su quebranto en el vuelo abandonado de una ave planeadora o en la exhalación de alivio con la que las olas se descargan justo antes de morir; advierte la forma de una delicada hierva, una desconcertante línea descubierta en el suelo, el quehacer frenético de las hormigas, un desfile de peces o la navegación acompasada de una medusa. Un puñado de moras silvestres le entregará su jugo y el viento le recogerá fugaces olores de mar. Hecho ya a esta atmósfera, el devoto transeúnte se encuentra de sopetón con ermitas y conventos enganchados a la peña que como gárgolas le increpan su flaqueza y el descuido de su penitencia. El peregrino, entonces, se amarga de nuevo. Cuando alcanza por fin el término de una etapa, el caminante llega mohíno a un frontis engalanado con monstruos devoradores de impuros, que resume y anticipa las aprensiones de la muerte. En la entrada, como un apretujado apilamiento de los círculos celestes, un anillo múltiple de arcos concéntricos se cierra sobre su paso. Así marcan los templos la separación entre el ámbito exterior y profano y lo que es sagrado. Templo significaba, en artesio, el recinto de los augures destinado a las consultas cósmicas.

- El templo crucígloba -dijo el Rvdo. Ogli-, como cualquier otro, pretende ser reflejo y resonancia del cosmos el cual es imagen de Dios. Está concebido para plasmar el orden celestial y evocarlo en su contemplación. Pero para que aquello sea posible, de alguna manera, primero ha de contenerlo en su cuerpo arquitectónico. Dado lo inabarcable de todos los acuerdos y particularidades, un resumen del universo sería tan impracticable como su enumeración. Un breviario del hecho cosmológico sería imposible de resumir pues sus pormenores no se podrían agotar. Así que, con el fin de confinar lo incontenible, se lo proyecta a través de una lente convergente que es capaz de concentrar al cosmos sobre un sólo punto. Esa gran lente es la simbología. El ordenamiento cósmico queda entonces representado, no resumido. El símbolo, aunque puede sucumbir al tiempo, no tiene espacio; como el punto, carece de dimensión mensurable. Por lo tanto, al menos temporalmente, al símbolo le cabe el universo. El cosmos entero colapsa en un punto con la gravedad de un agujero negro. De la misma manera, la cavidad finita de un templo se metaforiza y se significa en Dios. Es por esta solución alegórica que los templos estallan en significados al menor sondeo de la vista iniciada. Tal vez ahora se pueda ver con mayor facilidad por qué al szabeo le interesa cualquier templo. Así, desde tiempo impreciso nuestros monjes han peregrinado por El Camino de Gnedh que recorre parte de Frigenia, Galactia y Lepuria. Lo hacen cuando están por entrar al estudio profundo, como una aproximación iniciática al Enrarecimiento. Este es el nombre que da la norma szabea al flujo histórico-religioso. Se acostumbra otra peregrinación en la mitad del sacerdocio y al aproximarse el final. Esa es la forma en que los szabeos refrescan su razón de ser o haber sido. Dedican a la empresa meses de fatigoso viaje a pie, parando sin discrimen en santuarios y templos de credos antagónicos o en sitios de aspecto ordinario, interesantes sólo para szabeos. Parte del Camino de Gnedh pasa por la zona fronteriza entre los dominios de dos creencias enemistadas y, al discurrir por ahí, hace escala indistintamente en las herencias patrimoniales de ambas.

Y no es que el significado religioso o legendario atraiga a los monjes menos que el prodigio arquitectónico de un lugar determinado. Lo que ocurre es que a los szabeos les compete todas las religiones y ninguna en especial.

El Rvdo. Ogli y yo continuamos descendiendo por el camino animados por el entusiasmo. Tres días, más adelante, la senda engulle al viajero en un callejón rocoso de paredes gigantes que ahogan la luz que se despeña por la estrechez de su garganta. La claridad que queda como saldo de infinitas reflexiones llega al fondo bastante gastada y apenas sirve para intuir dónde se pisa. Por encima de la media altura, es posible distinguir los flancos de un cañón montañoso poblado de miles de rocas cabrías haciendo equilibrio para evitar desbarrancarse. Sólo el viento silbante transita a gusto en esta enorme grieta, aireando los sudores sulfurosos de las peñas. No se encuentra vegetación, excepto aquellos seres mitad planta mitad animal que infectan las piedras y las devoran. Su nombre en artesio significa "barba de roca". Si el caminante da con un lugar así, habrá llegado a lo que se conoce como "El Piroterio" o Pirufetiemm en artesio. El nombre, que le viene de muy antiguo, convoca una leyenda y un fenómeno endémico. Se dice que los cambios de temperatura que someten a la región y las tremendas tensiones absorbidas por las descomunales masas rocosas se liberan violentamente produciendo estallidos de trueno en los que el material montañoso explota, levantando nubes de polvo. Eliseo, el dios de dioses que impera en la mitología marteriana, utilizaba rayos a modo de flechas. Los llevaba sobre su espalda en una funda especial a manera de un carcaj corriente. El carcaj, hecho de piedra para conservar los rayos en estado incandescente, se llamaba Pirufetiemm. Los lugareños atribuyen las explosiones a los impactos causados por los rayos que, no habiendo sido usados, Eliseo devuelve al carcaj.

Puente al final del Piroterio

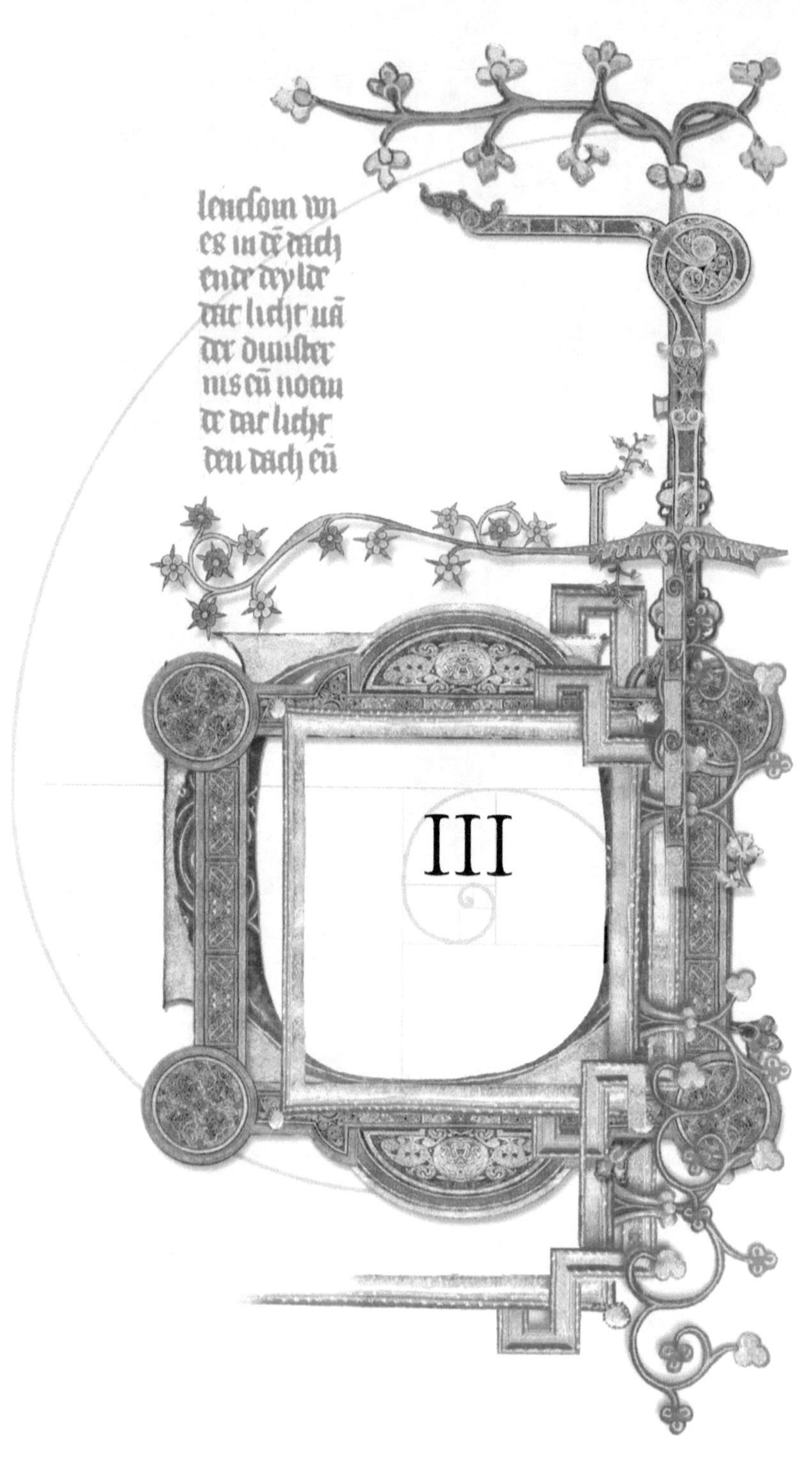

III

Capítulo III

La Enigmática Mano del Pasado

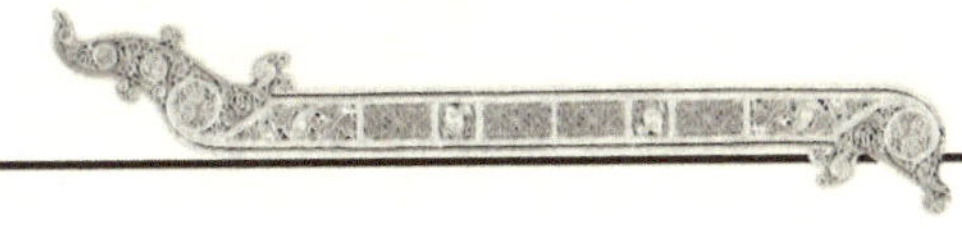

Dos días más allá del Piroterio, entramos en ambientes más amables y enverdecidos, con amplias zonas de pastoreo, bosques y sembríos. Buscamos alojamiento en un pueblito llamado Añola y ahí pasamos la noche.

Encastrada en la serranía, Añola es famosa entre escaladores por un par de picos dolomitas que incrustándosele por detrás hieren su espalda montañosa. Allí, probé por primera vez la pomera que es una crema dulce servida al desayuno y que los de Añola producen a partir de almizcle de cafre. Ésta, es una sustancia odorífera, grumosa y deleznable, untuosa al tacto y de sabor amargo. Se obtiene de la bolsa que el cafre lleva en su vientre. Se emplea también en medicina y perfumería. En tiempos de guerra fueron sacrificados muchísimos cafres pues el almizcle que de ellos procede contiene un precursor del polvo explosivo usado en los proyectiles.

A primera hora, visitamos brevemente al hermano Tyl-kro, un seglar de la orden. El Hno. Tyl-kro, buen amigo del Rvdo. Ogli, era un anciano catalogador de progresiones infinitas. Proponía una taxonomía universal basada en la sistematización matricial del código genético.

Luego, sin comprometer más el tiempo disponible, enrumbamos hacia el Alvat, la montaña que se encuentra detrás de Añola. Hacia el lado septentrional, el Alvat le hace un puesto a una miranda llamada justamente así, La Miranda. Ese era precisamente nuestro destino inmediato.

Toda la región que domina el Alvat profesa ahora, mayoritariamente, el credo crucígloba. Sin embargo, a raíz del descubrimiento de las cuevas de J-tamir, con la llegada de estudiosos y turistas, la idiosincrasia regional soportó un oleaje mitológico del cual no emergió completamente seca. En Añola es posible oír hablar de otros dioses entre la duda y el respeto; y eso ya es bastante. Debe recordarse que aquí aterrorizó una de las violentas facciones contra-heréticas de la iglesia crucígloba. Ésta fue la llamada Santa Indagación. Asesinaron a mucha gente acusándola de brujería.

Por fin, después de las cinco horas de ascenso que median entre Añola y La Miranda, logramos nuestro objetivo.

Al aproximarnos a la cueva, un monumento salió a nuestro paso. Se trataba de una estatua sin mayores presunciones que representaba a una niña inclinada sobre un espejo que yacía a sus pies. Era el monumento a Nodka, la niña que descubrió al mundo las imágenes del pasado prehistórico.

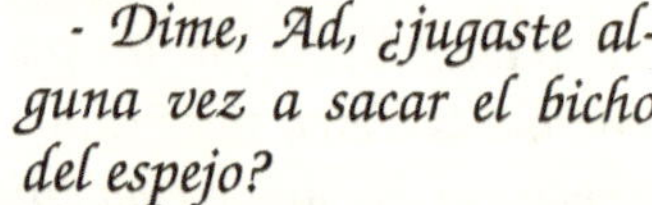

- Dime, Ad, ¿jugaste alguna vez a sacar el bicho del espejo?

- No, Rvdo. Ogli. ¿Qué es eso?

- Es un entretenimiento proveniente precisamente de esta región. Consiste en escribir palabras de tal manera que al acercarles un espejo, éste complete el cuerpo de un insecto. La pequeña Nodka amaba este juego.

El Rvdo. Ogli extrajo su cuaderno y empezó a dibujar.

- Por ejemplo -dijo-, la palabra "imagen" produce un bicho al hacer coincidir el borde de un espejo con la línea entrecortada. Debes observar la palabra y su imagen a la vez.

Después de decir esto, rebuscó en su mochila y me ofreció un espejo rectangular de tamaño mediano, con los bordes libres de marco alguno. Lo coloqué sobre la línea y mire entre el dibujo y el espejo.

- ¡Ah!... ¡Es verdad! Aparece un insecto.

Luego, el Rvdo. Ogli escribió el nombre de Nodka y yo descubrí en él otra clase de insecto. Después, dibujó mi propio nombre y miré con admiración que mis dos nombres, a uno y otro lado del espejo, completaban la imagen de un escarabajo.

- Debes observar -me dijo- que todos los insectos así formados son simétricos. Esto es, las imágenes a uno y otro lado del espejo son idénticas salvo que la una se desarrolla a la izquierda. Se dice que una de las mitades está "invertida" respecto a la otra. La línea que divide ambas imágenes, en este caso el borde del espejo, se denomina eje de simetría.

- Es algo muy entretenido -continuó- pero se dice que es un juego muy cercano al oscuro arte que manejan las brujas lepurianas. Según los más enterados, ellas pueden atrapar el alma de un individuo en un insecto especular configurado a partir de su nombre. Si la bruja tiene mala sangre, puede mandar el bicho a volar... ¡Su alma se extraviará para siempre! La artimaña consiste en el manejo sensible e involuntario de una antigua y misteriosa caligrafía que por sí sola se dibuja y se adorna, se carga y se significa sobre sí el mundo personal de cada individuo. Esto último no es tan extraño pues toda firma transporta el microcosmos de quien representa. Según el Libro del Oficio Ilegítimo de Üfrido-d-Nera, esta habilidad data de cuando el Verbo de Dios no terminaba aún de abandonarnos, de cuando nombrar una cosa era poseerla. Los más juiciosos advierten a los niños que juegan con esto, que si el ejercitante no lleva el alma libre de culpas, corre el riesgo de ser picado por uno de estos insectos metafísicos y de sufrir insospechados efectos.

- ¿Metafísicos?

- ¡Metafísicos! Salvo el trazo de grafito que lo semiesboza, casi todo el insecto es pura idea; una idea a medio camino fuera de este mundo.

- Pero, ¿es verdad lo que advierten?

- No lo creo. No obstante, es significativo que conforme los niños se vuelven adultos van enemistándose con este juego y desestimando al espejo como no sea para acomodar sus complementos decorativos.

- Pero, entonces, ¿qué le pasó a Nodka?

- A Nodka le ocurrió más bien algo afortunado. Un movimiento de suelo descubrió la entrada de una cueva. Estimulada por los cuentos de brujas, Nodka encontró allí un ambiente más propicio, misterioso *y clandestino para jugar a sacar al bicho del espejo utilizando nombres ajenos. Llevaba consigo una lámpara de aceite, papel, lápiz y, por supuesto, un espejo. Y, aunque no creía en represalias espeluznantes, nada le costaba extremar las precauciones. Así que también cargaba un trozo de cirio bautismal de pungente olor a sebo y algo de agua bendita como insecticida sobrenatural. En una ocasión, Nodka se internó en la cueva más allá de lo acostumbrado. Depositó en el suelo su equipo de brujería. Acercó su lámpara y delineó con arte las letras de un nombre sobre el papel. Cuando estaba a punto de dispensar a un muchacho antipático de la carga de su pesada alma, dio vuelta al espejo que había permanecido boca abajo. Lo que vio la estremeció por completo...*

- ¿Qué fue?

- Detrás de ella había aparecido un monstruoso y enorme ugante de amenazadores cuernos a punto de echársele encima. Se atemorizó. Dio un grito. Se volvió bruscamente pero se quedó pasmada con la botella de agua bendita a medio abrir. Alzó la lámpara sobre su cabeza. La totalidad del tumbado se hallaba cubierta por dibujos similares: ugantes solitarios, en manada, superpuestos, acostados o en carrera; todos, esbozados según lo sugería el relieve rocoso que había servido de lienzo. Estaban delineados en negro. Sus cuerpos habían sido coloreados con un sepia muy sanguíneo sobre el fondo amarillento propio de la cueva que, de tramo en tramo, presentaba eflorescencias blanquecinas. Esta cálida combinación dotaba a las pinturas de una fuerza colosal que iba muy de acuerdo con su gran tamaño. Asombraban, también, los cuerpos gráciles de asnifos y gassílopes elegantemente resueltos. Alrededor de las pinturas, a manera de los sellos que utilizan los artistas orientales para autentificar sus obras, se podía ver las siluetas sombreadas de varias manos izquierdas.

Pasamos dos días completos en La Miranda. Sobre los rituales y protocolos propios de la liturgia szabea, haceres y decires, no se me pida contar pues me guarda un voto de silencio. Soy libre de declarar, sin embargo, cuál es la relevancia que demora al Camino de Gnedh en las puertas de una cueva.

A J-tamir le son oportunos los más ancestrales mitos. Unos más, otros menos, le calzan como anillo al dedo. Algunos, como infidentes historias de alcoba, emparentan las culturas más insospechadas con finos lazos de creencias consanguíneas. El emplazamiento de un bestiario prehistórico como el de J-tamir dentro de una cueva; las características

de su alrededor; y, sobre todo, las intrigantes manos -hasta ahora sin explicación seglar que satisfaga en contraposición a las muchas dogmáticas que se ofrecen- no encontraron eco más nítido que en la mitología grezca y marteriana. Pero, no faltan otras de donde escoger; aunque menos coincidentes, eso sí.

Antes que todo tomara su forma conocida, existía -en estado germinal- una mezcla caótica y amontonada de cosas débilmente unidas. Nada había que alumbrara; tampoco día. El peso todavía no se había reunido en su centro. Todas las formas eran inestables pues al mismo tiempo ocurría el frío y el calor, actuaba lo húmedo y lo seco, se disponía lo pesado y lo ligero. Dios o la naturaleza -para los monjes szabeos es lo mismo- puso fin al desorden. Hizo que los opuestos se entendieran en un acuerdo: lo pesado, abajo; lo ligero, arriba. Las aguas se apartaron de los suelos y ambos se distanciaron del cielo. La luz se recogió en un sólo astro que marcaría los días. El aire, más denso que el cielo, se ubicó debajo. La gravedad tiró de los elementos más pesados y de esta manera quedó apretado el suelo. Así se formó Ghesta. Entonces, Dios -o aquello que imponía - distribuyó aguas y suelo alrededor del enorme globo, según su parecer. Repartió mares y vientos, ríos y lagos. Hizo que los campos se extendieran, se hundieran los valles y los montes se empinaran. Localizó el frío y el calor en unas y otras partes. Las nubes, truenos y relámpagos encontraron su sitio asociándose a las alturas. El cielo sostuvo las constelaciones como el agua admitió a los peces y el aire a las aves; como el suelo albergó a los gusanos; y sobre éste, a las fieras. El suelo retuvo algo del germen divino que le comunicó su hermano el cielo. Del suelo nació el ser pensante que dominaría todo lo demás; un ser algo más sagrado y algo más inteligente que el resto. Si los demás animales traían la mirada concentrada en el paso, éste llevaba la cabeza erguida y dirigía vistazos a las estrellas. Así, Ghesta se pobló de seres pensantes que portaban el fulgor estelar en el fondo de sus ojos. Admiraban a su Hacedor en la contemplación de su obra, desde lo inconmensurablemente grande hasta lo inconcebiblemente pequeño. Así fue el principio.

Los seres pensantes no conocían la autoridad pues no la necesitaban; en el orbe reinaba el bien y la comprensión. La maldad, la culpa y el miedo estaban ausentes. En esta época, llamada Edad Dorada, los seres pensantes ignoraban también la espada; ajenos a la violencia, la práctica militar les era extraña. Tampoco el suelo había sido desgarrado por los ingenios de labranza; ofrecía sus productos sin reparo ni extorsión alguna. Los seres pensantes se satisfacían consumiendo las raíces carnosas que se escabullen bajo el suelo, variedad de verduras, o las frutas que penden de las ramas. Abundaba la miel y se la agotaba sin el rencor de las abejas. Flores y espigas, nacidas sin semilla, proliferaban a placer, mudándoles el vello a los campos. El trigo resplandecía en las colinas y en los hogares había olor a pan.

Pero en las entrañas del suelo -suelo que conservaba el ímpetu genitor- seguían combinándose las esencias creadoras en el calor de su abrigo. Formas vivas menores y subsecuentes veían la luz y ensayaban su oportunidad. Pero, no todas las combinaciones resultaban afortunadas; una de las más morbosas generó una raza de gigantes abominables: los Lagartos Terribles. Éstos, llevaban la soberbia en su sangre, un apetito desaforado por ser preferidos, una búsqueda descompuesta de la suntuosidad y, por sobre todas las cosas, el desprecio a los demás. Pronto, desconocieron la armonía divina y sometieron a sus hermanos pequeños. Esta edad, llamada Carbónica, se caracterizó por la violencia, por la agresividad.

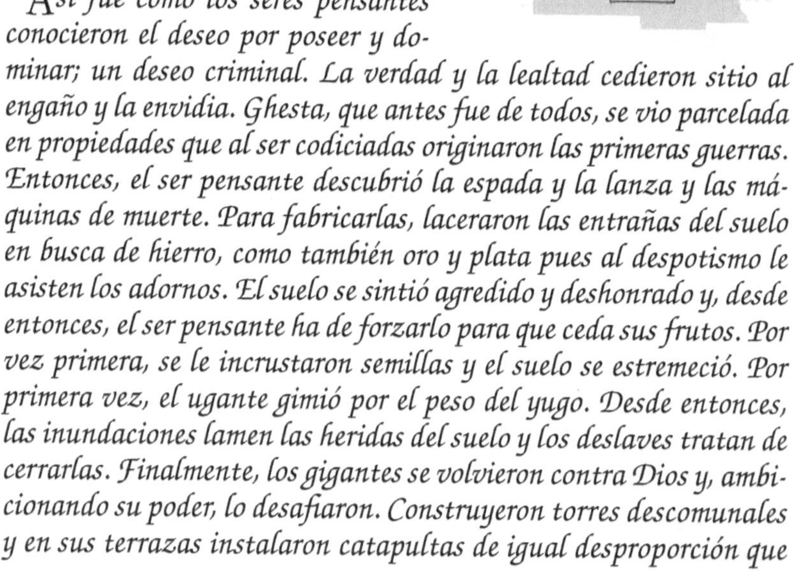

Así fue cómo los seres pensantes conocieron el deseo por poseer y dominar; un deseo criminal. La verdad y la lealtad cedieron sitio al engaño y la envidia. Ghesta, que antes fue de todos, se vio parcelada en propiedades que al ser codiciadas originaron las primeras guerras. Entonces, el ser pensante descubrió la espada y la lanza y las máquinas de muerte. Para fabricarlas, laceraron las entrañas del suelo en busca de hierro, como también oro y plata pues al despotismo le asisten los adornos. El suelo se sintió agredido y deshonrado y, desde entonces, el ser pensante ha de forzarlo para que ceda sus frutos. Por vez primera, se le incrustaron semillas y el suelo se estremeció. Por primera vez, el ugante gimió por el peso del yugo. Desde entonces, las inundaciones lamen las heridas del suelo y los deslaves tratan de cerrarlas. Finalmente, los gigantes se volvieron contra Dios y, ambicionando su poder, lo desafiaron. Construyeron torres descomunales y en sus terrazas instalaron catapultas de igual desproporción que

apuntaron al cielo. Lo más atrevidos, como el gigante Gõtiag y sus congéneres anápsidas, levantaron torres tan altas que alcanzaron la bóveda celeste.

Estaba Gõtiag encaramándose sobre la Constelación del Escorpión; otros, subiendo a la del Ciempiés, ya empezaban a cabalgarlos para atacar con ellas la morada divina, cuando sintieron la ira de Dios que por primera vez se desataba sobre alguien.

Estalló una tormenta de rayos sobrenaturales más allá de donde a las nubes ordinarias les está permitido ascender. Una descarga derribó al gigante Gõtiag quien al chocar violentamente contra el suelo rompió la cadena montañosa que separaba el Mar Enorme de lo que entonces era el Gran Valle Central. Las aguas del mar penetraron por la inmensa abertura que ahora es el Estrecho de Jvastar en un salto indescriptiblemente violento como si las llaves del cielo hubieran sido abiertas. Las olas furiosas arrasaron todo lo que tenía aliento y había decepcionado a su Hacedor. Los demás gigantes que acompañaban a Gõtiag, aterrorizados, se volvieron y trataron de reingresar en la atmósfera. En ese preciso momento, fueron atomizados por un resplandor enceguecedor proveniente de las moradas celestiales. Todavía se puede ver, en las auroras boreales, como los atormentados fantasmas de los gigantes tratan infructuosamente de penetrar en la atmósfera.

Entre los gigantes, había uno con cuerpo de serpiente llamado Mãleg. Durante la batalla contra Dios, Mãleg estaba subiendo por un tornado. Dios alcanzó a verle. Extendió su pie inconmensurable y aplastó contra el suelo al monstruo que, al enroscarse dolorosamente sobre el intocable pie de Dios, se convirtió en piedra maciza. Dios sintió repulsión por él, o lo que quedaba de él, y tomando lodo marino con su mano inimaginable lo cubrió completamente creando la montaña que luego se llamaría Mãlegum. Subieron las aguas trasvasándose desde el Mar Enorme y subieron por mucho tiempo hasta que alcanzaron a cubrir la casi totalidad del Valle Central. Desde *entonces, el valle dejó de ser valle para convertirse en lo que hoy conocemos como Mar Central. La mayor parte de los gigantes que no murieron en la batalla, terminaron ahogándose. Pero, algunos sobrevivieron buscando refugio en las tierras altas que ahora contenían al Mar Central. Siendo éstos de sangre fría —esto es, que necesitaban*

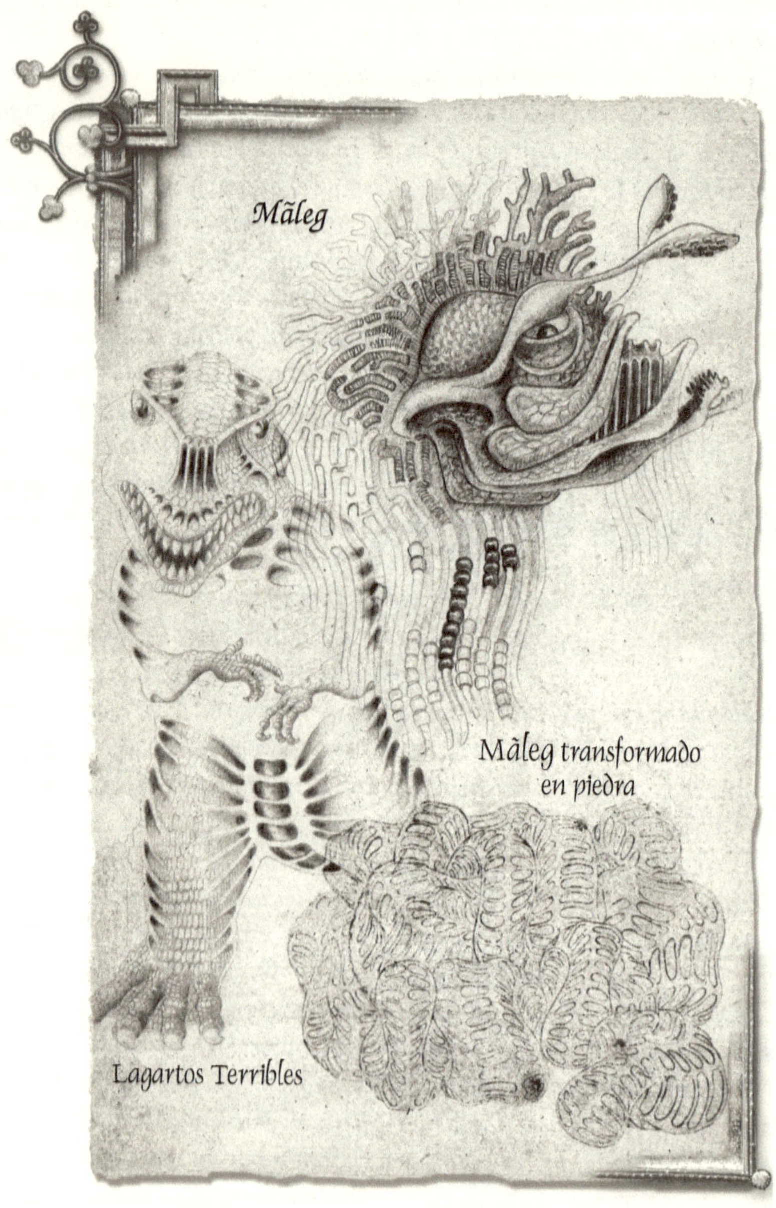

calor externo para sobrevivir-, creó Dios una ola de frío que se extendió desde los sectores que siempre tuvieron hielo hasta congelar los continentes y acabar definitivamente con ellos.

Pero, de la misma manera cómo del suelo habían aparecido variaciones malignas, se había levantado otra más afortunada: Los Artícolas. Éstos eran una clase especialmente sensible de seres pensantes.

Asnifo

Ghesta

Ugante

No se habían dejado seducir por la ambición de los gigantes. Al contrario, se habían apartado de ellos habitando las cuevas ocultas de las tierras altas. Eran hábiles y curiosos lo que les había llevado a descubrirlas. Hacían uso de la imaginación y hallaban placer en el juego, la música, el dibujo y los números. Manifestaban un afecto especial hacia los demás seres vivos y los consideraban sus hermanos. Cuando el Gran Valle Central empezó a anegarse, los artícolas protegieron sus animales para salvarlos de la muerte pues los amaban entrañablemente. Pero por más esfuerzos que hicieron, los animales perecieron debido a la falta de alimento y al frío intenso que sobrevino cuando todo se congeló en la así llamada Edad del Hielo. Entonces, los artícolas decidieron pintar las imágenes de algunos animales desaparecidos en las paredes de la cueva como testimonio de su existencia. Rememoraron sobre la roca ugantes, asnifos y gassílopes.

Y vio Dios que esto era bueno y retiró el hielo. Se enorgulleció de los artícolas, decidió confiar en ellos y prometió no volver a intervenir jamás. Mas, Dios hizo algo antes de desaparecer tras los mitos: les entregó La Tabla del Arcano, el monolito de piedra labrada que representaba la alianza entre el Hacedor y los seres pensantes. De esta manera, los artícolas se convirtieron en los primeros custodios de la Tabla del Arcano. Ésta les entregaba sus conocimientos conforme lo entendían. El monolito encauzó el desarrollo de los artícolas.

Ahora se comprenderá la importancia de las cuevas de J-tamir en el Camino de Gnedh y de su inquietante concordancia con las más remotas creencias cosmogónicas, en especial con las que rodean el origen del ser pensante. A pesar de las muchas similitudes, existe solamente un detalle que no concuerda: las manos que aparecen en las pinturas rupestres sobrepuestas a las representaciones fáunicas.

La mano ha sido siempre un símbolo importante y recurrente en la religiosidad arcaica. Es, por tanto, anterior a la iconografía cruciglo-ba o lunilaica. Parece haber representado la vinculación inembargable entre Dios y el ser pensante y justamente con esa significación ha llegado a nuestros días. Inclusive, la numerología criptotérica otorga al quíntuple desmembramiento de la mano, calidades de privilegio divino. No está nada claro en qué momento la leyenda de los artícolas solicita participación de mano alguna. Cuando las ciencias que acuden en auxilio de las excavaciones se detuvieron alrededor del papel de la mano en las pinturas rupestres, tampoco disiparon de manera inobjetable las interrogantes.

Generalmente, a la mano se le ha atribuido desempeño en los rituales cinegéticos, antes de que un individuo se inaugure en la cacería. Esto contradice la leyenda pues en ella el amor a los animales es remarcable. Como quiera que sea, a la orilla del mito, ha brotado otro que discurre fuera del cuerpo mitológico grezco-marteriano. Me refiero a la tradición por la cual se cree que los seres pensantes usaron las manos sobre sus representaciones artísticas, a manera de firma, como una manifestación de que ya poseían La Tabla del Arcano. Esta idea, aparentemente sin asidero en los registros mitológicos, ha tenido siempre una raigambre profunda en el subconsciente de la población, de tal suerte que su asociación con el descubrimiento de la pequeña Nodka fue inmediata desde un inicio.

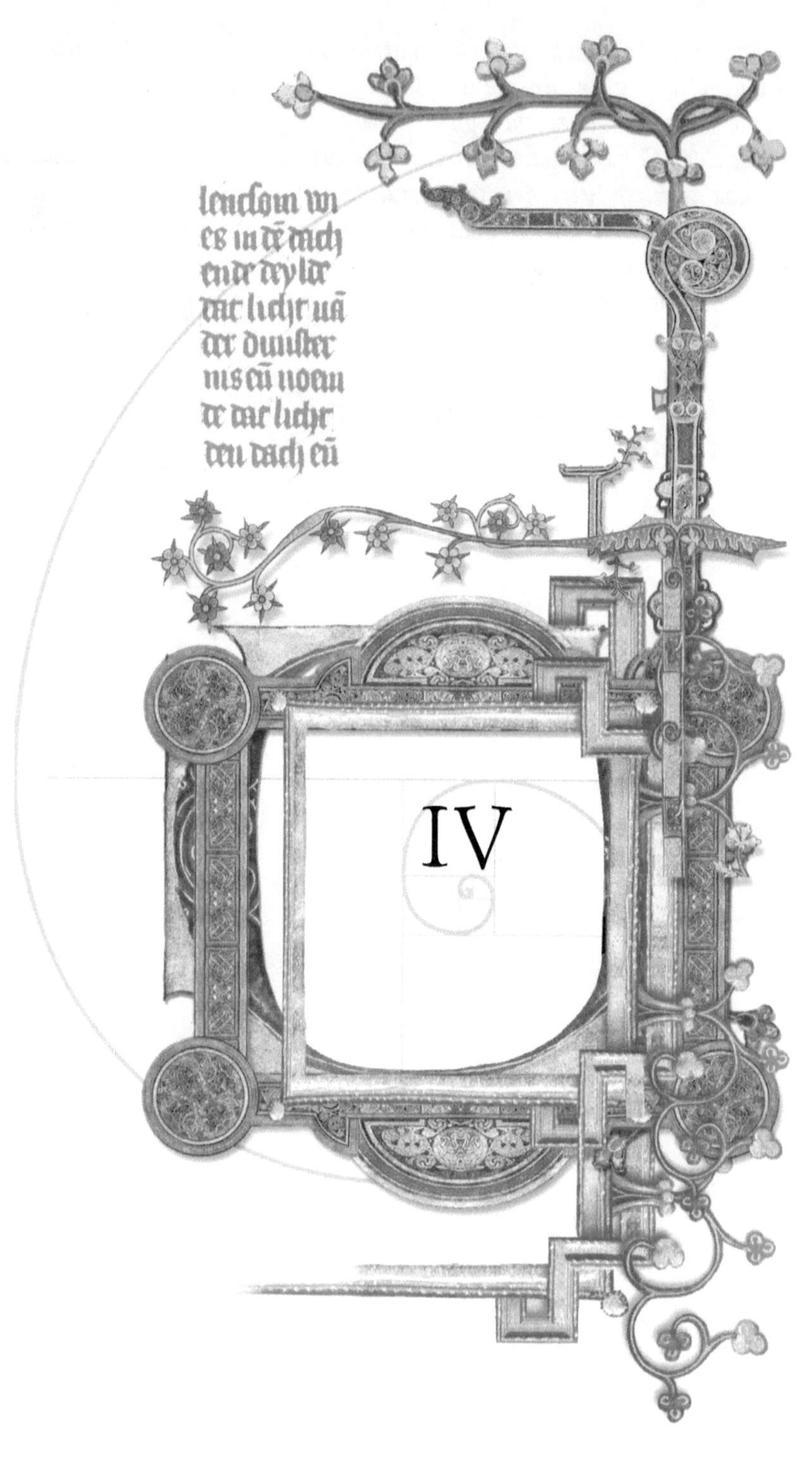

IV

Capítulo IV

Los Envolventes Signos de Dios

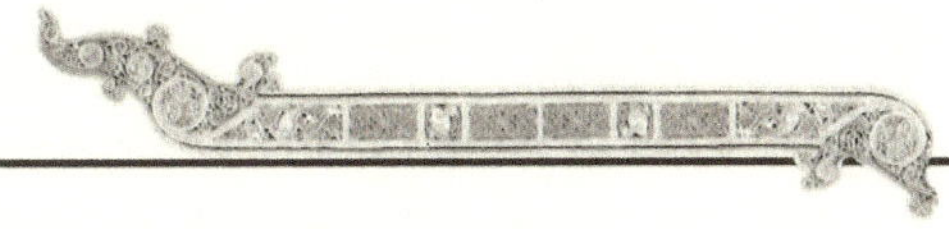

Con el Alvat a nuestras espaldas, nos alejamos de Añola encaminándonos hacia el norte.

Después de haberse ulcerado en las gargantas del Piroterio, el suelo pide tregua y se abonanza en un lento hundimiento volviéndose la cuna de un valle sereno. A éste, si el descenso es madrugador, se lo va descubriendo sesgadamente conforme la luz matinal se le va encajando de lado. Da la impresión que la aurora nunca lo ha sorprendido reposando pues de un lado y de otro acuden los talanes del pastoreo que hace rato debió haber entrado en tarea. La primera vez que se lo ve, algo más que las siguientes, el ojo quiere rebosarse con cada detalle de este paraje hacendoso llamado Vallejo D'Iriâvá. Mas, a despecho suyo, el caminante ha de atender el paso pues el declive no habrá dejado de ser pedregoso. Hay mucha roca suelta, tanto sobre el sendero como a campo traviesa, pudiéndose hallar desde arenisca hasta rocas de cuidado esparcidas en el manto verde que se tiende hasta cubrir el llano. Es como si la masa rocosa que se deja atrás se hubiese desmigajado sobre la meseta donde se alimentan los rebaños. A medio descenso nos introdujimos en un corto desvío que conduce a una pequeña colina rodeada por un brazo de roca desde donde se domina el valle. Casi adosado a la peña, un templo crucígloba de tamaño moderado apareció a nuestra vista. Era muy atractivo. Evocaba a la vez equilibrio y arrebato, ya se lo contemplase como el conjunto de la obra o se lo examinase en su laborioso detalle. Su prolijidad lo hacía un buen ejemplo, sino el mayor o el mejor, del estilo marteriánico, que no es propiamente el martérico y que proviene de la Baja Edad Intermedia.

- Esta es nuestra segunda estación. ¿Qué te parece, Ad? -me preguntó el Rvdo. Ogli visiblemente complacido.

- ¡Es muy hermoso!

- ¡Sí, mucho!

Nos quedamos unos instantes admirando el edificio. El Rvdo. Ogli lo miró como si lo hubiera extrañado largo tiempo.

- ¡Cómo no va a parecernos hermoso! -exclamó- Tiene todas las razones para gustarnos. Sus formas tan agradables no son casuales: son el resultado de una cuidadosa armonización.

- Entonces, ¿fue construido para que nos guste?

- Bueno... sí, para que nos deleite, entre otras motivaciones.

- Un templo lunilaico también es hermoso.

- ¡También!

- ¿Por qué dos cosas tan distintas pueden ser igualmente hermosas?

- Primero, porque son diferentes hermosuras. Segundo, estás mirando el hecho estético sin que la parcialidad empañe tu apreciación. Tercero, porque no existe un solo camino hacia la belleza como no existe un único camino para llegar a Dios. La planificación estética de un templo, si bien explota los más acreditados recursos hermoseadores, se concentra en resaltar las formas que cada religión estima más significativas.

- ¿Cuáles son las formas que prefieren los crucíglobas?

- Mmm... En realidad son muchas. Pero dentro de esta bastedad, son pocas las elegidas como representantes específicos de una clase de forma. Es decir, un templo crucígloba puede tener todas las formas: triángulos, volutas, sinuosidades o cubos pero un sólo ejemplo privilegiado de cada clase.

- ...y esa elección tiene que ver con las creencias crucíglobas.

- ¡Exactamente!

A veces, en el discurso temperado del Rvdo. Ogli aparecían ribetes de exaltación.

- En un templo todo tiene significado -dijo con mucho aire. Altón, en sus "Coloquios", expresaba la siguiente concepción heredada probablemente de la antigua filosofía de la escuela gregaria: "... (Dios) redondeó el mundo en forma de esfera por ser la forma más perfecta. Quiso que el mundo girase sobre sí mismo, alrededor de un mismo punto, en movimiento circular y uniforme... Formó un cielo circular que se mueve circularmente... Hizo así, 7 círculos celestes... queriendo

que 3 de ellos marchasen con igual velocidad y los otros 4 con velocidades diferentes." Ahora bien, la iglesia crucígloba adoptó la filosofía altónica como subsidiaria de su doctrina religiosa para responder al desenvolvimiento intelectual y social del mundo seglar. En consecuencia, las formas circulares y esféricas quedaron tácitamente privilegiadas tal como se pone de manifiesto en el discurso altónico que acabo de citar. Por eso, muy a menudo, sobre todo en los templos marteriánicos, la construcción está proyectada alrededor de una esfera que corona su centro. El templo que tenemos al frente es un buen ejemplo. Se conoce como San Orafio de la Buena Esperanza. Sin embargo, el papel hegemónico de la esfera y del círculo en la iconografía crucígloba proviene del signo propio de esa religión: un círculo con rayos alrededor formando una cruz. Su origen es algo oscuro y tuvieron necesidad de Altón para acreditar la anticipada preferencia crucígloba por las formas esféricas.

- Pero, si usted me permite Rvdo. Ogli, en los templos lunilaicos también se puede distinguir una esfera.

- ¡Es verdad! Sin embargo, el aparecimiento de la esfera con el lunilaicismo se da por diferentes motivos.

El Rvdo. Ogli buscó la sombra del edificio y se acomodó sobre las gradas de piedra con el frente hacia el valle zurcido de potreros.

- Como tú ya sabrás los templos están construidos sobre la pretensión de hacerse eco de la armonía del universo, lo que es lo mismo, de Dios. Pero Dios puede manifestarse de muchas maneras, tantas como uno quiera para descubrirlo. Los lunilaicos han considerado siempre a la simetría como una exteriorización de los íntimos adentros de Dios, casi como una revelación. La simetría de muchos cuerpos es patente. La naturaleza está llena de cuerpos simétricos o con una fuerte tendencia a serlo. También el mundo *de las ideas se asienta, a veces sin saberlo, sobre un soporte simétrico: a cada proposición le está reservada una antítesis. Las matemáticas nos conducen al infinito por sendas vías numeradas en dos sentidos. En el álgebra, la simetría reparte la carga entre los miembros de una ecuación, confiriéndole su sentido tan particular de elegancia y armonía. En física, la simetría exige dos estribos en una balanza y coteja el resultado de un choque; hace posible la propulsión de cohetes y organiza los invisibles hilos del magnetismo. En el arte, es balanza que mide coloridos, el peso de las sombras y el volumen de contornos. La simetría ha sido siempre argumento insoslayable en el desembrollamiento de las cuestiones más entrecruzadas. La simetría es ejemplo de justicia. Es una herramienta poderosa para el estudio de los cristales. Es una clave simplificadora de los distintos e interminables arreglos ad infinitum de los átomos que forman los cuerpos. En botánica, la simetría es empadronadora de inflorescencias, volviendo así comprensible el despliegue de pétalos y sistematizando la multiformidad de todas las posibles flores. Nuestro conocimiento sobre partículas elementales vive en deuda con ella. Como si esto fuera poco, existe una ley fundamental llamada ley de la conservación que hace forzoso el mantenimiento de la simetría.*

- ¡Vaya! -exclamé yo.

- Después de percatarte de todo esto, ¿acaso no percibirías tú también un halo divino, al menos curioso cuando no mágico, en torno a la simetría?

- ¡Ya lo creo!

- Bueno pues, los lunilaicos creyeron lo mismo y deificaron algunas figuras y algunos cuerpos y les dieron relevancia sobre los demás ¿Recuerdas cómo la pequeña Nodka jugaba a sacar el bicho del espejo?

- ¡Sí! Eso está muy claro todavía.

- ¿Recuerdas que el borde del espejo produce dos imágenes idénticas?

- Eso también recuerdo.

- Si puede formar esas imágenes significa que el borde del espejo divide al bicho en dos partes idénticas. Y justo por ser capaz de hacer eso, el borde del espejo puede ser considerado un eje de simetría. Si lo dividido sería un cuerpo y no un dibujo plano, la superficie del espejo representaría un plano de simetría. Incluso una mesa, aunque tiene patas por debajo, tiene un plano de simetría. Para que lo veas, supongamos que cortamos una mesa en dos partes por la mitad. Luego tomamos una parte y la llevamos frente a un espejo hasta que haga

contacto con él. Entonces, veremos cómo el espejo restaura la parte ausente y la mesa parece otra vez completa. El espejo, por tanto, hace el papel de un plano de simetría pero sólo lo representa porque un plano es un concepto abstracto que, entre otras cosas, no tiene grosor; el espejo, sí.

Entonces, el Rvdo. Ogli procedió a ilustrar lo que había dicho con algunos dibujos y siguió explicándome la vertebración mágica de la simetría.

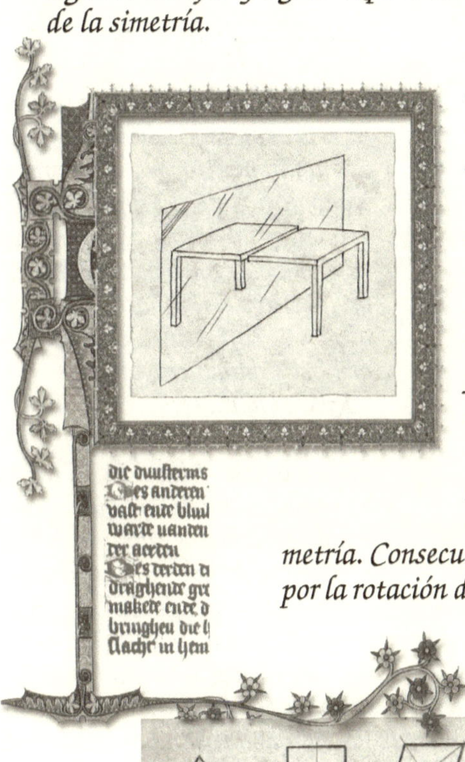

- En las figuras simétricas que esquematizaré a continuación, las líneas finas son ejes de simetría.

- En algunas figuras hay más de un eje de simetría -observé yo.

- ¡Sí, claro! Cada línea fina representa una manera diferente de dividir la figura en dos. Debes notar que el círculo es la única figura plana que admite un número infinito de ejes de simetría. Consecuentemente, el cuerpo creado por la rotación del círculo, es decir, la esfera,

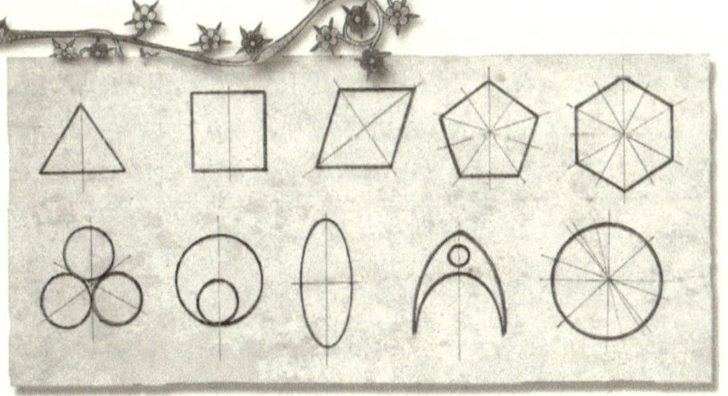

posee una infinitud de planos de simetría. Y es por esa razón que los lunilaicos encontraron en la esfera méritos sagrados. En ésta, esa manifestación divina y particularizada que es la simetría puede volverse absoluta hasta adquirir una naturaleza inconcebible como el infinito mismo. Esta "infinitización" de la simetría es interpretada como su retorno a los adentros de Dios de los cuales es una manifestación. Entonces, no te debe extrañar oír que el espíritu de un creyente lunilaico, dentro de las cúpulas esféricas que exhiben sus templos, se refleja una multitud innumerable de veces y de esta manera, infinitizándose, absolutizándose, el espíritu del creyente se reúne con Dios.

- El espíritu del creyente sigue el mismo camino que la simetría para volver a Dios.

- ¡Exacto! Por eso los templos lunilaicos también lucen esferas.

- ¡Ya veo!

- Sólo hay que aclarar que la esfera está, por así decirlo, en segundo lugar dentro de la jerarquía iconográfica del lunilaicismo. El primer sitial lo ocupa, cómo no, su emblema: una media luna cuyos cuernos están por tocarse. Su origen es tan oscuro como el origen del símbolo crucígloba.

- Rvdo. Ogli...

- Dime, Ad.

- Si en ambas religiones la esfera es sagrada, entonces, quizá sí lo sea de verdad.

- Si por esas vamos, tanto entre lunilaicos como entre crucíglobas, el pentágono es importante. En la concepción de estructuras arquitectónicas de vena lunilaica, de ser necesario trazar un pentágono, los arquitectos lograban delinearlo por un método que lo consigue a partir del más sagrado de sus signos. La media luna lunilaica y el pentágono están hermanados entrañablemente.

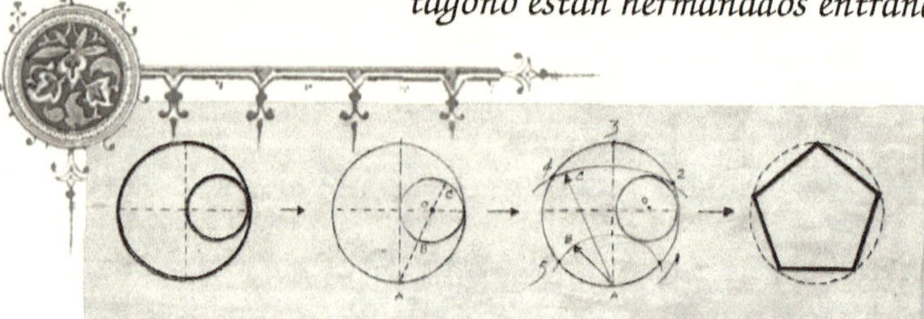

- ¡Qué interesante!

- ¡Así es cómo debe pensar un monje szabeo!

- Pero, ¿por qué el pentágono también es respetado por los cruciglobas?

- Debes recordar que otro de los preceptos cruciglobas es que el círculo es la sacra faz de la esfera. Tradicionalmente, se había aceptado en Occidente la representación del ser pensante con sus miembros desplegados formando una estrella de cinco puntas inscrita en un círculo. Esta representación es un legado de los druidas de épocas remotas pero fue refrenada por el cruciglobismo en sus albores. El ser pensante "cósmico" de los druidas, en idioma erdo, se escribía como sigue... -y mi maestro escribió cuatro signos- Traducido al artesio -continuó- resulta ser Avêmm. Y Avem es el nombre del primer ser pensante según el génesis crucígloba. Así que, una estrella de cinco puntas incluida en un círculo se traducía fácilmente en el símbolo del origen divino del ser pensante. Una vez esquematizado este símbolo sobre alguna superficie, la imagen del pentágono acude a la mente de manera inevitable y automática, lo cual no deja de tener su magia. Visto así, para el crucígloba, el pentágono le es connatural al ser pensante.

- Hasta ahora, ya son dos los símbolos sagrados comunes a las dos religiones. ¿Acaso hay más? -pregunté.

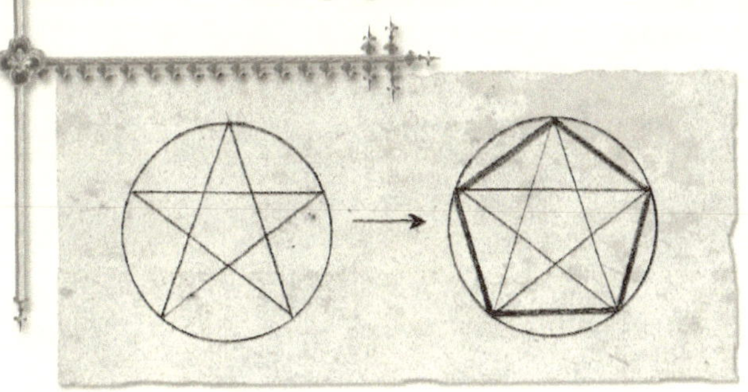

- Bueno, hay quienes piensan que el símbolo lunilaicaico no es una media luna sino un círculo que contiene a otro menor. Tratándose de esferas, la mayor englobaría a la menor.

- ¡Eso es lo que digo yo! La coincidencia de los signos -afirmé muy seguro- significa que no es una coincidencia.

Catedrales Crucíglobas

Para mi turbación, por un momento, la mirada del Rvdo. Ogli se enganchó a la mía de una manera desconcertante. Nunca supe si se alteró tan susceptiblemente porque dije tonterías o inteligencias.

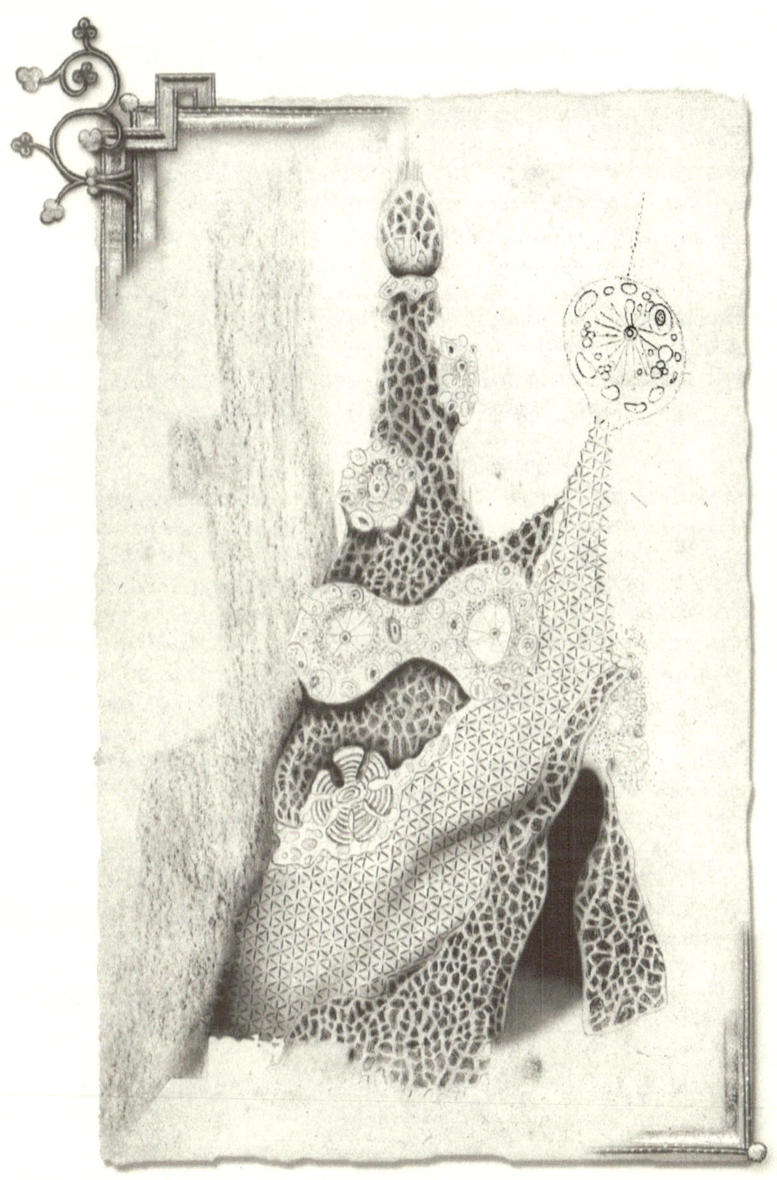

Templo Lunilaico

De la Arquitectura y del Iniciado

La Arquitectura es patrimonio de Dios y así debe ser transmitida al iniciado. La Arquitectura es disciplina integradora de muchos otros conocimientos con los que mide la bondad de las obras creadas con las demás artes que se relacionan con ella y la apoyan. Ésta, que por ser privilegio de atributos celestes es ciencia secreta, se la aprende de oído y discreta factura. Su práctica debe ser ininterrumpida y de uso continuo en la proyección de obras. Su sabiduría ha de aplicarse a las obras practicadas para juzgar su perfección en base a los criterios de proporcionalidad y equilibrio. Por tanto, la Arquitectura sin teoría es tuerta; y la ociosa de práctica, muerta. Los que se dedicaron a ella sin la asistencia de filosofía alguna, nunca supieron concretar la hermosura ni sobre sus obras ni sobre su nombre. Por lo contrario, los que sólo han llegado a construir sus edificaciones con ladrillos del intelecto no supieron concretar nada. Esto sucede porque en Arquitectura, como en todas las artes, pero muy especialmente en ella, hay dos estribos sobre los que se ha de pisar con firmeza: lo significado y lo significante. Lo significado es lo que uno quiere representar; lo significante es la manera de representarlo. En concordancia con esto, se hace innegable que el iniciado ha de ser diestro y manejar con aplauso ambos términos. En la representación, el iniciado ha de empeñar todo el conocimiento que le ha sido otorgado, pues la prestancia acude sólo con el manejo erudito de los preceptos, y algo más. Para conseguirlo, es necesario tener juicio y buen gusto, pero estos son los más raros atributos, incluso entre los deseosos. Pero, el talento no lo es todo. El que haya sido bendecido con estos dones extraordinarios, si siente la presencia de Dios en las formas y quiere alabarlo con su trabajo diario que es sacerdocio de contornos, deberá estudiar el dibujo, conocer la geometría, saber de óptica, ser vasto en aritmética, ser preparado en física, tener facilidad en la gramática, ser ilustrado en literatura, ser culto en historia, no ignorar a los filósofos; abrazar la música; responder sobre medicina; ser instruido en astronomía; iniciado en astrología; comprender la alquimia y el derretimiento de los metales.

Tomado de: Los Diez Libros Del Viento. Biblioteca Albana. Convento de Kien.

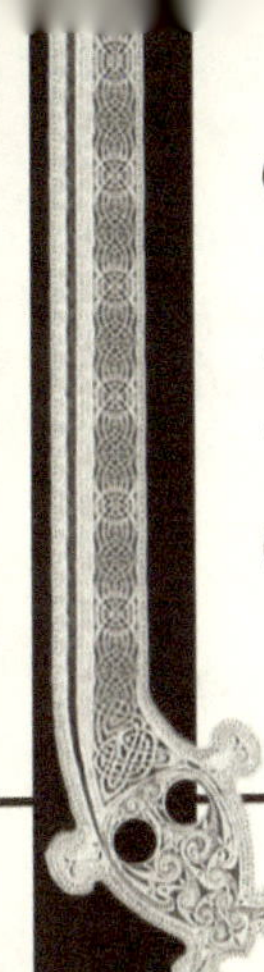

Capítulo V

El Álgebra de las Catedrales

No advertimos en qué momento se abrió la puerta. Corría la hora séptima cuando el Rvdo. Ogli y yo entramos a San Orafio. El templo marteriánico nos tragó de un bocado. Su esófago de piedra labrada con orlas y cordones mostraba las costillas de tramo en tramo. Parecía que nos internábamos en las entrañas varicosas de un monstruo dormitante.

El entenebramiento creaba en las arcadas interminables secuencias de claroscuros que producían en mí sensaciones de infinitud y conjeturas siniestras sobre la suerte de mi espíritu. Al quebrar con nuestros cuerpos los finos rayos de claridad, presentía que activábamos un insospechado mecanismo de alerta. Para no irrespetar ni contrariar a nadie, enmudecía el paso conteniendo ahogadamente mi gravedad. Temía que las sombras bajo mis pies se trizaran como hojas secas despertando al Señor de aquel bosque de columnas y pilastras. Entonces, descubrí que éramos vigilados por los ojillos saltones de pequeñas criaturas esculpidas a ras del suelo y apisonadas por el peso de los arcos; otras, nos seguían desde arriba como husmeando nuestros pecados.

Tal vez por habernos saturado afuera en aromas de flores, lodos y ganado, su abrupta ausencia en el interior del templo se nos manifestó como otro olor que con razón no pudimos definir. Olíamos *la diferencia, el vaho propio de lo ajeno, lo inusual. Desconfiamos de un vetusto incensario que se dejaba ver entre las bancas. No pude resistir el impulso de deslizar mis yemas sobre la piel cerosa de un mueble de madera, silencioso y oscuro como todo el resto. En ese preciso momento, me sorprendió la voz de mi maestro. Me sorprendió como si hubiese estado haciendo algo indebido.*

- Existen otros signos ocultos que debes aprender a auscultar en un templo -afirmó el Rvdo. Ogli y en seguida lo ratificó la vacuidad de la nave- Hablando de círculos y esferas, la clase de círculo o esfera no importa pues sólo hay una de cada cual. Pero qué tal el triángulo: hay escalenos, isósceles y equiláteros si cuenta la forma; si se atiende a sus ángulos, los hay rectángulos, obtusángulos, acutángulos y equiángulos. Si decidimos utilizar el isósceles en la construcción de templos, por ejemplo en el frontón de la fachada, la cuestión es ¿cuál de ellos? El triángulo isósceles es aquel en el que dos de sus lados son iguales. Ahora bien, los lados gemelos pueden tener cualquier proporción con el tercero. ¿Cuál debe ser la relación precisa para que la construcción de un templo se eleve y despunte ajustándose a la armonía universal?

- No sé... ¿Cuál?

- Es una respuesta con biografía. Tenemos que remontarnos a tiempos recónditos... Desde hace mucho tiempo atrás, el triángulo es considerado como la triplicidad de la unidad, los tres aspectos en que se manifiesta el ser. Era ya una figura reverenciada. Así que, se daba por descontado que el arquitecto, dignidad sólo desempeñada por iniciados, iba a tomar en consideración al triángulo en el diseño de un templo. Lo dubitable, que cambiaba en cada pueblo y civilización, era la huella dactilar de ese símbolo; es decir, sus proporciones. Los ajeplos, habitantes de Faronia, eligieron el triángulo escaleno en una proporción 3/4/5. Este mismo triángulo también fue distinguido en Frigenia donde se lo conocía como La Triada de los Druidas.

- Pero Faronia y Frigenia están muy distantes, ¿no es verdad?

- En efecto. Sin embargo así es. En la Gran Pirámide, la cámara del Rey tiene por planta un rectángulo cuyos lados están cortados en una relación 2/4. La altura de la cámara corresponde a la raíz cuadrada de 5. Estas relaciones dimensionales no fueron accidentales; fueron absolutamente necesarias para que en el espacio interno, en el ambiente mortuorio, se dibujen invisiblemente triángulos 3/4/5.

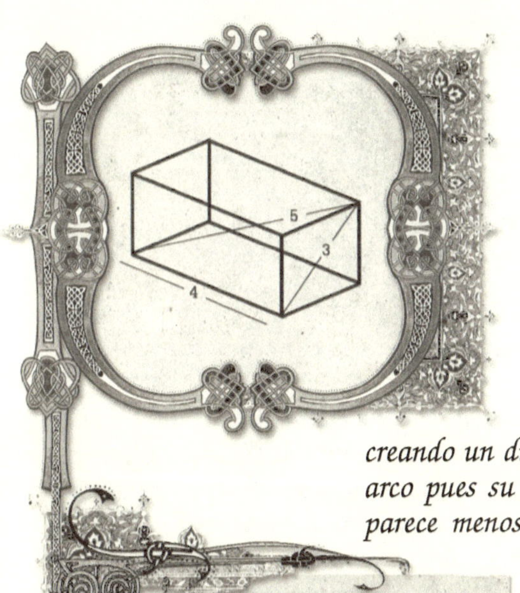

- En los albores del cruciglobismo -continuó el Rvdo. Ogli- se construyeron naves abovedadas usando el triángulo equilátero con una relación entre sus lados 1/1/1. Esta fue una elección bastante obvia dados los preceptos cruciglobas. Luego, en las arquerías se utilizó el mismo triángulo en posición invertida, creando un diseño que se llamó de medio arco pues su excentricidad es distinta y parece menos alto que el anterior. Con esto, quedaba asegurada, en la intangible equidistancia de las bóvedas, la sacralidad de lo contenido. Otro asunto que fue sometido a esclarecimiento fue la manera de repartir el templo a lo largo, de la forma más ajustada al gusto de Dios. ¿Hasta dónde debe llegar la nave central? ¿Dónde se le han de unir las naves laterales? ¿Dónde debe empatar el ábside? Los más antiguos cruciglobas buscaron la respuesta en el mismo cielo lo cual suena bastante razonable si se ha de emular a Dios. Pero el cielo, tal como ellos lo entendían, de acuerdo a las teorías altónicas, se hallaba ordenado en cinturones esféricos a espacios definidos. Los primeros cinco albergaban un planeta cada uno; el sexto, un paraíso; y el séptimo, una morada divina. Todos estos cielos hacían el cielo y giraban en torno a Ghesta. Los intervalos que separaban cielo y cielo estaban determinados con cantidades precisas y valían una, media o una vez y media la distancia de Ghesta a la Luna. Los proyectistas aplicaron directamente estas relaciones sobre los planos del templo. Por ejemplo, si a la longitud de las naves menores se le atribuía un valor de 1/2, la nave central valía 1 y 1/2; y el ábside, 1/2. Así, el largo total valía 2, formándose una cruz de relación de 2 a 1 entre sus ejes.

Arco 1/1/1 Medio Arco 1/1/1

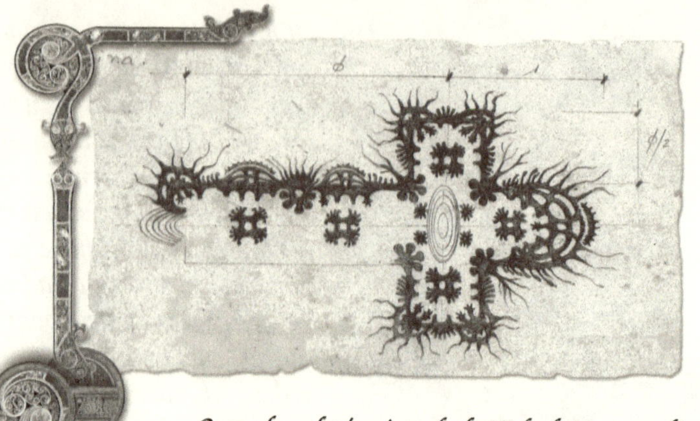

Cuando, al término de la Edad Intermedia, los crucíglobas importaron la geometría de Oriente, gracias al cuidado que tuvieron los lunilaicos en preservar el conocimiento antiguo, vislumbraron en ella una belleza eterna y universal avalada por las matemáticas, que eran de unánime atribución divina. Para averiguar cuál era la proporción que debían guardar dos elementos constructivos para lucir armoniosos con hermosura algébrica, que es gramática del cielo, interrogaron a las razones geométricas en sus propios términos:

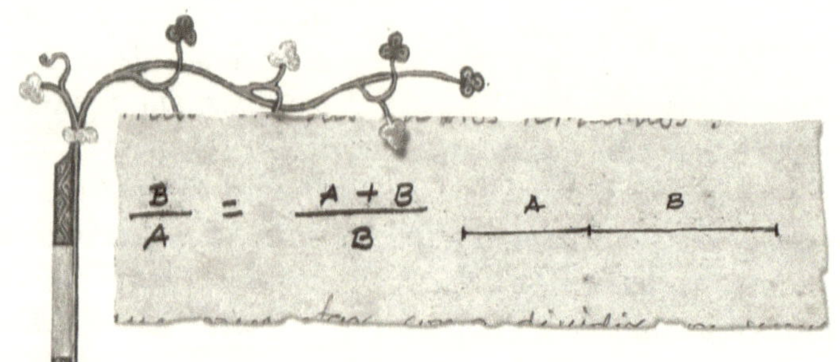

- Esto es lo mismo que preguntar cómo dividir un segmento para que el pedazo mayor guarde con el menor la misma relación que el todo (el segmento entero) guarda con el pedazo mayor.

- Pero... maestro -dije yo precipitado por el corto alcance de mi reflexión impetuosa-, no entiendo qué hace de esto una condición estética.

- Permíteme que te explique. Lo que ocurre es que esta es sólo una manera, adaptada a la semántica algébrica, de preguntar algo sencillo.

En realidad, lo que se quiere saber es cómo se puede dividir un segmento para que se forme una progresión armónica entre todas las partes; esto es, la parte menor, la mayor y el todo deben crecer con armonía. Ahí se encuentra la condición estética, oculta en los significados, soterradamente telegrafiada entre líneas:

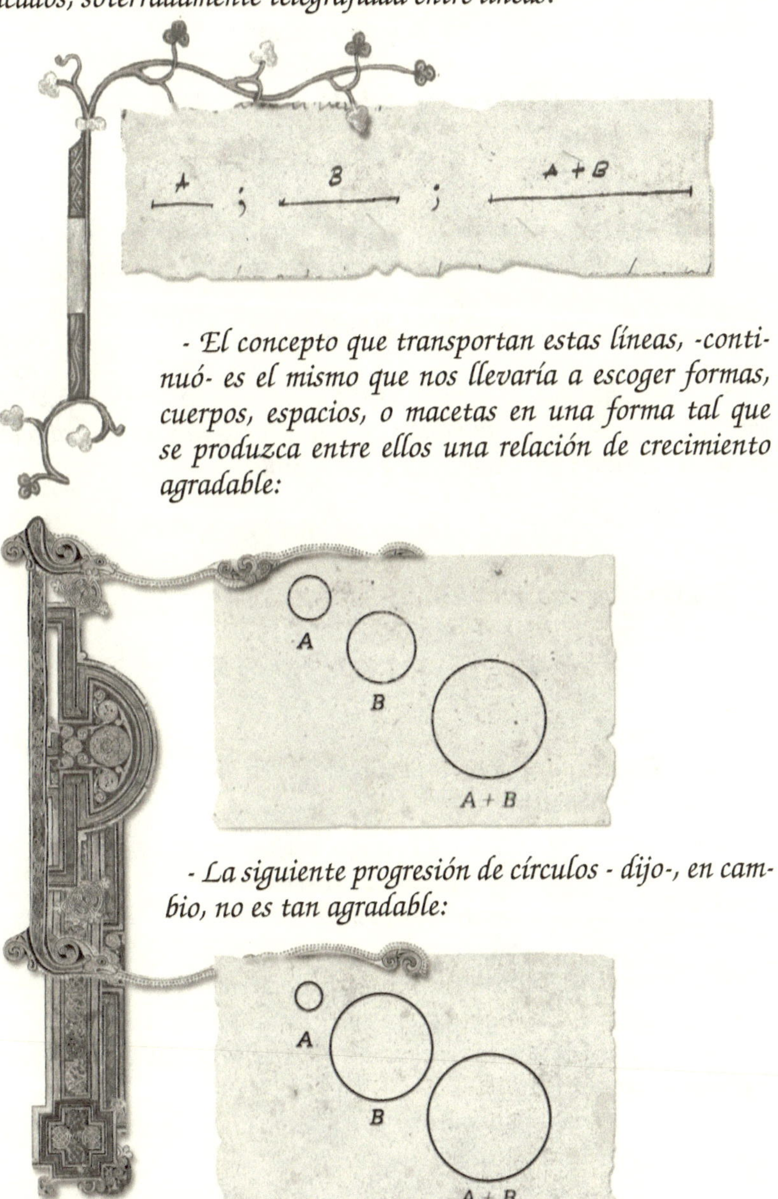

- El concepto que transportan estas líneas, -continuó- es el mismo que nos llevaría a escoger formas, cuerpos, espacios, o macetas en una forma tal que se produzca entre ellos una relación de crecimiento agradable:

- La siguiente progresión de círculos - dijo-, en cambio, no es tan agradable:

- La expresión algebraica B/A= (A+B)/B -agregó el Rvdo. Ogli- conduce a una ecuación de segundo grado que postula para B un valor igual a 1.618, el cual se simboliza como ø (fi). Se lo conoce como número divino o proporción divina o proporción dorada o sección áurea. En la resolución se supone que A vale 1. De aquí parte otra cosa tanto más curiosa como todo lo anterior.

- ¿Cuál, maestro?

- Si en lugar de poner en secuencia los segmentos, es decir,

A; B; A+B

escribimos en secuencia los valores encontrados a partir de la ecuación de la que hemos hablado, se produce una serie numérica:

1; 1.618; 2.618

- Debes notar que la última cifra proviene de la suma de los dos anteriores. Si seguimos sumando los dos últimos números y hallando el siguiente, formaremos una serie más amplia:

1; 1.618; 2.618; 4.236; 6.854; 11.09;. . .

- Esto es lo mismo que escribir:

1; ø; 1+ø; 1+2ø; 2+3ø; 3+5ø;. . .

...pues, ø vale 1.618.

- ¡Ah! ¡Esta vendría a ser una cinta métrica que marca lo hermoso! -dije, feliz de mi ocurrencia.

El reverendo Ogli celebró como un muchacho lo que yo había dicho. A veces, era difícil conciliar sus arrebatos festivos con el hecho de que ya tenía 132 años. Los adultos no suelen encontrar tanta felicidad en cosas sencillas.

- La proporción divina -continuó explicando el Rvdo. Ogli- generó todo un nuevo estilo arquitectónico: el estilo bórico, en honor a los bôros, antiguos habitantes barbáricos de Arania, quienes de ninguna manera lo descubrieron.

- Siempre creí que tenía que ver con alguna clase de arte misterioso y por eso le habían puesto ese nombre.

- ¿Te refieres al término artesio borïtico que significa mágico?

- ¡Claro! Borïtico... bórico.

- Hay quienes afirman que el arte bórico es una deformación de artórico que, en buen artesio, significa lenguaje sectario, argot o jerga secreta. Estos mismos pensadores afirman que artórico proviene de Ars Ktor que significa arte de Dios o arte de Luz.

En ese preciso momento, un escarabajo se posó en mi mano. Los dos lo miramos en silencio, sin querer interrumpir la evolución de su hacer. Cuando levantó el vuelo...

- Una vez con la proporción divina en sus manos -dijo el Rvdo. Ogli- los arquitectos dieron con el triángulo, el pentágono y el círculo divino. Este último enlaza a los primeros, sobre el cuadrado divino, en una sola figura de irrebatible valor iconográfico pues en él perfectamente encontrarán hogar las creencias ancestrales.

Seguidamente, el Rvdo. Ogli esquematizó un diagrama algo más preciso que los anteriores:

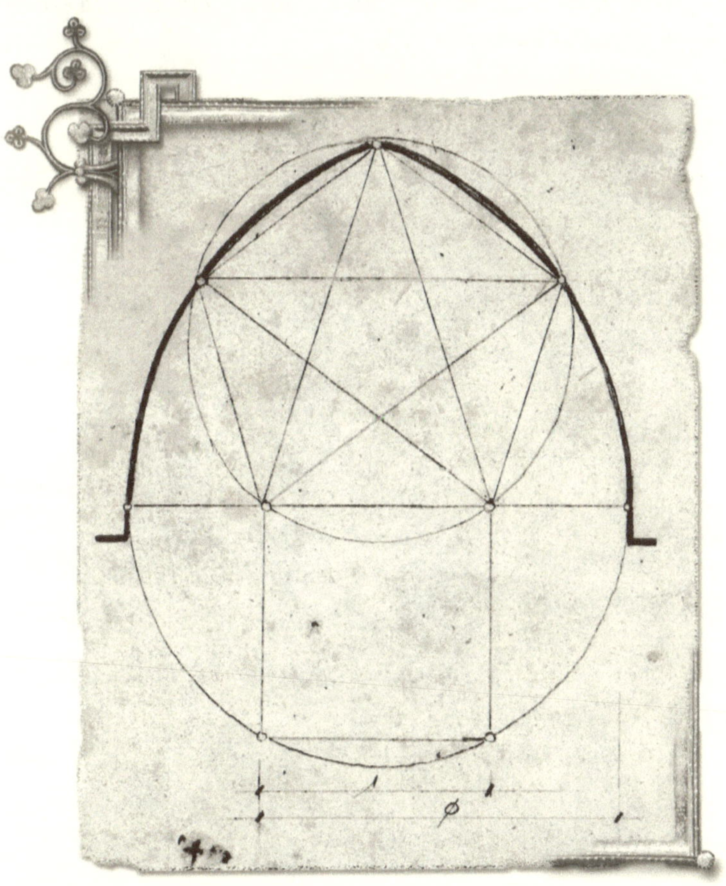

- ¡Ah! -dije- ¡Ya puedo ver el triángulo, el cuadrado, el pentágono y ahí está el círculo!

-No fue casualidad, entonces, que sobre este invisible entramado de líneas y significaciones se conformaran las ojivas bóricas.

- ¿Es esta también la forma de las bóvedas bóricas?

- ¡Eh!... Pues, las bóvedas bóricas están construidas por la concatenación de ojivas dispuestas en diversas y creativas maneras.

- De este punto parte otra derivación del conocimiento –añadió el Rvdo. Ogli-. Todas estas ramificaciones misteriosas, al igual que las ojivas bóricas, se alzan buscando tocar, aunque sea de lejos, al menos los pies de Dios. Para el szabeo, todas estas arborescencias intelectuales son consideradas como vías teológicas. El nacimiento de esta otra vía es el siguiente. ¿Ya has identificado el triángulo divino, verdad?

- Si, maestro. Es el que forma cada una de las puntas de la estrella. Es el que tiene por lados ø, ø, y 1.

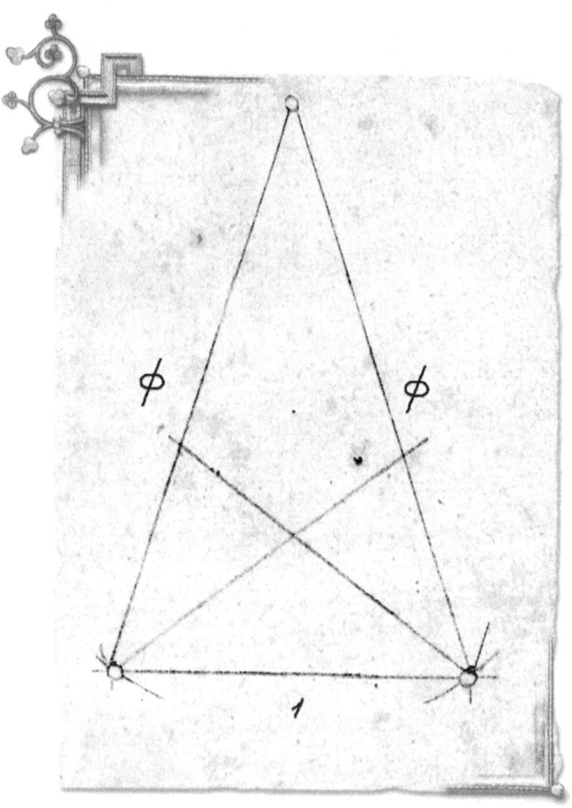

- ¡Pues, ahí está precisamente el asunto! Si el valor de los lados fuese...

$$\frac{1}{\emptyset} + 1; \quad \frac{1}{\emptyset} + 1; \quad y \ 1$$

...no estaríamos hablando de un triángulo distinto -continuó-. Se trataría, exactamente, del mismo triángulo.

- ¡Pero eso es imposible! Cualquiera puede ver que ø es diferente que 1/ø +1.

- En eso reside lo maravilloso de este asunto. Sólo cuando estamos tratando con el número divino el valor de 1/ø +1 no es ni mayor ni menor que ø; son iguales.

- ¡Qué! ¿Cómo puede ser?

- Debes notar que ø vale 1.618. Entonces...

$$\frac{1}{1.618} + 1 = 1.618$$

...si lo calculas, vas a notar que esta expresión es igual a 1.618, o sea ø. Trata tú y ya verás. Con cualquier otro número esta igualdad es inválida. ¡Probemos con el número diez!

$$\frac{1}{10} + 1 \neq 10$$

- ¡Qué raro! -exclamé yo después de intentarlo con otros candidatos- ¡La ecuación se cumple sólo con el número divino!

- ¡Exactamente! -afirmó el Rvdo. Ogli. Con la emoción asomada a sus ojos, escribió con trazo enfebrecido:

$$\emptyset : \frac{1}{\emptyset} + 1$$

- Esta ecuación -continuó animadamente-, esta equivalencia asombrosa e insospechada, cierta únicamente para el número divino, condujo a un álgebra de manejo esotérico. Con ella fueron calculadas

todas las estructuras que vertebraron a las Catedrales Bóricas. Basándose en la ecuación anterior, llamada Penetrante por los herméticos, el álgebra bórica se infiltra en el portentoso orbe superior. De éste proviene la posibilidad de escribir una serie de ecuaciones más, válidas únicamente en ese universo sobrenatural:

$$\phi^2 = 1 + \phi$$

$$\phi^3 = 1 + 2\phi$$

$$\phi^4 = 2 + 3\phi$$

$$\phi^5 = 3 + 5\phi$$

etc...

- Y también:

$$\phi^3 = \phi^2 + \phi$$

$$\phi^4 = \phi^3 + \phi^2$$

$$\phi^5 = \phi^4 + \phi^3$$

$$\phi^6 = \phi^5 + \phi^4$$

etc...

- Es curioso notar -argumentó de nuevo el Rvdo. Ogli- que los términos $1+\phi$; $1+2\phi$; $2+3\phi$; $3+5\phi$;. . . *generan la serie divina que ya conocemos, en donde un término es el resultado de la suma de los dos anteriores:*

$$1;\ \phi;\ 1+\phi;\ 1+2\phi;\ 2+3\phi;\ 3+5\phi;\ \ldots$$

- ¡Claro! -exclamé al reconocerla- ¡Esa es mi cinta de marcar lo hermoso!

- ¡Efectivamente! Si reemplazamos cada uno de sus términos por su correspondiente potencia de ϕ, *esto es:* ϕ^2, ϕ^3, ϕ^4,. . . *tenemos una forma equivalente de escribir la serie divina:*

$$1;\ \phi;\ \phi^2;\ \phi^3;\ \phi^4;\ \phi^5;\ \phi^6;\ldots$$

- Pero -objetó el mismo-, la primera es una serie que crece aritméticamente, pues cada término es la suma de los dos anteriores. En cambio, la segunda serie crece de manera exponencial, pues cada término está elevado a una potencia más que el anterior. ¿Cómo pueden ser equivalentes?

- ¡Sí! ¿Cómo?

- Sin embargo, como puedes comprobarlo, las dos series producen el mismo resultado que ya conocemos:

1; 1.618; 2.618; 4.236; 6.854; 11.09;. . .

- Con otro número que no sea el divino, se producirían diferentes resultados. Por ejemplo, reemplazando por un millón el valor de ø en la serie 1; ø; 1+ø; 1+2ø;. . . se llegaría al infinito (en caso de ser posible) a una velocidad mucho menor que si lo remplazamos en la serie 1; ø; $ø^2$; $ø^3$;. . . Pero, con el valor del número divino, ya se trate de la serie aritmética o de la exponencial, se alcanzaría el infinito a la misma velocidad pues ambas producen el mismo efecto: 1; 1.618; 2.618; 4.236;. . .

- ¡Vaya! Es decir que con este número da lo mismo sumar que multiplicar o elevar a una potencia.

- ¡Efectivamente! ¿No te parece, mi querido Ad, que estás frente a un camino prodigiosamente privilegiado para infinitizarse como el espíritu lunilaico que se refleja en la cúpula donde la simetría vuelve a hacerse una con Dios? Quizá la ecuación Penetrante verdaderamente nos abre el camino a las proximidades del Hacedor, donde no cuentan las diferencias, donde todo se homogeneiza y perpetúa, donde nadie vale más que el otro. No importa si sabes poco o demasiado, si eres rico o menesteroso, si eres ser pensante o un animal del bosque, si eres crucígloba o lunilaico, sólo hay una manera equivalente de alcanzar a Dios, El Eterno, El Infinito. ¿No te parece estar frente a la ecuación de una religión?

El Secreto Revelado

Un punto hay en el circulo
Que en el cuadrado y triángulo se coloca.
¿Conoces tú ese punto? ¡Todo irá bien!
¿No lo conoces? ¡Todo será en vano!

Este es un cuarteto que aparece en la pared norte de la Catedral de Nôtrame d'Teq; se lo atribuye a los monjes tallistas de piedra de la escuela bórica. Se refiere al punto que divide una recta en la razón divina. Debido a que todo el conocimiento arquitectónico de la época bórica se basaba en las proporciones nacidas a partir de la razón divina, la determinación de ésta sobre una recta era crucial. Es comprensible entonces que su conocimiento se lo haya mantenido en secreto, revelándoselo sólo a los discipulos en vías de iniciación. Si se conoce cómo se lo hace, todas las demás construcciones geométricas basadas en la razón divina serán accesibles y los misterios de su significación mágica serán revelados.

En cierto punto del camino, el Rvdo. Ogli me ofreció este precioso conocimiento y así fui iniciado en la Geometria Mistica. El método expuesto a continuación, supone el uso de una regla graduada para medir la mitad de la recta en cuestión y de una escuadra para trazar la perpendicular implicada en el procedimiento. Para dividir una recta por la mitad y para levantar una perpendicular en el extremo de una recta con medios estrictamente geométricos, consúltese un texto de Geometria.

División de una recta en la razón divina

Hagamos que la recta que va a ser dividida se llame AB. Tomemos como medida la mitad de AB y con ella construyamos una perpendicular en el extremo B. A esta perpendicular, cuyo valor es AB/2, llamaremos DB. Ahora, unamos el extremo D con el extremo A. Tomemos con el compás la medida de DB y haciendo centro en el extremo D, tracemos el arco BE. Tomemos con el compás la medida de AE y con esta medida, haciendo centro en A, tracemos el arco EC. Entonces, C es el punto que divide a la recta AB en la razón divina; esto es, en AC y CB. ¡Engrandecido sea Dios!

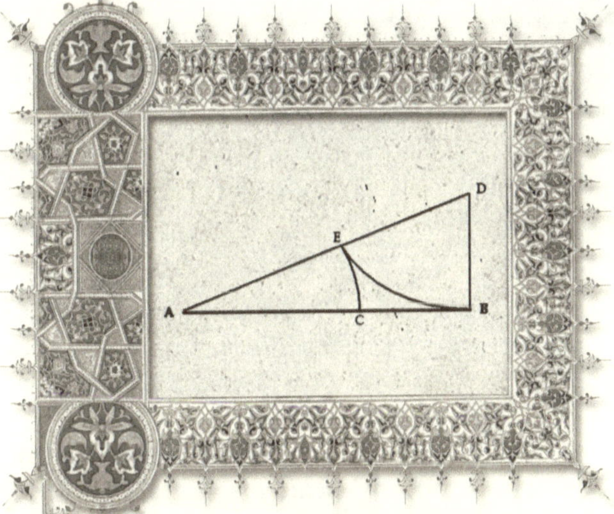

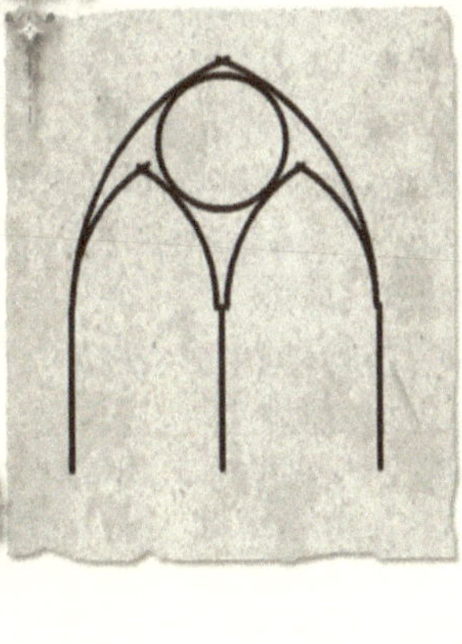

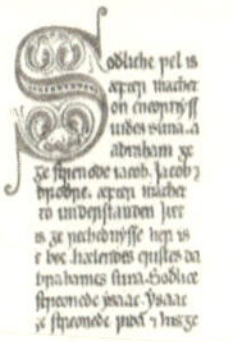

¿Podrías descubrir cómo fueron diseñadas las ventanas de las catedrales bóricas?

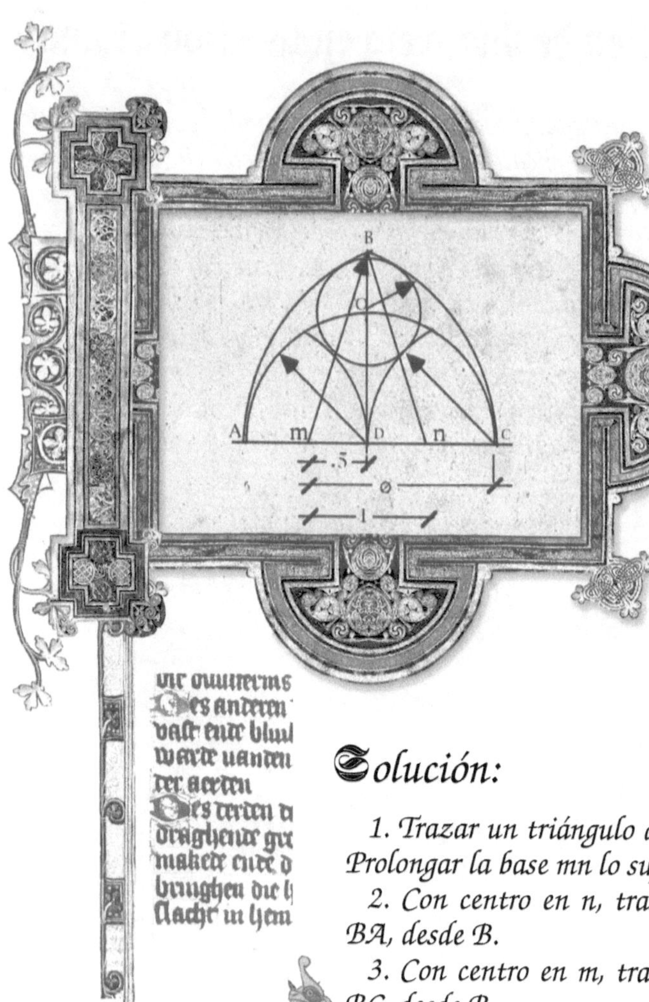

Solución:

1. *Trazar un triángulo divino mBn. Prolongar la base mn lo suficiente.*
2. *Con centro en n, trazar un arco BA, desde B.*
3. *Con centro en m, trazar un arco BC, desde B.*
4. *Encontrar el punto medio de mn, D. Trazar DB.*
5. *Con centro en D trazar el semicírculo AC. Determinar O.*
6. *Haciendo centro en C trazar un arco desde D.*
7. *Haciendo centro en A trazar un arco desde D.*
8. *Finalmente, trazar desde O un círculo tangente a los arcos internos.*

Capitulo VI

La Manifestación Exterior

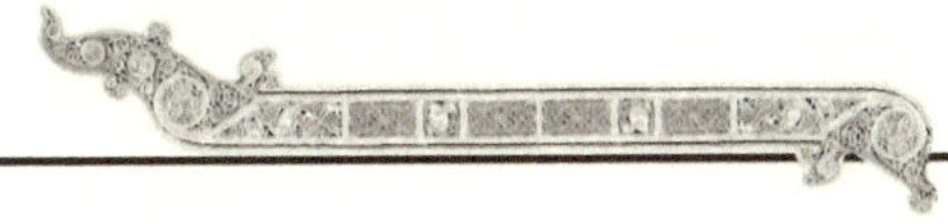

Teníamos planeado emprender la marcha muy por la mañana y, al caer la noche, acampar a medio camino entre Sn. Orafio y Qu-et.

Qu-et es el templo lunilaico que mejor se tiene en pie al otro lado del Río Toss. La gran mayoría de edificaciones lunilaicas que allí se levantaron, hoy tocan el suelo desplomadas por las guerras y el tiempo. El Río Toss, de flujo intimidante, divide en partes desiguales al árido valle de Isor, de superficie blanquecina y polvorienta. Las aguas han lavado el piso hasta encontrar una base que sepa contenerlas. Así se ha formado un cañón cuyas inconsistentes paredes conminan a la prudencia a quien quiera escalarlas. Parece más bien una trampa abierta sobre el desierto. No es casualidad, por tanto, que el Río Toss se haya postulado desde siempre como un límite natural para quienquiera o lo que quiera que hegemonice a uno y otro lado de su cauce. Y este fue precisamente el caso. En esta región de Lepuria, la avanzada lunilaica de la Edad Intermedia desistió de ir más allá del río.

Qu-et no se encontraba muy lejos de donde estábamos y El Camino de Gnedh, en buen uso de esa vecindad, reservaba para el doctrino szabeo un primer contacto con la religiosidad lunilaica. Sin embargo, para contrariedad de los planes del Rvdo. Ogli, nos vimos obligados a gastar un día completo a la sombra de un orgol, árbol gigante que puede alimentar con su raíz almidonosa a quince personas durante *todo un año. El retraso fue una cortesía de Oj, nuestro amable knork. Mientras estuvimos dentro de Sn. Orafio, Oj se indigestó con unas bayas silvestres que lo pusieron todo verde.*

Una vez hechos a la circunstancia, nos extendimos en las liturgias szabeas más de lo acostumbrado. Después, disfrutamos del paisaje que se abría frente a nosotros. El orgol se convertía en una inmensa sombrilla cuando se despejaba el cielo, y la sombrilla se hacía un gigantesco sonajero al soplar el viento. Recuerdo que disfrutábamos del queso ácido de jubicante que llevábamos en las alforjas cuando vimos una figura vencida que subía por el camino con paso jadeante. Lo reconocimos enseguida. Nos incorporamos y fuimos a su encuentro.

-¡Hermano Tyl-kro! -exclamó el Rvdo. Ogli mientras se precipitaba sobre el anciano para sostenerlo.

-Reverendo Ogli... tenemos que hablar -contestó ahogándose el viejo Tyl-kro.

-¡Por supuesto! Pero dime respetable Tyl-kro, qué puede ser tan importante para haberte traído hasta aquí sin la seguridad de encontrarnos. Lo digo porque este encuentro ha sido totalmente casual.

-Traigo un mensaje de Maese Garg -respondió, todavía agitado.

-Bueno, te escucho amigo Tyl-kro -replicó el Rvdo. Ogli.

-Eh... pues... -Tyl-kro titubeó mirándome de sesgo.

-Siéntete en libertad de hablar -dijo mi maestro-. Ad debe atender toda manifestación exterior que se le presente en su peregrinaje. No sólo está en su derecho sino también en su deber. Recuerda la Ley de Anticipación de Otân-guié, hermano Tyl-kro, según la cual todo acontecimiento que tenga lugar en el Camino de Gnedh debe ser recibido por el discípulo como una sensibilización que el Enrarecimiento proyecta sobre él. Para cada individuo hay un camino particular aunque todos pisen la misma huella. Y está escrito que habrá una trayectoria

sobre el Camino de Gnedh que privilegiará al que lo recorra con el conocimiento para el cual los szabeos nos hemos preparado secretamente desde siglos atrás.

- Pido disculpas a tu discípulo Ad y a ti también Rvdo. Ogli. -dijo Tyl-kro- No pretendía ofenderles. Sin embargo, tendrás que admitir que ha sido el celo con que siempre se han tratado nuestros asuntos lo que precisamente nos ha concedido tan larga existencia.

- No te incomodes, amigo Tyl-kro. Tampoco yo he querido herirte. Solamente he tratado de estimular a mi discípulo e invitarlo a que preste atención.

- Pues bien, como sabes, antes de que ustedes abandonen el Monasterio de Kien la situación mundial era delicada. Hoy se habla de una intervención directa de las fuerzas de los Países Unificados sobre la Liga de Falanjatos. Como también debes saber, las dos partes cuentan con armamento que, puesto a guerrear, acabaría no sólo con ellos mismo sino con toda la vida sobre el planeta y con el planeta mismo. El Secretario de las Naciones Hermanas ha sido el último en abandonar la mesa de negociaciones y no ha podido conseguir nada. El portavoz del gobierno de Sammkara admitió que existen misiles con carga biomolecular apuntando hacia las capitales occidentales, ante lo cual, el general D-hu declaró públicamente que atacará con poder de fusión. Pero, tú sabes que, aunque no lo quieran admitir, ambos bandos están en posesión de bombas de antimateria. Los Países Unificados han retirado su personal diplomático de las capitales adversarias. En Galactia, Primaria y Arania se aconseja por televisión el avituallamiento. La gente se dirige a los refugios atómicos y, por no dejar de hacer algo, hacia las montañas en los países que no cuentan con ellos.

- Pero esto ya ha pasado antes, ...cuatro veces en tres años.

- ¿Cómo sabemos que ahora va en serio? -se preguntó el Hno. Tyl-kro adelantándose al Rvdo. Ogli-. En este preciso momento, una flotilla de apoyo electrónico se dirige hacia el Estrecho de Ammen desde alguna base secreta en el Mar de Euda. Eso significa un paso más hacia lo inevitable; es decir, ahora el peligro es más grande.

- Y cada vez será mayor hasta que finalmente... -dijo el Rvdo. Ogli con palpable desesperanza- ¿Estás seguro sobre la flotilla de apoyo?

- Lo que acabo de contarte no es un rumor, nos lo han dicho nuestros contactos los cuales, no hace falta decir, son confiables.

- Lo sé, amigo Tyl-kro. Fue sólo una necedad promovida por el desaliento. Hay algo en mí que se niega a creer que los seres pensantes,

en tantos siglos de civilización desde los tiempos de las cavernas, no hayan ganado en sabiduría; sólo han sofisticado sus métodos de asesinato: del garrote al misil transcontinental.

- Sí, es difícil de aceptar.- contestó Tyl-kro.

Después agregó:

- En todo caso, Maese Garg me ha pedido que les de alcance y les pida que busquen refugio en el monasterio de Istric, que es el más cercano a San Orafio, pues el de Kien ya no da abasto. Todos los monjes szabeos, una vez reunidos en los diferentes conventos, entrarán en oración sumándose al canto sincrónico de los mamíferos marinos para contribuir a la distensión. No podemos hacer más.

- ¡Es verdad! Lamentablemente, no podemos hacer más. - dijo mi maestro.

Se produjo un apesadumbrado silencio, grave como la lectura de un obituario. Luego de un momento, el Rvdo. Ogli restauró la conversación...

- Bueno pues, si Maese Garg lo cree así, buscaremos refugio lo más rápido posible.

- Hay otra cosa que debes saber, amigo. Cuando hay una amenaza de guerra total, como en las anteriores ocasiones, la gente de esta región pierde interés en trabajar, no hay servicios y todo es un caos. Así que, para llegar al monasterio de Istric no les queda otro recurso que caminar hasta el Puerto de Oods y encontrar la manera de viajar a Frigenia en algún bote.

- Eso me estaba temiendo -respondió mi maestro.

Dimos las gracias a Tyl-kro por el ejemplar esfuerzo empleado en encontrarnos y lo hicimos partícipe de nuestras escuetas provisiones. Seguimos comentando sobre el problema mundial por un buen rato más. Después, la conversación buscó apaciguarse en mejores tiempos. Ambos recordaron tardes de recreo que habían compartido en el río; el inocente robo de frutas en la propiedad de un viejo avaro que les pareció una aventura completa y un secreto inconfesable; los juegos de pelota; el trompo y el dulce de leche.

Alparecer, la amistad entre Ogli-s-Oöp y Tyl-kro los había unido desde la niñez. Luego, nos despedimos como si lo hiciéramos para siempre. Una profunda nostalgia humedeció la cálida mirada de mi maestro al ver a su amigo alejarse y perderse entre las curvas del camino. Ahora creo que en ese momento él presintió que ya no lo volvería a ver nunca más. En cuanto el ambiente volvió a ser completamente de los dos, pregunté a mi maestro:

- Rvdo. Ogli, ¿Cree usted que esta vez el problema va a acabar en guerra?

- Las cosas han venido empeorando con los meses. No se puede saber con absoluta seguridad cuál de los tantos conflictos desatará la guerra. Lo que sí es cierto es que cualquiera de ellos puede ser el último.

- ¿Pero, como empezó todo?

- ¡Vaya, esa sí que es una pregunta!

- ¿Por qué?

Así fue cómo mi maestro emprendió lo que yo resumo a continuación:

Lo último que restaba del fermento genitor que había en los intersticios del suelo entró en efervescencia. Ante los ojos asombrados de los artícolas, el azar dominante de las combinaciones de fermentos reprodujo los animales que los artícolas creían perdidos. Lo mismo sucedió con las plantas que habían desaparecido. La casualidad esporádica produjo nuevas especies y extinguió otras desafortunadas e igualmente accidentales. Así fue restaurada la vida sobre Ghesta. La cueva donde se habían refugiado los artícolas se encontraba en lo alto del monte Mãlegum. Cuando los artícolas descendieron para habitar las tierras bajas, la cueva se convirtió en un templo. Allí, unos sacerdotes cuidaban, veneraban y estudiaban la Tabla del Arcano. Los demás formaron dos aldeas a uno y otro lado del monte Mãlegum; la una se llamó Tre y la otra Ert. La tierra que habitaban era magnífica: bosques, frutales y campos rodeaban un gran lago de aguas azules y tranquilas.

Los que no cultivaban, pastoreaban los ganados, pescaban o recolectaban frutos. Pero, algo del mal ejemplo de los ambiciosos gigantes afloró de la memoria. Al crecer estos pueblos hermanos, los sentimientos de propiedad sobre las tierras aledañas también crecieron. Ya se disputaban una colina, ya las fuentes de agua. Nuevamente el suelo de Ghesta fue ofendido parcelándoselo con estacas y cercas. La rivalidad entre Tre y Ert aumentaba con cada problema. No tardaron en preguntarse a cuál de los dos pueblos prefiere Dios. Entonces, desarrollaron diferentes ceremonias para el mismo Dios que no tardó también en diferenciarse. Este es el origen de las dos religiones que dominan el mundo actual. Convencido cada cual de ser el preferido, los dos pueblos comenzaron a subestimarse mutuamente hasta llegar al desprecio. Ambos encontraron en las diferencias que los distinguían motivos de repugnancia. Los miembros de ambos pueblos siempre se habían bañado en el lago que el monte Mãlegum dominaba. Las aguas que lavaban sus cuerpos empezaron a recoger los malos humores producidos en esa época de odio. Los odios recogidos se iban disolviendo en el lago cargándolo con maldad. El odio lleva fuego porque se produce en los ánimos enardecidos y es capaz de enardecer a los que toca. Así que, una vez que entró en contacto con los fondos del lago, el odio reactivó su fermento genitor produciendo el calor necesario para iniciar nuevamente la efervescencia creadora. Pero, como se trataba de un fuego insano, del odio y las aguas, el suelo formó un ser líquido, negro y viscoso. Este ser amorfo espesaba con los nuevos odios que se iban disolviendo en las aguas del lago. Mientras más crecía, mayor era su deseo de volverse enorme. Pero para eso, este ser necesitaba más alimento; más y peores sentimientos malvados. Entonces, a través del contacto con la piel de los bañistas, azuzó a los seres pensantes para que se volvieran los unos contra los otros.

Como consecuencia de esto, ambos pueblos exigieron el derecho a poseer la Tabla del Arcano y pensaron que Dios estaba interesado en sus respectivos éxitos. Se vigilaban entre ellos y sospechaban de quien se acercaba al monte Mãlegum. Se organizaron patrullas de vigilancia para evitar que los otros lleguen al templo. Pero esta estrategia colocó a varios de cada grupo en las proximidades del templo, lo cual querían evitar. De repente, el monte fue invadido en dos direcciones contrarias. Fácilmente franquearon las puertas del templo. Los Sacerdotes Custodios no opusieron resistencia. Unos y otros se encontraron frente a frente. Les separaba el altar que sostenía la Tabla del Arcano. Alrededor de ella, se habían apostado algunos monjes custodios protegiéndola con sus cuerpos. Estos trataron de dialogar con los dos bandos para evitar que se hicieran daño, pero la desconfianza dominaba sus acciones. Alguien malinterpretó un ademán enarbolado con brusquedad y lanzó el primer golpe y esto desató una violencia descontrolada. La fuerza del encuentro, de un empellón, trajo abajo la piedra sagrada. La multitud se apartó en estampida para dar paso a la caída del monolito. Después de golpear el suelo, la Tabla del Arcano se partió en tres y el cuerpo sin vida de un monje yacía en el mismo lugar en que fue atropellado por los beligerantes. La violencia terminó inmediatamente. Todos se quedaron paralizados. La Tabla del Arcano se había destruido y se había cometido el primer asesinato.

Esto era todo lo que el lago maligno esperaba para levantarse sobre la faz del planeta e imponer su reino nefasto. Así, el lago ya bastante oscuro y espeso, empezó a coagular. Se convirtió en una inmensa masa negra y viscosa de olor sofocante. Poco faltaba para que la masa tomara cuerpo y el monstruo se erigiera. De un día para el otro, todos y cada uno de los miembros de los dos bandos criminales se sintieron atormentados por el remordimiento. Las primeras gotas impregnadas en la culpa del asesinato se difundieron en las aguas del lago. Pero la culpa pesa más que el odio; esto, el lago no lo sabía. Se cargó con tanta culpa que su masa llegó a ser extrema. Cuando trató de incorporarse, el piso cedió. Como por entre un enorme sumidero, el monstruo se coló hasta los sótanos profundos del suelo dando un grito inconcebible. A su paso las rocas se resecaban como si hubiesen sido calcinadas. Se partían. Se dividían. Se fragmentaban. Los trozos se descomponían en pedazos, los pedazos se quebraban en porciones que continuaban fraccionándose debilitadas por la desecación de hasta el más microscópico contenido de humedad. Así se formó la arena del desierto. Allí donde hubo olas ahora hay dunas; el desierto guarda la memoria de su origen. ¿Acaso no parece un mar de arena? Este fue el origen del Desierto de Azar. Cada gota de agua que cae sobre él es absorbida por la bestia negra y viscosa que yace bajo el desierto pues tiene afán de diluirse y recobrar su ligereza. Entonces podrá erigirse y conquistar el planeta. Las aguas, sabedoras de su maldad, lo evitan; por eso no llueve en el desierto. Pero la bestia no sabe si diluirse o concentrarse pues también necesita del odio para ser lo que quiere ser. Por esta razón continúa azuzando a quienes habitan junto al desierto para lo cual les ofrece agua emponzoñada con rencores que hace surgir de sus trampas llamadas oasis. El agua que allí aflora proviene de los aceites sobrenadantes de su cuerpo líquido cargado de maldad. Por eso el desierto es tierra peligrosa, azotada por guerras que la bestia provoca.

Cuando, con máquinas succionadoras, los seres pensantes extraen del suelo parte de la inmensa masa líquida de la bestia, lo que consiguen puede ser usado como combustible. Cuando arde no hace más que desatar el odio acumulado por milenios. La bestia consiente las mutilaciones porque sabe que el combustible es fuente de dinero y poder y esas son siempre buenas razones que se encuentran tras los odios capaces de producir guerras.

Los dos pueblos que crecieron a las faldas del Monte Mãlegum, que una vez fueron hermanos, abandonaron enemistados lo que alguna vez fue un edén. Los descendientes de Tre se diseminaron hacia las vecindades que bordeaban el desierto huyendo de su sequedad inhóspita. Los descendientes de Ert fueron más allá; la esperanza les prometía tierras generosas. Los dos grupos se distribuyeron por todas partes y poblaron el mundo entero: alrededor del Mar Central, al sur del Azar, sobre las estepas meridionales hasta alcanzar los territorios del norte para pasar de allí al Continente Lateral. Pero, desde entonces los de Tre y los de Ert, han llegado a rechazarse hasta llegar al odio más irracional y violento. No es extraño, entonces, que las fronteras entre sus descendientes han sido escenario de guerras, masacres y genocidios.

En las nuevas tierras, tanto los descendientes de Tre como los de Ert, encontraron cosas nunca antes vistas para las cuales no poseían nombre. Mientras más abundante era la zona en novedades, mayor eran el número de palabras que necesitaban crear. Algunos azáritas -como se conoce a los que habitaban el Desierto de Azar- nunca llegarían a ver nevar pero los que poblaron las tierras frías, como las de Frigenia, desarrollaron hasta veinte nombres para referirse a la nieve en sus distintas condiciones. Y, como el caso de la nieve, hubo miles más, aunque no tan ubérrimos en nombres. Los nombres diferentes sonaron distinto y produjeron distintas verbalizaciones. Así, las diferencias ambientales produjeron otra distinción: el idioma. Incluso entre los descendientes de un mismo pueblo azárita se hablaba diferente lengua. Por ejemplo, entre los descendientes de Ert que se asentaron al oeste del Mar Central se encontraron aquellos que se llamaban a sí mismo rúsidos y que hablaban el rúsio; los anátidas y láridas que hablaban el esco; los équidos, ceúticos, gypsios, lepóridos y axeos -que fueron antecesores de los grezcos- hablaban todos su propio idioma. A partir de las combinaciones entre estos pueblos antiguos, descendientes de los azáritas, se formaron las grandes civilizaciones; y de éstas, los pueblos modernos. Todos provenimos de los azáritas. De allí que las pretensiones raciales, hasta las más inocentes, se vuelven absurdas, cuando no ridículas, a la luz del conocimiento.

- Debemos tenerlo siempre presente si no queremos caer en prejuicios y crueles desengaños. -concluyó mi Maestro-. Recuerda, Ad, que la ignorancia no es un delito pero la que se asienta en la necedad es indecorosa. Ahora bien, los Países Unificados y la Liga de Falanjatos no son más que las organizaciones modernas de naciones descendientes de Tre y Ert, respectivamente. Los primeros son conocidos

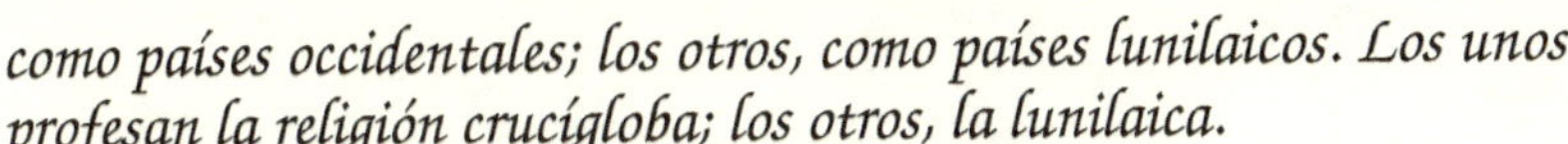

como países occidentales; los otros, como países lunilaicos. Los unos profesan la religión crucígloba; los otros, la lunilaica.

Este es el origen del odio que hay entre ellos tal como me la contó mi querido y sabio maestro, el reverendo Ogli-s-Oöp.

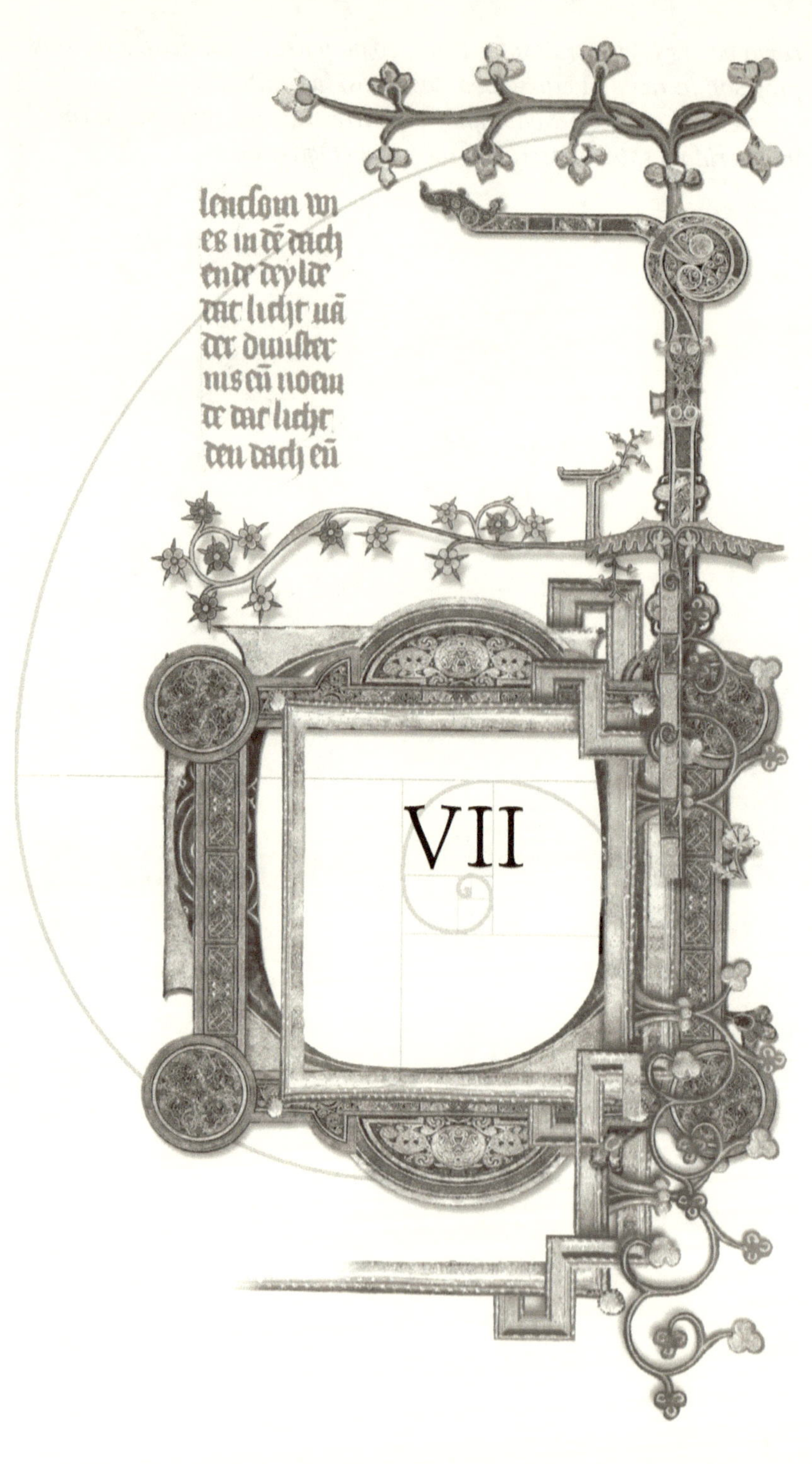

VII

Capítulo VII

Crónica de una Apoteosis

Por fin estábamos en marcha.

- Lo siento, querido Ad -dijo mi maestro-. Estabas tan entusiasmado con tu viaje de iniciación que hasta he dudado en aceptar la prudencia de Maese Garg. Pero tu viaje no tiene sentido si no hay futuro para nadie.

- Lo sé, Rvdo. Ogli.

- Para tu consolación, si es que puede caber alguna, una vez desembarcados en Frigenia, obligadamente tenemos que pasar por Wrestongres, que es uno de los puntos más relevantes de El Camino de Gnedh.

- Recuerde maestro que fue usted quien dijo que para cada individuo hay un camino particular aunque todos pisen la misma huella.

- Sí, lo recuerdo.

- Entonces, esta desventura puede ser parte de la forma en que el Enrarecimiento se manifiesta ante mí ¿No es cierto?

- ¡Es verdad, mi querido doctrino! Lamentablemente, como tú lo has dicho, es una desventurada manera de manifestarse.

- A propósito Rvdo. Ogli, usted me ha contado lo que, según yo entiendo, es el origen del problema mundial de acuerdo a las creencias míticas y religiosas pero... ¿qué está pasando actualmente?

- Dado que, para mejor entendimiento, la explicación impone algunos antecedentes, creo que empezaré por contarte primero cómo surgió el cruciglobismo ¿Está bien?

- Como usted crea necesario, maestro -respondí.

- Para encontrar las raíces del problema, según el punto de vista de la historia, debemos retroceder en el tiempo hasta los orígenes del Imperio Marteriano. Pues bien, la región de Primaria, en el centro del Continente Occidental, estaba formada por densos bosques montañosos y era apenas habitada en sus márgenes costeras. Los úrsidos, descendientes de un pueblo axeo que huían de una guerra que casi acaba con ellos, llegaron a la desembocadura de un río en la costa primaria y allí se asentaron cambiando de nombre. De este asentamiento surgió la ciudad de Marteria que llegaría a ser la capital del imperio más importante en la historia de Ghesta. Según Censato, poeta artesio, al principio, Marteria sólo era una pequeña ciudad comercial, pero estaba conducida por gobernantes que valoraban la ingeniería. Éstos, desecaron los pantanos que rodeaban Marteria, alzaron fortificaciones y un templo para Eliseo, su dios supremo. Por primera vez, se levantaron viviendas y las edificaciones gubernamentales cobraron el aspecto de plaza pública. Se proclamó la República que fue la primera en Ghesta y se inventó un sistema de leyes y de gobierno que, en su forma básica, ha sobrevivido hasta nuestra época. Marteria estaba compuesta por tres pueblos vecinos: artesios, cánidos y astácidos, pero pronto comenzaría a incorporar -por las buenas o por las malas- todos los demás pueblos que se hallaban en la región de Primaria. Y fue más allá. Empezando por los pueblos grezcos, Marteria conquistó casi todo el Continente Occidental: Lepuria, Galactia, Frigenia, Roniav y Grezca.

- ...y Arania -completé.

- Arania fue conquistada sólo de manera parcial y los territorios no sometidos fueron para Marteria su límite y amenaza. Roniav, que luego y hasta hace poco se llamaba Incidia, era desde entonces una frontera difuminada entre las culturas de Oriente y Occidente. Junto al estrecho de Arteria se encontraba la ciudad del mismo nombre que sería conocida después con el nombre de Catatonia la cual, en sus orígenes, fue totalmente marteriana. A partir de ella, el imperio extendió sus dominios hasta la región de Riostos y sobre el Reino Ilusorio de Spahá. Alcanzó Sammkara y Asasa. Conquistó, con mayor dificultad Ajeplo, o sea Faronia, pero al final pudo hacerse de Jaraba y Lotaria. De esta manera el Imperio de Marteria llegó a dominar toda la cuenca del Mar Central.

- Cuando los marterianos -continuó después de beber un poco de ki-o que llevaba en su cantimplora de cuero de gassílope- se limitaban a la región de Primaria, su civilización no era más avanzada que las demás. Su ejército, extraordinariamente organizado, supo cómo conquistar a

sus vecinos. Administradores inteligentes se encargaban de gobernar las provincias respetando sus tradiciones. Los marterianos recibían educación de maestros grezcos cuya cultura supieron asimilar. Adaptaron a su manera la filosofía, el arte, la ciencia y la religión grezca. En el auge del imperio todas las provincias se beneficiaron con las aportaciones de la cultura grezco-marteriana. La comunicación entre los pueblos se volvió importante y los marterianos construyeron una red de carreteras enlosadas. Había un correo imperial que se responsabilizaba por los envíos. Los barcos mercantes recorrían las costas y el tráfico marítimo en el Mar Central era denso. También el idioma viajaba por carretera, generalizando la lengua artesia entre los pueblos conquistados. El artesio se volvió el lenguaje de la diplomacia y de la ciencia y, claro, también de la religión y la guerra.

- Yo había pensado que los marterianos no tenían ninguna religión.

- Los marterianos eran profundamente religiosos; adoraban a innumerables dioses: un dios protegía la guerra; otro, el amor; otro, el bosque, etc. Dentro del hogar un dios menor cuidaba la puerta y otro similar, la ventana. El culto a cada uno consistía en oraciones, ofrendas y sacrificios. Abundaban también los adivinos: los augures predecían el futuro atendiendo al vuelo de los pájaros; los arúspices, examinando el hígado de las aves. La religión marteriana nos puede parecer inexistente porque no tenía estructura, es decir, doctrina, y era el gobierno quien se encargaba de organizar las ceremonias en honor a los dioses. Sus deidades se impusieron en todo el imperio. Los habitantes de los pueblos marterianos cumplían los ritos como un acto cívico, como una actividad conectada al mundo político.

- Pero yo entendía que fueron los marterianos los que difundieron la religión crucígloba, que no es precisamente marteriana.

- Sí, es verdad. Lo que pasó es consecuencia de todo un proceso. Marteria, la cuidad, llegó a tener un millón de habitantes. Pero en medio del lujo en que vivían las familias aristocráticas, senadores, comerciantes y jefes militares, se asentaban las clases pobres. Sus miembros habían llegado a la ciudad buscando trabajo pues el imperio había preponderado el comercio y descuidado los campos de Primaria que se habían vuelto pobres y sufrían el abandono. Había una clase más miserable aún: los esclavos. Éstos, a veces, podían alcanzar la libertad. En la mayoría de casos, ya libres, los liberados iban a engrosar las filas de los pobres. Los pobres vivían en el hacinamiento; la aglomeración provocaba olores nauseabundos,

acumulación de excrementos y desperdicios. Consecuentemente, las clases pobres eran azotadas por enfermedades. La indigencia era palpable y la criminalidad señoreaba. La policía imperial se ensañaba con todos los que no eran influyentes y fácilmente llegaban a la crueldad extrema. Lo mismo les sucedía a los miembros de los pueblos conquistados que no se sometían. Bajo el imperio, las almas sin privilegios se sentían llenas de angustia y decepción. Los ricos se habían entregado a la ociosidad y se habían vuelto insensibles. El imperio había crecido y degenerado hasta el punto en que cada marteriano ya no era un ciudadano responsable por el destino social como lo había sido al principio. Para que los pobres olviden su condición, la clase jerárquica ocasionalmente repartía trigo y organizaba festivales sangrientos. En un gran número de ciudades, la vida pública giraba en torno a estos espectáculos. Cuando no eran suficientes los que iban a ser sacrificados, se capturaban voluntarios de entre el público aterrado que, una vez hecha la elección, no tardaba en festejarla. Esto incrementaba la zozobra en que vivían los desprotegidos. Perder la vida era fácil. La muerte esperaba impaciente por cada uno y aparecía en el momento en que menos se la esperaba. Esta ansiedad espiritual se manifestó en una profunda inquietud religiosa.

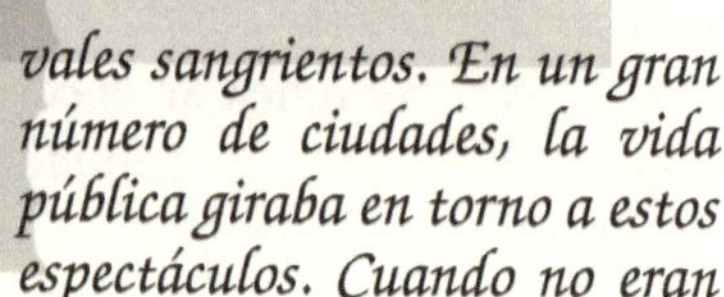

Volvió el Rvdo. Ogli a beber ki-o y continuó:

- Los dioses de los pueblos conquistados por Marteria eran, en lo posible, confundidos con los marterianos. De esta forma los pueblos conquistados podían ser asimilados más fácilmente pues sus costumbres no se veían irrespetadas, sólo reajustadas a la nueva situación. Así por ejemplo, el dios supremo de los marterianos, Eliseo, era el mismo que su correspondiente grezco llamado Accio; el mismo que el dios faronio Orupis; equivalente al dios lotario Zoor y al frigenio

Hirish. Los innumerables dioses secundarios también se confundían entre sí. De esta manera a través de la fidelidad religiosa, Marteria podía gobernar en tierras extrañas.

- Pero, entonces... ¿Qué pasó?

- Que ni Eliseo ni los dioses menores que lo acompañaban ofrecían suspender o compensar los sufrimientos de las clases miserables. Auspiciados por el descontento reinante surgieron al menos dos cultos que se diferenciaban en algún aspecto importante del oficial. El uno se levantó en la ciudad de Vogadro, en Faronia; el otro no se concretó en un lugar en particular sino que se diseminó en todo el imperio como lo demuestran las excavaciones. En Vogadro, se levantó un gran templo llamado Preuss para el culto de una trinidad de dioses que eran adorados como uno sólo. Estos eran Orupis, Rabis y Tsis. Su símbolo era un escarabajo de alas anchas que muere al enterrar sus huevos. El otro culto se efectuaba bajo el nivel del suelo, en cuevas escarbadas que ofrecían un ambiente sombrío a los adoradores de Sidra. Los pobres del imperio que se debatían entre la esclavitud, la crueldad y el miedo descreyeron del sacerdote, la ley y la costumbre. Acudían llorosos al Preuss o a la oscuridad y la sangre de las cuevas de Sidra. Tal vez a causa de que unos dioses fueron absorbidos por otros en un proceso que, sin querer, los fue debilitando conforme los confundía; tal vez porque la proximidad de la muerte era insufrible si no era concebida como un camino de liberación, cuando se difundió desde Jbur la creencia en un sólo dios inmaterial, compensador de miserias, los seres pensantes ya estaban preparados para aceptar esta idea.

- Allí es donde aparece la religión crucígloba... -acoté yo.

- Precisamente, querido Ad. -contestó mi maestro- En una ciudad de Rjostos llamada Jbur, una tribu de pastores compuesta por una decena de familias era fiel a la que ellos llamaban tradición crucígloba. Su doctrina se había recogido en un libro conocido como El Libro de Broc, o simplemente Broc, donde la voluntad de su dios y la historia de la tribu eran una sola cosa. Su nombre, cruciglobismo, venía del símbolo de su dios, es decir, una cruz flechada sobre un círculo. El cruciglobismo fue la primera religión monoteísta sobre Ghesta. Mantenía la creencia de que al sufrido le esperaba el reconocimiento en la siguiente vida donde sería dichoso en la misma medida en que había sido infeliz. Este estado espiritual, esta categoría sagrada, se la ganaba observando de por vida las normas crucíglobas que incluían la mansedumbre y resignación. Ninguna otra religión había promocionado

antes la vida eterna a expensas de los padecimientos. Gwell, el profeta que difundió el cruciglobismo por Rjostos, Sammkara y el Reino de Ghor, atacaba al patriotismo y a los lazos familiares en nombre de dios y de la fraternidad de los seres pensantes; condenaba las clases sociales, la riqueza y los privilegios personales. En su lugar, Gwell ponderaba el amor a los demás.

Un poco más de ki-o y continuó:

- La religión crucígloba se extendió por todo el Imperio Marteriano congregando a un número cada vez mayor de conversos en comunidades alrededor de la fe crucígloba. La actitud de los emperadores frente a la nueva religión variaba conforme convenía a su política de respeto a las tradiciones o según lo exigía la seguridad del imperio. Así, su estrategia oscilaba entre la tolerancia y la persecución. A veces, las campañas intolerantes sufrían el más rotundo fracaso porque había aquellos pueblos en los que hasta las autoridades imperiales ya eran crucíglobas. Finalmente, Marteria llegó a tener un emperador crucígloba: Catatonio. Éste, impulsó el cruciglobismo como religión oficial en todo el imperio. Hizo bordar su símbolo en los estandartes del ejército. Derrocó las imágenes de los dioses anteriores, incluyendo una de tamaño colosal dedicada a Eliseo que había sido erigida en Erto. Levantó templos por todo el imperio que a partir de entonces fueron los únicos permitidos.

- Entonces, así fue como los marterianos difundieron una religión que no era la suya -dije.

- ¡Ajá!

Capítulo VIII

Revelaciones Epistolares

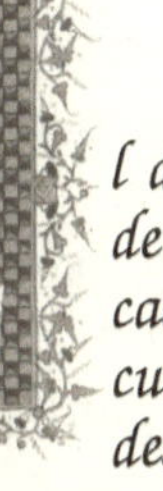

El día se iba desvaneciendo, llevándose la vida de colores a otra parte. El verdor languidecía en cada hoja, en cada brazo de árbol, en el íntegro cuerpo del bosque. Las sombras de la tarde ya desdibujaban el follaje con brochazos mustios. Agrisado, el bosque se retiraba para dormir. También nosotros buscamos reposo en un recodo mullido. Y, así como unas presencias decaían, otras se incorporaban celebrando la vida con himnos noctámbulos, agudos sonidos de flautas plumosas, raspar de patas serradas, adustos vibratos de vientres engordados con viandas estercoleras, la oscuridad salpicada de fugaces resplandores azul-verdes. Oj, nuestro amable knork, embriagado él también por la juerga insectaria, empezó a mugir cadenciosamente. Las esencias resinosas de la leña húmeda, a la que yo prendía fuego, me rememoraron las fragancias de limón que usan las novias de mi pueblo. En cuanto la madera cogió llama, cociné algo de sopa y el olor salado de unos hongos ermitaños que recogimos al pasar por un puente techado suplantó todo rastro de perfume y nos abrió el apetito.

La cena transcurrió muy agradablemente y nos dejó saciados pero como para mí una cena no está completa sin tomar ajenta, preparé una bastante cargada, muy aromática y muy negra. Al llevarme la taza a la boca, vi como la espuma de la ajenta se apartaba rompiéndose alrededor de las burbujas más grandes. Cuando finalmente se dispersó, pude ver mi rostro en la negritud de la ajenta. Examiné mis ojos en el reflejo y me sentí afortunado de estar allí, en el Camino de Gnedh.

- ¡Maestro!

- Dime, querido Ad.

- La mitad de la cara de uno nunca es completamente igual a la otra mitad... bueno si es igual pero... a lo que refiero es...

- Lo que tú quieres decir es que la una mitad no es la imagen exacta de la otra como lo sería si fuese reflejada en un espejo.

- ¡Eso!

- En otras palabras, quieres decir que no siempre una mitad de la cara es la imagen especular de la otra.

- ¿Imagen especular?

- Se dice que la imagen que un objeto o figura proyectada en un espejo es su imagen especular.

- ¡Imagen especular!

- Así, con ese nombre. Es interesante observar que las imágenes especulares de figuras simétricas son exactamente iguales a ellas. Por ejemplo, coloca el espejo junto a un círculo. En el espejo, se produce un círculo exactamente igual al original. Hagamos lo mismo con el triángulo. Puedes colocar el borde del espejo a cualquier distancia de la figura, siempre y cuando quede situado paralelamente al eje (o cualquiera de los ejes) de simetría. Recuerda que es la existencia de dichos ejes lo que define a una figura simétrica. Si no procuramos esta coincidencia estaríamos en el caso de la imagen especular de una figura asimétrica. Muy bien, si hiciste lo que te he pedido verás dos triángulos gemelos.

El Rvdo. Ogli procedió a dibujarlos.

- Por un momento -continuó mi maestro- imaginemos que los triángulos que tenemos al frente son móviles. Si pudiésemos desplazar el primer triángulo hacia la derecha hasta superponerlo al segundo, llegando a cubrir el uno con el otro, entonces comprobaríamos que las dos imágenes coinciden en todos sus puntos. El segundo triángulo queda perfectamente escondido, perfectamente solapado debajo del primero. A este ejercicio intelectual de desplazar figuras imaginativamente y colocarlas unas sobre otras hasta que se confundan en una sola se denomina superposición. ¿Comprendido, querido Ad?

- Sí, maestro.

- Muy bien. Ahora podrás entender lo siguiente: las figuras simétricas son "superponibles" a sus imágenes especulares; las asimétricas, no. Probemos, por ejemplo, con la letra L que es asimétrica. ¿Podrías superponer la letra L a su imagen especular? -preguntó.

- No -contesté-. La letra L tiene su pata apuntando hacia la derecha mientras que su imagen especular la tiene apuntando hacia la izquierda.

- Esta clase de imágenes, con formas derechas e izquierdas que no se pueden superponer, se denominan imágenes enantiomorfas. Obviamente, sólo las figuras asimétricas poseen imágenes enantiomorfas.

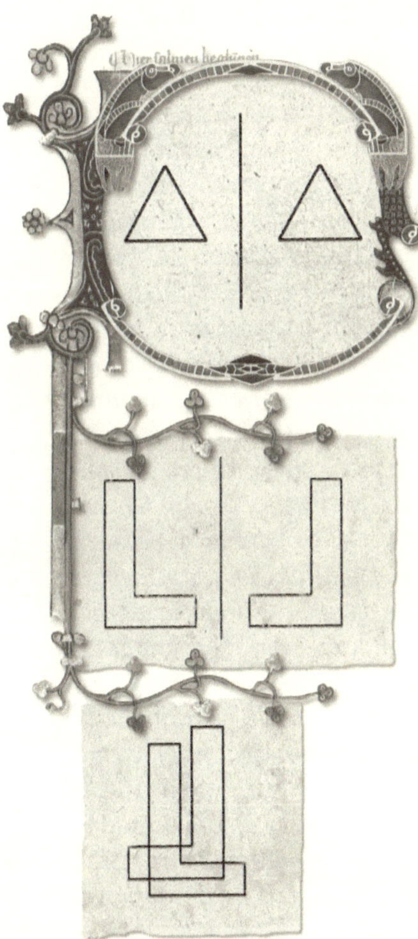

- ¡Imágenes enantiomorfas!

- Muy bien, querido Ad. Ahora contéstame, ¿puedes superponer la letra E a su imagen especular?

Después de pensarlo un poco y sin necesidad de dibujar, contesté lo siguiente:

- Cuando la letra E se presenta "de pie" (es decir, tal como se la escribe), entonces no es posible superponerla a su imagen especular. Pero si viene acostada (dispuesta horizontalmente), entonces sí que se puede.

Terminada esta explicación, procedimos con nuestra liturgia szabea de la cual no hablaré. Toda actividad ceremonial debe estar acompañada por un momento de meditación relevante aunque si uno quiere practicar esta técnica en cualquier momento, no es necesario ninguna ceremonia previa. Para lograr la debida concentración y alcanzar el estado de quietud equilibrada, es obligatorio ejecutar la respiración profunda. La sesión terminó con una plegaria por la paz del mundo.

Sobre La Respiración Profunda, La Quietud Equilibrada y La Meditación Relevante:

Con el fin de evitar que los nervios de la columna vertebral se vean presionados, se ha de realizar los ejercicios respiratorios con la cabeza erguida y el cuello recto, sentándose sobre las piernas cruzadas y orientándose hacia el norte según el campo magnético del planeta en el lugar específico en donde se lleva a cabo la práctica. Un avance preliminar hacia el ejercicio definitivo consiste en inhalar aire lentamente y espirar de la misma manera pero con naturalidad. Se puede controlar el ritmo del ejercicio contando hasta diez al momento de inhalar y hasta diez al exhalar. Es necesario conseguir este ritmo para establecer una cadencia de operación en la integridad del cuerpo. De esta manera, desde la actividad molecular hasta las ondas del pensamiento estarán sincronizadas en su evolución. Sólo de esta forma se podrá conducir la totalidad de las manifestaciones energéticas hacia el objeto de meditación, como si se tratara de una sola gran fuente de energía. Esta clase de energía nerviosa modulará nuestro sistema corporal y nutrirá nuestro espíritu. Se deberá practicar esta respiración durante cinco minutos; es decir, contar despacio hasta diez mientras se va absorbiendo aire y contar otra vez hasta diez al expedirlo. Se descansará dos minutos y luego se empezará otra vez.

Es recomendable practicar este ejercicio respiratorio tres veces al día, interponiendo unas ocho horas entre cada sesión. Así lo contempla el Libro de Horas de la orden szabea. Si el practicante se encontrara fuera del convento, ha de discernir el tiempo más apropiado. Una vez iniciado en este ejercicio, el doctrino debe ejecutarlo diariamente al menos en un período de treinta días. ¡Es necesario advertir sobre el peligro de interrumpir el ciclo si se espera buenos resultados! El practicante ya acostumbrado al ritmo podrá desatender el conteo y concentrarse en el paso del aire a través de su faringe en donde reside una acumulación de terminaciones nerviosas. No se ha de permitir que irrumpan en la consciencia otros pensamientos que perturben la concentración. Estos pasos programados establecen en el organismo un ritmo natural e instantáneo que puede ser evocado en el momento en que el ejecutante quiera. Conseguir esto es muy importante y su razón se entenderá más tarde. El practicante ha de ejercitar la respiración sin conteo, concentrando su atención en la faringe durante otros treinta días. Al final de este período, su sistema corporal y su consciencia habrán creado el vínculo necesario para acometer el siguiente nivel que es una antesala de la Meditación Relevante. El practicante ha de inventar una frase que busque el sosiego pero que tenga la propiedad de sugerir lo mismo con cada una de sus partes. Lo ideal sería que cada ejecutante encuentre la frase que le sea más inmanente. Si esto no fuera fácil, el ejecutante está en libertad de hacer uso de la frase utilizada por nuestro venerable maestro Otân-guié, esto es: "Que la paz y la tranquilidad me cobijen con su serena y calmada presencia".

Una vez elegida la frase, en lugar de atender al paso del aire por la faringe, el practicante deberá repetirla mentalmente en cada inhalación y exhalación. Conforme la repite, deberá concentrarse en lo que sugieren las partes y la totalidad de la frase. Así, dejará libre el milagroso poder que contienen las palabras. Deberá practicar este ejercicio respiratorio durante dos meses sin ninguna interrupción. De esta forma, se logra una asociación inseparable entre la así llamada Frase Modulatoria y la modulación apaciguadora del espíritu creada por la Respiración Profunda. El ejecutante entrenado descubrirá que está en capacidad de conseguir a su voluntad un estado de sosiego poniendo todo su cuerpo en modulación, es decir, en Quietud Equilibrada. Notará cómo incluso los músculos de su cuerpo se distensionan al retornar a un estado energético menor. Para esto sólo le bastará con evocar mentalmente su Frase Modulatoria. De esta manera, si el practicante se encontrase en una circunstancia de gran tensión, podría controlar inmediatamente su ansiedad tan sólo haciendo uso del pensamiento. Básicamente, este es el proceso fundamental que ha de seguir el doctrino que desee educarse en el control mental. Si le atacase una enfermedad, el practicante podría combatirla eligiendo la fase adecuada; si ambiciona alguna meta, el ejercicio de esta práctica le ayudará a perseverar y dirigirá sus esfuerzos. Puedes provocar el advenimiento de lo que persigues; ¡tan sólo escoge tu frase! La Meditación Relevante es la reflexión distensionada sobre un particular. Se necesita antes alcanzar el estado de Quietud Equilibrada. Sólo entonces, se ha de convocar al asunto de interés. En esta circunstancia sosegada, la consciencia baja la guardia y descubre la sabiduría de su lado oculto y que es parte de la Visión Interna. Entonces, juega despreocupadamente con las posibilidades revelando puntos de vista ciegos al ojo externo.

Con la misma habilidad que el ejecutante habrá desarrollado para mantener lejos otros pensamientos extraños en el ejercicio de la Respiración Profunda, así ha de mantener en la consciencia solamente el asunto en cuestión. No se ha de presionar a la consciencia; se la debe abandonar a sus anchas pero siempre alrededor del particular que nos ocupa. La meditación debe ser libre, dócil, desenvuelta. La Meditación Relevante es el mecanismo más fructífero para acometer problemas agudizando la portentosa creatividad de la mente. Cuando se orienta hacia la sensibilización del espíritu con la presencia circundante de Dios, la Meditación Relevante es, en verdad, un mecanismo elevador que conduce a la así llamada Sublimación del Espíritu de lo cual trataremos en el siguiente misterio.

Tomado de: La Substancia Y Lo Intangible, Biblioteca Iniciática, Monasterio de D'orh.

Capítulo IX

El Cristal de Luna Negra

Encontramos al Puerto de Oods enmudecido; absurdamente silencioso para ser un mercado al borde del Mar Enorme. Extrañados, subimos por donde los coches dejan el puerto una vez cargados, pero no pudimos ver nada que se moviera. Caminamos a lo largo de varias calles avistando en vano. Llamamos por ayuda sin resultado. Nos dividimos. Yo corrí por varios minutos hasta quedar exhausto de trotar y mirar. ¡No había nadie! El Puerto de Oods, el vociferante Puerto de Oods estaba desolado. ¡Nadie que quisiera hacerse al mar! Las retorcidas y estrechas callejas filibusteras, antes repletas de estrépitos e infidencias, zurcidas de confabulaciones y delirios de mar, habían sido abandonadas. La ciudad parecía ahuecada, como si se le hubiera escapado el alma. Sólo el viento fantasmeaba en las calles azotando puertas y ventanas.

Encontré solamente un viejo huraño que había perdido la esperanza y las ganas de hablar. Luego, bajé hasta los muelles. Los veleros abandonados, con sus crucetas desnudas, se me figuraban un campo de espadas flotantes. ¡Nadie en los muelles! Una bandada de aves en ayunas graznaban buscando a los pescadores para robarles una ración. Esto y el reventar de olas era lo único remanente del bullicio usual. El puerto de Oods se encontraba totalmente abandonado. Nuestra situación se complicaba... Por fin, vi a mi maestro acercándose a mí.

- Creo que vamos a tener que avanzar a lo largo de la costa hasta dar con un pequeño pueblo de pescadores que queda al norte. Tal vez allí podamos conseguir embarcación. Es nuestra última esperanza.

- Pero, ¿sabe usted qué pasó aquí? -pregunté.

- Que la gente ya ha abandonado sus casas, sus pertenencias y su pueblo en busca de refugio. Así de grave está la situación.

- Entonces, usted sí encontró alguien en el pueblo.

- Sí, di con un pequeño grupo que ha preferido quedarse aquí. Me han contado que recibieron la noticia sobre una guerra nuclear inminente hace como dos días y todos han huido hacia unas minas de carbón que no se encuentran lejos de aquí.

- ¿Por qué se quedaron ellos?

- Me dijeron que habían vivido aquí toda su vida y aquí preferían morir. Sin embargo, creo que la verdadera razón que tenían para quedarse era que, en realidad, son lunilaicos.

- Pero refugiarse en las minas podría significar la salvación de sus vidas.

- Pero dentro de las minas deben estar orando. Sería muy fácil delatarse si no se conoce el ritual.

- ¿Qué pasaría si los descubrieran los crucíglobas?

- En este momento, el odio contra ellos deben estar exacerbado. Si los descubriesen ahora, sus vidas acabarían de todas maneras.

- ¿Por qué se odian tanto, maestro?

- Es bastante complejo para una respuesta inmediata...

Esto ocurrió a media mañana. Otra vez estábamos en camino. La longitud de la playa nos dio la ocasión de extendernos en el tema.

- Muy bien, ya te he contado la historia del Imperio Marteriano. Ahora vayamos más allá -dijo mi maestro. En época de Catatonio, -continuó- Marteria se hallaba rechazando los ataques de los nómadas procedentes de Arania y Emuria. La capital del imperio se mudaba conforme las exigencias militares. La ciudad de Marteria, en la región de Primaria, resultaba demasiado alejada de la zona conflictiva para desempeñarse como una capital. El emperador, entonces, escogió a la ciudad de Arteria, en Gerundia, como la nueva capital. Desde allí, pensaba gobernar sobre la parte oriental y occidental del imperio y además combatir a las hordas nómadas. Arteria cambió de nombre en honor del emperador y desde entonces se la conoció como Catatonia. Pero la historia siguió un rumbo imprevisto. Desde Arania, de una manera u otra, el imperio se vio invadido por varios clanes: erodos, anterodos y parierodos que rompieron por la mitad la continuidad *del dominio marteriano alrededor del Mar Central. Los nómadas se apoderaron de la parte occidental del imperio repartiéndosela entre ellos. El Imperio Marteriano, con su capital en Catatonia, pasó a ser oriental. Sin embargo, los clanes arianos fueron asimilados casi inmediatamente por la cultura marteriana-occidental y se volvieron sus defensores. Se adjudicaron títulos como reyes, duques y condes que son nombres descendientes de distinciones marterianas, adoptaron la religión crucígloba y aceptaron al Obispo de Marteria, el Øppos, como jefe de la Iglesia Crucígloba.*

El Rvdo. Ogli volvió al ki-o. Bebió unos sorbos y continuó:

- Al Øppos no le interesaba que el imperio se dividiera en dos y se afanó por hermanar a unos y a otros. Perseguía la unidad imperial pero bajo su paternidad, por supuesto. Le motivaban razones más bien mundanas que religiosas. El momento era imperativo pues había amenazas de separación por parte de la Iglesia Crucígloba de Catatonia. Pero el Øppos tuvo éxito gracias a una fórmula política-religiosa que fue aceptada con equitativa resignación. Los reinos aranios de Occidente terminaron por reconocer al emperador marteriano que gobernaba en Catatonia, aunque de un modo indefinido y sin vasallaje. A su vez, los marterianos de Catatonia sometían su iglesia a la autoridad del Øppos. No por esto dejó de existir una marcada diferencia entre los dos cultos, ambos crucíglobas.

Más ki-o...

- En la parte occidental, había cientos de bandoleros erigidos como soberanos. La vida seguía siendo insegura y las propiedades se mantenían a la fuerza. Para defenderse se multiplicaron los castillos pero también se borraron los caminos. Las ciudades que florecieron bajo el primer imperio, fueron empobrecidas y abandonadas. La población se ubicó alrededor de las fortalezas buscando protección. El artesio se transfiguró al mezclarse con las lenguas de los ex-nómadas. Sólo el clero y algunos seres pensantes cultos lo conservaron. Los siglos que siguieron fueron época de oscuridad intelectual, de ignorancia y superstición. El descuido cultural fue tal que incluso se perdió la memoria de los pueblos.

- He oído decir -interrumpí- que los habitantes del Continente Central de esa época, al no poder explicarse el origen de los acueductos marterianos, decían que los había construido el demonio ¿Es verdad?

- ¡Es cierto! Se trataba de unas arcadas descomunales que, para esa fecha, ya no funcionaban ¿Cómo podían saber para qué servían? También la ciencia marteriana se perdió con el tiempo. Tampoco sospechaban

quién las había colocado allí ni desde cuándo habían estado. No tuvieron mejor ni más cómoda explicación que decir que un capricho demoníaco las había materializado al instante.

- Pero, entonces ¿cómo es que sabemos esto y lo que pasó antes?

- Si no hubiera sido por los monjes cruciglobas, en Occidente la cultura artesia se habría extraviado para siempre. En su parte oriental, en cambio, el imperio se mantuvo organizado y no sólo conservó su cultura artesia sino que logró el típico refinamiento oriental. Se establecieron centros de enseñanza y se crearon bibliotecas.

- Continúe por favor, Rvdo. Ogli -dije- no voy a interrumpirle más.

- ¡Hazlo! Cuando quieras, interrúmpeme sin ningún problema. No estoy aquí para mantener el ritmo sino para entregar lo que he llegado a saber.

- Gracias, maestro.

- No tienes de qué agradecerme -dijo sonriéndome y continuó-. Lo único común en esos dos cultos cruciglobas era el Øppos y sólo él mantenía la cohesión, a veces endeble, entre uno y otro. Habiendo llegado al entendimiento que expliqué anteriormente, estaba claro que quién se fuera en contra de la Iglesia, se iba en contra del Imperio Marteriano. Entonces, hubo celo en la palabra. Se trató de establecer la interpretación exacta de las cosas creídas para evitar errores de opinión que pudieran atentar contra la armonía imperial. El sostener un criterio equivocado -es decir, fuera de lo común- y mucho más el transmitirlo ya no se juzgaba como un error a nivel intelectual sino como un delito moral que hería doblemente a la religión y al imperio. Pronto, se persiguió la libre expresión del pensamiento y, con mucha mayor razón, las innovaciones religiosas.

- ¿Qué quiere decir exactamente "se persiguió"?

- Bueno, por ejemplo, un librepensador desafortunado llamado Queur fue despellejado y quemado vivo en nombre de Dios; el dios de amor de los cruciglobas.

- ¡Ahgg...!

- Nadie sabe exactamente dónde -continuó-, probablemente en Yatar o Tuabej, entre el Mar Àbigo y el Mar de Euda, otro movimiento religioso, a veces igualmente intolerante, tomaba cuerpo. También era monoteísta pero no tenía ningún tipo de clero pues defendían una relación directa entre Dios y el creyente. Tenían una ciudad sagrada donde mantenían el recuerdo perdido en el tiempo de una piedra caída del cielo. Sus ritos eran sencillos y su doctrina estaba libre de conflictos teológicos. Esto, de alguna manera, se adaptaba mejor a la forma de ser de los habitantes de esa región oriental. Se decía que este culto provenía de una tradición mantenida por algunos clanes nómadas que creían leer mensajes divinos en las formas celestes. El símbolo de esta religión era una media luna y se la conocía como "lunilaica". Un miembro de uno de estos clanes llamado Hasás se dio a conocer como su profeta. Hasás dictó un libro de revelaciones, El Iftar, y en relativamente poco tiempo el lunilaicismo se difundió entre las tribus de Asasa, Spahá y las estepas lemúricas. Puesto que la responsabilidad de la doctrina lunilaica recaía directamente en la población de creyentes, ésta se manifestaba inevitablemente en todos los actos cívicos. Los acontecimientos públicos estaban imbuidos en el lunilaicismo. El ejército no podía ser considerado sólo asásido o lemúrico sino lunilaico. Obviamente, sin clero tampoco tenían el equivalente al Øppos pero los sucesores de Hasás eran considerados tácitamente jefes del gobierno lunilaico. A estos jerarcas supremos se los conocía como Ahaxi. Por esta razón, las conquistas que siguieron al período de difusión, más que patrióticas, pueden ser estimadas como religiosas. No hace falta decir que los lunilaicos que caían en manos de los crucíglobas corrían la misma suerte que el desventurado Queur.

- Entonces, es allí donde empieza todo...

- Donde empiezan todas las guerras -contestó-. Pero como ya sabes, esto se inició mucho antes.

Esta vez, tomó más ki-o de lo acostumbrado.

- El ejército marteriano fue vencido en la batalla de Yaruk, un río tributario del Ian. Poco a poco, el lunilaicismo arrebató las provincias orientales a lo que quedaba del Imperio Marteriano. No obstante, Catatonia nunca fue conquistada. El emperador marteriano vio cómo le despojaban de todo el Reino de Ghor que fue atacado desde Spahá ya totalmente lunilaica. Qía, Ru, Uss, Ntra, Rna, Jbur y las restantes ciudades de Riostos cayeron sin resistencia y sus poblaciones aceptaron el nuevo gobierno, lo que es lo mismo, el lunilaicismo. Luego, los lunilaicos avanzaron por el noreste hasta las tierras de Siática

donde en ese entonces dominaba la dinastía Ng. Por el sur, tomaron Faronia casi sin protesta. A Faronia le siguieron Jaraba y Lotaria. Por el estrecho de Batzar pasaron a Lepuria. Estuvieron a punto de hacerse de Galactia pero asterios, astroianos y lutanios se unieron y los hicieron regresar tras la frontera lepuriana de ese entonces.

- ...Que es justo donde nos encontrábamos.

- Sí, así es. El lunilaicismo -continuó- había conquistado casi toda Marteria constituyéndose en imperio: el Imperio Lunilaico. La mitad de las almas, antes cruciglobas, habían abrazado la nueva religión. Así, el mundo central de Ghesta quedó dividido en dos poderes religiosos.

Estábamos ya en tierras de Galactia. El paisaje marino en esa zona de la costa occidental parecía haber sido trazado con regla. Era casi un ejercicio de perspectiva: la línea del agua, la línea de la playa, la línea de la vegetación y el borde de la enorme pared rocosa, todas empezaban a nuestras espaldas y se proyectaban frente a nosotros sobre un punto de encuentro sobre la línea del horizonte. No había accidente que perturbe su impecable aplicación geométrica. No había entrantes, sinuosidades... ¡nada! Nada con qué emancipar la vista atosigada. Era una interminable prolongación de lo mismo.

Debe ser un castigo recorrer estas arenas a plena fuerza del día. Afortunadamente, cuando estuvimos allí, el cielo estaba cubierto de nubes. El Rvdo. Ogli y yo gastamos la tarde entera recorriendo la inacabable playa. La marcha sobre la arena, tibia o ardiente, es siempre una caminata pesada. Recuerdo que mi talón se hundía a cada paso antes de que sea posible asentar el pie completo. La arena se apartaba huyendo de mi peso como si caminase sobre un enorme ser corpuscular que no consentía servir a nadie de sustento. Recuerdo también que me molestaba la pantorrilla con un dolor creciente y que celebré el momento en que declinaba el día pues con la oscuridad vendría el descanso.

Descargamos a Oj. El Rvdo. Ogli le dio a beber agua dulce que recogimos al pasar por un río alimentador del mar. Yo encontré leña de juncos hurgando en la vegetación que discurre paralela a la playa. Levantamos el campamento y comimos osebs, cantras y metífulas que son capaces de permanecer frescas por varios meses sin señal de corrupción.

Después de nuestras oraciones, nos recostamos junto al fuego. Esa noche de mar fue noche tranquila. Nada perturbaba el silencio que deja el oleaje. El mar lamía la arena cadenciosamente y yo me iba adormeciendo sobre mi lecho. El Rvdo. Ogli quiso entonces leer un poco y abrió su estuche de instrumentos para sacar sus anteojos. Fue entonces cuando pude ver, junto a su lupa, un par de discos de cristal oscuro.

El Rvdo. Ogli notó mi interés y me los entregó sonriendo. Los cristales no eran tan oscuros como había pensado. Más bien, eran transparentes. A través de cada uno de ellos pude ver a Oj roncando suavemente frente a mí. ¡Hubiera jurado que eran negros antes de tomarlos! Parecían anteojos un tanto grandes excepto que no agrandaban nada. ¡Son vidrios comunes! -pensé.

Los devolví a la mano de mi maestro, uno encima del otro. El Rvdo. Ogli no dejaba de mirarme a los ojos mientras seguía sonriéndome con cariño.

- Mira de nuevo, querido Ad -dijo mi maestro extendiendo su mano y mostrándome los cristales otra vez.

Para mi sorpresa, los cristales habían vuelto a ser oscuros. Me acerqué más a la mano del Rvdo. Ogli-s-Oöp y los examiné con cuidado. Las partes en las que se cubrían el uno al otro aparecían oscuras. Las partes libres de encubrimiento permanecían transparentes y, al través, podía ver la palma de la mano del Rvdo. Ogli.

No era cuestión del grosor. El Rvdo. Ogli los tomó y extendió sus brazos interponiendo ambos discos entre la luz de la fogata y nuestros ojos, uno a continuación de otro. Dentro del único círculo que formaban los cristales superpuestos, había completa oscuridad. La luz de la fogata no podía pasar a través de ellos.

- Mira lo que sucede ahora -dijo mi maestro y empezó a hacer girar un disco sobre el otro- ...y dime ¿qué ves?

- Pues... que ya hay luz. Poco a poco los discos comienzan a dejar pasar la luz de la fogata... ¡ah!... pero ahora nuevamente empiezan a volverse oscuros... Ahora están completamente negros otra vez.

- Sí, así es, querido Ad.

El Rvdo. Ogli buscó entre las cosas de su estuche y extrajo un pedazo de papel celofán transparente. Luego, se las arregló para colocarlo entre los dos círculos de cristal. A más del cambio en cuanto a ir de lo claro a lo oscuro, pude también ver al papel celofán cambiar varias veces de color conforme girada un disco sobre el otro.

- ¡Ah! ¡Pero qué cosa tan rara! -dije-. El papel celofán es transparente ¿Cierto?

- ¡Cierto!

- Es como si los discos revelaran colores del celofán que nosotros no podemos ver. ¿Qué son estos discos, maestro?

- Son cristales de Luna Negra.

- ¡Cristales de Luna Negra!

- Luna Negra es el nombre de un mineral transparente que está en cualquier parte pero es muy escaso pues aparenta ser una roca cualquiera. Nadie quiere gastar sus días partiendo todas las rocas a disposición hasta dar con la precisa. Sólo un szabeo entrenado sabe dónde se encuentra con exactitud y puede reconocerla entre el montón. El hallazgo supone un tipo de cooperación telepática, casi un consentimiento. No lo hace con todos; por ejemplo, nunca se mostraría a los ambiciosos. En su interior, la roca guarda un material tan transparente como el mejor vidrio. Su principal característica consiste en que es capaz de polarizar la luz. Para los szabeos, el Cristal de Luna Negra es un artículo sagrado pues la luz, una vez polarizada, revela secretos íntimamente vinculados con los principales misterios de nuestra doctrina. El cristal de Luna Negra es un instrumento de Dios.

- Me podría explicar Rvdo. Ogli ¿en qué consiste la luz polarizada?

- Por supuesto, mi querido Ad. Recuerda que todo esto lo estudiarás en detalle y profundidad si la providencia guarda para todos un futuro. Si no fuera por la amenaza de guerra que pende sobre el mundo, también te diría que, algún día te será entregado tu propio par de discos de Cristal de Luna Negra.

Sentí ahuecarse mi interior con una ansiedad que nunca había sentido y dije sólo por condescender:

- Me encantaría.

- La luz polarizada, querido Ad, es la forma más simple de luz. Esta característica debería estimular la auto-exigencia del monje szabeo: ser sencillo para ver la verdad. Hay varios tipos de sencillez conocidos por el estudiante de óptica. La luz blanca es la menos sencilla pues ella es el resultado de la asociación de todos los colores. Un prisma puede descubrir esta sociedad separando la luz blanca en un abanico de colores semejante al arco iris. La luz blanca, la de todos los días, recoge de la realidad lo que es capaz y, en forma de imágenes, la hace llegar a nuestros ojos. Si queremos ver más allá de nuestras posibilidades naturales tenemos que valernos de formas más sencillas de luz. La luz monocromática, es decir, luz de un sólo color es una forma más sencilla. La sencillez puede ser aún mayor y la trascendencia de lo descubierto puede ser insospechadamente reveladora y delicada. Ahora bien, un rayo de luz monocromática puede ser representado como una línea que termina en una flecha.

Habiendo dicho esto, el Rvdo. Ogli procedió a esquematizar en su cuaderno de viaje lo que acababa de decir.

- La flecha -continuó- se dibuja para indicar la dirección en la que el rayo viaja. Pero esto es sólo un dibujo representativo, una caricatura de lo que es la luz. Cuando nosotros vemos luz no observamos flechas en el aire. El espacio tampoco se muestra cruzado de líneas. Pero dada nuestra familiaridad con esa representación, vamos a tomarla por válida, salvo que agregaremos una cosa: el rayo no viaja tranquilo sino que se encuentra vibrando en todas las direcciones a su alrededor. Es como una mosca asustada: vuela en línea recta pero va temblando de miedo. La luz polarizada, en cambio, vibra en una sola dirección.

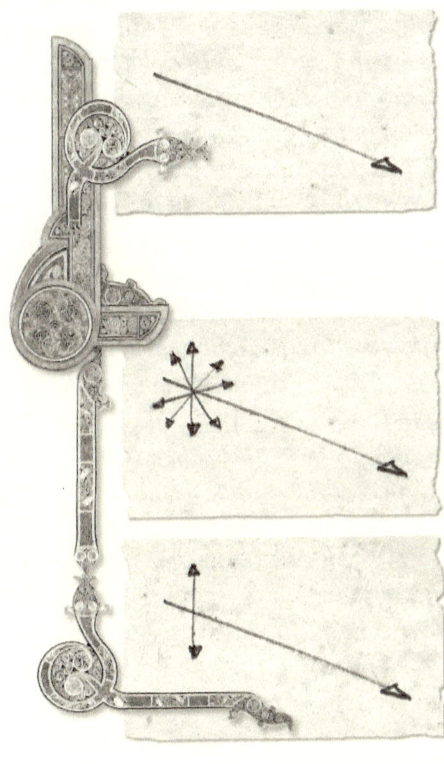

- Los discos que tú has visto -agregó- se obtienen cortando en rodajas una roca de Cristal de Luna Negra. La estructura molecular de este material es tal que funciona como una persiana frente a la luz. Solo la parte de la luz que está vibrando en una dirección paralela a la persiana podrá pasar.

Alguien lo ha entendido como que el disco de Cristal de Luna Negra es un conjunto apretado de papeles puestos uno sobre otro. Los rayos de luz son cuchillos que tratan de penetrarlo. Sólo cuando los cuchillos se orientan paralelamente a los papeles pueden entrar en él. Hablando con estrictez, los discos no son un obstáculo sino un convertidor de una clase de luz en otra. La luz que incide sobre el disco vibra en todas las direcciones; la que emerge de él, vibra en una sola. Y la dirección de vibración coincide con la orientación en la que se extiende la longitud de la persiana.

Mi maestro volvió al ki-o. Tomó un sorbo y también me lo ofreció.

- Cuando la luz que emerge de un disco -continuó- encuentra otro disco a su paso, puede suceder tres cosas. O bien que el rayo polarizado encuentre las segundas persianas en la misma situación que en primer disco o puede encontrarlas colocadas de manera transversal o puede encontrar las persianas en una posición intermedia entre los dos extremos anteriores. En el primer caso, la luz atraviesa el segundo disco sin ningún problema y puede emerger de éste una máxima claridad; en el otro caso, la luz no puede atravesarlo y tú verás máxima oscuridad en el segundo disco. Si el segundo disco presenta sus persianas no de forma rigurosamente transversal sino algo inclinadas con respecto a las persianas del primero, algo de la luz sí podrá emerger y se podrá distinguir distintos grados de claridad desde la claridad máxima hasta la máxima oscuridad. Igual como hay llaves de agua, los discos de Cristal de Luna Negra son, por así decirlo, llaves de luz. ¿Me entiendes, querido Ad?

- Creo que sí, maestro. El segundo disco funciona como el cierre de una llave de agua regulando el paso de la luz, desde la abertura máxima hasta la obstrucción completa. Esto sucede cuando las persianas del segundo disco están, respectivamente, paralelas o perpendiculares a las persianas del primero; lo que es lo mismo, a la dirección de vibración de la luz polarizada que llega hasta él.

- ¡Muy bien! Es suficiente por hoy, mi querido Ad-d-Tuar. Es el momento de dormir. Mañana tal vez nos espera otro fatigoso día.

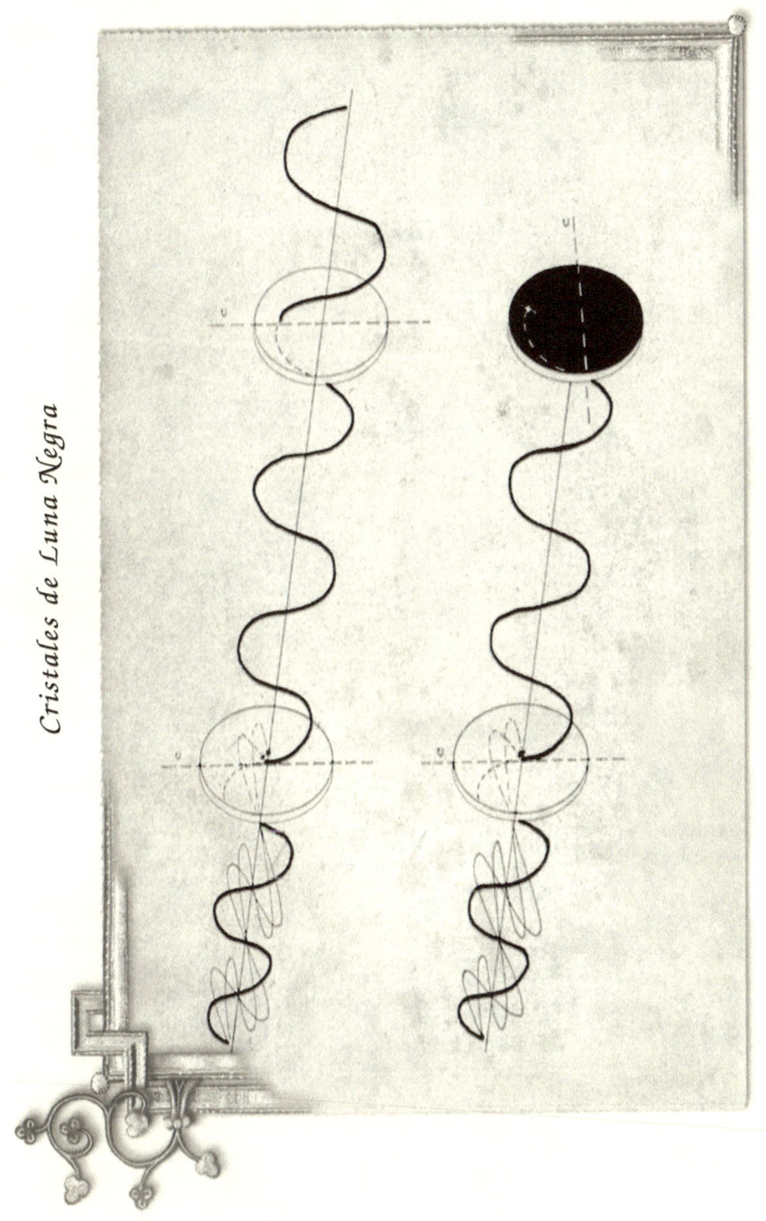

Cristales de Luna Negra

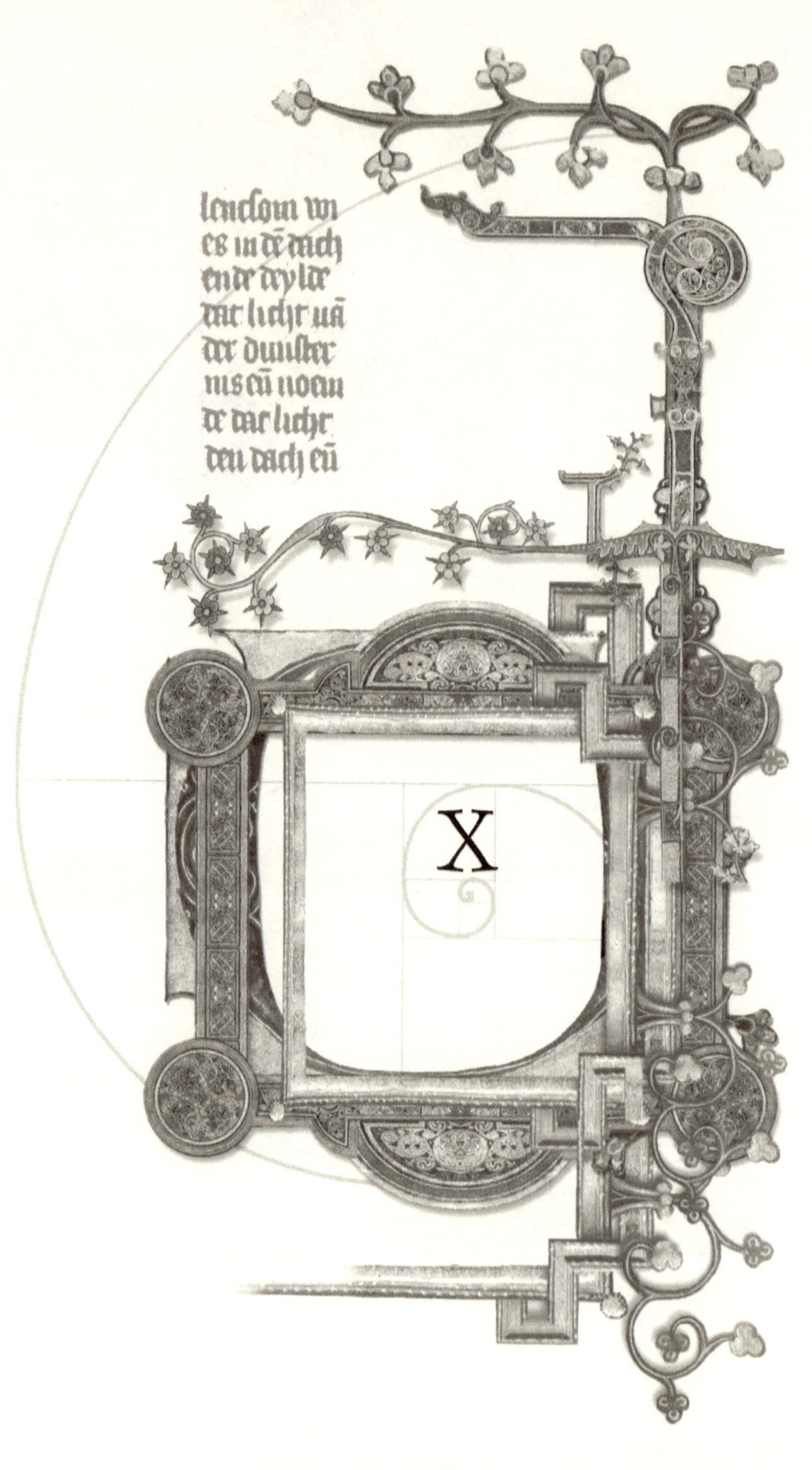
X

Capítulo X

El Fondo de la Espiral

Muy por la mañana el Rvdo. Ogli, nuestro amable knork y yo nos pusimos en marcha. La playa se había estrechado haciendo desaparecer la vegetación que mediaba entre la arena y la muralla de roca. Muy pronto, también continuaron las explicaciones:

- Supongamos -dijo mi maestro- que tenemos nuestro par de discos colocados de tal manera que exista completa oscuridad. Se entiende, en este caso, que sus persianas deben estar perpendiculares entre sí. Para simplificar, nosotros entenderemos esta situación diciendo que la llave de luz está cerrada. Recuerda entonces, querido Ad, que "llave de luz cerrada" significa: total oscuridad.

- Sí, maestro.

- Entonces, si colocamos...

Mi maestro interrumpió abruptamente su explicación.

- Pero ¡qué es eso! -exclamó.

Tallada en la pared rocosa que se extendía a lo largo de la playa, se destacaba una morada que parecía un templo repleto de ornamentos. En la pared frontal, que era la única, aparecían elementos múltiples; arquitrabes monopodos, motivos decorativos axeos, relieves dentados enriquecidos mediante cenefas de estilo ceútico. Todo elemento arquitectónico se había esculpido a partir de la solidez rocosa. Su finalidad no era sostener el conjunto sino procurarle una fachada magnífica a un ahuecamiento natural de poca profundidad y que no conducía a ninguna parte.

- ¡Qué extraño! Su diseño pertenece al estilo ugrabí que es el que se generó a partir de la mezcla estética entre la arquitectura artesia y lunilaica que se dio aquí, en esta parte de Galactia, al final de la Edad Intermedia. Su eclecticismo, de significado místico, es subsidiario del estilo bórico que floreció en Galactia y fue utilizado especialmente para la edificación de catedrales crucíglobas. En relación con una de ellas, esta construcción es bastante modesta, sin embargo es un ejemplo casi virtuoso de su estilo. Lo extraño es que no tenía conocimiento de su existencia.

- ¿Qué es eso? -pregunté señalando una representación de lo que me pareció un organismo marino.

- Es un Turbópulus -contestó mi maestro- Es muy importante en la iconografía religiosa. Su concha espiral, de hermosura matemática, ha inspirado numerosos simbolismos que desean contener la eternidad.

- ¿Por sus numerosos brazos?

- No, querido Ad. Por la forma de su concha. Si miras hacia arriba verás que también en el capitel se encuentra representada en una de sus variantes. ¿La has encontrado ya?

- Sí, maestro. Aunque, realmente hay dos: una concha que se orienta a la izquierda y otra a la derecha...

- ...es decir, son dos imágenes enantiomorfas. -completó mi maestro- que no son superponibles.

- ¡Claro! Porque la espiral es una figura asimétrica.

- Muy bien. De hecho, la espiral es mucho más que eso. En principio, la espiral es un concepto dinámico que se desarrolla hacia adentro o hacia afuera, según cómo se lo conciba. Tiene relación con el círculo y los sistemas de círculos concéntricos de los cuales es difícil diferenciarla cuando las revoluciones se dibujan apretadas. La espiral es un símbolo ancestral y común a las iconografías de las diversas culturas. La espiral es símbolo de vida. Tal vez, en el pasado inmemorial, la espiral fue sugerida por la forma de las olas que, siendo afines al agua también ellas insinuaron el milagro de la vida; vida que afloraba como una sorpresa de la inerte coraza de los moluscos espiralizados. Quizá, las olas no fueron las musas sino tornados y tifones: terror y muerte. La espiral es símbolo de muerte. Quizá los torbellinos de vapores humeantes que levantaban astillas encendidas sobre la hoguera cavernaria infundieron en la espiral un significado de ascensión y los remolinos donde zozobraban las balsas endebles le merecieron también presagiar hundimientos. Hacia arriba y hacia

abajo, para atrás y adelante, cerrándose o abriéndose, como el desempeño de un tirabuzón, la espiral lo mismo se hace que se deshace. Y en su hacerse, la espiral crece. Pero, como todo crecimiento, también éste postula un pasado y una posteridad e inevitablemente la espiral nos conduce a pensar en el Tiempo. La espiral nos devuelve a lo que dejamos atrás y nos interroga sobre nuestro porvenir. ¡Sí, querido Ad...! El Tiempo es otra significación de la espiral; otra que se confunde con las otras cuando se la mira de lejos. Dependiendo del matiz religioso, la espiral no sólo puede encontrarse relacionada con el tiempo de existencia sino con otras existencias previas y posteriores a ésta. En el ámbito de la iconografía, se la puede observar en todo arte; desde el arcaico hasta el arte contemporáneo. Los grezcos la usaron profusamente incluso como adorno en sus ropajes. Hay quienes creen que se encuentra íntimamente incorporada a la subconsciencia que trae el ser pensante al momento de su nacimiento puesto que ha sido usada con significaciones comunes en las manifestaciones culturales de muy distintos pueblos. La espiral ha sido incluso motivo de discusiones filosóficas.

Mi maestro bebió ki-o y continuó...

- La espiral constituye una de las más intrigantes figuras que la naturaleza (o Dios) ha puesto a nuestra consideración. En la antigüedad, el ojo desnudo de instrumentos era ciego frente a realidades enormes y diminutas. Pero, los descubrimientos científicos conseguidos con ayudas visuales propias de la modernidad sólo han alimentado nuestra perplejidad frente a la espiral. A la espiral se la puede encontrar en todas partes y en todas las magnitudes; desde el ambiente molecular hasta las inconmensurables nebulosas del espacio exterior. Al observar estos cuerpos celestes, que se encuentran por miríadas, su forma espiral nos produce la irrefrenable sensación de estar frente a un sistema en desarrollo. No podemos evitar pensar en universos que se desenvuelven en otros que continúan resolviéndose; o en vórtices

celestiales que concentran la materia universal y la expulsan a través de un sifón apocalíptico hacia quién sabe dónde. En los bordes del universo, en sus bases fundamentales, también hay espirales organizándolo todo. El sistema periódico de elementos, según los pesos atómicos, puede ajustarse a una espiral logarítmica. Alguien podría pensar, con todo derecho, que se trata de otro sifón hacia organizaciones atómicas vistas del revés, con sus propias nebulosas en su propio firmamento. Ahora sabemos que la molécula de ADN transmite la vida, que en su estructura se afirman las bases de la existencia de una especie. Para nuestra sorpresa, el ADN es una molécula que exhibe una forma espiral. Coincidentemente o no, la espiral tiene toda la autoridad para erigirse como símbolo de vida tal como los antiguos ya lo intuyeron. Como tú ya sabes, querido Ad, la arquitectura religiosa pretende representar simbólicamente al universo con sus leyes y tendencias. Indiscutiblemente, la espiral es una tendencia...

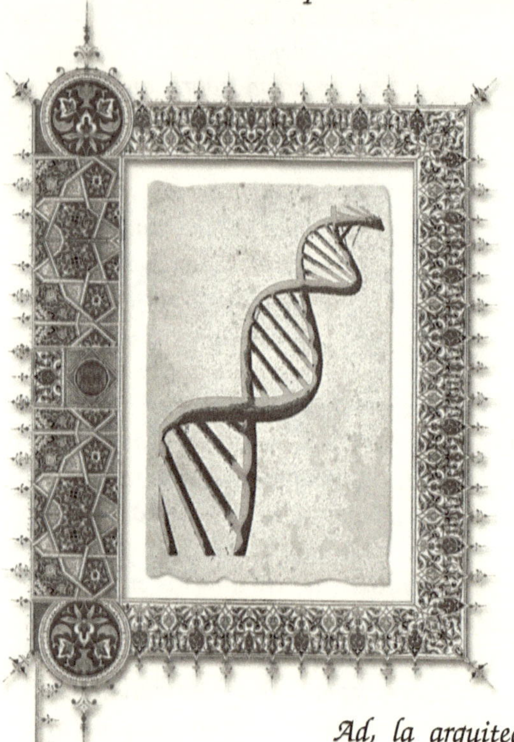

- ¿Hay alguna explicación para todo eso?

- Se ha tratado de explicar algunas cuantas formas naturales de la espiral. Por ejemplo, se dice que los troncos torcidos de los árboles son producidos por la rotación del planeta, exhibiendo una espiral derecha en el hemisferio norte y una espiral izquierda en el hemisferio sur. Lo mismo se dice sobre la dirección de los vórtices del agua en los lavabos de las casas norteñas y las localizadas al Sur; se especula lo mismo sobre los

ciclones. En lugar de restar interés, esta explicación ha reforzado la creencia de que la espiral aparece como una consecuencia directa del comportamiento universal, dando la razón a los arquitectos religiosos.

- ¡Ah!

- Lo que nadie puede negar es que, en los casos estudiados, el aparecimiento de la espiral obedece a razones espacio-energéticas que, para nosotros los szabeos, reafirman el carácter sagrado de la figura. La espiral se genera, por ejemplo, por la contracción de un órgano extenso en un espacio pequeño. De una nebulosa, se intuye que el esfuerzo expansionista de su espiral está luchando contra la atracción de las masas que le obliga más bien a contraerse. En otros casos, la espiral aparece como consecuencia de que un lado del organismo crece más rápido que el otro. Es como si la fuerza que se opone al crecimiento de algo no fuese suficiente para detenerlo. Este principio, esta idea dialéctica de energía y crecimiento a lo largo del tiempo es precisamente el fundamento metafísico de la espiral y va de la mano con el Enrarecimiento. Debes entender, querido Ad, que el significado de este crecimiento no sólo puede tomarse en sentido espacial sino también como un desarrollo personal.

- ¡Ya veo! ¿Podría una espiral simbolizar este viaje que es mi viaje de iniciación?

- Sí, querido Ad, si así lo quieres. ¡Por supuesto!

- Entonces, voy a escoger una espiral que... A propósito, ¿por qué es más importante la espiral del Turbópulus que las otras?

- Porque la concha del Turbópulus exhibe una pronunciada tendencia a ajustarse a la forma de una espiral logarítmica. No existe, sin embargo, ejemplo de un ajuste exacto, entonces al hablar sobre ella estamos tratando un caso ideal.

- Y ¿por qué es importante la espiral logarítmica precisamente?

- Porque la espiral logarítmica tiene una ecuación bien conocida y utilizándola puede ser dibujada de forma convencional pero también existe otra manera un tanto inesperada. Se efectúa un corte divino en un rectángulo divino. En el rectángulo pequeño que se produce como resultado del corte, se vuelve a efectuar otro corte divino y así sucesivamente. De esta manera se produce un "esqueleto" divino donde se ajusta perfectamente la espiral logarítmica haciendo del Turbópulus un ser digno de contemplación religiosa. Fíjate, querido Ad, que este sistema de construcción tiene algún parecido con una definición de ϕ en estos términos:

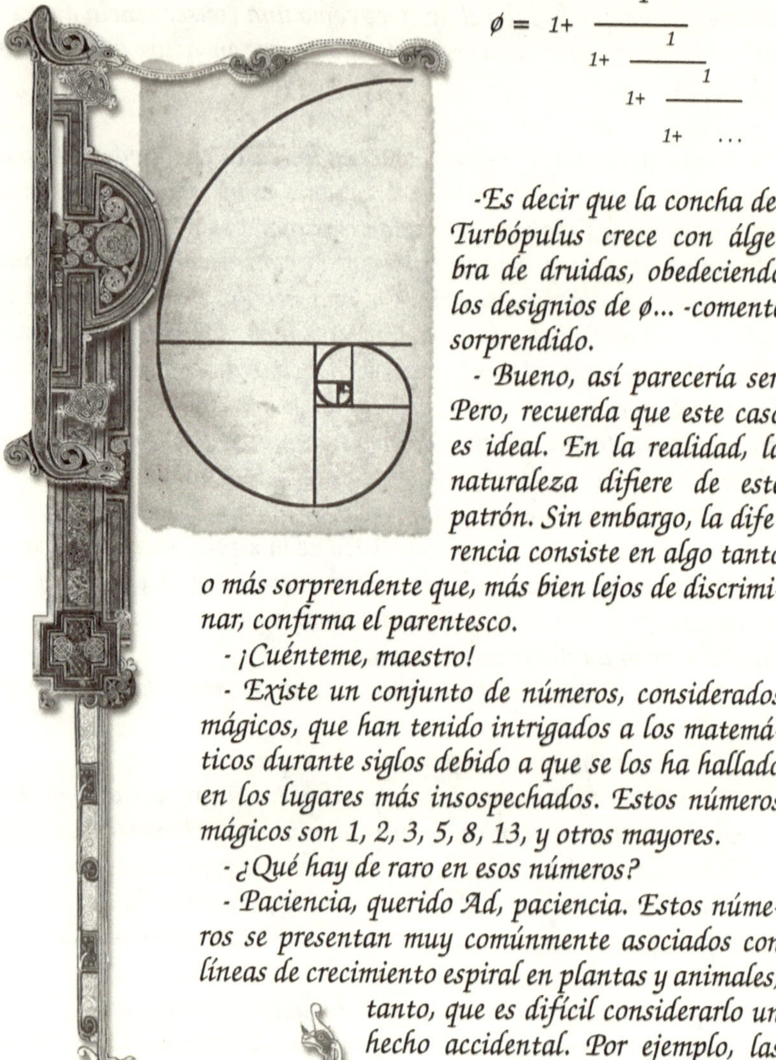

$$\phi = 1 + \cfrac{1}{1 + \cfrac{1}{1 + \cfrac{1}{1 + \dots}}}$$

-Es decir que la concha del Turbópulus crece con álgebra de druidas, obedeciendo los designios de ø... -comenté sorprendido.

- Bueno, así parecería ser. Pero, recuerda que este caso es ideal. En la realidad, la naturaleza difiere de este patrón. Sin embargo, la diferencia consiste en algo tanto o más sorprendente que, más bien lejos de discriminar, confirma el parentesco.

- ¡Cuénteme, maestro!

- Existe un conjunto de números, considerados mágicos, que han tenido intrigados a los matemáticos durante siglos debido a que se los ha hallado en los lugares más insospechados. Estos números mágicos son 1, 2, 3, 5, 8, 13, y otros mayores.

- ¿Qué hay de raro en esos números?

- Paciencia, querido Ad, paciencia. Estos números se presentan muy comúnmente asociados con líneas de crecimiento espiral en plantas y animales; tanto, que es difícil considerarlo un hecho accidental. Por ejemplo, las flores están comúnmente divididas en 3 o 5 pétalos pero también las hay con 13, 34, 55 y 89 pétalos. Las escamas de los conos de los árboles resinosos forman series de 5, 8 o 13 espirales. La flores compuestas -como las que siguen la luz del día- de tamaño pequeño, amarillas en el medio y pétalos blancos alrededor, forman en el centro series de 21 y 34 espirales. Las flores compuestas de tamaño excepcionalmente grande, como el giraluz, forman series de espirales de 55, 89, y 144 miembros. Todos estos números pertenecen a la misma serie mágica.

El ordenamiento de las hojas a lo largo de los tallos puede ser entendido como una espiral que asciende por el tallo distribuyendo las hojas a su paso. Pues, si llamamos m al número de vueltas de la espiral y n al número de hojas distribuidas a lo largo de dichas vueltas, se dan los siguientes ordenamientos:

m/n; 1/2; 1/3; 2/5; 3/8; 5/13; 8/21; ...

- Otra cosa -siguió explicando-. En el caso ideal, el número de ramificaciones del tallo hasta llegar a las flores va creciendo en este orden:

1, 2, 3, 5, 8, ...

- La reproducción de una pareja de rubisos -continuó- que son los más prolíferos roedores, medida como número de parejas por mes, incluida la pareja progenitora es:

1, 2, 3, 5, 8, 13,...

- Pero, lo que a mí me asombra más -continuó- es el sistema de comunicación de las igúridas en sus colmenas: cuando la igúrida exploradora vuelve con nueva información del exterior, como la localización de un nuevo campo florido, inicia un canto compuesto por zumbidos intermitentes de diferente duración. Nadie sabe con exactitud lo que quiere decir, excepto que se trata de un sistema de códigos como el usado en la telegrafía. Las diferentes combinaciones entre los zumbidos permiten tantas posibilidades que mantienen a los científicos bien ocupados. La duración de cada zumbido está en relación:

1, 2, 3, 5.

- ¡Vaya! Entonces las igúridas piensan con esos números.

- Bueno,... yo no diría tanto. Eso no se ha comprobado. Pero, si no te has fijado todavía, debes darte cuenta que estos números mágicos encontrados en la naturaleza coinciden con los coeficientes de la serie divina. También debes observar que estos números mágicos forman una serie numérica reproducible con una fórmula aritmética. Es decir, la serie se forma sumando los dos términos anteriores para encontrar el siguiente. Por ejemplo,

1+1= 2; 1+2= 3; 2+3 = 5; 3+5 = 8; ...

- ¡Ah, ya veo!

- Resumiendo, tenemos dos series: la serie divina descubierta por reflexiones abstractas:

1; ø; 1+ø; 1+2ø; 2+3ø; 3+5ø; ...

y la serie mágica descubierta en la naturaleza:

1; 2; 3; 5; 8; ...

- Si examinas las dos, -continuó- podrías pensar que la segunda es la misma que la primera, excepto que la segunda prescinde totalmente de ø. Podrías pensar, también, que si la naturaleza es el reflejo de Dios y la serie de números mágicos o naturales ignora el valor de ø, todo lo que hemos dicho sobre ø ha sido solamente una aventura alegre y nunca tuvo el menor sentido y las Catedrales Bóricas fueron levantadas a la luz de la entusiasmada ceguera de unos cuantos ilusos.

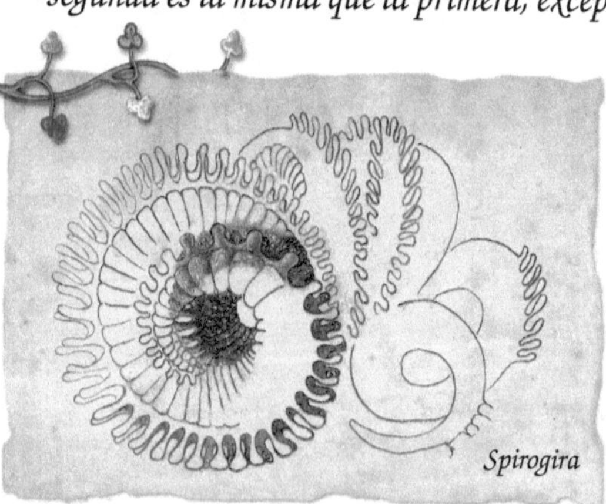

Spirogira

- ¡Pues, sí! Eso es justamente en lo que estaba pensando.

- Al estudiar las series reproducibles con una fórmula, se encuentra con lo que podría llamarse su razón de crecimiento. Sin importar lo bastante o poco que valgan dos números consecutivos de una serie, la razón de crecimiento se mide con la división del mayor para el menor. En la serie divina, la razón de crecimiento resulta ser, después de algunas simplificaciones, igual a ø, sin importar el par de números que escojas. En la serie de números mágicos, conforme crece el par de números elegidos, la razón de crecimiento tiende al valor de ø.

8/5 = 1.60000...
34/21 = 1.61904...
233/144 = 1.61805...
... = ...
Límite en el infinito ... = ø (1.61803...)

- ¡Sorpresa! -exclamó alegremente mi maestro- Conforme se avanza en la sucesión, la diferencia entre la serie divina y la serie mágica va haciéndose cada vez menor. La razón de crecimiento de la serie mágica tiene por límite, en el infinito, la razón divina, es decir ø. Dado el carácter ideal de la serie divina, la serie mágica sería aquella hasta donde más puede aproximarse la naturaleza...

- Entonces, después de todo, los constructores de las Catedrales Bóricas no eran ningunos ilusos.

- ¡No! Las reflexiones místicas, originadas muchísimo tiempo atrás, verdaderamente se han visto materializadas en la Naturaleza. Los arquitectos bóricos no se equivocaron al elegir la armadura de su elegancia, pues está, en verdad, asociada al misterio divino.

- Esto quiere decir que, cuando el Turbópulus fabrica su concha o cuando las plantas producen hojas y organizan sus flores o cuando en las colmenas se entonan códigos secretos, estos seres vivientes sólo están siguiendo un mismo sentido de elegancia, al igual que el ser pensante. ¿Verdad?

- Creo que sí, querido Ad.

- La cinta de medir la belleza...

- Hay una combinación de maravilla y curiosidad en todo esto, querido Ad-d-Tuar. Tal vez, en eso consista precisamente el fundamento de la estética; es decir, intuir en los objetos hermosos la acción de un designio que guía el comportamiento natural hacia un ordenamiento que apenas hemos avizorado.

La Persistencia de la Magia

Para los que saben sobre matrices:
¿Pueden creer que estos determinantes construidos con los números mágicos valen cero?

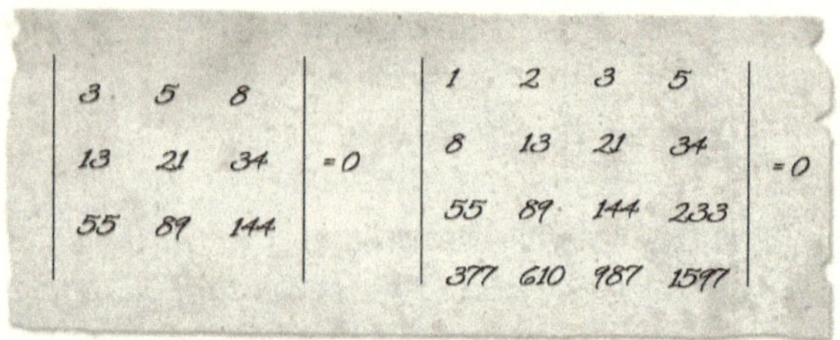

Para los que no saben:

Los determinantes sólo son una manera de resumir una serie de operaciones con los números que están dentro de las barras; se multiplica por aquí, se resta por acá, etc. Pero no hay razón para que el resultado de todo un largo proceso de operaciones produzca cero como resultado. Es como si repartiésemos un mazo de barajas y siempre nos quedásemos, al último, con el as de corazones.

Tomado del Misal Vespertino

Ornamentos de estilo ugrabí

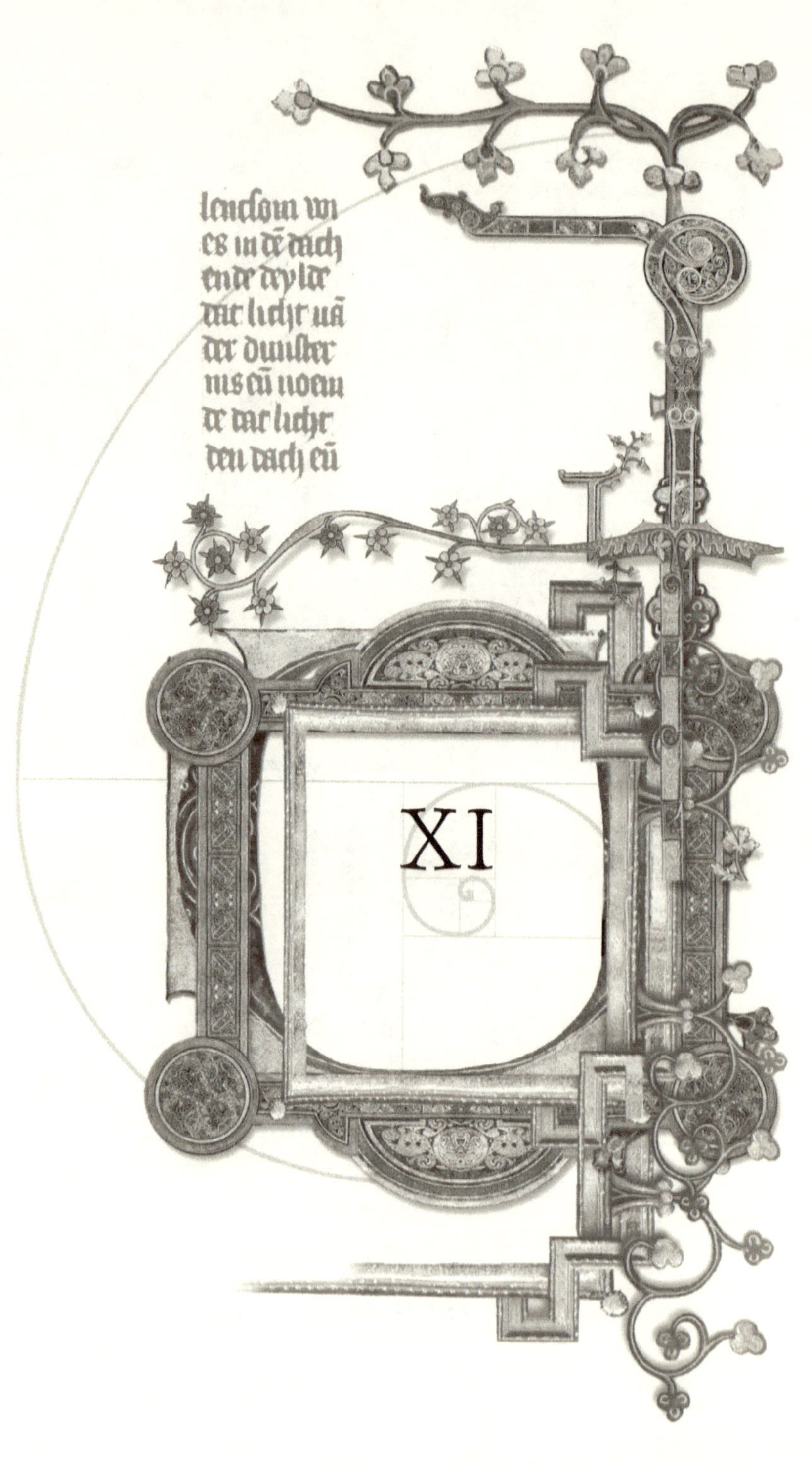

XI

Capítulo XI

El Canto de las Ballenas

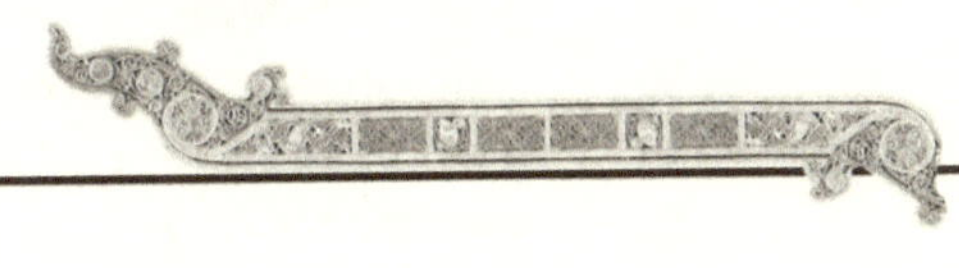

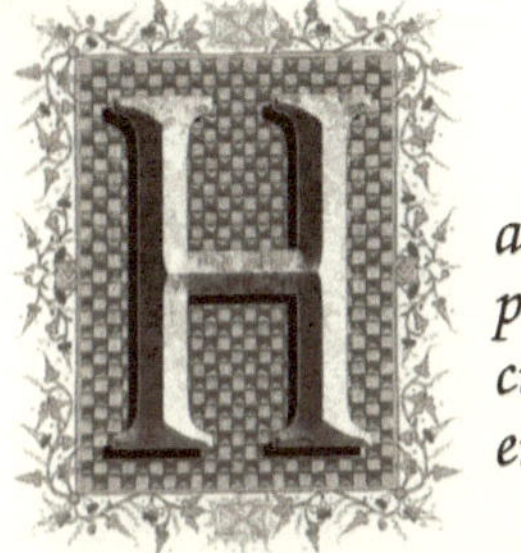

Habíamos empleado demasiado tiempo contemplando ornamentos y encontrar una embarcación era imperativo. Decidimos, entonces, reemprender la marcha.

Cuando dimos la espalda a la edificación...

- ¡Un momento! -gritó alguien desde la extraña morada.

El Rvdo. Ogli y yo nos volvimos bastante sorprendidos. La penumbra que reinaba tras el espléndido pórtico sólo dejaba entrever un bulto sin detalles.

- Los estaba esperando -dijo la voz que era voz de viejo - Soy Uwer de OrEst.

- ¿Sabía que vendríamos? -preguntó extrañado mi maestro.

- No lo supe -contestó con voz de caverna-. ¡Lo vi!

- ¿Nos vio? -volvió a preguntar sorprendido.

- Veo más de lo que quisiera ver -dijo cadenciosamente Uwer, como si entonara un canto profundo y ahuecado- Veo, desagradablemente, un mundo feo...

Habrá inviernos sin primavera,
ubres sin leche y pasto rastrero.
Árboles infértiles cubriendo la sierra
sin el festejo de los colmeneros.
Los sabios serán pretenciosos
y serán además admirados;

los ancianos, imprudentes;
los altaneros, aprobados;
los jueces, injustos;
y los hermanos, traicioneros.
Estos decidirán sobre las naciones
y abundarán los jefes y los déspotas
y se celebrarán enlaces impúdicos.
La virtud no será más un honor.
La modestia será menospreciada.
La mentira, una forma de vida
y el arte, una fanfarronada.
Primará la apariencia,
el ostento y la envidia.
La arrogancia será un adorno
y campeará lo superfluo.
Ya no se honrará la edad
ni la sabiduría
ni la bondad
ni el rango
ni la instrucción.
El bueno será subestimado
y el malvado, preferido.
La música se volverá rústica
y los poetas, groseros.
Los monjes no guardarán las enseñanzas
y las enseñanzas ignorarán lo verdadero.
El soldado oficiará de monje
y el monje, de guerrero.
Se olvidará la lectura.
Se olvidarán las hadas.
La familia se concentrará en cuentos ajenos
y estos cuentos serán bufonadas.
El profesor no será saludado;
el alumno tratará de humillarlo,
y el que no, descubrirá con horror
que su profesor es un asno.

Los países estarán superpoblados y
las ciudades cubrirán las montañas sagradas.
Se escenificarán batallas en torno a lugares místicos.
Las obras de arte se mancharán de sangre.
Unos extranjeros destruirán el suelo de Argueria
y una muerte de tres días y tres noches
destruirá dos tercios de los seres pensantes.
Habrá deformidad y duelo después de la destrucción.
Todo esto habrá y no habrá
al final del último mundo.
A menos... que se reúnan los pedazos.

-¿Qué? -preguntó completamente intrigado el Rvdo. Ogli- ¿Por qué me dices todo esto?

Uwer pareció ignorar la pregunta del reverendo Ogli-s-Oöp y siguió hablando con voz normal:

- Mi sirviente, Er-guen, los transportará dónde ustedes desean ir.

-¡Pero...!

Uwer de OrEst no dejó terminar al Rvdo. Ogli; le dio la espalda y volvió a la penumbra de su admirable morada. Sólo entonces nos percatamos de una sombra que nacía detrás de nosotros. Ambos regresamos a ver. Se trataba de una persona alta y delgada, muy delgada. Era Er-guen. Traía el cabello de color ladrillo, suelto y largo hasta la espalda. Sus movimientos eran lentos; caminaba como si se desenvolviera en un ambiente subacuático, como si le costara vencer una fuerza secreta disuelta en el aire. Y no hablaba. Nos indicó el camino hacia la playa extendiendo su brazo con la paciencia del universo. La invitación a subir en una barca fue igualmente muda.

La barca era pequeña. No era una canoa pero para ser barca le faltaba cuerpo.

Mientras Er-guen elevaba la vela, El Rvdo. Ogli trató de averiguar si sabía a dónde dirigirse.

- Nosotros necesitamos ir a Frigenia ¿Va usted a Frigenia?

Er-guen señaló con el dedo hacia el horizonte. Entonces, el Rvdo. Ogli exclamó:

- Al menos, está señalando en la dirección correcta. De todas maneras, no tenemos alternativa: ¡es esto o nada!

- Pero tal vez nos lleve a otra parte.

- Eso es siempre posible pero, no sé por qué, tengo otra impresión. Paciencia, querido Ad, paciencia.

Pasaron cinco horas de navegación. Er-guen continuaba dirigiendo el timón con aire ausente. Con facilidad, la mirada se hacía a la mar en pos del horizonte llano y distante. Mi atención buscaba el agua, mas se encontraba de repente encumbrada, pues no podía discernir cuándo el azul era marino y cuando aéreo; mar y cielo eran uno sólo. Una continuidad azul se levantaba por todos los costados. Nuestro alrededor se curvaba y cerraba sobre sí mismo con nosotros adentro; como el universo circular de un acuario esférico de cristal.

La calidad decorativa de esta idea alegórica me sugirió la posibilidad de que nuestra circunstancia era objeto de observación de un ojo descomunal e invisible que nos miraba desde afuera de una esfera de cristal. Un ojo más allá de los límites de nuestra experiencia y realidad. Como si de un acuario se tratase, este ojo podría ver, al mismo tiempo, el vuelo de las aves y el trabajo escarbatorio de los moluscos; el tránsito de cirros y otras nubes inclasificables y el baile blanco de las medusas; lo que está pasando en la llanuras de Emuria y el ascenso frenético de una simple burbuja. Tal vez, un ojo así podría pertenecer a seres pensantes mayores que nosotros. Tal vez, ellos también serían objeto de observación de otros todavía mayores. Tal vez, a éstos los observen otros aún mayores, y así... según la fórmula espiralizante de la proporción divina:

$$\emptyset = 1 + \cfrac{1}{1 + \cfrac{1}{1 + \cfrac{1}{1 + \cdots}}}$$

Nos encontraríamos, entonces, frente a una inconcebible espiral logarítmica de observadores o, simplemente, frente al ininteligible iris de Dios. ¿Cómo percibiría Dios la realidad? -me pregunté-. Mirar al aire quizá le signifique distinguir las corrientes magnéticas que obligan a la brújula o las dubitaciones del viento u observar cómo se abre paso el sonido. Al ver al aire, quizá vea moléculas de oxígeno, presagios y fotones. Si dirige su atención bajo el mar, lo vería tal vez atravesado de rayos ultravioletas que encienden las manchas fosforescentes de los peces barbados o podría distinguir el infrarrojo y ver el calor desprendiéndose como flamas de los cuerpos calientes que nadan en las aguas.

¿Cuántos colores puede ver Dios? -me pregunté otra vez-. Inmediatamente, se me ocurrió que podría acceder un poquito a la mirada de Dios atravesando el ámbito acuático si el Rvdo. Ogli me prestaba sus discos de Cristal de Luna Negra...

- ¡Maestro!

- Dime, querido Ad.

- ¿Qué pasa si coloco agua entre los discos de Cristal de Luna Negra?

- Nada - contestó mi maestro.

- ¡Nada! -repliqué-. ¿No podría ver los hermosos colores que aparecieron cuando usted interpuso el papel celofán entre ellos?

- No, querido Ad.

- Pero el agua es igual de transparente que el papel celofán

- Es que no se trata de que sea o no transparente.

- ¿Entonces...?

- Si me permites explicarte, querido Ad, voy a confiarte en primer lugar que los colores que viste se deben a la extrema delgadez del papel celofán. Colores de interferencia como esos aparecen frecuentemente en las observaciones relacionadas con la luz polarizada. Así que, eso no es lo importante. Hay substancias que reaccionan frente a la luz polarizada y otras que permanecen indiferentes ante ésta. El agua sola no exhibe ninguna actividad; lo mismo, el agua salada. El agua con azúcar, en cambio, sí manifiesta un efecto...

- ¿Cuál?

- ¿Recuerdas qué quiere decir la expresión "llave de luz cerrada"?

- Sí, maestro.

- Si mantienes la llave de luz cerrada deberías ver total oscuridad en el segundo disco... ¿Verdad?

- Sí, maestro.

- Pues, existen substancias que por sí solas abren la llave de luz. Si, con ayuda de un recipiente adecuado, interpones agua azucarada entre los dos discos de la llave de luz cuando está cerrada, podrás ver al instante algo de luz saliendo del segundo disco. No se trata de una claridad total sino de una cantidad menor pero bastante notable, como si el azúcar hubiera abierto la llave de luz un poco. Si quieres restaurar la oscuridad deberás cerrar la llave una cantidad extra para compensar el efecto del azúcar. Para lograr esto, debes hacer girar el segundo disco sobre el otro un cierto número de grados hasta que la luz se haya extinguido nuevamente. Se dice que las substancias que alteran la oscuridad de los discos cruzados de Luna Negra

poseen "actividad óptica". Aparentemente, se trata de un hecho menor pero conduce a magníficas conclusiones. Muchas veces se da con verdades fundamentales tras la reflexión profunda sobre algo simple. Y así es cómo debe ser el espíritu del monje szabeo: profundo y simple a la vez; simple de simplicidad, no de simpleza.

- Sí, maestro -contesté-. Pero dígame, maestro, ¿a qué se debe el comportamiento anómalo del azúcar; ¿cuál es la diferencia entre ésta y la sal y el agua misma?

- La respuesta tiene que ver con lo que hemos estado tratando durante estos días. Comencemos con el agua...

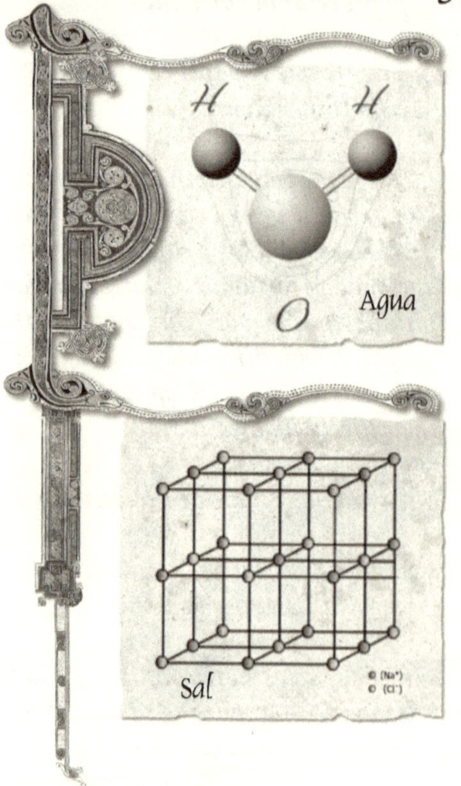

El Rvdo. Ogli extrajo su cuaderno de apuntes y esquematizó algo.

- Esta es la molécula de agua. Basándote en los ejercicios que has hecho, dime querido Ad, ¿esta molécula es superponible a su imagen especular?

- Mmm... la molécula de agua es simétrica. Lo que tiene a la izquierda es similar a lo que tiene a la derecha.

- Bien, querido Ad. Continúa, por favor.

- Eh... ¡Pues!... Si la molécula de agua es simétrica, entonces debe ser superponible a su imagen especular.

- ¡Muy bien! Ahora, la sal forma agregados simétricos y produce cristales simétricos. El azúcar, en cambio, posee una molécula mucho más complicada que no puede ser superpuesta a su imagen especular. El azúcar es asimétrica y esa es la explicación, o parte de ella, de que sea capaz de abrir la llave de luz. El cuarzo, tiene átomos ordenados asimétricamente y produce cristales asimétricos que son la imagen especular de cada uno.

- *Como dije -siguió-, el azúcar es asimétrica y es capaz de abrir la llave de luz. Su imagen especular, que en el caso de substancias químicas se llama enantiómero, verdaderamente existe como una molécula real. La primera siempre fue producida por la Naturaleza; la segunda, por métodos artificiales que fueron descubiertos cuando la química se desarrolló lo suficiente. La primera, el azúcar natural, abre la llave de agua hacia la derecha; su enantiómero, hacia la izquierda.*

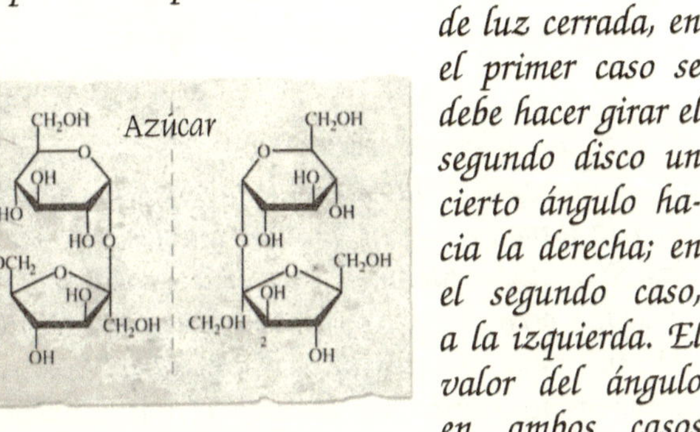

Es decir, para restaurar la oscuridad alterada por la interposición de estos azúcares en la llave de luz cerrada, en el primer caso se debe hacer girar el segundo disco un cierto ángulo hacia la derecha; en el segundo caso, a la izquierda. El valor del ángulo en ambos casos es el mismo pero la dirección en que éstos se generan es opuesta. Es como si existiese un comportamiento en uno y otro sentido del espejo.

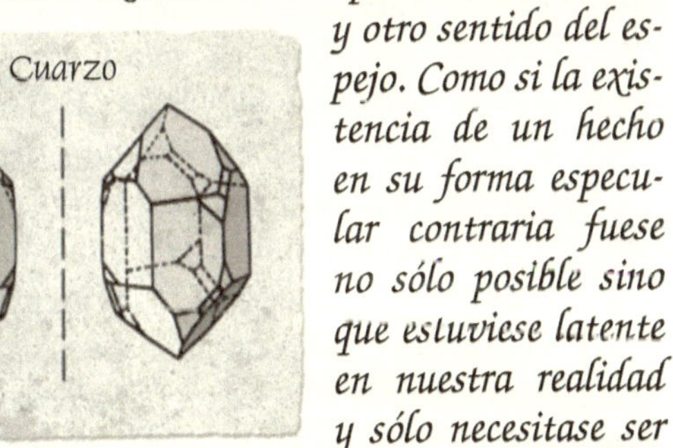

Como si la existencia de un hecho en su forma especular contraria fuese no sólo posible sino que estuviese latente en nuestra realidad y sólo necesitase ser descubierta. Hay una sola agua como hay una sola sal pues las posibilidades de ordenamiento de los átomos dentro de sus moléculas no dan lugar a variaciones. Pero conforme se aborda moléculas cada vez más grandes, compuestas por varios átomos de varias clases, los diversos ordenamientos permutables a que éstos dan lugar permiten variedades de la misma molécula. Así, por ejemplo, existe un ácido, llamado tartárico, que tiene diferentes agrupaciones atómicas alrededor de un par de átomos de carbono. Las posibilidades de ordenamiento basadas en esta circunstancia son tres. Cada cual tiene su propio nombre

para distinguirlos entre sus hermanos: ácido levotartárico, dextro-tartárico y mesotartárico. Son así:

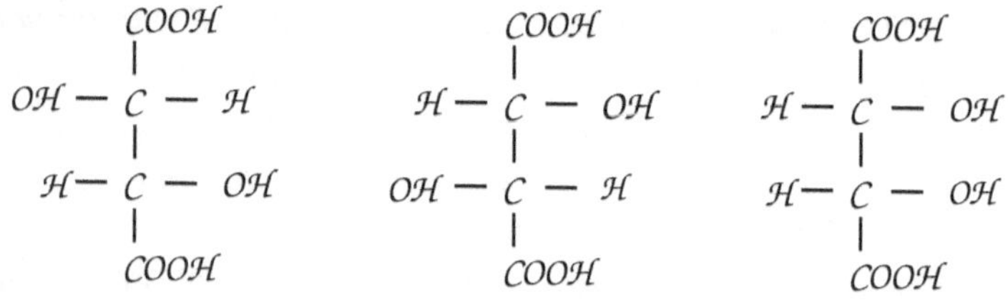

```
         COOH                    COOH                    COOH
          |                       |                       |
   OH — C — H             H — C — OH             H — C — OH
          |                       |                       |
    H— C — OH            OH — C — H              H— C — OH
          |                       |                       |
         COOH                    COOH                    COOH
```

Ácido Levotartárico | Ácido Dextrotartárico | Ácido Mesotartárico

- Los dos primeros -siguió- son asimétricos y son enantiómeros el uno del otro. Si se los disuelve por separado, sus soluciones pueden abrir la llave de luz en ángulos iguales pero en direcciones contrarias. Si a estas soluciones se las deja reposar separadamente, se puede conseguir cristales que resultan ser físicamente enantiomorfos el uno del otro; es decir, orientados al contrario. Si se mezclan equitativamente las dos soluciones, los efectos individuales se anulan y la llave de luz no se abre en ningún sentido. Esto también ocurre con las soluciones del ácido mesotartárico que es un ácido simétrico; esto es, no tienen efecto sobre la llave de luz. El ácido mesotartárico tiene un eje de simetría que divide la molécula en dos mitades idénticas, una sobre la otra. ¿Has oído hablar de Ui-LacToeur, querido Ad?

- Es el científico de Galactia que descubrió el proceso de vacunación.

- Si, querido Ad, pero también se lo conoce por haber descubierto otras varias cosas que son igualmente importantes. Por ejemplo, todo lo que te he dicho sobre el ácido tartárico y su actividad óptica lo descubrió él cuando era bastante joven. Luego, dejó crecer moho sobre una solución compuesta por una mezcla equitativa de ácido dextro y levotartárico que, como ya te dije, en conjunto no abren la llave de luz en absoluto. El resultado fue que el moho consumió sólo uno de los enantiómeros. La solución terminó por abrir la llave de luz tal como lo habría hecho el ácido levotartárico aisladamente. Entonces, llegó a una conclusión que todos los experimentos posteriores nunca contradijeron: los organismos vivientes trabajan con procesos bioquímicos asimétricos pues seleccionan para su nutrición determinado enantiómero y rechazan el otro. También se puede observar la misma discriminación en la producción natural de substancias. Si una planta produce una medicina, un pigmento o una esencia aromática, *sólo produce uno y sólo uno de los enantiómeros en cada caso. Por esto se explica que el ácido dextrotartárico se lo encuentra en la Naturaleza pero al levotartárico hay que fabricarlo. El azúcar de mesa -que abre la llave de luz hacia la derecha- se produce de forma natural. Entonces, cabe suponer que igual que es producido selectivamente por la Naturaleza, un específico producto químico es consumido por ella de la misma exclusiva manera. Esta hipótesis llevó a la fabricación de edulcorantes artificiales que abren la llave de luz a la izquierda. Estos azúcares no engordan pues el organismo no los metaboliza. Por esta misma inmunidad frente a los seres vivos, estos azúcares permanecen frescos pues los microorganismos no los atacan y, justamente por esto, no producen caries.*

- ¡Vaya!

- Lo que Ui-LacToeur intuyó vino a confirmarse con los estudios sobre los procesos enzimáticos que tienen lugar en el interior de los seres vivos. Cuando una molécula ingresa al sistema alimenticio de un ser viviente es capturada por una "línea de trabajo" semejante a la cadena de producción de una fábrica moderna. El organismo toma de esta "línea de trabajo" lo que necesita para alimentarse. Pero el organismo no cuenta con las manos de los obreros para hacer esto sino con otras moléculas que vienen a ser como los moldes pegajosos de lo que están buscando. Entonces, igual que una pieza de rompecabezas que pasa a formar parte del motivo que se va formando luego de calzar en sus intrincados perfiles, así son incorporadas las moléculas nutrientes al metabolismo. Estos "moldes" que se encuentran en los seres vivos son específicos para cada substancia que, en casi todos los casos, tiene conformación asimétrica. Así por ejemplo, una molécula de azúcar natural calzará en el molde específico para detectar azúcar. Pero una molécula de azúcar artificial, que es su enantiómero, no calzará en el molde y será ignorada. El proceso real es más complicado que esto...

- Es como pretender ajustar la mano izquierda al guante derecho -afirmé.

- ¡Eso! - exclamó mi maestro casi entusiasmado- ¡Perfecto!

- Si nos nutrimos de substancias enantioméricas orientadas en una dirección determinada, ¿significa que todo nuestro cuerpo está construido en una dirección específica en lo que se refiere a su materia constitutiva?

- Así parece, querido Ad.

- Entonces, ¿somos seres vivos orientados en una dirección?

- Sí, así vendría a ser... -contestó mi maestro- ...y creo que tienes mucha más razón de la que sospechas. ¡Mira! Nuestra piel, los tejidos internos, los pelos, las uñas, huesos, tendones, músculos, la sangre, en fin... cualquier parte del cuerpo tiene proteínas en su estructura. La molécula del ADN es proteína. Ahora bien, las proteínas están formadas por la concatenación de unidades moleculares más pequeñas por lo tanto tienen una orientación espacial específica. Si deseas construir una escalera de caracol que ascienda hacia la derecha debes construir todos los peldaños orientados en esa misma dirección. De manera análoga y viceversamente hablando, los aminoácidos orientados en una misma dirección generan, al concatenarse, la forma espiral que ostenta la molécula del ADN. Así, todo muestro cuerpo, hasta el último de los pelos, se halla orientado en una sola dirección. Somos un gran enantiómero. Somos hijos espiralizados a imagen y semejanza del ininteligible iris de Dios.

- ¡Ahí vamos de nuevo con la espiral!

- Bueno pues, has comprobado que no es accidental. En la molécula que transmite la vida y hasta en los resultados macroscópicos de su desempeño, los seres vivientes revelan su hermanamiento en la espiral; un hermanamiento notariado con los números mágicos de la serie divina. En los casos del turbópulus, el giraluz y la spirogira, por ejemplo, la consanguinidad es más obvia que en el resto de plantas y animales pero todos llevan, en el fondo, el mismo sello. Como tú ya has escuchado de mí, las unidades moleculares del ADN, como los escalones de una escalera de caracol, ya se encuentran afectadas por una torsión previa y dictatorial que se origina en los confines más elementales de nuestra realidad donde la materia es y deja de ser, siguiendo la doble vía que ofrece la forma de la espiral. Si a esto agregas tornados, vórtices y galaxias nadie te va a culpar de presentir una orientación prefijada para nuestra realidad que se manifiesta en todas las cosas como un designio. La pregunta es: ¿Hacia dónde está orientado el universo que vivimos: hacia la derecha o a la izquierda? Así que, no es accidental, querido Ad. Nos hallamos hablando sobre los fundamentos topológicos de la vida. ¿No esperarías encontrar aquí la sobria y unificadora elegancia de Dios?

Hacía algún tiempo que la barca había penetrado los difuminados exteriores de un banco de niebla. Según mi maestro, esto era prueba de que nos encontrábamos cerca de la costa entenebrada de Frigenia. Lo que él no alcanzaba a comprender -y yo menos- era cómo se las arreglaba el lacónico Er-guen para saber por dónde dirigirse, es decir, por dónde cortar el cuerpo de la niebla. Entonces, mi maestro notó una casi imperceptible vibración en la madera de la barca.

Después, el Rvdo. Ogli se arrodilló y puso oído al suelo.

- ¡Ajá!

- ¿Qué es, maestro?

Mi maestro me miró vivaz pero no se detuvo a explicarme nada sino que pasó inmediatamente a interrogar a Er-guen.

- ¡Er-guen! Estás dejándote guiar por el canto de unas ballenas ¿Verdad?

Tampoco esta vez Er-guen contestó pero fue la primera y única ocasión que lo vi esbozar una sonrisa.

lenclom wi
es in dē dach
ende dey lō
dat licht uā
der dunsker
nis eñ noem
de dat licht
den dach eñ
XII

Capítulo XII

La Noche de los Tiempos

Después de tocar suelo frigenio, Er-guen volvió al mar sin haber querido antes aceptar lo que el Rudo. Ogli le ofreció tratando de pagar el favor de nuestro transporte. Nunca dijo palabra y se esfumó como niebla en la niebla. El suelo frigenio que nos recibió era suelo de rocas. Un promontorio muy estrecho de piedras casi negras. Donde las piedras acababan, allí se alzaba, entre la bruma, una de las paredes acantiladas más altas que haya visto en mi extensa vida. De cerca, la vista no la podía contener y si se levantaba la mirada, la niebla, la cubría con su blanca ceguera. De lejos, cuando lo permitía la atmósfera, la razón vacilaba dudosa si alguna vez el acantilado se alzó realmente o el que se hundió fue el mar.

Sobre la meseta, se extendía una campiña colmada de vegetación, frutales y miel. Pero, era paisaje serio, de aire sombrío, de intemperie gris. La humedad de la última tormenta salpicaba el panorama con esporádicos resplandores de brillo metálico. Unas cuantas cuerdas de oro, estiradas desde el cielo, hacían todo el albor. La luz se dispersaba tan mermada de fuerza por la bruma que los colores lucían apagados, como recubiertos con una pátina de cera; amarillos entenebrados y olivas plomizos, alardes de bodegón. La imaginación aspiraba, en la costa de Frigenia, ver una mesa tendida de galas añejas que se levantaba de entre las aguas para agasajar invitados de un tiempo sobrenatural.

Avanzábamos por un camino de herradura usado probablemente sólo para el pastoreo. Luego, cruzamos un río que el Rvdo. Ogli reconoció.

- ¡Ah, ya sé dónde estamos! -me dijo-. Si salimos de este camino y seguimos el curso del río por la orilla derecha, en algo menos de una hora llegaremos a Wrestongres.

Y así lo hicimos. Caminamos cerca de una hora dejándonos entretener por la fluidez de las aguas y por todos los sedientos seres, vegetales y animales, que se congregaban en sus flancos. Al final de una modesta subida, de repente, tuve frente a mí, por primera vez, la inquietante silueta de Wrestongres contra la luz del crepúsculo.

- Se ha dicho muchas cosas sobre Wrestongres -dijo mi maestro mientras avanzábamos sobre la llanura donde estas ruinas se asientan-. Se ha dicho que es el resultado de la concreción de una ronda de gigantes que bailaban en vano una danza contra un maleficio petrificante lanzado por Eliseo, dios de dioses. Unos pensaron que se trataba de un templo marteriano; otros, que era un lugar donde se celebraban concilios de druidas. Se pensó que había sido construido para servir como observatorio astronómico en tiempos ancestrales. Incluso, se ha llegado a decir que Wrestongres es una central para recoger energía o que es una antena para transmitirla al espacio exterior; que es un ábaco sideral; que es puerta al infierno o al mundo celeste. Alguien pensó que es un ejemplo de arte según los cánones estéticos de las catedrales bóricas. En fin...

- ¡Cómo puede ser una cosa tantas cosas a la vez! -dije sin refrenarme.

- ¡Ah! Eso sucede porque no hay nada tan fascinante como el misterio ni nada tan prolífero como la imaginación, querido Ad. La mastodóntica dimensión de las rocas que componen Wrestongres también ha dado lugar a las más variadas y fantasiosas explicaciones sobre su transporte. Alrededor del área, no hay manera de conseguir esas piedras. Alguna leyenda ha responsabilizado a Wgïjvrán el mago, quien, para transportarlas desde otras tierras, habría utilizado un hechizo levitante. El hecho es que se trata de una edificación colosal y misteriosa que no facilita al prosaico las respuestas a preguntas que acuden espontáneamente. ¿Quién lo construyó? ¿Cuál fue su propósito? Y finalmente, ¿Cómo fue construido?

- A mí me parece que tiene que ver con la astronomía -dije-. ...o también pudo haber sido un templo ceremonial.

Mi maestro sonrió y me miró cariñosamente con sus grandes ojos negros.

- Paciencia, querido Ad, paciencia. Te aseguro que vamos a hablar de lo que los szabeos conocen al respecto. Pero antes, debo advertirte que tengo una sorpresa para ti.

- ¡Así! ¿Qué es, maestro?

- Es algo que casi es lujo de una sola vez en una vida.

- ¿Qué es, maestro?

- Esta noche se espera un eclipse de luna, que no es nada raro, pero coincide que lo vamos a contemplar desde un sitio privilegiado si es que tú crees que Wrestongres es un observatorio astronómico.

- ¡Ja!.. ¡Qué bien! -contesté entusiasmado- ¡Muy bien!

- Pero antes, querido Ad, debemos acomodar nuestros lechos y preparar algo de comer.

- ¡Sí, maestro!

Dispusimos nuestros lechos junto a unos escuálidos arbustos aledaños al círculo sagrado de Wrestongres, sólo para no dejar de hacer algo en contra del viento. Alimentamos a Oj y cenamos nosotros también. Entonces, pregunté:

- Maestro, ¿cuándo va a ocurrir el eclipse?

- Según yo recuerdo, se tiene previsto para las 01:25 am.

- ¡Ah! Entonces, tenemos tiempo.

- ¿Tiempo?... Si antes el mundo no se aniquila a sí mismo... -dijo mi maestro apesadumbradamente- ¿Sabes, querido Ad? tal vez, este eclipse sea el último que se pueda admirar.

- ¿Cuándo cree usted, maestro, que pueda estallar la guerra?

- En cualquier momento, querido Ad. Lo vamos a saber en cuanto el cielo se inflame.

- Pero, los cohetes... ¿Llegarían hasta aquí?

- Los cohetes serían dirigidos, en el mejor de los casos, exclusivamente hacia las bases militares de Frigenia. Éstas dirigirían los suyos hacia quién sabe dónde; probablemente, Rjostos o Sammkara. Pero el poder de las explosiones sería tan descomunal que comprometerían toda la faz del planeta. Así que, querido Ad, te aseguro que lo vamos a notar donde quiera que estemos.

- Yo había creído que veinte años atrás las potencias se habían desarmado.

- Bueno, no eran las mismas.

-¿No?

- Hace como cien años, Emuria era un gran territorio formado por varias nacionalidades y culturas. A todas ellas las unió un régimen totalitario que se estableció bajo filosofías que atacaban al mundo *occidental y así pasaron a llamarse Alianza de Repúblicas Emurianas. Este régimen tenía mala reputación debido a que gran parte de su historia estuvo a cargo de una de las más cruentas dictaduras. Algo que algunos tienen como un verdadero logro es el crecimiento tecnológico alcanzado en alrededor de setenta años. Antes de estructurarse en la Alianza de Repúblicas Emurianas, Emuria era un territorio agrícola muy miserable que moría de hambre; después, pudo colocar un laboratorio espacial en órbita e intimidaba a los gobiernos occidentales con un armamento tan grande y sofisticado como el de todos ellos juntos. Sin embargo, al final de esos años, la economía emuriana que nunca terminó de consolidarse acabó desplomándose. La Alianza de Repúblicas Emurianas se desintegró en repúblicas emurianas independientes, más pequeñas y más fáciles de administrar. Este proceso transcurrió sin violencia, cosa que nadie lo habría imaginado, debido, tal vez, a que no respondía al grito "¡liberación!", sino más bien "¡sálvese quien pueda!". Cada una de las repúblicas se vio en apuros para sobrevivir y así fue cómo celebraron nuevas alianzas; a veces, reñidas con su idiosincrasia natural, a veces promovidas por eso mismo. Algunas pactaron con sus anteriores enemigos los cuales estuvieron muy gustosos en hacerlo. Otras se unieron entre ellas buscando cooperación por el único vínculo que les quedaba: su religión. Ahora bien, debes saber, en primer lugar, que en el momento de la desintegración de las repúblicas, el enorme ejército emuriano se dividió entre ellas como cualquier herencia. En segundo lugar, las repúblicas que habían heredado las fábricas de armamento (porque se las había construido en su suelo) descubrieron que un exitoso mecanismo para salir de la crisis económica era la venta de material bélico lo mismo a amigos que a enemigos. Al sur, los países lunilaicos también habían estado empeñados en crear una unidad. Este deseo proviene de siglos atrás. El mayor obstáculo que habían encontrado para este propósito residía en su tendencia a reñir entre ellos. Pero hubo dos hechos que auspiciaron un definitivo y exitoso intento de asociación. El primero fue la Guerra de Incidia y Seudonia, en donde los odios raciales y religiosos en contra de los lunilaicos se exacerbaron hasta límites inconcebibles. El segundo, fue la astuta habilidad de un despótico jefe de estado de Sammkara para conducir los resentimientos, lo cual lo convirtió en líder lunilaico después de la Guerra del Desierto. Ahora bien, ¿recuerdas, querido Ad, la leyenda sobre el monstruo negro que yace bajo el desierto en estado líquido y se alimenta de odio?*

- Sí, maestro.

- Pues, esa es una manera de referirse al petróleo. Los países lunilaicos siempre lo tuvieron, lo que significaba increíbles cantidades de dinero. Lo que no tenían era tecnología bélica sofisticada. La desintegración de la Alianza de Repúblicas Emurianas les dio la oportunidad de obtenerla. Como dije antes, hubo repúblicas que se unieron en nombre de la religión que antes habían profesado. Un grupo de ellas se hermanaron bajo el lunilaicismo. Éstas no tuvieron mucha dificultad en aliarse con la nueva sociedad de países lunilaicos del sur, llamada Unidad Lunilaica. Esta vinculación supuso para la joven sociedad la disposición de una buena parte del armamento de la antigua Alianza de Repúblicas Emurianas. El resto de estas repúblicas estaba rematándolo todo para salir de la banca rota, incluyendo su tecnología bélica. Así fue cómo la Unidad Lunilaica lo compró todo y se alzó como la segunda potencia mundial reemplazando en su papel beligerante a la antigua Alianza de Repúblicas Emurianas. Al tiempo en que esto ocurría, la industria bélica de todo el planeta había estado desarrollando en secreto una carrera por conseguir la bomba de antimateria. Cuando por fin el mundo dividió sus poderes entre occidentales crucíglobas y orientales lunilaicos, ambas partes ya poseían la más brutal y devastadora arma jamás creada. ¿Ahora lo entiendes mejor?

- Sí, Rvdo. Ogli, gracias -contesté-. Pero usted mencionó que los odios raciales y religiosos se habían exacerbado. ¿Eso significa que la Unidad Lunilaica tiene razón en ser agresiva?

- Querido Ad, nadie tiene la razón para ser agresivo. Pero es posible encontrar una explicación para un comportamiento violento, cosa que es distinta. Además, había exacerbación en ambos bandos, lunilaico y crucígloba. Aun así, a veces es simplemente imposible comprender algunos de los más bestiales comportamientos durante la guerra de Incidia y Seudonia.

El Rvdo. Ogli exhibió una expresión de repudio que yo no había conocido en él y continuó.

- De una población de 4.5 millones de ovinios, 200.000 murieron; otros 200.000 fueron heridos, incluyendo 50.000 niños. Más de 2.5 millones tuvieron que refugiarse en otros países. La mayor desgracia, tan decepcionante para los szabeos, fue la así llamada "limpieza étnica" que incluyó masacres y campos de concentración. Por ejemplo, B´go-je-Smic fue un médico que se convirtió en militar durante el conflicto. Los tribunales internacionales de guerra que actuaron

después, lo encontraron culpable de organizar el arresto, deportación y asesinato de 17.000 lunilaicos. R-inko-Ktva fue responsable del fusilamiento de 100 lunilaicos, 33 de los cuales eran mujeres y niños. En cuanto tenían oportunidad, los lunilaicos se portaban igualmente crueles. En esa guerra, hubo horrores que, aunque son verdad, por ser tan impresionantes se convierten en material sujeto a discreción. Además, son difíciles de creer...

- Pero, ¿cómo empezó?

- Empezó hace muchísimo tiempo, desde la Edad Intermedia en adelante. Ya te he explicado como el mundo, a causa de la religión, se dividió en dos: Oriente y Occidente, es decir, lunilaicismo y cruciglobismo. ¿Verdad?

- Sí, maestro.

- Pues, bien. La región de Roniav, fue región de conquistas y reconquistas pues se encuentra en el límite de los dos dominios. Esta marea de imperios depositó, una sobre otra, capas de culturas antagónicas entre sí. Roniav era, antes del conflicto, parte de la Alianza de Repúblicas Emurianas cuyo gobierno se centralizaba en la ciudad de Ensko, República de Gradov. Como ya te dije, el régimen era totalitario y controlaba la unidad de su dominio de cualquier manera. Roniav sobrevivió con ese nombre hasta que quedo libre de la Alianza y llegó el momento de determinar a dónde iba cada cual. Entonces fue cuando salió a relucir el odio guardado durante siglos por las fracciones poblacionales que conformaban Roniav. ¡Vamos! Creo que hemos convocado demasiada violencia por esta noche. Te diré lo que vamos a hacer. El eclipse empezará alrededor de la una y media. Traje conmigo un despertador de cuerda que voy a activar para la 1:00 de la mañana. Mientras tanto, ¡vamos a dormir!

- Está bien. Buenas noches, Rvdo. Ogli.

- Buenas noches, doctrino.

No hace falta decir que me costó conciliar el sueño. Las colosales piedras de Wrestongres habían perdido la magia; ya no me importaban tanto. Imágenes brutales de muerte rondaban mi cabeza. No sé si lo soñé, pero creo haber visto juntos a un lupezno y a un gassílope mirándonos desde lejos. Es absurdo, porque ambos son enemigos naturales. El uno se come al otro...

Cuando sonó la alarma, abrí los ojos y allí estaba él. ¡Un pequeño gnomo!

- ¿Quién es usted? -preguntó el Rvdo. Ogli que también se había despertado.

- Antes, estaba convencido de tener la misma duda; ahora, no me siento tan seguro de eso - contestó el extraño.

- ¿Podría repetir eso por favor? -volvió a preguntar.

- Bueno... sólo en parte.

- ¿En parte?

- Toda afirmación es en parte verdad y en parte mentira. Entonces, ¿Cuál es la parte que es falsa en esta última afirmación?

- ¡Eh! Pues...

- Si le incomoda, podemos eliminar su falsedad. Pero en ese caso, la pregunta dejaría de sentir curiosidad por sí misma y cesaría de interrogar. Ya no sería más una pregunta.

- Pero ¿cuál es la respuesta a mi primera pregunta?

- Si la respuesta estuviera escrita, esta frase sería la respuesta en forma de ejemplo de la técnica de fraccionamiento. Segundo fraccionamiento. Otro.

- ¡Mmrrrr... ! - gruñó mi maestro tratando de contenerse.

El pequeño gnomo, sentado sobre unas ramas arbustivas, empezó a cantar:

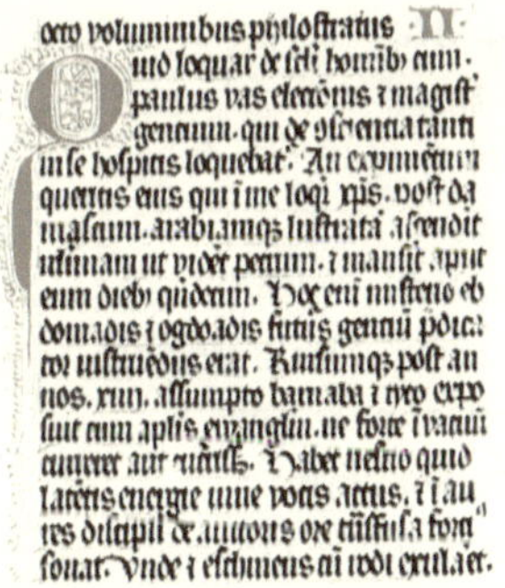

Hacer una escena, exigiría
un colibrí y una flor.
Eso bastaría y... ¡ya!:
escena con esplendor.
Pero la fantasía... ¡ja!
se basta ella sola:
excesivo el colibrí
cuando está demás la flor.

Como pude ver el rostro de mi maestro cambiando cada vez más de tonalidad, se me ocurrió resaltar lo que las divagaciones del gnomo tenían de interesantes y dije algo que pensé era soberbia reflexión:

- Ese gnomo sabio puede retorcer muy bien una frase sobre sí misma como si fuese una espiral.

Esta vez la continencia de mi maestro se dirigió hacia mí y me dijo apretadamente:

- Lo que él dice, simplemente, no tiene sentido, Ad-d-Tuar.

Creo que hice bien en callarme. El gnomo habló en mi lugar:

- ¡Ah, ah! Mala respuesta.

La mirada de mi maestro se levantó lentamente dueña otra vez de toda la paciencia de la que era capaz.

- ¿No me reconoces todavía, monje szabeo?

El Rvdo. Ogli lo miró con inquietud. El gnomo empezó a recitar unos versos:

Antes de volverme permanente,
he sido varias veces lo mismo
y, así mismo, he sido diferente.
He llovido rociándome sobre la hierba trémula
y he tremolado de vértigo en el abismo celeste.
He orbitado en remotos resplandores
y he resplandecido y eclipsado así,... de repente.
He dado hervores en copelas infernales
y me he templado al ritmo del bardo
y he sido hoja y punta de mango regio
enraizada en las entrañas minerales
de la roca que hube vulnerado.
Me he deletreado sin razón ni motivo
y he sonado bastante elocuente
pero me ha costado la eternidad
y las pérdidas por ausencia
ni se endosan... ni se venden.
He sido letra, pregunta, página de libro
y me he prologado hasta cubrir el contenido.
Me he ocultado en palabras corrientes
escabulléndome con inaudible sonido
y he sido nombrado, ¡vaya!... por accidente.

Los ojos de mi maestro resplandecieron, su cabeza se echó para atrás y preguntó:

- ¿Wgïjvrán, el mago?

- ¡Abracadabra!

Y diciendo esto, trazó en el aire un arco con su mano como ejecutando una elegancia de tiempos pasados.

-¡No puede ser! -dijo mi maestro- Wgïjvrán no existe. Es más, nunca existió: es un personaje de un libro, no es un personaje de la Historia.

- ¿Cómo sabes eso? ¿Lo dice algún libro de Historia?

- ¡Vaya! -exclamó mi maestro- Perece que tenías razón después de todo, querido Ad.

Yo sonreí. ¡Ya sabía yo que no había dicho otra tontería!

- Sé que el pequeño se llama Ad-d-Tuar -dijo el gnomo- pero ¿Cómo te llamas tú, monje szabeo?

Wrestongres y Wgÿvrán, el mago

- Ogli-s-Oöp.

- Estoy muy feliz de conocerlos, Ogli y Ad.

- Hablar contigo, Wgïjvrán, sería como estar dentro de un mundo literario -afirmó el Rvdo. Ogli.

- ¿Crees que antes fue diferente? -contestó el gnomo o Wgïjvrán, o como sea-¿De dónde ha venido lo que sabes?

-Tu realidad -contestó él mismo- está formada por todo lo que sabes. Y se sabe más por haberlo leído. Nunca has visto una molécula de ADN pero la aceptas porque aparece en un texto. Todo lo que se ha escrito sobre la naturaleza del subconsciente podría ser totalmente ficticio. Si no crees lo que estás viviendo, entonces vamos a recoger esta conversación en un libro. ¿Satisfecho?

- ¡Vaya...! En el caso de que realmente seas Wgïjvrán -dijo el Rvdo. Ogli- ¿Qué haces aquí?

- Es toda una historia -contestó-. Pero, creo que tienen derecho a conocerla.

Wgïjvrán bajó de las ramas y buscó uno de los monolitos. Se sentó a sus pies con la espalda reclinada sobre la piedra e inició su narración:

- En mi primer regreso a mi vida, trabajé para el Rey Ngupd. Yo lo escogí como rey porque ya sabía que sería el elegido. Y fue un buen rey y su reinado fue justo como ningún otro hubo sobre Frigenia. Pero, tras unos amoríos, su salud se resquebrajó. Aunque era joven, no podía atender los asuntos del reino; menos todavía, defenderlo de manos ambiciosas. Las intrigas cortesanas promovieron invasiones y causaron la destrucción del Rey Ngupd y su reino. Esto lo intuí en mi primera vida; en la segunda, ya lo sabía. Sabía que su reinado viviría para siempre en las leyendas, escritas y no, que forman parte de la Historia de Frigenia. Para casos así, no basta un hechizo. Y, necesitado de mayores saberes, convencí a mi Rey que organice un círculo selecto de caballeros y los envíe a tierras de Oriente en busca de los más ocultos conocimientos nigrománticos. Ellos regresaron con surtidos cargamentos. En libros secretos muy antiguos, leí sobre la existencia del Santo Råål. Sólo su descubrimiento podía devolver la salud a mi Señor. La magia de los druidas me dijo, en cambio, que lo que yo buscaba se encontraba en un lugar llamado Mal-ö-Goom. Pero este sitio, como podía suponerse, se hallaba perdido en la Noche de los Tiempos. Entonces ideé un encanto para abrir la puerta que da acceso a ella. Para hacerlo, primero tenía que obtener arena del tiempo raspando la superficie de una de las rocas de Wrestongres. Con parte

de la arena del tiempo tenía que fabricar el vidrio necesario para formar la ampolla de un reloj de arena. Para llenar la ampolla debía utilizar la otra parte de la arena del tiempo. En el primer eclipse de luna, dentro del círculo de Wrestongres, debía voltear por primera vez el reloj de arena y al mismo tiempo pronunciar mi nombre al revés. Y así lo hice. Mas, en el momento preciso, estaba tan temeroso con lo que pudiera pasar si me equivocaba que terminé atropellando mis fonemas. Al tiempo que trastocaba las sílabas de mi nombre al revés, mis manos se enredaban y el reloj de arena se estrellaba contra el suelo destrozándose en mil pedazos.

- ¿Y qué pasó? -pregunté y no volví a entrometerme.

- No me había equivocado al idear el hechizo. La Noche de los Tiempos sí se abrió... Pero también se cerró inmediatamente atrapándome y haciéndome retroceder en el tiempo. Me devolvió a una época lo suficientemente atrás que me permite morir cerca de mi nacimiento. Quedé atrapado en el Tiempo. Nazco para morir antes de nacer. Por eso se me atribuye conocer el futuro. Vivo una espiral interminable. Y, debido a eso, vivo eternamente en la historia legendaria de Frigenia. Pero las leyendas se asientan en los libros. Y todo libro es más de un libro; otros libros se sobrentienden en un libro. Son libros que se auto-convocan a diferentes niveles, en distintas lecturas; libros que se citan unos a otros sin declararlo; libros que se tocan, se superponen, se entrelazan en un tejido anudado pero invisible, atravesado de interconexiones. Por eso no te extrañe que yo haya aparecido aquí. Quien vive en un libro vive en todos y vive para siempre. Por eso voy y vuelvo a través de los tiempos. En mi primer regreso a mi vida, trabajé para el Rey Ngupd. Yo lo escogí como rey porque ya sabía que sería el elegido. Y fue un buen rey y su reinado fue justo como ningún otro hubo sobre Frigenia. Pero, tras unos amoríos, su salud se resquebrajó...

- Muy bien, muy bien -interrumpió mi maestro con tono incrédulo-. Demos por aclarada tu situación... Wgÿvrán. ¿Cuál es la nuestra?

- Ya dije que lo equivoqué todo -contestó de mala gana-. Wrestongres quedó, por así decirlo, descalibrado y se abre en cada eclipse atrapando a quien aquí se encuentre.

- Sí, ¡cómo no! -replicó mi maestro.

- ¿Han notado que nunca sucedió el eclipse?

- ¡Es verdad! -dije yo-. Ya ni siquiera hay Luna.

Creo que fue en ese momento cuando el Rvdo. Ogli-s-Oöp rindió sus dudas a la evidencia: nos hallábamos en un ambiente extraño.

Lo único visible era la ruina monumental de Wrestongres; su alrededor se perdía en las tinieblas.

Después de unos instantes de reflexión...

- ¿Cómo podemos salir de aquí? -preguntó mi maestro.

- ¡Deben encontrar el Santo Råål!

- ¡Nada menos! -exclamó mi maestro.

- Debo advertirles que algunos viajeros han caído en las mismas circunstancias que ustedes. Unos pocos han conseguido el Santo Råål; la mayoría no, y aquellos siguen vagando en alguna parte de la Noche de los Tiempos. De los últimos que recuerdo, uno abandonó porque la empresa era demasiado difícil; otro, se volvió loco; y otro desapareció.

- ¿Recuerda, maestro?-me atreví a interrumpir-. "Para cada individuo hay un camino particular aunque todos pisen la misma huella"

- ¡Ahí lo tienes! -me respondió el mago- Es tan sólo el perfil de la misma cara.

El Rvdo. Ogli pareció reflexionar un momento.

- ¿Qué es el Santo Råål? ¿Cómo lo reconocemos?

- El Santo Råål ha sido imaginado en la literatura de varias maneras. En El Cantar de Juh, es un caldero que da todo el alimento deseado y nunca se vacía. Puede devolver la vida a los guerreros muertos y alimentar a todo un ejército. En otros, como en La Gesta del Råål se trata de un plato inagotable. Otra leyenda antigua cuenta que el Santo Råål fue construido por unos ángeles en forma de copa hexagonal de 144 facetas a partir de una esmeralda caída del cielo. También podría tratarse, según sugiere Vjidob en su obra Estudios Hermenéuticos sobre el Aire y las Tinieblas, de la Piedra Filosofal que buscaban los alquimistas. En los Cantares de Cog, una de las obras del ciclo ngupdítico, el ermitaño Ight revela a Meght que el Santo Råål es una piedra cuyo nombre es "derex apsilops". Pero esta expresión no tiene traducción, no tiene sentido. Algunos literatos renombrados, como Ottros, han visto en ella la escritura errónea de "dorex ap silis" o "dorex apt silop" que quiere decir, respectivamente, piedra caída del cielo o piedra enviada desde los cielos. Todo esto lo sé porque ya tú lo dijiste: yo soy parte de la Literatura. Y quien habita en un libro habita en todos.

- ¿Qué es finalmente el Santo Råål?

- La pregunta es para ustedes. Pero déjame decirte algo: lo que sea que decidan que el Santo Råål significa para ustedes, su búsqueda ya ha empezado. La Noche de los Tiempos se ajusta a cada objetivo particular mucho antes que el individuo se haga al camino.

- Si no nos queda otro remedio que buscar el Santo Råål, dime al menos, dónde se encuentra.

- Si desean, pueden negarse a buscarlo. Eso es algo que hace la mayoría. Y la mayoría queda atrapada en la oscuridad toda su vida. Los hay quienes ni siquiera intentan por una vez encontrar su camino y vagan perdidos en las tinieblas. Sólo encontrando el Santo Råål se puede emerger de la Noche de los Tiempos; es decir, sólo triunfante se puede salir. Respecto al lugar donde se encuentra el Santo Råål, eso es algo que también tienen que descubrir ustedes.

- Supongamos que lo conseguimos. Esto implica el empleo de un determinado tiempo que seguramente también es incierto ¿Cómo vamos a encontrar al mundo cuando volvamos?

- En La Noche de los Tiempos el tiempo no tiene tiempo: lo mismo pueden tardarse un momento que una eternidad. Así que encontrarán al mundo tal como lo dejaron. A propósito, tengo que dejarlos también...

- ¡Por favor! Quisiera hacerte una pregunta más.

- ¡Rápido!

- ¿Qué significa el nombre Mal-ö-Goom?

- No es un nombre en realidad -contestó malhumorado el mago-. La primera palabra es lo que los druidas llaman un operador. Un operador actúa sobre la esencia de una cosa, de una manera singular en cada caso, y le induce una función. La esencia de una cosa viene resumida en la segunda palabra que se conoce como una ondulación. Las ondulaciones son los sonidos que Dios emitió sobre las sombras infinitas para crear todas las posibilidades de existencia de todas las cosas habidas y por haber. Mal-ö-Goom es mucho más que un nombre, es un comando, una orden de activación; es decir, es un hechizo... ¡Buen viaje!

- Pero...

Todavía teníamos preguntas pero Wgÿvrán, el mago, desapareció en el aire y nos quedamos solos en el inquietante mundo de la Noche de los Tiempos. Únicamente se distinguían las ruinas de Wrestongres alumbradas por nuestra fogata; el resto estaba en las más profundas tinieblas.

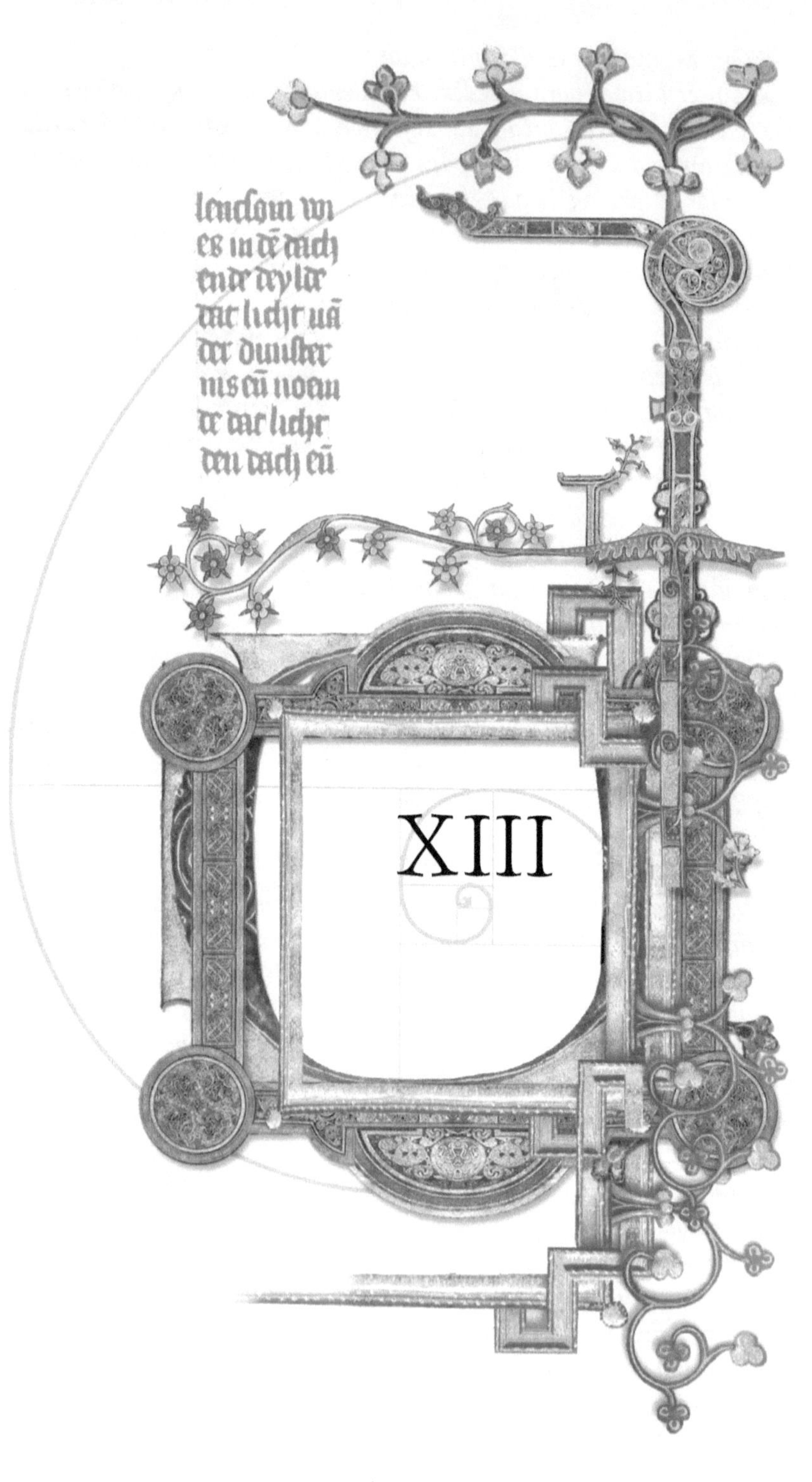

XIII

Capítulo XIII

La Consagración de la Fobia

Qué hacemos ahora? -pregunté- ¿Y si no salimos nunca más de aquí? ¿Qué vamos a hacer?

- Calma, querido Ad. Mucha calma.

- ¡Pero maestro! ¿Cómo puedo tener calma en esta situación?

- Si no la tienes, vas a salir todavía más tarde que "nunca más" y tú no quieres eso. Así que... ¡Calma!

Mi maestro recogió sus piernas y encontró la postura szabea de Meditación Relevante. Mientras tanto, yo atisbaba entre las tinieblas alguna posible amenaza.

Al cabo de unos momentos, el Rvdo. Ogli dijo:

- ¡Interesante!

¡Qué puede tener esto de interesante! -pensé para mí mismo pero no dije nada. Estaba furioso. ¡Interesante! ¡Sí, cómo no!

- Hay una sospecha sobre el paradero de la Tabla del Arcano -continuó mi maestro- y es que los Caballeros Lapidarios la habrían encontrado en un lugar que conocían con el nombre lunilaico de Ah-Lê-gönn que quiere decir: "La que no puede ser encontrada". Se presume también que el conocimiento sobre el nombre y su ubicación les fue cedido de manera extrañamente condescendiente por una de las sectas herméticas de lunilaicos iniciados, es decir, sus enemigos religiosos extremos. La semejanza entre Mal-ö-Goom, Ah-Lê-gönn y Mãlegum, la montaña mitológica de los artícolas, es inquietante.

- Pero ¿Quienes eran los Caballeros Lapidarios?

- Mmm... Creo que ahora sí que disponemos de todo el tiempo de la eternidad para hablar sobre lo que tú quieras saber. Los Caballeros Lapidarios fueron los miembros de una organización religiosa y militar conocida en la Edad Intermedia con el nombre de La Orden Lapidaria. Se llamaba así porque se había creado con el objetivo de convertirse en la guardia de la Lápida Sagrada que presumiblemente debía encontrarse en el Templo de Jbur. Al menos, eso fue lo que declararon frente el Øppos antes de obtener su reconocimiento. Era una orden monástica pero sus monjes vestían armadura, portaban espada y cabalgaban sobre hoscos jralens. A esta clase de guerrero occidental se la conocía con el nombre de ceronte. En la Edad Intermedia hubo muchos cerontes, la mayor parte de ellos eran asalariados por duques, príncipes y reyes de Galactia. Sólo los Caballeros Lapidarios eran cerontes que, si bien debían obediencia al Øppos, podían ser considerados independientes de la poderosa aristocracia. Empezaron siendo diez y muy pobres. Y así marcharon a Tierra Santa. Algún Rey y un obispo les apoyaron con dinero y alojamiento cuando ya se encontraban allí. Eso dice la historia oficial de la iglesia crucígloba. En cartas descubiertas por estudiosos del siglo pasado en adelante, se observan evidencias de que estos diez sólo eran la cara de un cuerpo oculto entre la misma élite. Los fundadores de La Orden Lapidaria eran más que diez pero no demasiados con el fin de mantener el secreto a buen cuidado. Esta orden fue una de las primeras sociedades secretas muy seriamente organizada. Esto es, al menos, lo que se infiere de la documentación. Los Caballeros Lapidarios habían hecho voto de pobreza, castidad y obediencia. Cuando la orden ya se volvió importante se llamó a un concilio para especificar en qué se desmenuzaban estos votos. Ahí se elaboró una lista de setenta y dos reglas para los monjes-soldados: misa todos los días; llevar por siempre un manto blanco bajo la armadura; para dormir, camisa, calzoncillos, sábana y cobija, aun en el caluroso desierto; aseo una vez por semana; no intercambiar prendas; un sólo plato para dos y lavarse las manos antes de comer; excepto en batalla, acostarse a la caída del sol y levantarse al amanecer, a menos que la jornada haya sido dura en cuyo caso se podía dormir una hora más a condición de elevar tres veces una oración desde la cama; prohibidos los tratos con excomulgados a menos que solicitaran entrar en la orden; con miembros femeninos, hacer honor a la castidad; etc. Había un gran jefe de la orden, conocido como el Gran Abad. Pasando por rangos intermedios se llegaba hasta los escuderos. Cada caballero tenía tres

jralens y un escudero, ningún lujo colgando del jralen, armas sencillas y guantes de acero, armadura modesta y estandarte lapidario.

- Pero... ¿por qué querían ir a Oriente a hacerle guardia a una lápida?

- Como parte de la Redención que La Campaña quería llevar a Oriente. Para explicarte eso tengo que retroceder un poco. En mi última explicación sobre el Enrarecimiento, te conté hasta el punto en donde teníamos al planeta dividido entre dos poderes religiosos, ¿verdad?

- Sí, maestro.

- Pues bien. En la parte crucígloba no se podía descubrir un gobierno central, o al menos, un director que no fuera la Iglesia. El emperador que vivía en Catatonia gobernaba solamente en teoría. La parte occidental de su imperio -es decir, casi todo su dominio para ese entonces- se encontraba dividida por un gran número de soberanos locales, reyes y príncipes que no acataban las órdenes del lejano emperador que vivía junto al Mar de Eca. La Iglesia Crucígloba estaba resuelta a no permitir ningún soberano temporal que no fuese el Obispo de Marteria; esto es, el Øppos. La Iglesia no tenía mecanismos oficiales para ejercer la autoridad pública. Pero, si su poder sobre los cuerpos era escaso, su influencia sobre las almas era poderosa. Los seres pensantes que vivían en sus dominios consideraban que la iglesia era capaz de sellar su destino post mortem. Esto tenía la contundencia suficiente para someter dócilmente a súbditos y soberanos. Por eso, cuando el Ahaxi, al parecer, se disponía a atacar a Catatonia desde Ru, el Emperador Dox Ibi-Dor se dirigió con apremio al Øppos Ubo II, es decir al Obispo de Marteria de ese entonces. Ubo II, aprovechando una gran asamblea de príncipes y sacerdotes reunidos para algo distinto, les puso al corriente del peligroso avance del lunilaicismo. La religión oriental se alzaba como una gran amenaza: parecía ser hostil a la crucígloba y al imperio marteriano que, como dijimos, tenían una relación unívoca de dependencia. Su discurso fue tan apasionado que los príncipes enardecidos se conjuraron contra los seguidores del profeta Hasás. A su vez, los soberanos inflamaron a sus respectivos súbditos. Como los lunilaicos eran orientales, es decir extranjeros, la xenofobia y el odio religioso se confundieron en una sola repugnancia. En los centros crucíglobas se predicó la guerra santa que recibió el nombre de La Campaña. Como Jbur había caído en manos lunilaicas y puesto que había sido ésta la cuna de la religión

crucígloba, se exhortó a los fieles occidentales a la recuperación de la ciudad santa por medio de las armas. Un año después, La Campaña fue una realidad. Desde sus primeras versiones se pudo ver en los cerontes un ensañamiento fuera de control. Autoconvencidos de su carácter exclusivo frente al Hacedor, arremetían contra cualquier cosa que parecía caer fuera de su idiosincrasia. Una multitud enceguecida salió de Galactia y aunque nunca llegó ni siquiera a Catatonia, dejó tras de sí muerte y escombros. Atolondrados los cerontes, tomaron por paganos a los crucíglobas de Gerundia que vestían bata negra. Los habitantes de esa región fueron sometidos a crueldades inenarrables antes de ser asesinados. Otro grupo atacó con violencia desaforada a los fraganis de Greso, una pequeña e inofensiva secta pariente de la crucígloba, sin molestarse en preguntar antes si estaban con ellos o no. Se veían diferentes. Eso fue todo... ¡Alabado sea el dios de los crucíglobas que es todo amor!

- ¿Ni siquiera sabían a quién estaban matando?

- No. La segunda oleada de cerontes crucíglobas estaba algo más informada y organizada. La dirigían algunos duques y príncipes de Galactia; la tropa la constituían súbditos y mercenarios parietanios. Rubán Ras-i, el soberano lunilaico del ex-reino de Ghor, no tenía idea de las intenciones que traían los cerontes crucíglobas que habían desembarcado en la playa pero no había duda de que se trataba de una invasión. Rubán Ras-i gobernaba sobre uno de los cinco falanjatos que formaban el Imperio Lunilaico y que eran dirigidos por el Ahaxi desde Rna. Rubán Ras-i sabía que no era popular. En Ru y Qía aún se practicaban ritos crucíglobas y se alababa en secreto el nombre del Øppos y del emperador Dox Ibi-Dor. Cincuenta años atrás estos habían sido dominios occidentales. Así, si el gobierno del falanjato era lunilaico, en cambio la población era crucígloba. No en vano a este dominio del Ahaxi se lo llamaba "falanjato de los marterianos".

Mi maestro tomó ki-o y me lo ofreció también.

- Ru y Catatonia se miraban en la distancia, a uno y otro lado del estrecho de Arteria. Como a todos los descendientes de nómadas, a Rubán Ras-i le encantaba el pillaje y disfrutaba la idea de poseer las riquezas de Dox Ibi-Dor. El emperador marteriano intuía el peligro y recelaba del falanjato. A su vez, Rubán Ras-i sabía que Dox Ibi-Dor nunca había perdido la esperanza de recuperar, sino todo el territorio, al menos Ru, hermana de Catatonia. Estaba seguro también de que, si el emperador lo solicitaba, tendría la ayuda occidental cuando la quisiese. Y eso era exactamente lo que había pasado. Bueno... No

bien los cerontes cruciglobas cruzaron el estrecho, saquearon a los campesinos, incendiaron los cultivos y, al parecer, quemaron vivos a los niños. Antes de Ru, había una fortaleza que los cruciglobas tomaron fácilmente. Dentro, encontraron vino, cerveza y jugosa carne de turix. Comieron y bebieron hasta emborracharse. Los cruciglobas no supieron darse cuenta de que habían caído en una trampa. La fuente que suministraba agua a la fortaleza se encontraba en su exterior. Las tropas de Rubán Ras-i sitiaron a los cruciglobas y cortaron el flujo acuoso. Varios días después, sobrevino una sed atroz entre los sitiados que llegaron a beber la sangre de sus cabalgaduras y hasta sus propios líquidos. Una semana más tarde del festejo, La Segunda Campaña se rendía. A quienes aceptaron convertirse al lunilaicismo se los envió a las catacumbas apestadas de Uss y Ntra. A los demás, -es decir, más de veinte mil- se los pasó a cuchillo. Las cruciglobas más jóvenes que habían acompañado a los cerontes fueron repartidas entre los soldados o vendidas como esclavas. ¡Tal fue la justicia del dios justo de los lunilaicos!

Esta vez fui yo quien buscó el ki-o.

- Un año más tarde -siguió explicándome-, mientras Rubán Ras-i se hallaba fuera, los cruciglobas desembarcaron otra vez y rodearon las murallas de Ru. Sin embargo, los inteligentes ruanos salvaron sus vidas rindiéndose a Dox Ibi-Dor en vez de a los occidentales. El emperador sabía que la población de Ru le había sido fiel y, además, la rendición le era muy conveniente porque dejaba en claro que si bien los cruciglobas de La Campaña eran los conquistadores, el que mandaba era el emperador. No era un secreto que Dox Ibi-Dor sospechaba que los cerontes de La Campaña, una vez reconquistadas las provincias de Marteria, desconocerían su autoridad y se volverían contra él. En fin... Primero Qía y luego toda la vecindad del Mar de Eca volvió a manos marterianas. Mientras tanto Rubán Ras-i agrupó a la mayor cantidad de tribus nómadas como nunca se había visto. Se dice que su ejército llenaba la estepa de Atura, que es casi tan ancha como el Mar Verde de Damna. Los *lunilaicos tenían espías entre los marterianos de Catatonia. Con la información sobre el itinerario de La Campaña, el alto mando de Rubán Ras-i planificó una emboscada. Había una larga zona montañosa que las tropas occidentales tenían que cruzar y donde se volverían vulnerables. El lugar se llamaba Elyústera. Llegado el momento los lunilaicos atacaron a los crucíglobas. Éstos, que hacían un número menor de lo esperado, recibieron el ataque con sorpresa genuina y se replegaron en un grupo compacto. La táctica de combate lunilaico era infalible; repetida y perfeccionada a lo largo de medio siglo, había asegurado la supremacía bélica de las huestes del Ahaxi en suelo oriental. El mayor porcentaje de combatientes eran jinetes ligeros que cabalgaban sobre ágiles salamiondras y que manejaban el arco con veloz destreza. Aprovechaban su gran movilidad y atacaban por oleadas. Cuando el enemigo se encontraba a tiro, descargaban sobre él una lluvia de flechas para inmediatamente hacerle sitio a la siguiente línea de arqueros. Unas cuantas olas eran suficientes para dejar moribundo al ejército más vigoroso. Finalmente, la infantería lunilaica completaba el trabajo en lucha cuerpo a cuerpo.*

- Entonces, deben haber exterminado a los crucíglobas -dije yo.

- ¡Vas a ver! Rubán Ras-i y sus generales observaban incrédulos la ineficacia de su táctica militar. Tras varias horas de sucesivas oleadas apenas habían causado algún estrago en la infantería crucígloba; el grueso del conjunto permanecía intacto. El mismo ataque frente a otras huestes habría sembrado la zozobra y el desconcierto; los crucíglobas no daban señal de impacientarse pues no sufrían daño alguno. Un cronista lunilaico anotó que ni siquiera se mostraban interesados en contraatacar.

- ¿Por qué? ¿Qué pasaba?

- La razón de la indolencia de los crucíglobas era que dominaban a la perfección su técnica defensiva cuyo principal argumento residía en su protección corporal. Cada ceronte estaba defendido por una cubierta metálica a veces confeccionada con placas; otras, tejida con mallas. Esta especie de coraza resultaba muy pesada e imponía al ceronte un desenvolvimiento bastante torpe. A pesar de esto, la batalla de Elyústera (o más propiamente, Jlyústera) se la recuerda como una victoria crucígloba que demostró al mundo entero que los cerontes eran invencibles.

- ¿Qué pasó luego?

- Si los lunilaicos hubieran continuado en la porfía un rato más, se hubieran cansado y se hubieran ido, no habría pasado mayor cosa.

¡Quién sabe! Pero lo que pasó fue que el ejército lunilaico fue sorprendido desde su retaguardia por el grueso de la milicia crucígloba. Las tropas a las que habían atacado sólo eran una avanzada exploradora de un ejército mayor que venía detrás y que estaba formado por trescientos mil cerontes. Al final del día, la claridad se retiraba dejando sobre Elyústera una alfombra de muertos tan amplia como el cielo que certificó su muerte. ¡Alabados sean ambos dioses!

El Rvdo. Ogli hizo una pausa.

- Después de esta derrota -continuó- lo que quedó del ejército de Rubán Ras-i jamás se volvió a reagrupar para contener la invasión. Al parecer, el camino estaba despejado. La facilidad que prometía el avance, hizo que los crucíglobas dieran por hecho la reconquista de Ibur. Esto provocó el afloramiento de otros intereses que dormitaban debajo de su vocación "misionera", guardando para el futuro el objetivo principal de La Campaña. Frente al suculento botín que Oriente empezaba a mostrar, los capitanes crucíglobas, que en Occidente eran potentados, empezaron a pensar en sus negocios particulares. Así que, se tomaron un tiempo -uno largo- para asegurar las posesiones que se habían repartido entre ellos e iban transformando en feudos, igual que en Galactia. Es fácil imaginar que las disputas por los "objetivos militares", en nombre de Dios, eran corrientes y que incluso se ventilaban con más armas que sermones. Para evitar la guerra dentro de la Guerra Santa se delimitaron los dominios. Es por eso que, en esa época, aparecieron en Oriente ducados, condados y reinos a la usanza occidental. Pero todo esto consumió un tiempo precioso en que las fuerzas lunilaicas pudieron restablecerse.

El Rvdo. Ogli detuvo su relato. Miró a su alderredor; solo había tinieblas.

- Deja que te cuente luego, querido Ad. Yo todavía tengo sueño aunque no estoy seguro de que esto sea una noche.

- Bueno, tampoco parece ser el día.

- Tienes razón, querido Ad. Trata de descansar.

- ¡Buenas noches, Rvdo. Ogli! O más bien... ¡Qué descanse!

- ¡Que descanses, doctrino!

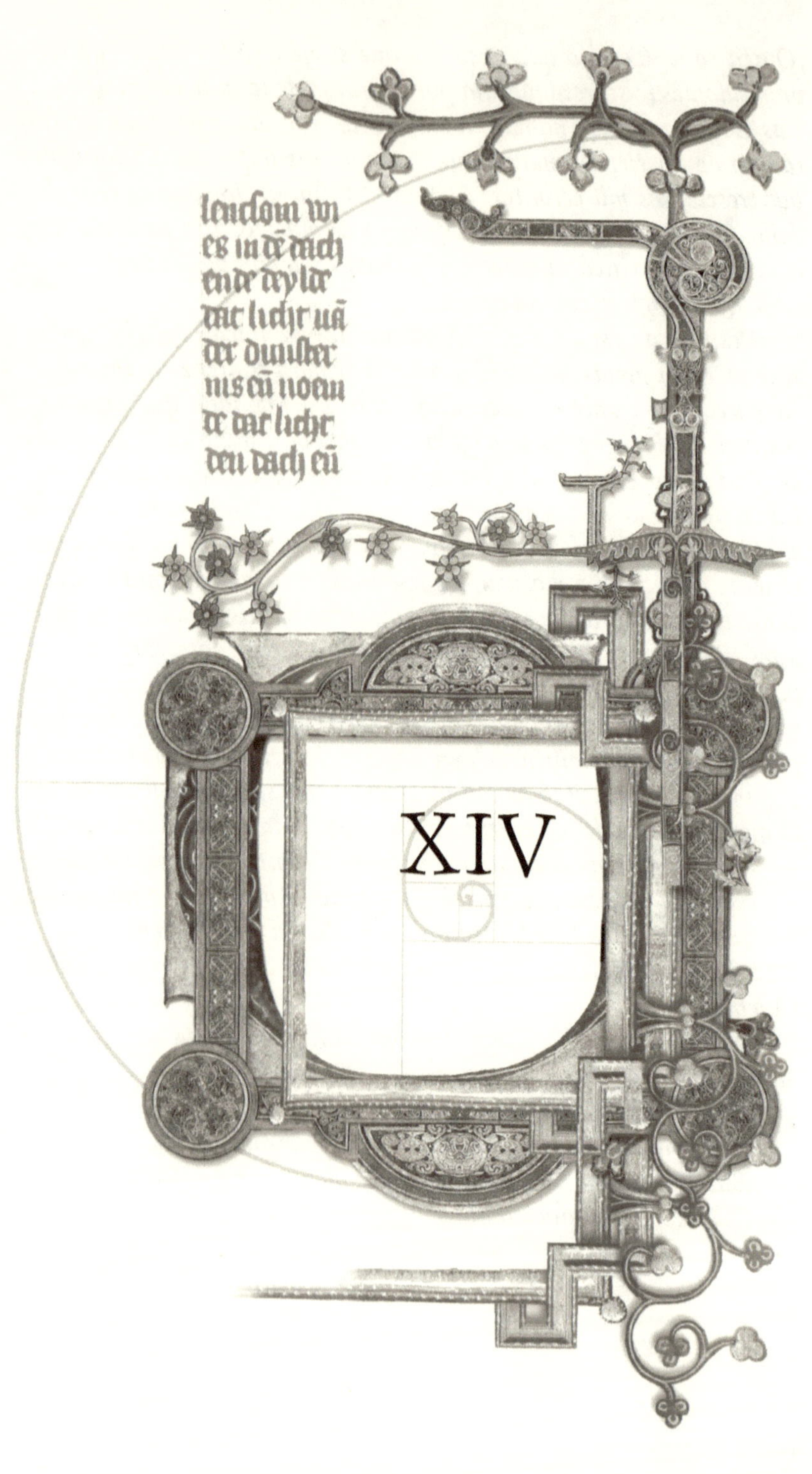

XIV

Capítulo XIV

La Inercia Perpetua

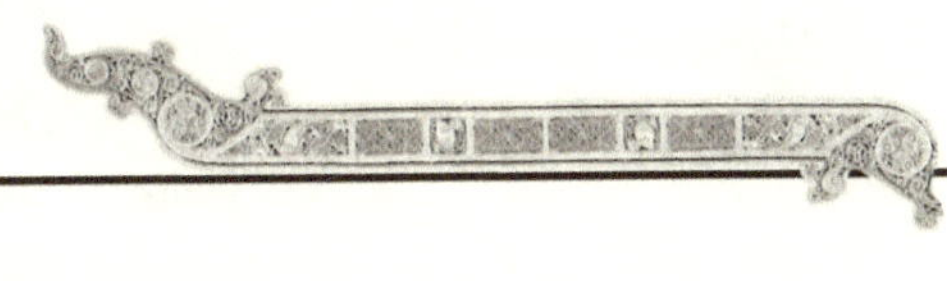

Desperté atormentado por la pesadilla que había tenido. Me refregué los ojos. Había luz. Wrestongres seguía frente a mí. Pero, el terreno a su alrededor había desaparecido, o más bien, se había hundido. Wrestongres estaba ahora ocupando la cima de una elevación. Vi a mi maestro asomado al borde y corrí hacia él. El paisaje había sido drásticamente modificado. Nos encontrábamos sobre una titánica columna creada por kilométricos nervios hexagonales de roca basáltica.

Alrededor, sólo se veían vapores que ocultaban el fondo del abismo. Una hilera de estos nervios hexagonales, nacidos de lo más profundo de la bruma, se adosaba a la gran pilastra central formando un tabique, una aleta, un puente estrecho de peldaños irregulares que descendía temiblemente a través de las nubes para perderse más allá.

- Maestro, ¿dónde estamos?

- ¿Me preguntas a mí? Yo sé lo mismo que tú.

Entonces, no fue un mal sueño -pensé para mí mismo-. Es una pesadilla real.

- Y ¿qué vamos a hacer? -pregunté.

- Supongo que dar gusto al gnomo -contestó serenamente.

- ¡Hey! ¿Dónde está Oj?

- ¡Ah! ¡Ya te has dado cuenta que nuestro knork no está!

- Y con el knork se han ido nuestras provisiones, Rvdo. Ogli.

- Si, querido Ad. Tienes razón. Apenas han quedado las mochilas que usábamos como almohadas.

- ¡Vamos a morir de hambre!

- Calma, querido Ad, Calma. -contestó mi maestro-. Debemos descender por ese pasillo de piedra lo más pronto posible. Quizá siguiéndolo demos con algo de comer.

- Tampoco tenemos agua, maestro.

- Creo que la gravedad de nuestra situación está cooperando con el gnomo. No tenemos más remedio que adentrarnos en este mundo desconocido. Así que... ¡en marcha, querido Ad!

Efectivamente, recogimos las pocas cosas que teníamos y empezamos a bajar. Cada escalón era una trampa mortal si no se ponía suficiente cuidado. La superficie hexagonal de uno o dos nervios eran frecuentemente todo el piso de un solo escalón. Además, la sucesión de escalones evolucionaba irregularmente, tanto que a veces era necesario descolgarse para bajar al siguiente; en otras, el desnivel no era tanto. De todas maneras, yo bajaba afianzándome con las manos lo que equivalía a descolgarme siempre. Los nervios de basalto presentaban sus mejillas completamente lisas y con ellas yo no iba a regatear mi desconfianza. No me fiaba de esas rocas pulidas que se sumían a los costados del angosto pasillo. Cualquier resbalón y habría pasado a alimentar al vacío.

Los brazos del viento nos empujaban tratando de desequilibrarnos. Mi cerebro luchaba contra el terror de abismarse pero veía cómo mis pies recelaban los pasos. Me sentía endeble, desarticulado. Me temblaba todo. Estaba aterrado. Mi maestro se percató de mis apuros y extrajo una cuerda de su mochila con la que nos aseguramos el uno en el otro. Pensé por un momento que haciendo eso sólo habíamos conectado nuestras muertes y me espeluzné. Me espeluzné.

- Ya falta poco. ¡Valor, querido doctrino! -me inculcó mi maestro- Sólo un poco más. Este graderío se ensancha más allá.

No sé cuánto duró aquel espantoso descenso pero hubo un momento que por fin terminó. Triplicada la anchura del pasillo, decreció la ferocidad del vacío.

- ¿Te sientes mejor, querido Ad?

- Sí, maestro, gracias.

- Nunca te envalentonas pero eres valiente. Estoy muy orgulloso de ti, Ad-d-Tuar.

- ¡Gracias! Espero ser siempre digno de su orgullo, maestro.

- No dudo de eso -contestó-. Ahora, si haces a un lado la aprensión, tal vez le hagas sitio a la hermosura y descubras en el monstruo el prodigio que verdaderamente es.

- ¿Me está pidiendo que admire el vacío, maestro?

- Justamente lo contrario: que prescindas de lo inmaterial y te concentres en lo tangible. Si haces eso, quedará el pasillo en todo su esplendor.

- ¡Ya veo!

- Parece una obra de arte monumental diseñada por un artista con aficiones geométricas. Cada nervio emerge desde quién sabe dónde en forma de una auténtica columna hexagonal. Cada nervio es un cristal gigantesco de basalto que se ha desarrollado exageradamente más a lo largo que a lo ancho. Todos tienen la misma forma porque los ángulos entre las caras de un cristal son invariantes para cada sustancia. Si estuviéramos en nuestro verdadero mundo, se diría que esta formación montañosa es de origen volcánico; que la lava se enfrió lentamente y esto dio tiempo al basalto para cristalizar o que al enfriarse se resquebrajó por dónde mejor lo dirigen las leyes cristalográficas. Como dije, si estuviéramos en nuestro mundo...

- ¿Estamos en otro mundo, Rvdo. Ogli?

- Más bien, yo creo que nos encontramos, por así decirlo, en otra dimensión.

- ¿Por qué "por así decirlo"?

- Porque no es lo que yo esperaría de otra dimensión. Realmente, si ese fuera el caso, no esperaría ni siquiera distinguirla.

- No entiendo, maestro.

- Mmm... Volvamos por un momento al miedo que tú tienes por las alturas. Tú, como todos, percibes la realidad a través de tus ojos. Pero tus ojos estaban emborronados por la aversión que tienes por los precipicios. Esta alteración opera directamente sobre tu percepción transformando la realidad hasta una forma que es particularmente tuya: una realidad abominable. Este impedimento te excluía de admirar su belleza. De la misma manera, la realidad que percibe el ser pensante a través de sus sentidos es una forma particularmente suya de realidad, diferente por ejemplo a la del knork. Nuestros ojos ven una parte reducida del espectro electromagnético: los colores. No somos capaces de ver los demás rayos como los ultravioleta, infrarrojos, gamma o los rayos cósmicos incidiendo sobre un plato de alverjas. La verdadera realidad está, por tanto, fuera del alcance de nuestra apreciación. La verdadera realidad sería mucho más complicada de lo que *nuestro cerebro puede manejar. Nuestra realidad es la adaptación de una mayor a las posibilidades de nuestro cerebro. Hay quienes creen que el espacio, tal como lo concebimos, no es real; que es subjetivo; que es tan sólo una aproximación. La verdadera relación entre los cuerpos (la misma que está fuera de nuestro alcance) es traducida a las posibilidades de entendimiento de nuestra mente. Cuando tomas un cubo entre tus manos, lo ves como un cubo, lo sientes como un cubo porque eso es lo que nos transmiten nuestros sentidos. Pero, si esta transmisión es una traducción, una adaptación de la verdadera realidad a nuestras posibilidades de entendimiento, ¿cómo sería la forma de un cubo sin traducción, es decir, en su versión original?*

- O sea, ¿la forma que ni nuestro ojo puede ver ni nuestro cerebro puede concebir?

- Exactamente, muchacho -dijo mi maestro- ¿Puedes contestar eso?

- ¡Claro que no! No puedo describir lo que es inconcebible.

- Tienes el mismo problema que un habitante de un mundo de dos dimensiones cuando quiere concebir un cubo

- ¿Cómo?

- Creo que podré explicarte ampliamente pues el pasillo hace rato que discurre casi horizontalmente y, aunque hemos avanzado bastante, nada parece anunciar que esta situación va a alterarse.

- Y tampoco podemos ver hacia dónde avanzamos. Hay tanta neblina que podríamos chocar contra algo aun cuando vamos a pie.

- ¡Sí! Es como si estuviéramos atravesando una nube. En fin... Paso a explicarte. Vamos a llamar planariano al habitante de un mundo plano. Un mundo plano sería inconmensurablemente más delgado que una hoja de papel pues no poseería grosor en absoluto. El planariano sólo reconoce largo y ancho pero no sospecha que existe la posibilidad de que algo tenga también altura. La presencia de un cubo en su mundo no sería reconocida como un cubo: si el planariano se acerca y lo examina dirá ¡He encontrado un cuadrado! Es decir, él vería sólo la intersección del cubo con el plano de su mundo bidimensional. Imaginar un cubo le sería inconcebible.

- ¡Ya veo! Pero en mi caso, ¿qué cuerpo es el que no podría concebir?

- Ni siquiera se trataría de un cuerpo -contestó mi maestro- Nosotros somos seres que habitamos un mundo de tres dimensiones. Podemos hacer especulaciones y hasta decir que entendemos el mundo de una dimensión, de dos y el nuestro. Diríamos, por ejemplo, que lo que es una línea en un mundo monodimensional, es un cuadrado en

un mundo bidimensional y es un cubo en un mundo tridimensional. Pero hasta allí llega la lista de lo inteligible. Lo que no podemos imaginar siquiera es un mundo con cuatro dimensiones. El "cuerpo" pariente del cubo, que no podemos concebir se llama hipercubo. Podemos darle los nombres que se nos ocurra porque de algún modo lo tenemos que llamar pero nunca lo vamos a entender. ¡A ver, prueba tú! Trata de imaginar una dimensión más que no sea largo, ancho ni profundidad y que forme 90o con las otras tres.

- Déjeme pensar, maestro. Uno se puede pasar todo el día y... nada. Después de un momento sólo conseguí aburrirme.

- Hay gente que dice que sí lo puede hacer; que es cuestión de entrenamiento. Mmm... ¡Yo no lo creo! -dijo mi maestro- Pero creo en la posibilidad de que alguien sí nos podría observar como nosotros observamos al porfiado escarabajo que da vueltas y vueltas alrededor de nuestro dedo.

- ¿Qué pasa con el escarabajo?

- Que el escarabajo percibe al mundo en dos dimensiones. Según él, está huyendo del peligro en línea recta; mientras para nosotros, sólo está dando vueltas. No puede imaginar una superficie curva.

- ¡Pobre escarabajo!

- Por eso un conocido filósofo cientificista dijo una vez: "Una ciencia de todas estas clases de espacio (espacios de más de tres dimensiones) será sin duda la empresa más elevada que un entendimiento finito podría acometer".

- ¿Es que hay más dimensiones que la cuarta dimensión?

- ¡Podría! Así como hay un ojo observando al escarabajo quizá hay un ojo observándonos a nosotros. Tal vez, el dueño de este ojo también sería objeto de observación de otro mayor aún según la fórmula espiralizante de la proporción divina. ¿Recuerdas?

-¡Sí, lo recuerdo! "...Nos encontraríamos, entonces, frente a una inconcebible espiral logarítmica de observadores o simplemente frente al ininteligible iris de Dios".

La neblina no nos dejó ver que nos habíamos aproximado a una torreta adosada sobre el pasillo de basalto. Una torreta como las que llevan los castillos en las esquinas para vigilar advenedizos; como una almena. ¿Era un descanso? ¿Un refugio? ¿Un puesto de vigilancia de alguna guardia fuera de servicio? No teníamos respuesta. Lo único cierto era que aquella construcción se veía delicadamente magnífica, como un costoso adorno de vitrina. Estaba ejecutada con un gusto ceñidamente lunilaico. Su pulida piel de malaquita verde estaba iluminada por un brillo orgánico, cargada del resplandor apagado de los cuerpos vivos y calientes. El verdor mineral se retorcía, se horadaba, se entrecruzaba levantando el relieve entramado de una cúpula oriental, garbosa y puntiaguda. Una vez dentro, nos percatamos del derroche de hermosura empleada en decorar su ambiente íntimo. La cúpula central se abría en cuatro ojivas apilastradas; las dos más pequeñas, a uno y otro lado del pasillo, hacían de ventanas; las otras dos, de ingresos. El diseño ornamental de cada lado interior de la cúpula, así como el diseño del piso, era la prolongación consecuente del doble rombo que lucía un mosaico central, ubérrimo en miniaturas. Sobre el piso, rodeando al esquema central, se distinguía un mensaje escrito en un idioma que mi maestro supo reconocer.

- Está escrito en zhski -me explicó mi maestro-, la lengua sagrada de los lunilaicos. Dice: "Para quienes verdaderamente busquen a Dios: las espléndidas arcadas salpicarán gotas de luz".

- Pero, ¿qué quiere decir?

- No tengo la más mínima...

Un estruendo colosal apagó la última frase de mi maestro. Nos tapamos los oídos mientras rápidamente nos volteamos para ver.

La neblina descendía de manera violenta como si se estuviera sumiendo a través de un sifón oculto en el fondo del abismo. El panorama quedó bruscamente al descubierto. Pudimos ver el paisaje entero. Al fondo, un crepúsculo mortecino repartía pobremente su claridad. Al frente, un valle lunar, sombrío y lacerado de cráteres, se extendía sin confines. En medio, sobresalía la montaña coronada por Wrestongres en su cumbre acotada a navaja y, como una lágrima de cirio, el pasillo por dónde habíamos descendido. Pero, la parte del pasillo que habíamos dejado atrás en nuestra caminata parecía mutilado; había desaparecido en varias partes. Su larga hilera nos lanzaba una sonrisa desdentada.

- ¡Se derrumbó el pasillo! -dije

- ¡Interesante! Tal perece que niebla y los escombros cayeron juntos porque la niebla también se ha colapsado.

El mutilado pasillo de basalto se veía ahora como un biombo de proporciones monumentales que separaba la escena lunar en dos ambientes grises alfombrados de ceniza. Me sentí extremadamente pequeño. Entonces, me angustió una idea... Derrumbado el pasillo, no había forma de volver a Wrestongres.

- Pero, ahora, ¿por dónde vamos a volver? -pregunté a mi maestro- ¡Estamos atrapados!

- Calma, querido Ad, mucha calma. Tenemos que resolver los problemas según se presenten. "¿Cómo regresar?" es una pregunta para después. Presiento que este camino estará sembrado de otras que deberemos contestar primero. ¡En marcha, querido Ad!

Adelante, el pasillo avanzaba cada vez con mayor conflicto hasta atropellarse con los pliegues de una cordillera de cumbres amontonadas. Nos dirigíamos hacia allá impelidos por la decidida firmeza de mi maestro. El paisaje seguía siendo sombrío y grisáceo.

Después de un largo trecho en el que el Rvdo. Ogli me habló sobre la fuerza telepática, alcanzamos por fin la parte congestionada del trayecto. El camino, antes llano y sin tropiezos, se contrariaba con curvas ciegas para rodear las colinas que poco a poco tomaban más altura. Me pareció estar cayendo en una trampa para roedores.

Al salir de una curva aguda...

- ¡Qué es esto!

El camino estaba sembrado de esqueletos. Había vértebras por aquí, cráneos por allá, muchas osamentas enteras descansaban en varias posiciones. Encaramada en unas rocas, una artificiosa rueda giraba abandonadamente en un soporte adornado con gusto extraño.

- ¡Maestro! -grité quebrado por el terror.

- Calma, querido Ad, mucha calma! Realmente, a nosotros no nos ocurre nada todavía, así que no hay porqué alarmarse.

- Pero, maestro, ¿es que acaso no ve cuántos han muerto aquí?

- Yo sólo veo huesos, querido Ad. ¡Averigüemos lo que aquí ocurre!

Nos acercamos a examinar la rueda abriéndonos paso entre el osario. La rueda giraba de manera imperceptible, sin fricción, libre, sin queja alguna. Mi maestro alabó su construcción y detalle. Las imágenes cinéticas que eran producidas por los radios de la rueda me llamaron la atención.

- ¡Ad! -exclamó mi maestro que había avanzado unos pasos- ¡Mira!

Vi al Rvdo. Ogli tocando el aire. ¡Sí, tocando el aire! Más allá de la rueda, el ambiente se hallaba congelado en caliente. Aunque no entendíamos la naturaleza de este fenómeno, estaba claro que se trataba de una barrera.

- ¿Quiénes son los que desean pasar? -dijo una voz a nuestras espaldas.

Mi maestro y yo nos volvimos para buscar el posible origen de la voz.

- ¡Qué me importa! Todos quieren lo mismo -se oyó.

- ¡Allá! -grité señalando al centro de la rueda- ¡Una cara!

- ¡Cierto! -dijo mi maestro- El movimiento circular de los radios de la rueda crea la imagen estática de un rostro.

- ¡Buen comienzo! -dijo el rostro- Parece que nos vamos a entender muy fácilmente. Y lo que hay que entender es que si quieren avanzar más allá deben conseguir que esta rueda se detenga. Esta es la rueda del tiempo que puede girar con movimiento perpetuo. Si no lo consiguen, pasarán el resto de la eternidad esperando que otra persona logre hacerlo y los salve. Creo que no hace falta decirles que antes de que eso suceda ya habrán muerto.

Yo me adelanté con la mano extendida para detener la rueda.

- ¡No! -gritó mi maestro- ¡No la toques, Ad! Eso sería lo más obvio y eso quizá es exactamente lo que se espera de nosotros. Pero los restos cadavéricos demuestran que lo más obvio conduce al fracaso.

- Entonces, ¿cómo la detenerla? Si dejamos que gire libremente, va a transcurrir la eternidad antes de que la rueda se detenga pues tiene movimiento perpetuo. Y, si la detenemos, vamos a seguir la suerte de los esqueletos. ¿Qué hacemos?

- No existe tal cosa como el movimiento perpetuo. Acabo de recordar que en la antigüedad se persiguió la construcción de máquinas con movimiento continuo. Una de las más famosas se debió al ingenio de Ubirtas-Ev, sabio-artista de la corte del Rey Erck de Primaria. El inventor la presentó como un entretenimiento con ocasión de la boda de la hija del rey para el cual trabajaba y quien lo mantenía ocupado en trabajos irrelevantes. La rueda mostraba un letrero que afirmaba que nadie sería capaz de detener su movimiento. Los cortesanos que intentaban parar la rueda se sucedían unos a otros. Para asombro de todos, en cuanto alguien retiraba la mano de la rueda, ésta reanudaba el movimiento circular por sí sola. ¡Nadie podía detenerla!

- Pero maestro, ¿por qué recuerda esas cosas precisamente ahora cuando nos hallamos en peligro?

- Porque la Historia es sabia consejera y es de sabios no esperar a pasar la experiencia sino aprender de los demás.

- Entonces, ¿qué es lo que la Historia nos enseña?

- Pues, que nadie podía detener aquella rueda porque a nadie se le ocurrió pensar que si la rueda continuaba girando era precisamente

porque, al tratar de detenerla, empujaban hacia atrás un mecanismo que daba cuerda a un muelle oculto en mismo eje de la rueda. Entonces, querido Ad, la clave está en no tocarla. Ya se detendrá sola. ¡Sólo tenemos que esperar!

Y esperamos. La espera se prolongó bastante. Mientras tanto, yo desesperaba pero mi maestro se mantenía sereno y firme en su decisión. Hubo un momento en que el rostro empezó a desdibujarse.

- ¡Creo que han ganado! -gritó el espejismo- En unos momentos más, cuando me desvanezca del todo, podrán pasar libremente.

- ¿Es posible que antes contestes una pregunta? -inquirió mi maestro al rostro.

- Supongo que también han ganado ese derecho -dijo con una pizca de amabilidad-. ¡Pero sólo una!

- ¡Gracias! Según entiendo, el mago Wgijvrán trató de encontrar el Santo Råål para restaurar la salud del Rey Ngupd. Entonces, ¿cuál fue...

- ¡Wgijvrán nunca estuvo interesado en la salud del Rey Ngupd! -interrumpió el rostro a mi maestro quien todavía no acababa de formular la pregunta.

- ¿No? Entonces, ¿qué era lo que verdaderamente le interesaba?

- ¡Buscaba su propio triunfo! Quería convertirse en el más famoso mago de toda la historia -lo dijo como si hubiera sido obvio- Por las crónicas de los caballeros del Rey Ngupd tuvo conocimiento de la magia de Oriente, notable por el dominio de las transmutaciones. Fue entonces cuando deseó agregar ésta a la que ya manejaba con sobrada autoridad. Pero ya no podré contestar tu pregunta.

- ¡Pero...!

- ¡Lo siento! Me estoy... desvaneciendo...

La rueda había disminuido notablemente su velocidad. El rostro se extinguió del todo.

Dejamos atrás el macabro escenario y continuamos nuestro camino. El Rvdo. Ogli se sumió en el silencio. Pasó un largo rato ocupado, según supongo, en reflexiones nacidas del encuentro con el rostro. Fue mucho tiempo después que dijo...

- Nunca habría esperado encontrar tal correspondencia entre la historia de La Campaña y la literatura sobre magos y dragones. No hay congruencia, es verdad, pero las equivalencias son admirables. Voy a citar cosas que fueron y no fueron pero que guardan un evidente hermanamiento. Por ejemplo, los Caballeros Lapidarios existieron de verdad; los Caballeros del Círculo del Rey Ngupd, no. La Campaña de la iglesia crucígloba en tierra lunilaica fue real; los viajes de los caballeros del Rey Ngupd en búsqueda del Santo Råål, no. Y, además, hay un relato proveniente del tiempo de La Campaña que nos cuenta sobre el más famoso hechicero lunilaico y sus destrezas transmutantes.

- ¿Sí?

- ¡En verdad! Es una historia fascinante. Es una historia que sucedió en... ¡Ah! ¿Pero qué está pasando?

En ese preciso momento la arena fluctuaba, las plantas rastreras fluían, las rocas se encogían y estiraban como imágenes de un espejo flexible. Todo nuestro alrededor era inestable y movedizo.

De repente, siete guerreros aparecieron frente a nosotros amenazándonos con sus armas. En sus cabezas observé un sistema mimetrónico de camuflaje; por eso, nos pareció que salieron de la nada. Uno de ellos, el que estaba sin arma alguna, nos dijo:

- Considérense prisioneros de Rey Igre, monarca todopoderoso del Reino Colmenar de Orthuno.

Sin decir más nos escoltaron hasta las colinas más elevadas que habíamos divisado desde la torreta lunilaica. Ya contempladas de cerca, saltaba a la vista la innumerable cantidad de aberturas practicadas en la materia montañosa. Se trataba de un sistema de túneles. Cada orificio exterior era alcanzado por los cabos libres de un caótico nudo de gradas que se entrelazaban bajo el nivel del suelo. No se veía, sin embargo, a nadie recorriéndolas. Dentro de la montaña, palpitaba una verdadera metrópolis soterrada como las que construyen los insectos de la madera o como aquellos que producen miel. Se trataba de un sistema urbano basado en el ensamblaje de las celdas hexagonales donde habitaban quienes se hacían llamar etunnios.

Los etunnios obreros no podían fabricar sus celdas hexagonales una por una. Por alguna razón de tipo natural, la mínima cantidad que podían conformar era un conjunto de cinco celdas hexagonales por vez. Quizá, esa peculiaridad respondía a un acondicionamiento evolutivo en pos de velocidad pues parece lógico que así se tarde menos en construir una misma pared. Las diferentes conformaciones que se podían fabricar combinando cinco hexágonos en una sola figura daban lugar a 22 posibilidades. Con estas conformaciones, los etunnios habían sido muy felices pues éstas ofrecían suficiente variedad como para no aburrirse al levantar sus paredes.

- Me extraña que no hayan sabido -dijo inconmovible el Rey Igre dirigiéndose a nosotros desde su trono- que todo extranjero que se acerca demasiado a mi reino es eliminado por decapitación a menos que resuelva el problema que perturba a los etunnios desde mucho tiempo atrás.

El caso es que los etunnios, en algún período de su historia, se habían convertido al lunilaicismo y deseaban, más que cualquier otra cosa, construir un templo en el que pudieran celebrar sus ceremonias. El problema entonces se hizo evidente: ¿cómo combinar las diferentes conformaciones de cinco hexágonos para representar al símbolo del lunilaicismo, la media luna, lo mejor que se pueda?

- ¡Bueno! -dijo el Rey Igre a continuación-. Les he puesto al corriente para que no se diga que no estuvieron enterados.

Y señalándonos con su cetro, ordenó:

- ¡Guardias! Lleven a estos dos a las mazmorras.

Dos guardias detrás, uno delante, nos escoltaron por entre una red de corredores hexagonales con la punta de sus lanzas a nuestras espaldas. A ratos descendíamos; a veces avanzábamos en línea recta pero los tramos eran indistinguibles unos de otros. Hubiera sido imposible escapar. Lo que pudimos notar era que conforme descendíamos, la piel de las celdas se volvía cada vez menos translúcida.

El Rvdo. Ogli preguntó al guardia que iba adelante:

- ¿Hasta cuándo nos van a encarcelar?

- Si les angustia el encierro, no se preocupen -contestó-. No estarán encerrados mucho tiempo. Las ejecuciones suelen practicarse al finalizar la jornada y ya casi estamos terminando.

Fuimos entonces recluidos en una celda tenebrosa. Yo empecé con mis quejas y el Rvdo. Ogli -debí haberlo sabido- me solicitó paciencia. Luego, extrajo de su mochila su cuaderno de viaje y, lápiz en mano, se sumió en prolongadas abstracciones que por fin dieron como resultado algo que, al final de la jornada, satisfizo al todopoderoso Rey de los etunnios no sin antes consultar con su círculo de sabios.

- ¡Sirvan odopa a los extranjeros! -ordenó el Rey Igre- ¡La mejor odopa que tengamos!

Medialuna Propuesta por el Rvdo. Ogli

¿Quisieras participar en la prueba a la que el Todopoderoso Rey Igre sometió al Rvdo. Ogli y al pequeño Ad? Entonces, resuelve las siguientes dificultades, en el orden en cual aparecen:

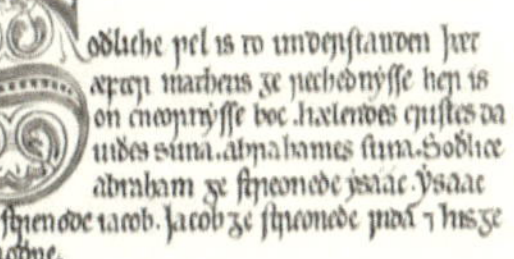

1. Encuentra las restantes 19 configuraciones formadas por la combinación de cinco hexágonos

2. Usando todas las 22 configuraciones ¿puedes formar una pared etúnnica rectangular?

3. Finalmente, ¿puedes averiguar cómo el Rvdo. Ogli organizó la medialuna que satisfizo al Rey?

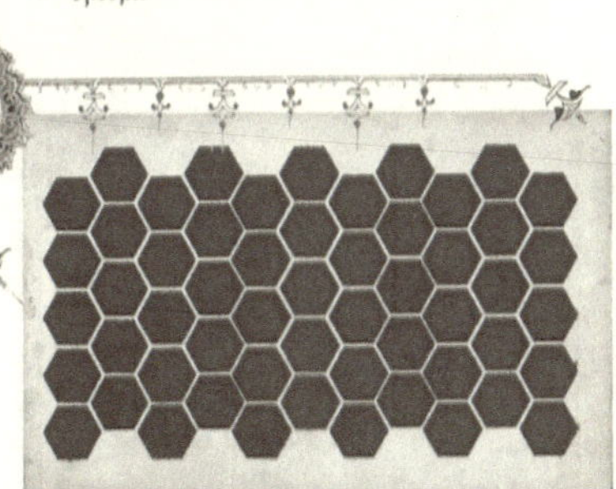

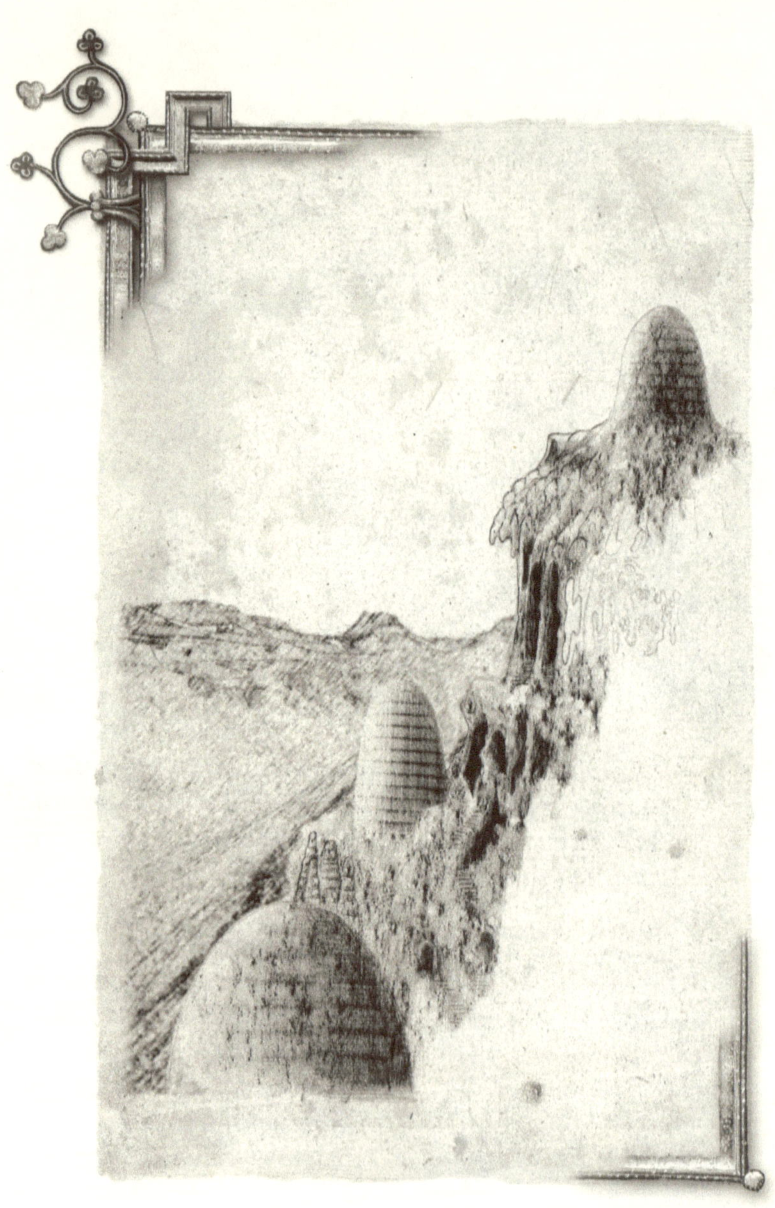

Paisaje Etunnio

Capitulo XV

Un Presagio Especular

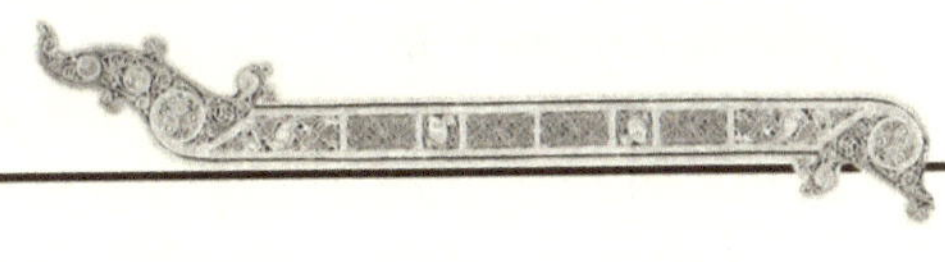

ebimos odopa! Mi maestro aprovechó el acercamiento que el festejo nos brindó para formular una pregunta al Rey Igre...

- Su Majestad, podría decirme ¿qué dirección debo tomar para dar con el Santo Råål?

- Por lo visto tú eres uno de aquellos que buscan en la oscuridad.

- Si, Su Majestad. No se puede distinguir la luz mirando la luz... y a plena luz también se va a tientas.

-¡Como quieras! Cuando salgas al exterior del Real Colmenar, procura tomar por donde entraste. Así, llegarás a la penúltima estación en la parte trasera de la ciudad. Pregunta entonces por el Pozo de Amargutta. Una vez que estés allí, elige el camino de piedra que desciende por el bosque de trépanos.

- ¿A dónde me conduce ese camino?

- Al Santo Råål -contestó el Rey- ¡Claro está!

- Quiero decir, ¿cuál será mi destino inmediato?

- ¡No preguntes más! Ya te he dicho más de lo que debería -contestó con renovado distanciamiento- Y ahora voy a pedirles que se retiren pues los trabajos de construcción empezarán de inmediato.

No tuvimos problema en encontrar el camino empedrado que desciende por el bosque de trépanos.

- Maestro -dije con mucha sinceridad-, no sé qué me habría pasado sin usted. Yo no habría podido resolver el problema.

- Querido Ad, mucho me temo que si yo no hubiera estado contigo, tú no tendrías que pasar por esto.

Nos internamos luego por el bosque, siempre sobre la calzada de piedras. Al adentrarse en suelo de árboles, el camino se estorbaba y, como una más de tantas raíces, iba dando de quiebros. El pelaje del bosque guardaba miradas furtivas y brincos fugaces; sus bucles serpenteros colgaban de las ramas proponiendo festivales y algazaras. Un río mozuelo ya se había entregado a la juerga con bríos y piruetas. Un reptil de dientes negros correteaba a otro más gordo y patitieso. Levanté un tronco a medio podrir. Entreví un zigzagueo. Algo saltó despavorido. Hubo un fluir de aromas avinagrados. ¡Vaya que era un camino alegre!

- Qué distinto es esto de los arenales que atravesamos antes -comenté a mi maestro- Los arenales no me gustan porque son secos y no me inspiran buen humor.

- Es como el alma cuando no se la irriga -me contestó-. Hasta el brillo huye de las piedras secas.

Entonces, me pareció oportuno recordar a mi maestro que, antes de ser sorprendidos por los etunnios, me había prometido una historia de hechiceros.

- La historia tiene que ver con La Segunda Campaña -dijo-. El falanjato de Ghor, primero en ser conquistado por los crucíglobas, lindaba con el de Rjostos. Rubán Ras-i pensó presentar resistencia al avance de La Campaña con las fuerzas militares del gobernador de Rjostos. Pero, en ese momento Rjostos no tenía un gobernador sino dos. Cada uno mantenía su propia capital: el uno en Ntra y el otro en Urse. Así fue cómo Rubán Ras-i encontró a Rjostos, demasiado dividida para presentar una defensa relevante. Los gobernadores no estaban dispuestos a cooperar ni siquiera frente a un enemigo común; tal era el resentimiento entre ellos. Se trataba de un asunto interno concerniente a una familia noble; asunto sobre el cual, el Ahaxi se había eximido de intervenir, de acuerdo a la tradición. Hay quienes creen que la verdadera razón residía en la dificultad de ser justo en un asunto tan extraño. Desde siempre, Sammkara fue una zona más apegada a las creencias mágicas que el protectorado de Rjostos, que ya es decir bastante. El gobernador anterior y único en su cargo, Eb al-Tar perteneció a los yhaguim, undécima familia jeadí, descendientes directos de Anahd-Ir. Esta familia no hacía nada sin el respaldo y aprobación de un mentor, generalmente un brujo agorero. Todo lo que estaba conectado con la magia se temía y respetaba. Hutribe, famoso mago de Urse cuando ésta era marteriana, había lanzado un conjuro sobre el joven Eb al-Tar en el preciso momento en que éste forzaba las puertas de la urbe. El nigromante le gritó: Tu primer hijo te ajusticiará, traicionará su sangre y devolverá esta ciudad. El joven conquistador se lo tomó muy en serio y evitó siempre tener hijos. Pero, cuando fue nombrado Gobernador del Falanjato de Rjostos, las costumbres de los jerarcas lunilaicos le exigían tener una prole. O bien tenía hijos o cedía su cargo a un pariente del mismo linaje. Eb al-Tar midió las posibilidades sopesando lo que podía perder y decidió algo bastante retorcido: tendría un hijo para cumplir con las exigencias de su distinción pero lo mataría de inmediato para extinguir el mal augurio. Tuvo pues una boda y tiempo más tarde, su esposa daba a luz. Para su desconcierto, la mujer que había elegido dio a luz no sólo uno sino dos bebés. Eb al-Tar estaba aterrorizado. Los yhaguim creían firmemente que si nacen dos niños al mismo tiempo, uno viene de Dios y el otro del Demonio. En un principio, el gobernador pensó matar a los dos pero luego supuso que si uno de ellos traía la bendición de Dios, no podría deshacerse de él sin sufrir algún castigo. De esta manera sitiado por el destino, Eb al-Tar no hizo nada. Los gemelos crecieron con los nombres de O-Tar y E-Tar. El problema se hubiera simplificado si hubiese sido posible diferenciar al "bueno" del "malo". Se decía que el único que había podido distinguirlos era un mendigo invidente que pernoctaba en las escalinatas del templo de Sidra, en alguna parte del subsuelo de Ebra. Sin embargo, el mendigo desapareció antes de ser llevado ante Eb al-Tar para comparecer. Los años pasaron y el gobernador de Rjostos llegó a amar a sus hijos como cualquier otro padre. También los temía y desconfiaba de ellos como sólo podía hacerlo él.

- ¡Ya lo creo!

- En todo el falanjato había solamente dos personas que conocían los temores del gobernador: el general Eli-vé y AloOf, el hechicero más renombrado de cuantos hayan existido en Oriente.

- Igual que Wgijvrán en Occidente.

- Sí, pero la magia que manejaban ambos provenían de oscuridades nigrománticas muy diferentes y con características distintas.

- Tal vez, justamente por eso, Wgijvrán quería los conocimientos de AloOf. ¡Deseaba el poder total!

- Quizá, querido Ad. Pero volvamos a la historia que te estaba contando. Eli-vé fue el compañero de batallas de Eb al-Tar. Lo había acompañado desde muy joven y le era incondicionalmente fiel. AloOf era el consejero del palacio, alguien sin cuyo asentimiento no se emprendía nada. Ahora bien, no había señal que dirigiera las sospechas de maldad hacia uno u otro hermano. Nada, excepto un sutilísimo detalle: E-Tar manifestaba una innegable inclinación por la ciudad de Urse. Los dos niños solían entretenerse imaginando el futuro. En este juego de clarividencia, E-Tar casi siempre se adjudicaba la ciudad de Urse como parte de su herencia. AloOf fue el primero en notarlo y advirtió al gobernador. Entonces, Eb al-Tar entró en indecisiones. E-Tar había sido siempre el más cariñoso y le era difícil aceptar lo que AloOf sugería. Por otra parte, los años le habían robado la indolencia necesaria para matar a un hijo. Además, el mal augurio, después de tanto tiempo, resonaba con menos fuerza en su espíritu. De todas maneras, la idea de que se cumpla la maldición no le gustaba para nada. Así que, dispuso que llevaran lejos a E-Tar, al palacio de Qtobe, en Sammkara. Allí fue educado en la ciencia y adoctrinado en el lunilaicismo por una docena de maestros. E-Tar podía desplazarse por el palacio como él quisiera pero nunca podía salir fuera de aquel. Su situación era similar a la de un prisionero, estrecha y permanentemente vigilado. Unos años antes del ataque crucígloba a Ru, unos guardias de Ntra que hacían la ronda antes del amanecer encontraron el cadáver de Eb al-Tar en los jardines del palacio. A juzgar por el estado de sus huesos, su cuerpo parecía haber sufrido una caída desde una altura muy elevada o haber sido triturado por una gran presión o una combinación de ambas malaventuras. Entre los guardias se difundió el rumor de que su pecho traía huellas de haber sido herido por las garras de un ave enorme. Inmediatamente, O-Tar tomó el control, subió al trono y juró vengar la muerte de su padre. Entonces, pregonó que se trataba de un acto demoníaco y luego desveló ante el pueblo la profecía de Hutribe. El pueblo de Ntra pidió la cabeza de E-Tar que se hallaba en Qtobe. En seguida, salió para Sammkara la guardia

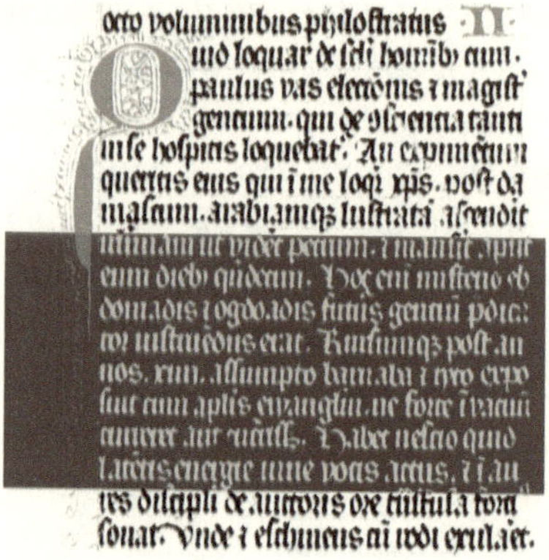

personal de O-Tar que estaba formada por miembros de una secta armada llamados asasshans (de donde viene la palabra asesino) con la orden de apresarlo. De alguna oscura manera, todavía hoy inexplicada, E-Tar fue advertido y huyó de Qtobe. Luego, atravesó el falanjato de Rjostos disfrazado como un paria cualquiera. Por fin, llegó a Urse donde la guardia de la ciudad, al reconocerlo, lo proclamó gobernador.

- Por esta razón Rubán Ras-i encontró dos gobernadores cuando llegó pidiendo ayuda contra los crucíglobas de La Segunda Campaña. ¿Verdad?

- Efectivamente, querido Ad -contestó mi maestro-. Mientras los jefes crucíglobas de La Segunda Campaña se disputaban la ciudad de Ghor, en Rjostos ocurría lo que se ha dado en llamar "La Guerra de los Hermanos". Así se refiere a esta disputa Isinalaq Al-Ban, quien fue un cronista que vivió en Urse. Isinalaq nos dice: "O-Tar, con tan sólo veinte años, al parecer, ha caído bajo la influencia de un médico-astrólogo que pertenece a la orden de los asasshans. Se lo acusa, no sin razón, de utilizar a estos fanáticos para eliminar a sus adversarios con crímenes, impiedad y brujería." Así, Ntra y Urse daban por buenos a sus respectivos monarcas. Cada capital tenía otras ciudades aliadas, lo que no significa que fueran amigas entre sí. Por esta razón cuando los crucíglobas pusieron pie en territorio rjostoriano, encontraron en ella la mayor desunión posible. Dixán de Cinea, un monje crucígloba que acompañaba a Thode Le-Cons, un jefe ceronte que se había adelantado a los demás, escribe: "Nuestro Campeón no sabía sobre cuál ciudad caer pues todas necesitaban la Redención. Quiso la Providencia poner en nuestro camino a un pastor rjostoriano quien dijo llamarse Tja-ib, aunque después, desde las murallas de Urse, alguien le gritó: "Aphir-ig-Eli-vé" que quiere decir "Maldito Eli-vé". Tja-ib, o como se haya llamado, nos guió hacia Urse asegurándonos que si tomábamos ésta, las demás ciudades aliadas se rendirían inmediatamente".

- ¿Fue cierto?

- Bueno,... hubo otro motivo quizá mucho más poderoso. Había una leyenda sobre Urse, según la cual Gasto Visio, el monarca marteriano

que gobernaba Rjostos desde allí, antes de la conquista lunilaica, al ver la ciudad amenazada, escondió en alguna parte un tesoro fabuloso que había encontrado en el Valle Encantado de Souh. Todo parecía indicar que el tesoro se ocultaba dentro de las murallas de Urse pero nadie supo exactamente dónde pues Gasto Visio se llevó el secreto a la tumba. Lo cierto es que el ejército de Thode Le-Cons se concentró frente a las murallas. Había siete mil soldados lunilaicos dentro mientras que los combatientes cruciglobas llegaban a treinta mil. E-Tar se sentía tranquilo pues las murallas ursesas eran inexpugnables: doce kilómetros de piedra labrada y trescientas sesenta torretas guardaba un escenario con casas, edificios, jardines y amplios campos destinados al cultivo y pastoreo de norks, asnifos y demás gramidontes. Por el lado oeste, la muralla ascendía por las faldas de una montaña rocosa hasta coronarla con un paredón imposible de asaltar. Desde ese mismo lado de la montaña y por delante de la muralla, bajaba el Río On-uO trastabillando entre rápidos y cataratas. El río discurría a lo largo del lado oeste de la muralla, a lo largo del lado norte y luego curvaba hacia el sur envolviendo el lado este con su cauce. Era un obstáculo natural difícil de superar. On-uO significa "ambidiestro" pues a veces daba la impresión de que las aguas corrían al contrario, hacia arriba. El lado sur era el más seguro y formaba la espalda de la fortaleza: terminada la pared, continuaba un precipicio por donde las aguas del Río On-uO en algún punto se despeñaban. La cara montañosa del abismo parecía ser una prolongación de la pared arquitectónica. Rjostos era una región escarpada y por razones estratégicas se prefería levantar ciudades donde el paisaje ofrecía la disponibilidad de un vacío mortal. Arriba, en el lado noroeste un sistema de conductos recogía el agua y la transportaban dentro; una vez sucias, las aguas se descargaban por el barranco. Era absurdo sitiar la ciudad esperando agotar sus recursos. Si a pesar de esto se hubiera insistido en la idea, era imposible rodearla por completo. Pero, suspendamos el relato en este punto pues presiento que tendremos que poner nuestra atención en otro asunto.

Efectivamente, frente a nosotros, un río de aspecto sereno interrumpía el camino de piedra. Al borde del río, encontramos a un habitante del bosque quien nos explicó que el río estaba lleno de pezarañas. Si nosotros deseábamos, podía transportarnos en su canoa. Pero, debido a que se trataba de una canoa pequeña el máximo peso que podía aceptar, además del suyo, era el del Rvdo. Ogli por lo tanto yo tendría que esperar mi turno. Además de su canoa, el habitante del bosque tenía un gran cuenco con granos, un sotro y una eredona. Mientras transportaba a mi maestro, el habitante del bosque me encomendó que cuidara que el sotro no se coma el grano ni que la eredona se coma al sotro. Así lo hice y nadie comió a nadie. Mi maestro quedó en la otra orilla y el habitante de la selva regresó con su canoa. Pero, cuando estuvo conmigo me dijo:

- Ha llegado el momento de saber si han sido merecedores de mi ayuda.

- ¡Oh, no! -dije para mí mismo- ¡Aquí vamos de nuevo!

- Tienes que arreglártelas solo -me dijo el habitante del bosque-. En realidad soy un chamán y para conducir la canoa de un chamán sólo necesitas sumergir la punta de tu remo; la canoa te llevará donde quieras. Tu problema es que debes transportar el cuenco con grano, el sotro y la eredona sin que ninguno se coma al otro. Pero tú estarás sumergiendo el remo y no tendrás manera de cuidarlos. Si tan sólo faltase un grano, la canoa se partiría en dos y tú serías devorado por las pezarañas.

¡Lo sabía! -pensé- ¡Ahora sí que estoy en problemas! Mi maestro no puede ayudarme puesto que está en la otra orilla. Ni siquiera sabe lo que está pasando. ¡Calma!-me dije a mi mismo- ¡Mucha calma, querido Ad!

- Una cosa más -dijo el chamán-. Hay un peso mínimo que es necesario para que la canoa trabaje.

- ¿Y cuál es?

- Cualquier peso superior al tuyo.

Antes de saber lo que pasó, estimado lector, ¿deseas resolver el problema por ti mismo?

Me tarde mucho en tomar una decisión. La primera vez que llegué a la orilla opuesta encontré a mi maestro muy preocupado pero se calmó y hasta me felicitó por lo que había hecho. Luego, de las dos cosas que había llevado, dejé la eredona pero no el cuenco con granos sino que regresé con él. Cuando volví a la primera orilla, dejé los granos, tomé al sotro y fui a la otra orilla donde se encontraba el Rvdo. Ogli y la eredona. Entonces, dejé al sotro, tomé a la eredona y regresé con ella. Finalmente, tomé el cuenco con granos y regresé con ambos.

- ¡Felicitaciones, querido Ad! -exclamó mi maestro- Estoy muy orgulloso de ti.

Creo que no hace falta contar que me sentía como si hubiese sido el héroe de la jornada... hasta que mi maestro me contó lo que había pasado en la otra orilla.

Aparentemente, el chamán tuvo un desdoblamiento, esto es, una parte de él cruzó el río para hablar conmigo y otra se quedó hablando con el Rvdo. Ogli. Mientras yo lidiaba con el asunto de los granos, el sotro y la eredona, el chamán exigía a mi maestro que ejecute La Firma del Diablo que, como todos saben, ¡no se puede ejecutar! La Firma del Diablo debe ser trazada sin volver a pasar sobre ninguna línea. Es posible, sin embargo, cruzar cualquier línea que ya fue dibujada anteriormente. La Firma del Diablo debe ser trazada sin levantar la mano en ningún momento, es decir, con trazo continuo. Todos estarán de acuerdo en que es imposible realizarla sin desobedecer la última regla. Era obvio que mi maestro superó la prueba pues yo había sobrevivido a la condición que el chamán le impuso: si no trazas La Firma del Diablo -le dijo-, cuando tu pequeño amigo trate de cruzar el río, la canoa se partirá en dos, él caerá en las aguas y las pezarañas lo devorarán. También debo confesar que una vez que yo alcancé la otra orilla en

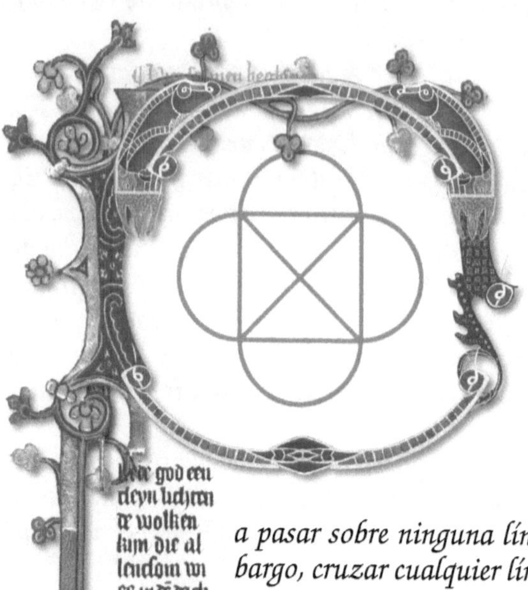

> *Quién no haya intentado nunca trazar La Firma del Diablo debería hacerlo antes de continuar leyendo ¿Podría alguien decir cómo fue que mi maestro dibujó La Firma del Diablo sin repasar ninguna línea y sin levantar la mano?*

mi primer viaje, se me ocurrió pensar que si yo ya me encontraba allí no había razón para volver. Pero el Rvdo. Ogli creyó prudente no hacer trampa pues prácticamente ya había resuelto el acertijo y una trampa podía desatar consecuencias impredecibles.

- La explicación de lo que hice con el chamán tiene que ver con lo que te había explicado sobre la imposibilidad de superponer una imagen enantiomorfa a otra. ¿Recuerdas qué pasó cuando yo te pedí que superpongas la letra L a su imagen enantiomorfa?

- ¡Claro! -recordé perfectamente-. Se formó una figura compleja. En lugar de que una imagen cubra a la otra, las dos imágenes aparecían montadas una sobre otra, dejando partes descubiertas.

- En otras palabras, te fue imposible superponerlas.

- Sí, maestro.

- En un mundo bidimensional, si no tomamos en cuenta el papel sobre el que pudieran estar dibujadas las letras L, estos "cuerpos" no poseerían grosor. Ahora, si tú pudieras levantar del papel una de las eles, darle un giro en el aire hacia la derecha y volver a colocarla sobre la otra ele, entonces sí que habrías superpuesto una a la otra y en lugar de dos aparecería una sola ele. Se podría decir, entonces, que la figura bidimensional giró en el espacio tridimensional y regresó invertida. Es decir, si antes era una ele, después del giro, es una ele invertida. Así se habría realizado una inversión enantiomorfa ¿Estás de acuerdo?

- Sí, maestro.

- Vamos a citar nuevamente a nuestro amigo planariano, habitante del mundo de dos dimensiones. En primer lugar, si él pudiese ver una superposición como esa, no la comprendería. Para él simplemente habría una ele que desapareció y volvió contrahecha. En segundo lugar, si alguien le pidiese que realice una inversión enantiomorfa usando el mismo método que nosotros, le sería imposible pues no conoce cómo salir fuera de su mundo planar, lo contrario equivaldría a tener concepto de grosor. Tampoco sabría cómo girar algo en un ambiente de dimensión superior y volverlo al suyo de dos dimensiones. ¡Ni siquiera podría entender lo que le pides! Sus ojos sólo podrían ver líneas y puntos coplanares. En su mundo no habría líneas verticales; nada podría subir, bajar, levantarse o sumirse; no existirían estos conceptos. ¿Cómo le podrías pedir que levante una ele?

- ¡En verdad! ¿Cómo?

- De manera análoga, uno podría decir que un guante derecho podría transformarse en guante izquierdo sacándolo fuera de nuestro espacio tridimensional hacia uno de cuatro dimensiones, dándole la

vuelta allí de la manera adecuada y regresándolo a nuestro mundo tridimensional. Pero no entendemos cómo "levantarnos" de nuestra dimensión tal como levantamos una ele de papel. Ni siquiera podemos comprender la acción para darle un nombre propio y no usar uno entre comillas. Tampoco hemos nombrado lo que va a continuación, después de largo, ancho y profundidad porque nos es imposible concebirlo. Parecería placer sólo digno de Wgÿvrán, el inventar un nombre que no diría nada porque lo que se nombraría sería inconcebible, sería algo absurdo. Pero la tentación de cometer ese absurdo es, tal vez, una prueba del poder del intelecto aunque sólo llegue a ser un impulso frustrante y no se concrete en nada.

- ¿Qué quiere decir maestro?

- Que el ser pensante se ha dado cuenta que existe algo más allá de sus facultades y aunque no lo pueda concebir, sin embargo, lo presiente con la razón. ¿No es maravilloso?

- A mí me parece bastante enredado.

- Ya lo entenderás si vuelves a meditar en esto tantas veces como necesites. Entonces, podrás comprender al hermano Sänte, el mayor y más bondadoso sabio que hemos tenido en nuestra orden. Él propuso un modelo del Cosmos en el que si un astronauta partiera en cualquier dirección y viajara siempre en línea recta, inevitablemente regresaría a nuestro planeta, siempre y cuando sea capaz de viajar lo suficiente. Aunque pudiera ser, digo yo, que regrese con el corazón al otro lado.

- Como usted ya lo dijo, debo pensar mucho más al respecto…

- Tal vez, para que comprendas por qué el astronauta quedaría vuelto del revés es preciso hacer uso de la cinta de Ob-Üs.

- ¿Qué es eso?

- Una hoja de papel presenta dos caras y cuatro bordes. Una cinta de Ob-Üs es una hoja de papel que tiene una sola cara y un solo borde.

- ¿Eso es posible?

- ¡Perfectamente posible!

Entonces, mi maestro detuvo su marcha junto a unas rocas asomadas al camino. Sacó su cuaderno de viaje. Cortó una cinta de papel. La extendió sobre una de las rocas. Luego, tomó un extremo y lo unió al otro con cinta adhesiva, formando una pulsera; pero de manera tal que sus extremos queden unidos revés con envés.

- Esto es una cinta de Ob-Üs. ¡Examínala, querido Ad! ¿Qué ocurriría si un escarabajo pudiera andar sobre la cinta?

Atendí a la forma de la banda. Aparentemente nada tenía de especial: un anillo de papel que mostraba un "error de ensamblaje". Imaginé que mi dedo era el escarabajo y lo desplacé a lo largo de la cinta. El escarabajo caminaba siempre sobre la misma superficie alrededor del anillo. Hubo un momento en que mi dedo se movía sobre el interior del anillo. Luego, se desplazó sobre su exterior y nuevamente regresó al interior y así me podía pasar la eternidad. ¡Lo recorría todo! Lo mismo ocurrió cuando repasé el borde de la banda. La cinta de Ob-Üs era una hoja de papel con una sola cara y un solo borde.

Mientras yo observaba la cinta de Ob-Üs el Rvdo. Ogli formó otra cinta idéntica.

- Bueno, esta no es una cinta de Ob-Üs normal pero sí lo es el espacio contenido entre las dos cintas.

Así fue cómo construyó una pulsera doble, es decir una cinta de Ob-Üs encima y otra debajo. Luego, el Rvdo. Ogli recortó dos eles de papel oscuro y las colocó en el espacio entre las dos cintas con ayuda de dos clips para sujetar hojas de papel. Las dos eles se encontraban una junto a la otra apuntando con su base hacia la misma dirección.

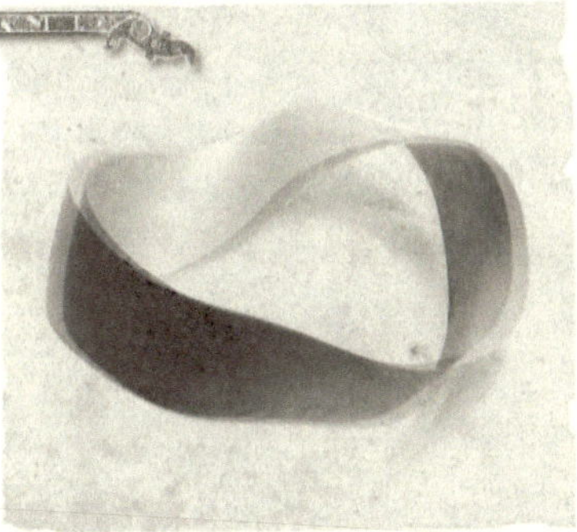

- Voy a dejar una ele fija en su lugar y voy a mover la otra.

El Rvdo. Ogli quitó el clip a una de las eles y la desplazó entre las dos cintas hasta que la ele encontró a su gemela que había quedado inmóvil.

- ¡Ajá! -exclamé yo- La ele que realizó el viaje ha cambiado de orientación. Ahora su base apunta en sentido contrario.

- Se ha convertido en el enantiomorfo de la que no viajó.

- Es decir que se ha producido una inversión enantiomorfa –observé- ¡Ya lo entiendo!

- El astronauta que realice un viaje cósmico en forma circular, desde y hacia nuestro planeta, según el modelo de Sänte, quizá sufra el mismo tipo de inversión.

- Entonces, el universo es una banda de Ob-Üs.

- ¡Mmm! Tal vez pueda funcionar de la misma manera pero debe ser algo más complicado que eso. Creo que una banda de Ob-Üs sirve simplemente como un artificio para el entendimiento. Pero la banda de Ob-Üs por sí sola es uno de los más extraordinarios juguetes matemáticos que, entre otras cosas, puede ser utilizada para salir de apuros en el caso que un chamán te ponga a prueba.

- ¡Ah! ¡Ya lo había olvidado! ¿Qué fue lo que hizo con él?

- Tú estarás de acuerdo conmigo en que la firma del diablo puede desarrollarse sólo hasta un punto en donde tienes que completar algo que se encuentra en el lado opuesto de donde te has detenido. No hay manera de lograrlo sin atravesar el dibujo de lado a lado, lo cual equivaldría a repasar una línea o a crear un nuevo elemento en La Firma del Diablo. Ahora que tú sabes acerca de las propiedades de la cinta de Ob-Üs, ¿Puedes decirme cómo logré dibujar La Firma del Diablo sin quebrar ninguna regla?

- ¡Creo que ya sé cómo! Construyó una cinta de Ob-Üs y sobre ella trazó la firma hasta el punto que a todos detiene. Luego, al igual que el recorrido que efectuamos con la ele, su trazo se alejó de la figura, dio la vuelta toda la superficie de la cinta y regresó por el otro lado del diagrama. ¡Así completó la Firma del Diablo sin atravesarla!

-¡Muy bien! -dijo mi maestro visiblemente complacido-. Veo que has entendido.

Capitulo XVI

Donde sobrevuelan los Demonios

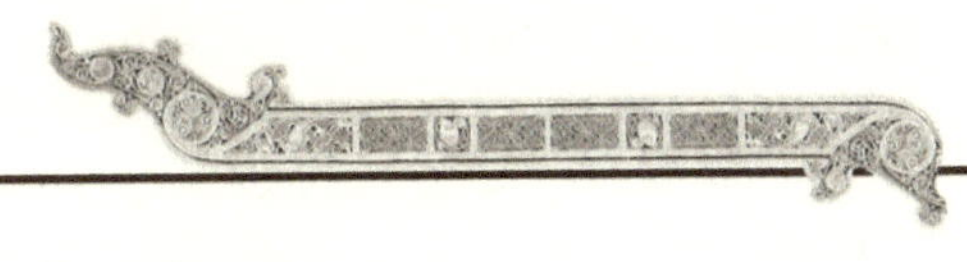

Seguimos en camino por entre el bosque frondoso. El Rvdo. Ogli volvió a entretener nuestra marcha con la historia sobre hechiceros que había sido interrumpida.

- Como ya te he contado, las difíciles condiciones de acceso negaban cualquier plan crucígloba de asalto exitoso sobre Urse. A E-Tar no le faltaban razones para confiar en sus defensas. Pero, si la situación en el interior de Urse era tranquila, en el exterior de la muralla el ambiente era angustioso. Cien días después de iniciado el sitio, los crucíglobas más débiles empezaron a morir de hambre. Las bajas sumaban una centena y ya se había sacrificado a la mayoría de cabalgaduras que en su mayor parte eran robustos jralens. Entonces, organizaron una expedición en busca de animales pero, aunque saquearon unos cuantos graneros no encontraron mayor cosa. En cambio, se toparon con un pequeño ejército lunilaico, que se había estado aproximando para atacar a los sitiadores por la espalda. Los cerontes crucíglobas eran invencibles aun cuando tuvieran hambre. La expedición regresó al campamento cargada con horrorosos trofeos que instalaron en las catapultas. Ese día, los habitantes de Urse vieron llover sobre sus cabezas las cabezas de los que acudieron en su ayuda. Ni siquiera el hambre distrajo al odio.

- ¿Qué hubiera hecho usted, Rvdo. Ogli si hubiera sido E-Tar?

- ¿Que qué hubiera hecho yo?

- ¡Sí! ¿Cuál habría sido su estrategia? -le aclaré- ¿Sitiar a los sitiadores? ¿Acabar a flechazos a la infantería y dejar morir de hambre *a los que traen armadura? ¿Utilizar la ventaja del número contra ellos?... ¿Qué...?*

- Querido Ad, es verdad que la estrategia tienta al razonamiento pero ¡matar es irrazonable! Recuérdalo, Ad-d-Tuar.

- Lo voy a recordar, maestro.

- Una vez recuperado de aquella tormenta de muerte -continuó mi maestro- E-Tar envió un embajador a Akaramám, una ciudad situada aún más hacia el Oriente de Kire. El embajador regresó con la promesa del gobernador de Akaramám de que movilizaría sus cincuenta mil soldados. Esto debía terminar con el sitio y, al menos por un tiempo, alejaría a Thode Le-Cons. Pero, al parecer, una solución al sitio de Urse era algo que no complacía a todos los jefes lunilaicos de Rjostos. En especial, había alguien muy interesado en que el sitio se mantenga e incluso que triunfe. A las cuatro de la madrugada, sobre algún punto de la larga muralla, una cuerda azotaba la pared mientras se iba desenrollando. Cuando llegaron los guardias, éstos no supieron qué hacer pues reconocieron a su propio monarca ayudando a subir a los crucíglobas. Antes de que pudieran reaccionar, los guardias lunilaicos fueron atacados por los invasores con sigilosos dardos de ballesta. Sólo unos pocos lograron huir. En cuanto ascendieron suficientes crucíglobas, anunciaron su ataque con voces de trompeta. E-Tar despertó en medio del alboroto. Sospechó la catástrofe pero no se molestó en comprobarla; creyó que todo estaba perdido. Tras doscientos días de resistencia el monarca de Urse se venía abajo. Sucumbiendo al terror, ordenó abrir una de las puertas de la ciudad y huyó en una veloz salamiondra. Trastornado, cabalgó sobre ella durante horas. Mientras tanto dentro de las murallas el genocidio tenía su día. Al amanecer, los gritos de terror acusaban la matanza. Niños y adultos corrían despavoridos por callejuelas y sembríos tratando de ocultarse. Los crucíglobas no tenían dificultad en darles alcance y degollarlos. La carnicería duró varias horas. Los cuerpos eran arrojados al fuego que consumía las casas. La humareda macabra llevaba el olor de la masacre más allá de las murallas de Urse.

- ¿Y qué pasó con E-Tar?

- E-Tar, exhausto de huir, había caído de su cabalgadura sin conocimiento. Le despertaron algunos de sus propios guardias que también habían escapado. Al enterarse de la desgracia, E-Tar empezó a llorar por haber abandonado la ciudad y a su pueblo. Entre estos guardias se hallaba alguien que hasta entonces había preferido mantenerse en silencio: era uno de aquellos que vio a E-Tar ayudando a subir a los

cruciglobas. El testigo contó a los demás lo que había visto. Otro, el más indignado, desenvainó su espada y decapitó a E-Tar al grito de ¡Muera el traidor! Más tarde, como prueba de justicia, este mismo guardia llevaría a Ntra la cabeza mutilada sólo para percatarse con asombro de que en esa ciudad habían cortado también la cabeza gemela. Ni siquiera desenfundó su grotesco paquete. Averiguó entre la gente y cuando al fin entendió lo que había pasado se le oyó decir ¡Que Dios se apiade de mí! Tomó del cinto su cuchillo afilado y se quitó la vida.

- Pero, ¿qué había pasado? -pregunté sin contenerme.

- ¡Ya lo verás! Iruz-tod fue cronista de Ntra en época de La Campaña. En su obra UtE-mê-fhaT sobre la historia de la Guerra Santa desarrollada en siete tomos, se puede saber lo que en realidad pasó. El relato de los hechos lo había escuchado del propio Eli-vé quien tomó a Iruz-tod como consejero para gobernar Ntra después de la muerte de O-Tar.

- Maestro,... ¿qué pasó?

- Lo siento, querido Ad, creo que te tengo en ascuas. Cuando Eb al-Tar murió, Eli-vé ya no era tan joven como cuando lo acompañó en la última batalla contra las tribus acquémidas de Liantzé. Su cuerpo, sin embargo, conservaba la carga de su corpulencia. Vestía siempre su extraña indumentaria de adalid gredir: botas repujadas sobre el cuero vaciado de un par de patas de dinoceratos; falda estrecha de robustas correas con láminas doradas de aurita pulida; casaca de dura piel de anfibio sobre la cual se habían cosido miles de caparazones de diatomeas fósiles del Mar de Euda. Su espada acerada había sido templada siete veces para fijar en ella el espíritu de una cantidad igual de guerreros derrotados antes por Eli-vé. Su casco era uno de los más hermosos: había sido tallado magistralmente en el mismo cráneo de un ugante, es decir, en marfil metálico. En realidad, era un híbrido entre casco y máscara ceremonial; estaba repleto de símbolos místicos de los cultos gredires. Sobre sus hombros, dos charreteras en forma de escarabajo completaban su vestido de guerra. Eli-vé acostumbraba a levantarse a la madrugada para supervisar a los guardias que rondaban en la oscuridad. La madrugada del día en que Urse fue asaltada por los cruciglobas, Eli-vé se encontraba dirigiéndose a una batería de torretas sobre la muralla almenada que se localizaba en la esquina noreste de la fortaleza. De repente, oyó unos capotazos secos y enérgicos que provenían del lado este, en donde Ntra, al igual que Urse, también se defendía exponiéndose a un precipicio. Luego, creyó divisar una sombra voladora aún más negra

que la noche. Al mismo tiempo, el viento le trajo un olor fétido que le hizo recordar el hedor que emanaba del cuerpo destrozado de su señor y amigo Eb al-Tar. ¿Qué pudo haber sido esa sombra y de dónde había salido? El recio guerrero gredir consiguió una lámpara de aceite y una cuerda que anudó alrededor de una almena. Se descolgó sigilosamente y unos cuantos minutos después llegó hasta la base de la pared justo donde empezaba el precipicio. Desplazándose sobre el filo del abismo examinó las posibilidades de descenso. Las aguas servidas de Ntra, ya putrefactas, drenaban por las paredes rocosas formando derrames que, a la luz del día, se divisaban veteados de negro y naranja. Eli-vé descubrió una grieta ancha de paredes accidentadas que se abría paso irregularmente a lo largo del peñón. Eli-vé empezó a bajar. Las puntas de sus pies se encastraban en las ranuras rocosas como si fueran estribos. Mientras su cuerpo se sostenía con una mano, la que tenía libre buscaba otros resaltes antes de decidir nuevas mudanzas. La lámpara de aceite sondeaba la grieta con su luz inconstante destacando el relieve en términos de amarillo y naranja. Desde los fondos del abismo se alzaba un ventarrón forzudo que trataba de arrancar el cuerpo de Eli-vé hacia la muerte ingrávida. No supo cuánto tiempo estuvo descendiendo. Cuando llegó a una cornisa muy estrecha y expuesta, no necesitaba lámpara alguna; la luz natural del amanecer ya se difundía a través de la intangible sustancia del vacío. Apartadas las tinieblas, el precipicio mostraba sus dientes. Eli-vé no dejó que esta visión lo intimidara. Dio las espaldas a la nada y continuó descolgándose por el pasillo con cautela. De repente, se topó con una abertura tres veces más alta que él cuya situación lateral, con respecto al resto de la pared rocosa, ocultaba su existencia. Esta entrada daba paso a una cueva húmeda que servía como antesala a un túnel que penetraba en la roca. El túnel, como una de las tantas cloacas que por allí se descargaban, tenía el piso inundado con líquidos que habían estado cerniéndose sabe Dios desde cuándo. Eli-vé había creído conocer todos los secretos de Ntra. Obviamente no era así; desconocía lo que siempre había estado bajo sus pies. Para investigar el túnel, necesitó hundirse en aquella charca ciega con el presentimiento espeluznante de que, bajo esas aguas fétidas, iba a sentir el roce de unos tentáculos pegajosos. Ese canal sin desfogue era un embalse de sedimentos que hedía a una mezcolanza agridulce de fruta descompuesta y porquería. La claridad había menguado considerablemente y otra vez tuvo que usar su lámpara. Conforme avanzaba por el canal, el fluido putrefacto que ya le llegaba hasta los muslos, ganaba en densidad. El hedor también se concentraba al igual que un presentimiento. Eli-vé se detuvo. Rápidamente, desenvainó su espada. Dio media vuelta. ¡No había nada! Nada, excepto el eco húmedo que habita en las cuevas; el martillar incesante de las goteras resonando en la vacuidad. Eli-vé recordó la atmósfera sórdida de las criptas paganas. Detestaba la sola idea de una lucha en un escenario tan asqueroso. Se imaginaba chapoteando entre las espesas aguas podridas; quizá tendría que sumergirse en ellas; tal vez tocaría algo repugnante. Peor aún, se imaginaba tragando un bocado de aquel lodo podrido. Figurarse el sabor de toda aquella putrefacción dentro de su boca le producía náusea. Cada vez, Eli-vé estaba más seguro: entre el aire enrarecido, sentía una presencia, había algo que lo estaba tocando con la mirada. Adelantó su espada. Su doble filo brilló con la presencia de los siete espíritus que encarcelaba. Levantó la lámpara. En frente, el canal se hacía más ancho. Empezó a distinguir un edificio escarbado en la roca. Un frontón triangular coronaba una hilera de columnas repletas con símbolos anaglíficos muy extraños que Eli-vé no supo reconocer. Todo el conjunto se asentaba en un graderío que sobresalía de las aguas pútridas. Sobre las gradas reposaba un pedazo de mano gigante de color amarillo y otro pedazo de una cabeza roja; probablemente restos de estatuas inmensas. El primer escalón, como toda la escalinata, estaba cubierto con un sarro grasiento inmemorialmente intacto. Eli-vé salió del fango maloliente y maldijo con rabia cuando vio sus piernas embarradas. Asentó su lámpara. Alzó la vista. Miro al frente y... lo que siguió fue muy rápido. Eli-vé apenas pudo entrever el único y enorme ojo de una bestia alada. Un chasquido detonante le abofeteó el cuerpo entero. El último destello anaranjado que vio comenzó a extinguirse en la flojedad de la inconsciencia: venía otro color, se expandía, se desvanecía y él se extraviaba en su extinción. Aparecieron unos ojos, una fisonomía. Eb al-Tar empezó a hablarle: ¡Eli-vé...! ¡Amigo!, ¡Endereza tu espada! El tacto le llegó lejano. Entre las convulsiones, sus dedos tantearon algo duro.

Reconoció dolor en sus pulmones, podredumbre en su boca. Se asfixiaba. Buscó aire con violencia. Rompió en vómitos estertóreos recogiendo el mango de su espada contra su estómago. En ese preciso momento el engendro demoníaco se lanzó contra el general. El impacto devolvió a Eli-vé al fondo del fango. Soltó su espada y busco el aire

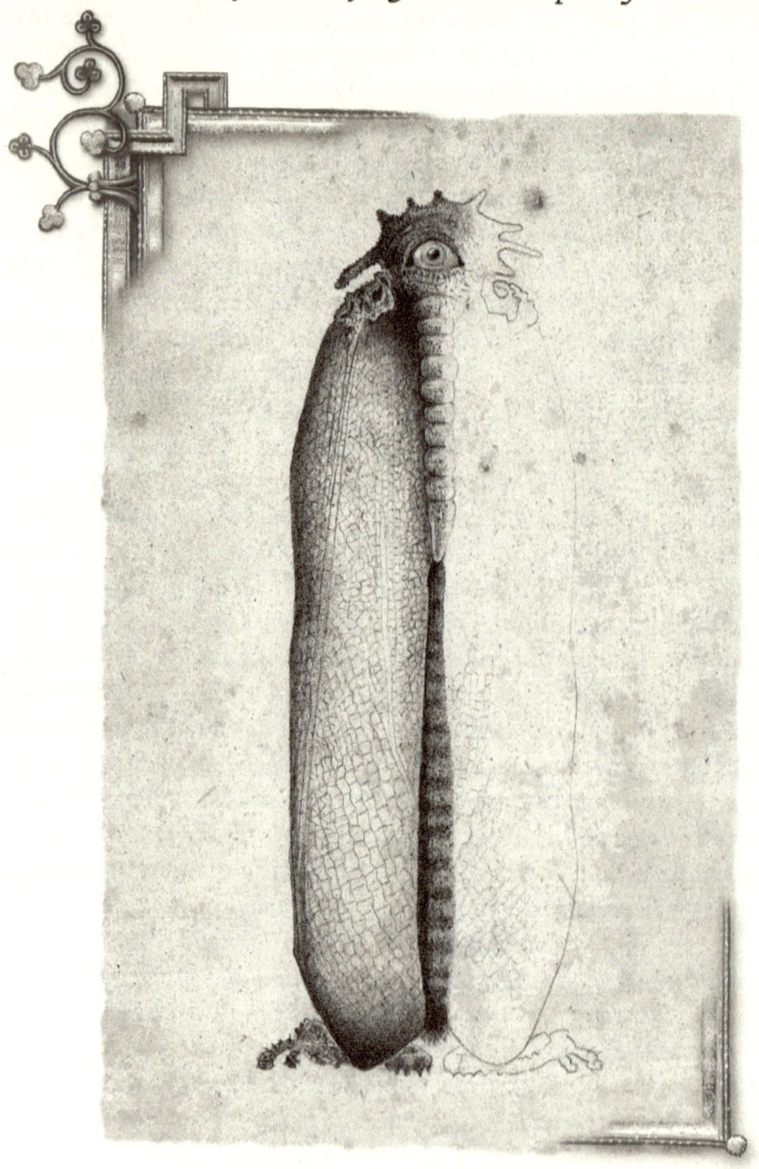

. . . el único y enorme ojo de una bestia alada

con desesperación. No podía ver bajo el lodo pero estaba seguro que algo se había ensartado en su acero filudo; algo que batía desesperadamente sus alas. Para cuando Eli-vé logró recuperarse, los aleteos habían cesado. El mango de su espada sobresalía del lodo asqueroso. Eli-vé lo agarró para arrastrar el peso hasta la orilla del graderío. Estaba seguro que se trataba del mismo ser de pesadilla que había asesinado a Eb al-Tar. Cuando le fue más fácil, sacó el cuerpo fuera del lodo. Para su sorpresa, atravesado por el acero, empezó a emerger el cadáver flácido de O-Tar, monarca de Ntra, hijo de Eb al-Tar. Inmediatamente distinguió al hechicero AloOf arrojándose desde las sombras con un puñal en las manos. Como un acróbata, Eli-vé esquivó el tajo y traspasó al brujo de manera inesperadamente fácil. Siete luces se elevaron dejando en llamas el cuerpo inerte del hechicero. Luego, separó del cadáver la cabeza de O-Tar para exhibirla ante el público de Ntra.

- ¡Uff! -exclamé asombrado- Entonces, esta fue la historia que escuchó el guardia que decapitó a E-Tar.

- ¡Precisamente! Cuando la oyó, comprendió que en la noche que Urse cayó, noche concebida en la oscuridad que sobrevuelan los demonios, quién había arrojado una cuerda a los crucíglobas parecía E-Tar pero era O-Tar. ¡El guardia había matado a su inocente monarca!

- AloOf debió enseñar a O-Tar los secretos de la transmutación.

- Quizá...

- ¡Vaya! ¡Qué manera de saber quién era el hermano malo!

- Lo bueno y lo malo -dijo mi maestro-, como extremos que son, son gemelos a uno y otro lado del espejo.

XVII

Capitulo XVII

Hambre de Dioses Bárbaros

La crueldad desatada en el asalto a Urse -continuó mi maestro- dio a los cruciglobas una fama espantosa en todo el mundo lunilaico. En las ciudades vecinas, los pobladores humildes o poderosos se estremecían tan sólo al pensar que en cualquier momento podrían ser vianda del antojo occidental. A tres días de Urse, escasos para quienes esperaban pasar desapercibidos, se alzaba otra ciudad lunilaica de menor calado llamada Uss. Apenas llegaron las primeras noticias sobre la caída de Urse, las familias más dispuestas abarrotaron sus carretas y huyeron hacia sitios más seguros como Ntra o Jbur, aunque hacerse al camino también contemplaba la posibilidad de ir al encuentro del peligro. Nunca antes ni jamás después, otra ciudad como Uss sufriría tan alto grado de aterramiento. Tenían razón los que huyeron: su miedo iba a ser corroborado; sus premoniciones, bárbaramente satisfechas.

- Una mañana adversa, -siguió- frente a las murallas de Uss, miles de ávidos cerontes buscaban cómo entrar con su dios por delante. La ciudad no contaba con ejército sino escasamente con policía urbana. El sitio de Uss apenas duró quince días. Isinalaq Al-Ban cuenta que "...durante tres días pasaron a la gente a cuchillo...". Como el testimonio de Isinalaq Al-Ban podría resultar sospechoso, cito el de Lence de Swek: "En Uss, los nuestros cocinaban a paganos adultos en cazuelas, ensartaban a los niños en espetones y se los comían asados".

- ¡Qué!

- Si antes -continuó el Rvdo. Ogli- la barbarie occidental no lo había logrado, por parecerse a cualquier otra, ahora sí: había rasgado una herida que a través de los siglos supuraría rencor. El vandalismo caníbal de La Campaña se incrustó en la memoria oriental y ha sido un recuerdo muy difícil de extirpar.

- ¿En verdad así fue?

- Si alguien dudase de Lence de Swek, debería también desestimar una carta oficial de los jefes crucíglobas al Øppos en donde, al parecer, tratan de dar explicaciones por sus excesos: "Un hambre terrible asaltó al ejército en Uss y lo puso en la cruel necesidad de alimentarse de los cadáveres de los paganos".

- ¡No es razón! -dije indignado- Los sitiadores de Urse estuvieron afuera doscientos días y no se comieron a nadie.

- También Ople de Bail, quien participó en la toma de Uss, declara: "A los nuestros no les repugnaba comerse a los lunilaicos que habían matado sino tampoco a las mascotas".

- ¡Supongo que Ople no tenía tanta hambre!

- Después de esta monstruosa demostración -continuó mi maestro ignorando mi comentario- las ciudades lunilaicas más pequeñas no opusieron ninguna resistencia. Cuando lograron franquear las murallas de Jbur, los crucíglobas estuvieron matando lunilaicos una semana completa. En el templo de Qeuq mataron alrededor de 60 000. ¡Las crónicas son horripilantes! La caballería de los cerontes avanzaba chapoteando entre charcos de sangre lunilaica. Así, según ellos, lo había querido Dios; un dios que proclamaba la fraternidad.

La pesadumbre se instaló en nuestras almas y por largo rato avanzamos por el bosque sin decir nada. Luego...

-¿Has notado, querido Ad, que los árboles se van ordenando cada vez más?

- No sólo eso, Rvdo. Ogli, sino que las ramas tienden a extenderse hasta casi formar un túnel.

- Sí, pero lo hacen creando un patrón entre las ramas y el espacio claro del cielo. Es un patrón que quiere transformarse en una cuadrícula.

- ¡Es verdad!

- Ahora, paredes, piso y tumbado están tapizados con cuadrados claros y oscuros

- Ahora, son un tablero de ajedrez.

- *Estamos dentro de un túnel infinitamente cuadriculado.*

- *Es como si las paredes no tuvieran fin. Todo en blanco y negro. Nada tiene color...*

- *¡Detente un momento!*

Me detuve al instante.

- *¡Ajá! No somos nosotros los que nos movemos.*

- *¡No, es el túnel el que se mueve!*

- *Entonces, nos da igual quedarnos parados.*

- *¿Dónde estamos, maestro? ¿Qué nos va a pasar?*

- *Calma, querido Ad. Siempre conserva la calma y la paciencia.*

- *¡Paciencia tengo para escuchar eso todo el tiempo!*

- *¡Ad-d-Tuar!*

- *¡Lo siento, maestro! Estoy...*

- *Lo sé, querido Ad, pero no tienes por qué preocuparte. Mientras las imágenes no nos duelan, seguimos a salvo. A propósito, los cuadrados comienzan a deformarse.*

- *Creo que se están ondulando.*

- *Se desprenden unos de otros para formar algo como barriletes.*

- *A mí me parecen más bien como piezas de relojería.*

- *¡Sí, eso es!*

- *Pero los dientes de las piezas se están transformando en patas.*

- *¿Qué es eso? Parece...*

- *¡Reptiles! ¡Reptiles!*

- *Reptiles blancos y reptiles negros.*

- *¡Van a atacarnos!*

Estuve a punto de correr pero no supe hacia dónde. Mi maestro me contuvo poniéndome una mano en el hombro.

- *Sólo déjalos pasar -me dijo.*

Bajo nuestros pies, a los costados y encima, miles de reptiles blancos y negros pasaban revolviéndose en una transmutación sin final. Los reptiles engordaron y se hicieron hexágonos y los hexágonos, colmenas. Y de las colmenas salieron los insectos de la miel. Y éstos se volvieron aves. Y de su silueta negra y del blanco del cielo nacieron pájaros negros y peces blancos. Ambos animales se entrelazaron en otro mosaico. Y apareció el gris. Y el mosaico tomó sombras y se formaron cubos. Miles de cubos nacían del infinito, nos sobrepasaban y se alejaban a nuestras espaldas hacia otro infinito. Y los rombos blancos y grises que formaban los cubos crecieron y se transformaron en paredes de casas y palacios, mientras los negros empequeñecieron y se hicieron ventanas. Y vimos una ventana en el fondo del túnel que creció, creció, creció y... ¡Nos devoró como un descomunal gusano abismal! Todo se detuvo. Nos encontramos en total oscuridad.

- Ahora sí -preguntó mi maestro-, ¿Dónde estamos?

Yo no tenía boca. Sólo tenía miedo.

- ¿Ad? ¿Estás ahí?

Esa extraña oscuridad tenía la acústica de una bóveda teatral y la voz del Rvdo. Ogli me llegaba de todas partes y ninguna. No era capaz de determinar su origen con exactitud.

- Sí, maestro.

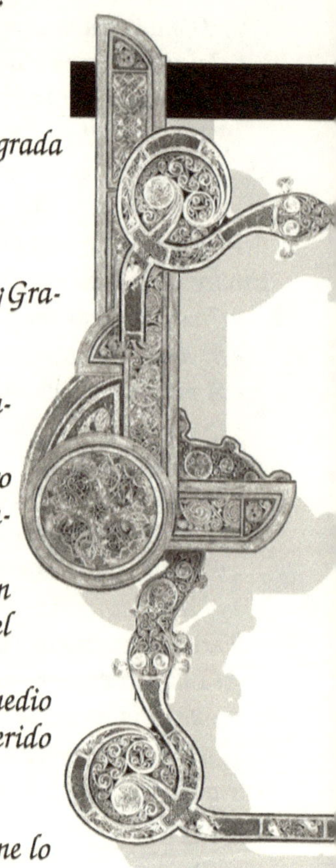

- ¿Dónde estás?

- Aquí, maestro.

- Voy a... ¡Ah! ¡Cuidado, Ad! Hay una grada enfrente.

- ¿Enfrente?

- Sí, querido Ad. Justo al frente.

- ¡Ah, ya! -exclamé al sentir unas gradas- ¡Gracias!

- De nada.

No había ni trazas de luz. Mis dedos tocaban una pared de aspereza rocosa.

- Estoy tratando de encender un fósforo -dijo el Rvdo. Ogli- pero es como si todos estuvieran húmedos.

Por un momento, no tuve otra percepción que el sonido de los fósforos contra el papel arena.

- Creo que es inútil. No tenemos otro remedio que avanzar a ciegas. Un paso a la vez, querido Ad. Pero, deja que yo vaya primero.

- Como usted diga, maestro.

Dejé que mi maestro se adelante tal como me lo pidió para lo cual traté de intuir sus movimientos pues como las gradas no crujían no había manera de saberlo con certeza.

- ¡Muy bien! Ahora es tu turno -me dijo.

- Sí, maestro. ¡Ya voy!

Di mi primer paso y me pareció toda una audacia.

- ¿Crees que puedes avanzar de esta manera?

- Creo que sí, maestro.

Así fue cómo empezamos a lidiar con las gradas. No se veía ni se oía absolutamente nada. Yo avanzaba totalmente concentrado en medir mis pasos y creo que mi maestro también pues no decía palabra. Antes de avanzar, con la punta del pie siempre tanteaba el siguiente escalón. Mantenía una mano sobre la pared y así sabía cuándo la grada curvaba a uno u otro lado pero ya no sabía en cuál lado habíamos comenzado. Llevaba la otra mano extendida al frente, revolviendo las tinieblas para interceptar cualquier obstáculo. Las gradas me recordaron un juego de niños que organizábamos en la bodega de la abuela. Era un cuarto bastante grande para ser bodega y, aun así, parecía sufrir un déficit de espacio. Ella había almacenado allí toda clase de baratijas desde antiguos maniquíes vestidos con ropa de la época hasta latas de galletas por aquí y por allá. Las latas estaban vacías y eran tan grandes que podían ocultar dentro a un niño completo. Cuando no escondían a nadie, si se las golpeaba, reproducían la detonación de un rayo. Acostumbrábamos abandonar en el fondo del cuarto, a los niños que adeudaban penitencias en otros juegos. Los abandonábamos con las manos y los pies suavemente atados de tal manera que pudiesen desatarse en medio de la total oscuridad. Los de afuera no tenían que esperar mucho para escuchar un estruendo del infierno porque, una vez provocada la primera detonación, no quedaba otro remedio que atropellar todas las latas para salir lo más rápidamente antes de que la abuela bajara batiendo una escoba.

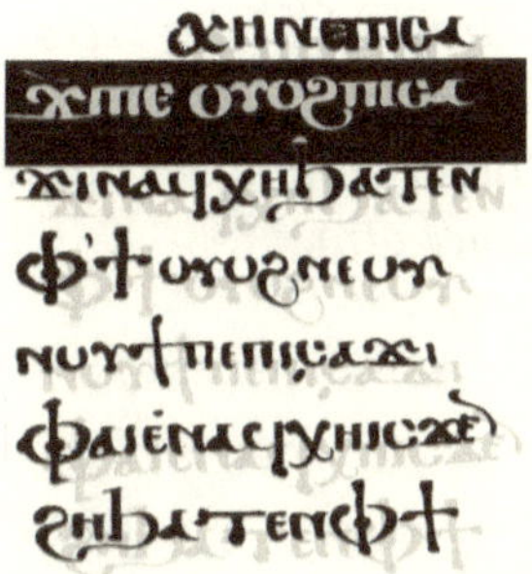

Pero estas gradas no eran juego. Me di cuenta que con tantas curvas que había tomado, no podía reproducir nuestra trayectoria. Pero, estaba seguro que el Rvdo. Ogli si lo podía hacer...

- ¡Maestro! -exclamé tratando de llamar su atención.

No tuve respuesta.

- ¡Maestroo! -grité con feo presentimiento.

¡Nada! Ni seña de nada.

-¡Oh, no! -me dije a mí mismo y un sudor frío empezó a incomodarme.

Pensé que me había desviado de la ruta de mi maestro en algún punto. Quizá, entré en otras gradas diferentes a las que mi maestro había elegido. Tal vez, había una intersección de cuatro vías. Yo mantuve mi mano sobre la pared derecha y quizá mi maestro mantenía la suya *sobre la izquierda. Por lo tanto, yo encontré una entrada a la derecha y mi maestro otra, al otro lado. Me sentí miserablemente perdido. ¡Cómo podría regresar sólo! ¿Regresar? -pensé- ¡A dónde! ¿Cómo pudo haber pasado? Yo seguía a mi maestro, de eso estoy seguro. ¡No! Ninguna otra grada se conectó con esta. Ésta era la única. Entonces, ¿cómo? ¡Ah!, tal vez simplemente me retrasé. ¡Eso es! Sólo tengo que ir más rápido y voy a alcanzar a mi maestro. Entonces, aumenté la velocidad de mi paso, no tanto por estar convencido de mi argumento sino, más bien, porque me llevaba el demonio. Trastrabillé dos veces y me hice daño en la mano y me golpeé la rodilla pero continuaba casi corriendo a ciegas. De pronto... Choqué contra un bulto vivo. Lancé un grito. Unas grandes manos me asieron. Lancé otro.*

- ¡Ad!

- ¿Maestro?

- ¿Qué haces delante de mí?

- ¡Maestro! -lo abracé fuertemente.

- ¡Está bien! Calma, querido Ad, calma.

Nunca me había sentido tan reconfortado con la presencia de alguien. En ese momento supe que quería mucho a mi maestro Ogli.

- Querido Ad, realmente me gustaría saber ¿qué estabas haciendo delante de mí? O dicho de otra manera, ¿por qué te adelantaste?

- No, maestro. Yo... yo, más bien, me retrasé.

- ¡Ah, ah! Aquí está pasando algo. ¿Acaso no venías detrás?

- Eso creía.

- Entonces, ¿bajaste los escalones uno por uno como te dije o, imprudentemente, bajaste corriendo en la oscuridad?

- ¿Bajaste? ¡Pero si no he hecho otra cosa más que subir!

- ¡Cómo!

- ¡Sí! Desde que empezamos a subir no sentí ningún descenso.

- Querido Ad... -dijo exhalando largamente-, ¡yo no he dejado de bajar!

Después de eso, cada cual volvió a exponer las mismas aclaraciones un poco más detalladas, sólo para llegar a entender que no entendíamos nada.

-¿Hasta cuándo vamos a permanecer sentados aquí, Rvdo. Ogli?

- ¡No lo sé! De todas maneras, ya hemos comprobado que moverse es inútil.

- ¡Cierto!

- Y creo que tuvimos suerte. Aquí, al menos puedes saber en cualquier momento en qué dirección suben las gradas y en cuál bajan y de

cualquier manera vas a llegar al mismo punto. Había castillos que poseían laberintos en completa oscuridad. No había gradas sino calles planas. El único referente que tienes en ese caso es la dirección que dejas atrás y la que tienes en frente que no son cosas visibles, tangibles o comprobables en la oscuridad. La dirección a tus espaldas es tan sólo una sensación. Si en algún momento te ofuscas y abandonas esta posición, lo que tenías atrás se convierte en lo que tienes delante. Pero, a menos que hayas tenido conciencia y control de tus movimientos, lo cual no corresponde a una ofuscación, no podrás diferenciar entre ambas direcciones. Si colocaras tus espaldas contra una de las paredes del pasadizo, entonces tendrías sensación de lo que es derecha o izquierda. Pero esa sensación es contraria a la que tienes si te colocas contra la otra pared. Tu cerebro conoce tu lado derecho pero en cuanto quiere adjudicarle una "derecha" a un ambiente exterior a él y sin referentes, se da cuenta que el concepto necesita del referente para existir. Ahora, imagina que tú estás en un laberinto cerrado por murallas, completamente aislado del exterior. Supón que necesitas comunicarle a alguien que está afuera en qué dirección vas a moverte. Supongamos que tienes un radio transmisor contigo. Supongamos también que has decidido avanzar en la dirección en que el pasillo se extiende hacia tu izquierda. Tomas tu radio y le dices a ese alguien: voy a avanzar hacia la izquierda. Cambio y fuera. ¿Cómo puede ese alguien, ubicado en el exterior, saber cuál es tu izquierda y cuál tu derecha?

- Ah... ¡Ya veo!

- Esto ha confundido a muchos e incluso ha merecido el trato de un problema filosófico por pensadores hechos y derechos.

- ¿Tanto?

- El asunto es serio. Es mucho más complicado que resolver por qué el espejo invierte las imágenes de izquierda a derecha y no de arriba hacia abajo. ¿Recuerdas?

- Sí, maestro.

- Es también inquietante; inquietante como cuando la luz polarizada pasa a través de enantiómeros izquierdos y derechos y se comporta como si penetrara en dos mundos a uno y otro lado del espejo. ¿Recuerdas, querido Ad?

- Perfectamente, maestro.

- Hace muchas décadas atrás, se instaló en el Continente Lateral un potente radiotelescopio con el propósito de captar cualquier mensaje de radio procedente del espacio exterior. Las señales viajarían

distancias increíbles pero no había duda de que se podría mantener comunicación mediante un código de pulsos. Si se logra un contacto con alguna civilización exterior y si es posible ponerse de acuerdo en un código, se intercambiaría información trascendente. Para conseguir este intercambio se hacía necesario explicar conceptos como arriba y abajo, atrás y adelante e izquierda y derecha. Por ejemplo, en la descripción de un aparato o un cristal es posible explicar lo que entendemos como arriba diciendo que es la dirección que se aleja del centro del planeta; abajo, lo contrario. Para explicar lo que es adelante diríamos que es la dirección hacia el observador; atrás, la que se aleja del observador. Pero no hay modo de hacer entender con palabras lo que es izquierda y derecha. Es, ni más ni menos, tratar de explicar a alguien que está fuera del laberinto cerrado en qué dirección vas a moverte, utilizando un radio transmisor. ¿Cómo puede ese alguien exterior saber cuál es tu izquierda y cuál tu derecha? La única manera de comunicarle por radio a un ser de otra civilización nuestro significado de izquierda y derecha sería indicarle con el dedo: esto es derecha y esto es izquierda, de la misma manera como nos veríamos obligados a explicar los colores: esto es azul, esto es verde, esto es café, etc. Pero, lamentablemente, el dedo no viaja por radio.

- Podríamos enviar al espacio un dibujo explicando cuál mano es la derecha y cuál es la izquierda.

- Si tuviésemos el medio de transporte para enviar imágenes hacia las estrellas, en un viaje que dura años luz, la función del radiotelescopio para hacer contacto carecería ya de sentido al igual que encontrar una solución a este problema. Pero aun siendo así, la cuestión no deja de plantear un conflicto.

- Podríamos, entonces, transmitir instrucciones para que dibujen algo que tenga algún elemento diferente a un lado y decirles que eso es, por ejemplo, la derecha.

- El problema con eso es que si no les indicas antes dónde deben colocar el elemento diferente, ellos podrían construir la imagen enantiomorfa de la figura que tú quieres mostrarles.

- Y ¿si usamos un elemento químico ópticamente activo?

- Quieres decir, ¿si les decimos, por ejemplo, que la dirección en que se abre la llave de luz al atravesar una solución de dextrosa es justo lo que llamamos derecha?

- Sí, exactamente.

- Bueno... Primero tendrías que explicarles a qué molécula llamamos dextrosa y a cuál levulosa. Como una es el enantiómero de la otra, ellos no sabrían a cuál de las dos te refieres a menos que antes les expliques la diferencia entre izquierda y derecha. Y eso es precisamente lo que queremos explicar.

- Recuerdo que usted me dijo que todos los seres vivos llevamos proteínas dextrógiras. Entonces, se podría decir que derecha es la dirección del ángulo en que la llave de luz se abre con las proteínas en medio.

- Eso estaría muy bien si el hecho de que las proteínas sean dextrógiras fuese un hecho universal. Es posible que ese mundo, las proteínas sean levógiras y el ADN presente la espiral contraria y enantiómera respecto a la nuestra. Y, es más, ¿quién te dice que esos seres del espacio exterior están hechos de carbono y poseen proteínas?

- ¡Es verdad!

- Otra posibilidad es suponer que, con bastante probabilidad, su planeta gira en determinada dirección. Para nosotros el planeta gira a la derecha. Les pediríamos que consideren derecha a la dirección en que su planeta gira y ¡ya está!

- ¿Así de simple?

- El problema en este caso surgiría a continuación, cuando tratemos de explicarles lo que para nosotros es el polo norte y el polo sur. Esto se debe a que cuando decimos "el planeta gira a la derecha" se entiende implícitamente que se refiere a la derecha respecto al polo norte. Si consideramos el polo sur, diríamos que nuestro planeta gira a la izquierda.

- Pero, ¿el polo norte no es aquel que siempre señala la brújula?

- ¡Nuestra brújula! La cual tiene pintado un extremo de negro al que llamamos norte y que fue elegido arbitrariamente. Si todos los polos norte de las brújulas habidas y por haber en el universo fuesen negros, no habría dificultad. Bastaría con comunicar al otro planeta: "El negro es lo que llamamos polo norte. Cambio". Lo mismo sucede

con los imanes. Para el caso, no nos sirven pues, excepto por el color que llevan pintado, no es posible diferenciar entre sus polos. ¿Has colocado un imán bajo una hoja de papel que lleva limaduras de hierro desperdigadas encima?

- Sí, maestro. Se forman unas líneas de hierro, unos patrones alrededor de los polos.

- Pero, ¿encontraste alguna diferencia entre la figura que las limaduras formaron alrededor de un polo y del otro?

- Mmm... ¡No! Eran idénticas.

- No hay forma de diferenciar los extremos del imán, ¿verdad? A eso me refiero precisamente. ¿Cómo comunicarle a alguien que está fuera del laberinto cerrado cuál es el polo rojo de tu imán?

- ¡Ah! Entonces, parece que no hay forma de explicar lo que consideramos como izquierda y derecha usando el radiotelescopio. La torsión del tronco de los árboles y la dirección del vórtice del agua según el hemisferio en que se encuentran tampoco puede ser usada por las mismas razones. ¿Verdad?

- Sí, Ad. Tienes razón. En todos los ejemplos interviene algo llamado "simetría del experimento". Por ejemplo, el experimento de imaginar un planeta girando hacia la derecha produce dos posibilidades: a la derecha del polo N o a la derecha del polo S. Pero los polos N y S son, como hemos dicho, indistinguibles, haciendo que las dos posibilidades resulten equivalentes y "superponibles" por así decirlo. Esto es lo que se denomina "un experimento simétrico". Lo anterior sucede debido a que, ofrecida una condición relativa como "que gire a la derecha", no hay manera de eximirla de su relatividad porque la identificación de los referentes también es relativa, produciéndose dos posibilidades indistinguibles. La única condición para nombrarlos es: que el un polo, sea cual fuere el nombre que le hayamos dado, debe localizarse en el lado opuesto del otro. Siempre que pidamos a los habitantes de otro planeta reproducir un experimento simétrico nos vamos a topar con una dualidad insuperable que nunca podrá aclarar qué es lo que consideramos izquierda y qué derecha. Necesitamos levantar la relatividad que va a tener todo intento por esclarecer la identificación de izquierda y derecha. Para esto, necesitamos un ejemplo en la naturaleza, tan sólo uno, que distinga un polo de otro. Por ejemplo, si las limaduras de hierro se concentrasen sólo sobre un extremo del imán, entonces ya podríamos diferenciarlos. A esta clase de experimento llamaríamos asimétrico. En un experimento asimétrico, la naturaleza mostraría preferencia por una dirección determinada.

- Pero, maestro, eso significaría que todo el hierro del mundo se concentraría en uno de los polos magnéticos del planeta. El planeta estaría desequilibrado pues pesaría más en un extremo que en el otro. Sería algo así como un planeta zurdo.

- Y eso te parece absurdo ¿verdad? Atenta contra nuestro sentido común ¿Cierto?

- ¡Sí, claro!

- Además, se va contra la ley de la gravitación que distribuye los pesos de adentro hacia afuera del planeta. Por otro lado, los movimientos del planeta serían diferentes y otra sería su órbita. Parece que la naturaleza no hace eso. ¿Estás de acuerdo?

- ¡Sí! Estoy de acuerdo.

- Bueno pues... Los científicos también estaban de acuerdo contigo. Tanto, que lo asumieron como una ley natural y la llamaron La Ley de la Conservación de la Simetría. La ausencia de ejemplos asimétricos sugería que la naturaleza produce solamente fenómenos simétricos. Además, esta ley era necesaria para la vigencia de las otras.

- ¿Nunca descubrieron una violación a esta ley?

- ¡Hubo una ocasión! Para los científicos de esa época, este descubrimiento indicaba alguna misteriosa asimetría en las leyes de la naturaleza. Se descubrió que si se coloca una brújula sobre un alambre de tal manera que su aguja esté paralela al alambre y apuntando hacia el norte (punta negra) y si se envía electricidad de sur a norte a través del alambre, entonces el polo norte se desvía hacia la izquierda.

- ¡Ah! Entonces, ¡ya está la solución! Podríamos pedir a los habitantes del otro planeta que reproduzcan el experimento. Podríamos quedar de acuerdo en llamar izquierda a la dirección que señala la aguja de la brújula cuando la corriente que pasa debajo de ella se aleja de nosotros.

- El único problema, querido Ad, es que no tenemos manera de explicarles cuál es el extremo de la aguja al que llamamos norte.

XVIII

Capítulo XVIII

Fuego de Dioses Déspotas

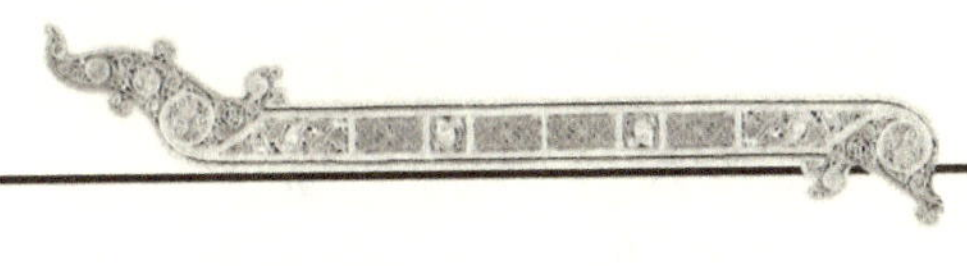

Dada la ineficiencia de toda actividad, fuimos obligados a quedarnos sentados en la total oscuridad reflexionando sobre nuestra situación, sobre posibles explicaciones de lo que habíamos visto y oído. Nos dimos cuenta que no podíamos hablar sobre el desconcertante mundo de La Noche de Los Tiempos sin tener que referirnos a los acontecimientos anteriores: nuestra casual llegada a Wrestongres; la casualidad del eclipse; la amenaza de guerra mundial; El Camino de Gnedh interrumpido justo en Sn. Orafio; Uwer de OrEst, quien aparentemente sabía lo que iba a pasar; etc... Nos percatamos también que si cargábamos el saldo de lo sucedido al azar del destino, calificando de casual todo antecedente, debíamos pasarle la cuenta también por toda nuestra vida y las vidas de los nuestros y de todos los que nos antecedieron. De pronto, tuve la sensación incómoda de estar, sin saberlo, trabajando para otro.

- ¡Demasiadas coincidencias! -dijo mi maestro-. Si examinas un canasto de compras, éste también parece haber pasado por una concatenación aleatoria de adquisiciones. Y si no supiéramos que las adquisiciones se sucedieron según una lista para reponer lo exactamente consumido en una alacena, nos encontraríamos tan perplejos frente a una canasta llena como lo estamos ahora frente a lo sucedido. Tal vez somos empleados de un propósito.

- Maestro, ¿recuerda cuando nos encontrábamos con el hermano Tyl-kro y usted mencionó de la Ley de Anticipación de Otán-guié?

- Sí, querido Ad.

- Maestro, en esa ocasión usted dijo algo así como: ...está escrito que alguien será privilegiado en el Camino de Gnedh y conseguirá saber algo para lo cual los szabeos hemos esperado en durante siglos. ¿Lo recuerda ahora?

¡Silencio total! Me pareció haber dicho algo impropio. La oscuridad no me dejó ver qué pasaba con él. Finalmente dijo:

- Sí, lo recuerdo Ad.

Después, otro silencio; uno mucho más largo que el anterior.

- Parece haber en todo esto -dijo mi maestro repentinamente- una relación entre historia y literatura mucho más estrecha e inquietante de lo que yo me había imaginado. No resulta tan extraño cuando pensamos que lo que admitimos como histórico es nada más una aproximación escrita a la realidad, casi siempre subjetiva y unilateral. Historia y literatura pueden ser simplemente dos grados de ficción atados por un mismo cordón umbilical: el inconsciente. Tal vez por eso, apelativos ficticios como Ngupd se han consolidado como nombres históricos; tanto, que hoy es posible escuchar un debate sobre la ubicación exacta de su tumba. El caso contrario, es decir, que un difunto notable se convierta en leyenda es bastante común. Es insoslayable la vigencia de la leyenda del Santo Råål en este pandemónium alegórico: los Caballeros del Círculo, la búsqueda mística y aventurada del objeto sublime.

-¿Qué significa el Santo Råål? -continuó-. Se supone que lo debemos descubrir nosotros. ¿Un significado absoluto y universal? ¿Un significado relativo que tenga que ver con la experiencia personal de cada quien? Para los monjes contemplativos de Sjabary-Pur, el alma personal es parte de la diseminación infinita del alma de Dios. Entonces, quizá exista el Significado y las insignificancias. ¿Qué significaba el Santo Råål para los Caballeros Lapidarios? Sacia el hambre y no se agota, da de beber y no se vacía... ¿El Cuerno de la Abundancia? O bien ilumina o fulmina... ¿Un rayo láser? Devuelve la vida y rejuvenece como la Fuente de la Eterna Juventud. Lo que toca convierte en oro como el Huevo Filosofal de los alquimistas... ¿Se trata de una máquina que induce transmutaciones radiactivas hasta un isótopo estable del oro? Es una esmeralda caída del firmamento, el dorex ap silis o una piedra enviada desde los cielos... ¿Es un meteorito? ¿Tiene que ver con la piedra caída del cielo cuyo recuerdo perdido en el tiempo mantienen los lunilaicos en su ciudad más sagrada? ¿La Lápida Sagrada de los Caballeros Lapidarios? ...Y si es la Tabla del Arcano, ¿qué?

El Rvdo. Ogli volvió a sumirse en sus reflexiones. Pasó mucho tiempo sin decir nada. Supe que algo se venía. Mientras tanto, mi mente revivía los preliminares de mi partida desde el Convento de Kien. Recordé la ilusión que me invadió cuando me anunciaron la proximidad de mi viaje de iniciación. Los ya iniciados, los que habían retornado, contaban maravillas sobre El Camino de Gnedh. Relataban sus escenas predilectas complaciéndose en los detalles mínimos. Algunos relatos asombraban por la novedad de una costumbre; otras, por las extrañas semejanzas con otras culturas. Sus narraciones se detenían en paisajes privilegiados, en recodos selectos del camino, en la belleza lacónica de las ermitas martéricas, en signos, símbolos y estilóbatos, en templos espléndidos, en dragones que se muerden la cola, en números mágicos, números infaustos, números sin boato, piedras filosofales, arena y monumentos grandiosos de dioses apagados. Toda inscripción guardaba un significado y una cifra secreta. Pero más que ninguna otra cosa, los que regresaban volvían radiantes y serenos como si compartieran, desde entonces una confidencia maravillosa de suceso inevitable. Tal vez, cada quien descubre su propio misterio. Hay algo distinto para cada uno; o lo mismo, con diferentes nombres como los nombres que inquietan a mi maestro: Mal-ö-Goom, Mãlegum y...

- Rvdo. Ogli, ¿Cómo era el otro nombre: Mal-ö-Goom, Mãlegum y... cuál?

¡No hubo respuesta! Quizá fui impertinente y lo saqué de sus reflexiones.

- ¡Lo siento, maestro! Creo que le he interrumpido.

- Está bien, querido Ad. ¿Qué me decías?

Tuve que repetir. Mi maestro respondió:

- Ah-Lê-gönn, La que no puede ser encontrada.

- ¡Eso! Ah-Lê-gönn, La que no puede ser encontrada. Pero entiendo que sí la encontraron los Caballeros Lapidarios, ¿verdad?

- Bueno, eso es lo que se presume.

- ¿Por qué?

- Porque... ¡Mmm! Creo que antes debo comentarte que se trata de un asunto intrigante que los monjes szabeos hemos ido remendando con documentación escrita y fidedigna de diversos orígenes e incluso datos provenientes de fuentes algo menos ortodoxas. En los vacíos de mayor incertidumbre, hasta las especulaciones han venido a mano. Es, en general, un asunto bastante anubarrado al que hemos tratado de darle cuerpo para reconstruir los hechos de la manera más coherente.

- Se cree -continuó mi maestro después de enmudecer unos momentos- que desde el principio de la Campaña, la Orden Lapidaria buscaba en Oriente algo más que la reconquista de Jbur. A lo que verdaderamente iba era un secreto conocido por muy pocas personas de su cúpula jerárquica. ¿Iba por la Piedra Filosofal que no pudieron obtener los alquimistas occidentales? ¿Iba por el Santo Råål obedeciendo a Wgÿvrán? ¡No se sabe!

- Pero, Wgÿvrán es un personaje de la literatura ¿Cierto?

- No me extrañaría que algunos lectores de la Edad Intermedia hubieran creído en "La Historia del Rey Ngupd y de los Caballeros del Círculo" porque precisamente fue escrita como si fuera Historia. Entonces, tal vez sí iban por el Santo Råål sin más hechicero que su imaginación. ¡Nadie lo sabe! Lo cierto es que estuvieron allí, guerreando junto a los demás cerontes pero manteniéndolos a distancia pues presumían de una excepcionalidad que sólo ellos poseían en virtud de que la Providencia les favorecía. Ahora bien... En tiempos del Imperio Marteriano se organizaron grandes bibliotecas que recogían el saber antiguo, sobre todo el que procedía de Grezca. Cuando conquistaron Faronia, se hicieron también de la biblioteca de Vogadro, la más célebre de la antigüedad, cuyos orígenes se remontaban dos siglos antes del florecimiento marteriano. No solamente la respetaron sino que, percatados de su valor, la protegieron e incrementaron su inventario. Se estima que la Biblioteca de Vogadro poseía 700 000 manuscritos, cada uno de 6 a 5 brazos de largo, almacenados en rollos. Cuando los bárbaros invadieron el imperio, muchas de las bibliotecas marterianas fueron destruidas total o parcialmente. Sin embargo, apenas Marteria empezó a perder terreno obligada por los invasores, la Biblioteca de Vogadro fue trasladada a lugares más seguros. Pero, dada la cantidad de manuscritos, la biblioteca tuvo que ser repartida entre Arteria (antigua Catatonia), Ru, Ntra y Urse. Después de que Marteria se convirtió al cruciglobismo, las autoridades marterianas juzgaron pagano el contenido de muchos manuscritos. Y así, fue destruida gran parte de la biblioteca más extensa de la antigüedad.

- ¿Cómo la destruyeron?

- ¡Con fuego! Más tarde, cuando los lunilaicos tomaron todas las ciudades al sur de Catatonia, se hicieron también de las bibliotecas. Los lunilaicos eran respetuosos de las artes y las ciencias y, al igual que los antiguos marterianos, protegieron muchos de los manuscritos. Sin embargo, ellos también se tomaron el tiempo de hacer una "limpieza" y eliminaron lo que consideraban pagano y blasfemo prendiéndole fuego. La Biblioteca de Vogadro quedó más mermada todavía. En La Campaña sobre Urse, según los propios cronistas crucíglobas, los Caballeros Lapidarios reclamaron para ellos la biblioteca lunilaica de la ciudad que, a su decir, estaba conformada por 13 200 manuscritos. Según Eriy-tij, historiador lunilaico, allí se guardaban las únicas traducciones de textos ancestrales como los códices del Mar de Euda; toda la astronomía mágica de los sabios arcaicos; la geometría grezca antigua; los primeros tratados de álgebra que fueron originalmente lunilaicos; y otros muy valiosos propios del arte y la cultura oriental como el Códice en Siete Lenguas incomparablemente valioso para los traductores de textos pasados. Este botín no era ambicionado por el resto de cerontes de la Campaña; no obstante, el privilegio de escogerlo significó para los Caballeros Lapidarios el sacrificio de otros más rentables, económicamente hablando. En Urse se había acumulado una gran cantidad de objetos preciosos incluido oro en estado bruto y piedras preciosas de considerable tamaño. Los demás cerontes aprovecharon esta declarada preferencia de los Lapidarios por los manuscritos para sacar mayor tajada. La biblioteca fue entonces íntegramente trasladada a Catatonia con más sacrificio de tiempo y dinero lapidario. Una vez en Catatonia, los manuscritos fueron almacenados primero dentro del palacio, en una de las áreas cedidas por el emperador marteriano Dox Ibi-Dor a los cerontes. Poco a poco, durante un mes, los manuscritos fueron apilados en la intemperie, frente a los muros del palacio, junto a la zona ocupada por los lapidarios. Después, incomprensiblemente los manuscritos fueron incinerados.

- ¡Otra vez! ¿Qué es lo que tienen con el fuego?

- La incineración de libros es una bestialidad que distingue a los déspotas, querido Ad. Y cuando veas gente quemando libros puedes predecir que lo siguiente en arder serán sus dueños. La quema de libros, querido Ad, es la más inteligente venganza que alcanzan los ignorantes.

- El abad-capitán de los Lapidarios -dijo el Rvdo. Ogli después de un silencio- enardeció al público que rodeaba la escena con una arenga *contra las herejías y blasfemias escritas por los lunilaicos. Justo antes de transmitir el fuego de una antorcha a los rollos manuscritos, dijo en artesio: "Nue mioamum mkiomun floo" que quiere decir, "Lo del infierno vuelva al infierno".*

- Entonces, ¿para qué sacrificaron el oro y las piedras preciosas?

- ¡Ahí está la cuestión! Parece que los lapidarios buscaban algo. No hemos podido determinar qué fue con exactitud. En cambio, sabemos que una carreta cargada de manuscritos disimulados bajo una capa de heno llegó, al amparo de las sombras de la madrugada, a las puertas del tenebroso Castillo de Gur, sede de la cúpula lapidaria.

- ¿Cómo es que sabemos eso?

- Siempre hemos tenido gente ubicada en todas las esferas. Eso también ya es oportuno que lo sepas. Lamentablemente, querido Ad, nunca pudimos penetrar las filas de la Orden Lapidaria. Eso hubiera salvado innumerables vidas. En fin... Nuestros informantes sólo pudieron atisbar desde lejos. Según ellos, durante una semana, la cúpula lapidaria pasa reunida a puerta cerrada. Desde ese momento, los Caballeros Lapidarios suspenden repentinamente su protagonismo bélico y parecen concentrarse en el fortalecimiento de su propia organización y en las relaciones con otras diferentes. Mantienen su presencia en escaramuzas menores como parte de una fachada pero ya no se absorben en la planificación de agresiones. Es más, hay evidencia, en manuscritos orientales, de que en este período, los Caballeros Lapidarios toman contacto con las sectas herméticas lunilaicas. No es difícil imaginar que este acercamiento se desenvolvió a espaldas de los demás cerontes crucíglobas de La Campaña que se habían enfrascado en la conquista de Jbur. En doce años, los crucíglobas sitiaron, tomaron, devastaron, tiranizaron y perdieron Jbur. Ntra, en cambio, permaneció incólume. Al mando de Eli-vé, y aunque soportó un sitio de cuatro años hasta que los crucíglobas se cansaron y se fueron, la ciudad de Ntra no sufrió la invasión crucígloba. En veinte años, los lunilaicos habían reconquistado sus ciudades que volvieron a ser crucíglobas una década después. Llegó a desembarcar en tierras de Oriente hasta una sexta Campaña pero cada vez reconquistaron menos hasta perder incluso Catatonia. Permanecieron, eso sí, en el recuerdo lunilaico como un rencor indeleble que, alimentado con el odio de otros encuentros atroces, hoy se levanta contra Occidente porque ahora tienen la ocasión, aunque eso signifique un suicidio mundial. Pero el misterio de La Exégesis no va por ahí. Para seguir su derrotero debemos detenernos en los años que siguieron a la primera reconquista

lunilaica. Es, en ese momento, que entra en la escena oriental un personaje bastante más conocido en Occidente: Phi D'Ric. Cuando apenas contaba con cuatro años, Phi D'Ric heredó el Reino de Thur, situado al sur de Primaria. El Reino de Thur era muy importante para la estabilidad del Øppos, jefe del cruciglobismo, quien vivía en la ciudad de Marteria, capital de Primaria, pues dicho reinado equivalía al la categoría de Emperador Marteriano de Occidente. El Øppos se las arregló para que se le encargue los poderes del niño hasta su mayoría de edad. Pero, el padre del niño, el Rey Phi Luiv, había predestinado para él una educación alimentada con las dos vertientes: el cruciglobismo y el lunilaicismo. Sabemos a ciencia cierta que el Rey Phi Luiv era protector de la Orden Lapidaria y que antes de la toma de Urse odiaba a los lunilaicos. Pues bien, Phi D'Ric, creció recibiendo una riqueza doble en su educación. Incluso, fue guiado en el conocimiento de la religión desde los dos puntos de vista y supo lo que los unos pensaban de los otros. En su juventud, renegó del cruciglobismo y también del lunilaicismo, declarando que todas las religiones eran imposturas. El Øppos escribió una carta pública enumerando los vicios del rey de Thur para desacreditarlo. Phi D'Ric redactó otra, que envió a todo monarca de Occidente, en la que hacía notar la ambición manifiesta del Øppos de manipular a todos a su favor y advertía sobre la riqueza del clero cruciglobista. El Øppos lo excomulgó. Esto habría desestabilizado cualquier otro reinado pero la corte semi-lunilaica del Reino de Thur apenas se turbó. Una vez ya maduro, Phi D'Ric se vio sometido a las exigencias de un tratado entre el Øppos y varios monarcas de Occidente, según el cual, el Rey de Thur debía servirlo en las tareas bélicas en defensa del cruciglobismo. La guerra que el cruciglobismo traía entre manos era La Campaña, así que Phi D'Ric debía marchar a matar lunilaicos. Phi D'Ric dio largas a estas obligaciones pues vivía desinteresado de las cuestiones del poder, concentrándose más bien, en el estudio de las artes y las ciencias con la tutela de conocedores crucíglobas y lunilaicos que en esa corte, extrañamente, convivían en paz. Hay una laguna en la vida de Phi D'Ric que no se registra en ninguna parte, no se lo puede ubicar en ningún sitio; simplemente, desaparece.

- Tal vez, estuvo en el castillo de los lapidarios.

- Puede ser. Nadie lo sabe con seguridad. Tampoco nuestros informantes lo supieron. Lo cierto es que Phi D'Ric reaparece transformado. Ahora, no sólo desea ir a Oriente sino que asedia al Øppos hasta que consigue que levante la excomunión que pesaba sobre él y

dé el reconocimiento oficial a su expedición. Esto sucedió justo después de que Riostos fue reconquistado por los lunilaicos, por tanto las ínfulas del Rey de Thur venían para Øppos a pedir de boca. Una vez con su reconocimiento, en vez de marchar hacia Jbur, Phi D'Ric se dirigió hacia Ajeplo desde donde gobernaba el Ahaxi todos los falanjatos del Imperio Lunilaico. Para asombro de todos, Phi D'Ric es bienvenido. Ambos monarcas discutieron cosas de su interés que nunca han llegado a esclarecerse. Al final de la reunión, el Ahaxi conviene en transferir a Phi D'Ric la soberanía de Jbur. Esta fue la primera Campaña llevada a cabo sin lamentos, ni barbaridades, ni el avance triunfal de las tropas cruciglobas sobre charcos de sangre como ocurrió en la primera toma de Jbur. Aquí viene lo crucial... Phi D'Ric se traslada a Jbur. Sabemos que toma contacto inmediatamente con Eli-vé, Señor de Ntra. Sabemos que una escuadra de Caballeros Lapidarios lo acompañó y que, junto a él, ingresaban y salían libremente de Ntra, donde el propio Eli-vé los había acomodado.

- ¡Que raro!

- Lo que te estoy contando no es oficial. No hay registros lunilaicos del suceso y menos aún cruciglobas. Sea lo que hubiere sido, esa operación se realizó en completa discreción. Lo poco que sabemos ha venido de nuestros informantes. El último dato que nos suministraron al respecto es que se vio a la escuadra lapidaria y a Phi D'Ric alejándose de Ntra con una carreta que transportaba algo bastante pesado. Lo siguiente sí es dato registrado: Phi D'Ric y sus lapidarios abandonaron el puerto de Kire con un sólo bulto en las bodegas de un barco que ostentaba en sus mástiles el símbolo lapidario. Su destino permanece aún desconocido.

Capítulo XIX

Topografía de un Enigma

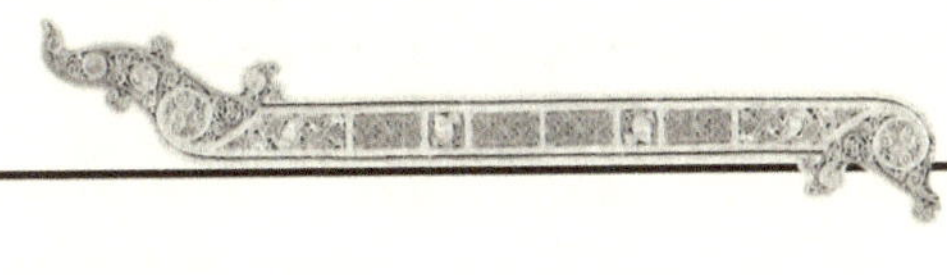

En ese preciso momento, oímos unos ruidos cerca de nosotros, como los que hacen las aldabas al ser destrabadas. Luego, una explosión de luz hirió nuestros ojos. Por un buen tiempo estuvimos enceguecidos. Poco a poco se restableció nuestra visión. Pudimos entonces darnos cuenta de nuestra situación: habíamos estado sentados en unas gradas emparedadas por ambos lados y que formaban un corredor ascendente (o descendente). Allí, todo estaba hecho de piedra. Unos cuantos escalones arriba, se veían las alas abiertas de una ventana por donde se vertía un torrente de luz. Nos acercamos a la ventana, asomándonos lentamente para acondicionar nuestra vista a la claridad pero la luz nos enceguecíó de nuevo. Oímos decir, desde atrás de la claridad:

- Pero, ¿qué hacéis ahí?

Con los ojos fruncidos empezamos a distinguir un bulto. Contrariando la gravedad, al otro lado de la ventana, alguien se encontraba observándonos como si hubiésemos estado debajo de él. Su rostro, vencido sobre nosotros, nos miraba "desde arriba". Estaba parado sobre el otro lado de la pared, sobre el borde mismo de la ventana, como solo pueden hacerlo los insectos. ¿Cómo puede mantenerse parado sobre la pared? -me pregunté. Él, en cambio, nos miraba como si estuviera contemplando el fondo de un pozo donde nuestras caras aparecían echadas, como los ahogados que se transparentan bajo las capas de hielo. Éramos parte de una situación absurda: para verlo, teníamos que mirar al frente, perpendicularmente a la pared; para vernos, él tenía que mirar hacia abajo.

- ¿Cómo hacéis para manteneros parados sobre esas gradas? -nos preguntó.

- ¡Ah! Pues... -contestó el Rvdo. Ogli, por unos instantes desconcertado- ¿Sería usted tan amable en ayudarnos a salir de aquí?

- ¡Por supuesto! -dicho esto, inmediatamente se retiró de la ventana gritando: ¡Guardias!

Unos cuantos guardias se aproximaron. Se deshicieron de sus lanzas y se acuclillaron para ayudarnos. Los guardias me sacaron del extraño ambiente sin mayor esfuerzo. El nuevo entorno anunciaba ser más amable. Una gran alfombra de motivos intrincados acolchonó mis pasos. Enormes tapices de escenas cinegéticas cubrían las paredes de piedra. En uno, se podía ver algunos jinetes lujosamente vestidos que asechaban contra un grupo de gassílopes. A este tapiz le enfrentaba uno parecido, al otro lado de la habitación. Entre ambas paredes, se destacaba una chimenea descomunal, seria y oscura, que fácilmente hubiera podido albergar una estancia en su interior. Unos estandartes con motivos heráldicos colgaban frente a ella y sobre nuestro salvador quien vestía como los jinetes del tapiz. Era aún más ancho que lo que yo había pensado.

- Le estamos muy agradecidos -dijo mi maestro y yo asentí.

- ¡No tenéis por qué! "Artes y modales abren puertas principales". Mi nombre es Al'jarama, a su mandar -nos dijo.

- Mi nombre es Ad-d-Tuar.

- El mío es Ogli-s-Oöp.

- ¿Desde cuándo habéis estado allí?

- No lo sabemos -dijo el Rvdo. Ogli.

- A mí me ha parecido un día entero -dije yo.

- ¿Un día entero? Mmm... ¡No puede ser! -contestó Al'jarama rascándose la cabeza- Hace apenas unos instantes, no había nadie. Cerré la ventana y estaba a punto de marcharme, cuando oí voces. "No preguntéis a la naturaleza, dominadla obedeciéndola".

El Rvdo. Ogli me miró extrañado pero no dijo nada.

- Los he encontrado merced a la costumbre; ¡no es casualidad! Vuelvo aquí de cuando en vez, sobre todo cuando me agobian los problemas. "El diablo abre la puerta y el vicio la mantiene abierta". A mí gusta contemplar las gradas e imaginar que sí es posible subir escalones que no discurren por el suelo sino por la pared.

- De muchas y sutiles maneras, todos somos la fantasía de todos -dijo mi maestro sonriendo- Pero dígame, ¿cómo podemos pagarle su auxilio?

- Si es de vuestro gusto el ayudarme, a ver si me ayudáis en el problema que me llevó a contemplar las gradas.

- ¿De qué se trata? -preguntó mi maestro.

- Pues, que no sé cómo he venido a ser Amo y Señor de esta isla a la que llaman Oronda.

- ¿Isla? -pregunté yo y Al'jarama me miró como si hubiese preguntado una necedad.

- Para la mayoría, ese no es un problema -dijo mi maestro.

- Sí, lo sé. ¡Ya lo quisiera cualquiera! Pero el caso es que hace algún tiempo Mi Señor y yo dejamos nuestros asuntos para habernos con caballeros y doncellas pues Mi Señor, después de un centenar de novelas sobre heroicidades de crucíglobas contra impíos lunilaicos, sabía dónde encontrarlos aunque anduvieran escasos. Yo, en cambio, tenía otras razones. "Dos hijas y una madre, tres diablos para un padre". La historia se hace mucha, así que no me preguntéis cómo, vinimos a parar aquí. Pero aquí llegados, los habitantes de Isla Oronda me han hecho su Rey. Se han portado todos como debe ser, excepto porque la corte no me dejado de fastidiar con pruebas y demostraciones. Lo que desean es verme fracasar y mofarse de mí. Creen ellos que no lo sé y así pretendo para que no lo sepan. "Buenas y malas artes hay en todas partes".

- ¿De qué clase de problemas se trata?

- De embrollos, de galimatías, de trampas, argucias y alzapiés. El problema anterior, por ejemplo, era un enredo. Resulta que Isla Oronda tiene la costumbre de pedir a todo extranjero que se aproxima, la anunciación del propósito de su visita. Si el visitante dice la verdad, se lo deja en paz; si no, es ahorcado. Hubo alguien, para mi maldita suerte, quien declaró que venía para ser ahorcado. No parece cosa grande, pero esa pequeñez me ha fastidiado. Si lo hubiese dejado en libertad, habría tenido que ahorcarlo pues, al no cumplirse lo anunciado, habría dicho una mentira. Si lo hubiese colgado, habría sido injusto porque el infeliz no habría faltado a la verdad. En fin... Este lío fue tan sonado que hasta se ha vuelto clásico, ya me causó bastantes aprietos y no quiero repetirlo porque lejos de resolverlo, creo que más bien me escabullí con alguna pizca de sal. Mi problema es que en la trampa que ahora me han tendido, temo no resultar tan diestro. Y no es que esquive el cuerpo. "El queno tiene enemigos, no

tiene incentivos". Lo que pasa es que no cuento con el consejo de Mi Señor quien, ansiando batallas de yelmos y espadas, se unió a una expedición marítima contra los lunilaicos. Se alejó de mí cantando:

A morir hemos venido;
a vencer, si el cielo lo dispone.
No deis ocasión a que
con arrogancia impía
os pregunte el enemigo:
¿Dónde está vuestro Dios?

- Sé que han ganado -continuó Al'jarama- y que esa ganancia es la primera. Pero no sé de Mi Señor. Temo mucho por él. Puede encontrarse en peligro si todavía no ha muerto. Con todo mi corazón, quisiera ofrecerle una mano. En cuanto a mí, que me parta un rayo si no salgo del nuevo aprieto pues cosa que aquí hago y deshago o se borra o se escribe pero siempre se llega a saber.

- Por favor, ¿puede usted decirme exactamente cuál es el aprieto?

- Con enraizada usanza, se celebran en Isla Oronda los llamados Juegos Alegóricos, cada año y cuando quiera. Aquí se combate al descabello como lo quiso el gran Juanette. Sólo tres caballeros cerontes, sus lanzas y sus jralens blindados sobreviven en los torneos. Aquel que fue menos mutilado es el campeón y hay premio hasta para el tercero. El primer premio es un terreno pastorable en forma de Trapecio de Jtood cuya base mayor vale 3 gonzas de longitud; el segundo, es un triángulo rectángulo cuya base menor vale 2 gonzas; y el tercero, otro triángulo rectángulo cuya base menor vale 1 gonza. Este arreglo va en correspondencia descendente con el orden de dignidades. Pues bien, distribuí las tres figuras dentro una sola más sencilla y compacta pensando recoger aplausos por mi economía. La ceremonia de premiación iba a efectuarse la semana que viene; una eternidad para mi vanidad que no pudo moderar sus apetitos. Yo, Al'jarama, me precipité en anunciar que todo el premio sería distribuido dentro de un sólo terreno en forma de cuadrado. Entonces, lo que quiso ser alarde se volvió desacierto. En vez de los aplausos, los orondos se alzaron en protesta.

- ¿Qué fue lo que pasó?

- Que "Estando el diablo ocioso, se metió a chismoso" y algún comedido les hizo llegar el rumor de que estaba yo plenamente consciente que si los mismos potreros hubieran conformando un rectángulo en lugar de un cuadrado, el área total hubiera sido mayor con 1 gonza cuadrada, espacio suficiente para que una cuadra de jralens almuerce feliz por un mes entero.

- ¿Cómo puede ser eso posible? -pregunté yo.

- No tengo la menor idea. ¡Continúo sorprendido! Aparentemente, los mismos elementos pueden ser ordenados de tal manera que formen un cuadrado o un rectángulo. El trapecio y los triángulos son exactamente los mismos en uno y otro caso. Ordenados de cualquier manera, sus áreas no deberían sumar diferente. ¡No hay quien lo entienda! Pero... "Recibida la carta, el oído no se harta". Ahora, resentidos, los campeones azuzan al pueblo en mi contra, acusándome de tratar de perjudicar a sus héroes.

Luego, Al'jarama nos mostró los dos proyectos de distribución. Su cuadrado, formado por el trapecio y los dos triángulos, tenía 3 gonzas por lado; es decir, una superfi-

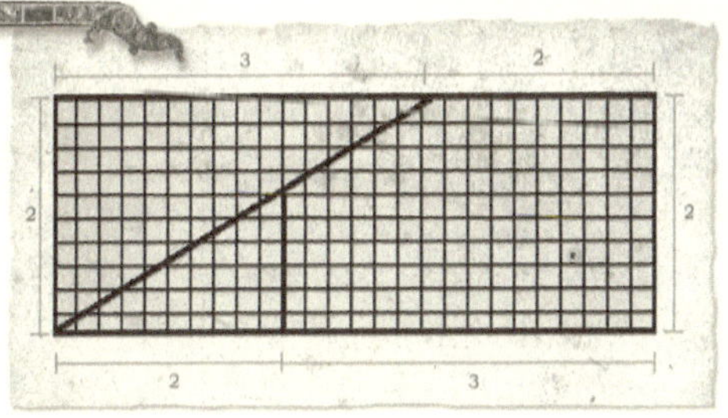

cie de 9 gonzas cuadradas. El rectángulo llevado ante Al'jarama tenía 5 gonzas de longitud por 2 gonzas de altura; es decir, 10 gonzas cuadradas. Los componentes de cada esquema eran los mismos, sólo había cambiado su ordenamiento. ¿En dónde se había perdido una gonza cuadrada completa?

- Estoy colgando de un hilo - dijo Al'jarama- Tengo que aguardar el regreso de Mi Señor aquí, donde él espera encontrarme. Yo sé que soy motivo del entretenimiento de la corte. Ellos piensan que no lo sé. Esa es la única razón por la que me alimentan y me mantienen cómodo. Si hay truco en sus artimañas, no quisiera exponerlo pues eso no sería divertido y su insatisfacción podría llevarlos al enojo, y enojados los señores, podría yo dar con mis huesos fuera de la isla y a la intemperie. Y si no hay maldad en su reto, me da lo mismo, pues ni siquiera sé por donde comenzar a entender este pedazo de infierno. Solo sé que he que acomodar la gonza cuadrada en el proyecto cuadrado aunque sea embutiéndola.

- Comprendo. -contestó mi Maestro.

- Así que, si vosotros me pudierais ayudar en este nuevo enredo, el endeudado sería yo.

- Dígame una cosa, ¿tiene objeción en ceder más gonzas de las que le obliga la tradición?

- ¡Claro que no!

- En ese caso -dijo mi maestro-, permítame que medite en el problema.

- ¡Por supuesto! Pero antes, dejadme que os brinde la comodidad que merecen los amigos.

El Rvdo. Ogli y yo fuimos conducidos a una habitación bastante amplia que formaba parte de la torre de un castillo antiguo. Dentro, dos anchas camas de gruesa madera habían sido adosadas contra las paredes dejando libre, en la mitad, una ventana arqueada con piedra de canto pulido. En uno de los lados, una mesa horadada le hacía hogar a un gran cuenco de porcelana envejecida. Igualmente amarillentas, las paredes calcáreas ascendían curvándose hasta formar un cielo raso abovedado. Arrimado a una pata de la mesa, como olvidado a su suerte, se sostenía un viejo cántaro de agua, toscamente hermoso. Tras la puerta de nuestro cuarto, la ambientación se abría en una pequeña rotonda coronada por una claraboya. Allí convergían otras puertas de otros cuartos.

Mientras los contornos de la rotonda tendían a ser devorados por la oscuridad, en el preciso centro, una cascada de luz se derramaba justo sobre un escritorio poco modesto en tamaño y muy fino de hechura que relucía en el claroscuro con solemnidad de altar ceremonial. Dentro de uno de sus muchos cajones, un Ogli-s-Oöp refulgente halló papel de hilo, tinta, pluma y otros auxiliares de escritura y, aunque tenía propios, se le antojó escribir con los ajenos.

Vi al Rvdo. Ogli trazar cuadrados brillantes, trapecios y triángulos y otros parientes espléndidos de la misma cuna. Y vi también que echaba números sin miedo. Yo en cambio, que desde que miré por primera vez fuera del castillo no perdí oportunidad para volverme a maravillar, me prendí de la ventana. Estábamos efectivamente en una isla, si se entiende por isla un castillo en medio de un mar cuadriculado como un tablero de ajedrez. A lo lejos, se divisaban embarcaciones cuyas desconcertantes formas, una vez hecho al paisaje, me extrañaban menos. La habitación en donde nos habían alojado y siete más como ésta formaban la corona almenada de una torre que sobresalía del mar y se comunicaba con el resto del castillo por un puente arqueado. Las olas concéntricas que nacían de la base circular de la torre avanzaban sobre los cuadrados como ignorándolos, lo cual me llenaba de dudas. ¿Acaso esto es un espejismo que me ocurre sólo a mí? En mar cuadriculado -me dije-, oleaje cuadrado o ninguno. ¡Eso sí que era consecuente! Pero una fantasía no tiene por qué tener lógica. Probablemente por eso, no había noche y no había día sino ambos a la vez; claridad y tinieblas se habían degradado la una en la otra alrededor del orbe que teníamos como cielo. De izquierda a derecha en ese extraño firmamento, al mismo tiempo, la hora más profunda de la noche se alumbraba paulatinamente hasta clarear al otro extremo en franca mañana que amanecía sobre el mar cuadriculado.

- ¡Es un tablero de ajedrez líquido o un tablero líquido de ajedrez! -dijo el Rvdo. Ogli quien se había acercado a la ventana sin que yo lo haya notado- ¡Mira, qué hermoso! Una reina corbeta y un peón carabela echando proa sobre las olas que deja un caballito marino de ajedrez.

- ¡Ah! Yo vi esos barcos pero no pude reconocer lo que eran.

- Seguramente, no se encontraban tan cerca como ahora.

- ¿Dónde estamos, maestro? ¿Es posible lo que estamos viendo?

- No tengo la más vaga idea sobre dónde estamos. Pero sé que hay ocasiones en que el razonamiento es inoportuno, que hay momentos que merecen nuestra entera contemplación. No siempre usar la razón es razonable, querido Ad. No se disfruta de los versos calculando las estrofas. Así que, por qué no regocijarse de este milagro sin buscarle explicación. ¡Abandónate al privilegio de estar vivo! Sin embargo, recuerda que no necesitas ver mares de ajedrez para ser parte del milagro diario. El vuelo común y corriente de un insecto es, en verdad, un prodigio; no menos asombroso, el insecto mismo; admirable, como

el sentir la avalancha de aire que mantiene tu vigor encendido; estupendo, como recibir el soplo refrescante de la mañana que te entrega la más temprana exhalación de los bosques. ¿Has pensado cuántos pequeños milagros están envueltos para posibilitar la visión? El proceso del olfato tampoco es huérfano de portento. Pero si insistes en ver milagrosos mundos instantáneos, tan sólo levanta un tronco abandonado. En un segundo, oirás un crujido, percibirás un hedor y atisbarás una sombra que se marcha llevándose tu aliento. Sorprenderás el desenvolvimiento de un reino entero. Pequeños, muy pequeños insectos y alimañas con sus reinas, sus leyes y sus amos; piedrecitas que asistieron a la creación de los tiempos; juncos, espinos y hojas que son manjares en festines secretos. Los comensales escaparán aterrorizados: les abochorna comer en público; les incomoda que les midan los modales. Sólo quedará el embriagador aroma de la madera decrépita, antecedente acidulado de complejas maduraciones microbias, emanaciones de fertilidad. Quedará el olor a suelo cebado, a mundo nutrido, a perfumes vegetales, a los restos del galanteo de algún insecto apasionado; la última exhalación del viejo tronco que es aliento enmohecido. Como ves, querido Ad, es un error contar los versos por más triste que sea la noche. Si tienes la suerte de conocer la ciencia de la luz, que te sirva para apreciar, hasta la saciedad, la rareza de un color matinal. Las pompas de jabón brillan más cuando se ha penetrado su enigma. Los cristales son algo más prodigiosos cuando uno se ha asomado a la magia oculta en sus destellos. La forma de las conchas, los paisajes minerales que descubres en el interior de las rocas, las clases de nubes y el sabor del vino, todo tiene un esplendor. Quizá sea el resultado de la repartición del esplendor de Dios... Si entiendes lo que es en realidad un arco iris, acudirás al espectáculo de todos los arco iris que contenga tu tiempo de vida. Y, justamente por eso, respetarás la vida de todas las criaturas y aborrecerás las guerras, todas fratricidas... Como ves, querido Ad, no necesitas cuadricular el mar, la realidad es más exquisita. Pero no cometas la necedad de esperar a entenderla para disfrutarla. ¡A propósito! ¿Juegas Ajhelá?

- Sí, maestro, pero... ¡no soy muy bueno!

- Pues si te gusta, deberías saber que el Ajhelá se inventó en el Oriente lunilaico.

- ¿De verdad?

- Muchas cosas buenas fueron introducidas en el Continente Occidental a través de la ocupación lunilaica de Lepuria y el sur de Primaria. Ya antes de eso, existía un sistema de enseñanza en todo el mundo lunilaico. Después, en la ocupación, los individuos cultos de Lepuria estaban en permanente intercambio de correspondencia intelectual con los individuos cultos de Rjostos, Sammkara y Spahá. Fueron muchos los progresos que se alcanzaron en matemáticas, física, química y medicina. Una de las tribus fundadoras de la cultura lunilaica, los esquitos, se dejaban llevar por una muy fuerte influencia grezca. Así fue como, casi en el comienzo de su cultura, se fundó en Sammkara un observatorio astronómico. El Ahaxi Rum-a-Sd congregó en su corte la mayor cantidad de sabios que fue capaz. El sucesor de Rum-a-Sd ordenó recolectar por todo el mundo los tratados grezcos. Y el siguiente Ahaxi estableció una Casa de la Sabiduría para que allí se los traduzca a la lengua lunilaica. Allí fue traducida, por ejemplo, la astronomía de Tom-el-Eo. La única copia que llegó hasta las bibliotecas monacales de la Edad Intermedia no era grezca sino lunilaica y gracias a ello la conocemos. Bd-a-Tib ciudadano de Spahá fue el primero de los grandes médicos lunilaicos; escribió más de un centenar de obras, siendo la más conocida La Totalidad Completa, en donde se recopila los tratados lunilaicos, grezcos, emurios y de Extremo Oriente. Los sistemas numéricos que manejan el concepto del cero, fueron introducidos por ellos.

- ... ¡y el Ajhelá!

- ¡Así es, querido Ad! La Alquimia surgió con Butal-a-Mê, conocido en Occidente como Alamí. Los escritos atribuidos a Alamí son una copia procedente de una colección que perteneció a una secta mística autodenominada Los Hermanos de la Pureza quienes sostenían que todos somos iguales. Éstos trataban de demostrar su precepto por medio de actividades educativas como la construcción de escuelas y la escritura de enciclopedias. Parece que los Hermanos Puros redactaron el corpus fundamental de la alquimia en un tomo grueso que era sólo parte de la enciclopedia que estaban escribiendo en la que diecisiete de los cincuenta y dos tratados que la hacían versaban sobre temas científicos. Los Hermanos Puros eran contrarios al razonamiento deductivo que los demás lunilaicos habían heredado de los grezcos. Colocaban los misterios sobre la razón y afirmaban

que los misterios pueden ser explorados empíricamente. La Hermandad de la Pureza fue declarada herética por los lunilaicos ortodoxos quienes confiscaron su gran enciclopedia. Entonces, los Hermanos Puros pasaron a la clandestinidad y se volvieron una secta hermética. Hay razones para creer que un grupo remanente de esta sociedad secreta fue la que hizo contacto con los Caballeros Lapidarios respondiendo a su pedido de colaboración.

En ese momento, alguien llamó a la puerta. Yo me apresuré a abrirla. Llenando todo el espacio disponible de la entrada, ahí estaba el Rey Al'jarama en persona. Se presentó llevando en sus manos un gran recipiente plateado colmado de frutas.

- ¡Perdonad que os moleste! -dijo mientras comía una suculenta enaria, encendida y madura- He venido a ofreceros algo de fruta y a ver si, por casualidad, os habéis aproximado a una solución. ¡Ya sabéis! "Al mal paso, darle prisa" y...

- Sí, buen Rey.

- ¿Cómo? ¿Sí qué?

- ¡Sí! Que ya he encontrado una solución.

- ¡Bendito sea Dios! ¿Cómo lo habéis hecho tan pronto? ¡Por vosotros cantaré oraciones tres horas seguidas! ¡No sabéis de la que me libráis! Pero decidme, ¿Cuál es la solución?

- Vamos hacia el escritorio. Allí le mostraré.

- ¡Alabada sea la Providencia por haberos traído hasta aquí!

- Creo que usted exagera, buen Rey. Al encontrarlo, la Providencia nos benefició a nosotros ¡Ah, aquí está! Este es el nuevo proyecto de distribución de premios.

- ¡Y es cuadrado!

- Sí, es cuadrado.

- ¿Y cuál es el truco?

- Usted deberá decir a los súbditos de su ordenar que por la dignidad que le distingue distribuirá el trapecio y los dos triángulos tal como manda la tradición; es decir, de base 3, 2 y 1 gonza. Esto es de ley; hasta aquí podrían llegar las exigencias y ahí debería acabar el asunto. Pero que, aunque no hay obligación que pese sobre usted, ha decidido obsequiar a cada uno tanto potrero como le ha parecido según su particularísimo criterio que nadie tiene por qué cuestionarle. No creo que alguno de los campeones se niegue a recibir más de lo esperado.

- No, creo que no.

- Bueno, la distribución del obsequio adicional tiene que ser así: para el primero, 50 gonzas más en la base de su trapecio; para el segundo,

3ϕ gonzas más en la base de su triángulo; y para el tercero, un incremento de 2ϕ gonzas. En resumen, el ganador absoluto recibirá un trapecio de 3+5ϕ gonzas por base; el segundo, un triángulo de 2+3ϕ gonzas por base; y el tercero, un triángulo de 1+2ϕ gonzas por base.

- ¡Ah, es la serie divina! -dije yo quedándome perplejo- 1+2ϕ; 2+3ϕ; 3+5ϕ...

- Sí, querido Ad, la has reconocido.

- Disculpad la interrupción pero ¿podéis decirme qué significa ϕ? -preguntó el Rey Al'jarama.

- Significa 1.61803 gonzas, buen Rey. Significa también que no importa si hablamos de un cuadrado o un rectángulo, estamos hablando de la misma superficie: $(3+5\phi)^2$; exactamente, 122.9914 gonzas cuadradas.

- ¡Eso es un montón!

- "No se puede servir a dos señores"... ¿Recuerda la frase? Son 122.9914 gonzas cuadradas las que exigen las matemáticas para conciliar un cuadrado con un rectángulo pero si el buen Rey prefiere la intemperie...

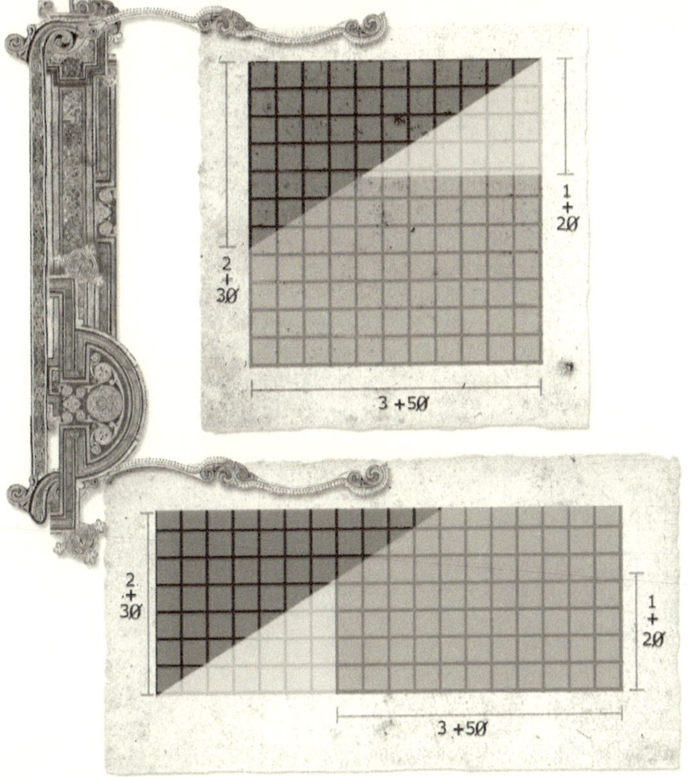

- ¡Ah!... No, no. ¡Mi reino por un cuadrado!

Una vez entrado en razón, Al'jarama, Rey de la Isla Oronda, se extendió profusamente en agradecimientos y nos invitó a participar de un banquete en nuestro honor.

En cuanto a orientarnos rumbo a nuestro destino, nadie en la isla tenía ninguna idea sobre lo que buscábamos. Así que tomamos el único camino que se conectaba con la isla y nos alejamos de ella.

Capitulo XX

Confesiones sin Contrición

esde hace un buen rato que quiero preguntarle una cosa, maestro.

- Dime querido Ad.

- Es acerca de la Santa Indagación. ¿De veras, era tan mala como se dice?

- Creo que bastante peor. Era, por así decirlo, la policía de seguridad de la iglesia crucigloba. Y era brutal como todas. Envolvían al sospechoso en querellas filosóficas de tramposa elaboración. Ellos mismo contestaban en lugar del acusado quien apenas sospechaba en lo que le envolvían. El montaje estaba pensado para conseguir un culpable de la manera más rápida posible pues eso es señal de eficiencia entre estúpidos. Para el grueso del público, casi siempre y desafortunadamente exento de educación, una argumentación incomprensible sólo podía provenir de estratos sapientísimos. Los apriorismos del Santo Indagador estaban cargados de prejuicio, superstición y disparates malintencionados. Los indagadores eran increíblemente morbosos. Había mucha más maldad en un Santo Indagador que en cien acusados de mal actuar. Para la población, sin embargo, la verdad afloraba ante el verbo de Dios. Y claro, afloraban todo tipo de confesiones a la medida de las necesidades del Santo Indagador. Si asentías con docilidad, te quemaban en la hoguera de una sola vez como buen confeso. Si protestabas la calumnia te iba peor: te asaban lentamente. ¡Úntenle más aceite que así arde mejor!

- Como a los libros. ¿La Indagación quemaba libros?

- ¡Sí! Si quemaba gente, antes quemaba libros. Eso es seguro! Pero, permíteme continuar. O te quemaban de a poco con hierros candentes, o te despanzurraban con instrumentos diversos para cercenar, taladrar, quebrar, etc. También te podían estirar como goma de mascar usando la fuerza de los animales o el poder de los cabrestantes. Hasta hoy usados, estos sistemas de interrogación son métodos de aquellos déspotas infames a quienes no les interesa la verdad.

- En esas condiciones, uno confiesa cualquier crimen.

- ¡Claro! Precisamente, había estado recordando un proceso similar contra los Caballeros Lapidarios. Ahora que lo pienso, antes de que se creara la Santa Indagación ya existía el método. En la...

- Perdóneme que le interrumpa, maestro, pero quisiera recordarle, a propósito de los Caballeros Lapidarios, que usted me estaba contestando por qué se sospecha que los Lapidarios habían dado con Ah-Lê-gönn, "La que no puede ser encontrada", cuando afortunadamente fuimos distraídos por el Rey Al'jarama.

- Sí, querido Ad, no lo he olvidado. La respuesta es demasiado importante para dejarla en el aire. El método de tormento de la Santa Indagación me ofrecía la perfecta oportunidad para reiniciar la respuesta. Cosa que iba a hacer a continuación.

- ¡Oh! Lo siento mucho maestro Ogli.

- ¡Está bien, querido Ad! Conozco tu impaciencia pero también conozco tu humildad.

- ¡Gracias, Rvdo. Ogli! Continúe por favor.

- Desde el principio de La Campaña, las donaciones que la Orden recibió tanto en recursos financieros como en propiedades fueron muy generosas. Claro que había quienes deseaban de esa manera ganarse el cielo pero la mayoría quería tenerlos de su lado. Conforme la Orden se volvía más acaudalada, mayor era la búsqueda de su simpatía y mientras más importante el nuevo amigo, más importante la ofrenda. Así recibieron casas, animales, parcelas, herencias, títulos, incluso pueblos enteros con los respectivos impuestos que ellos generaban. El Rey de Lepuria les cedió, para después de su muerte, un territorio tan grande como un país y que los Lapidarios lograron canjearlo en vida por doce fortalezas. Otro monarca les ofreció un reino entero que había sido suyo antes que los lunilaicos lo asalten; los Lapidarios atacaron a los lunilaicos, reconquistaron el reino e imperaron allí. Y estos sólo son dos ejemplos para ilustrar la magnitud de las donaciones. De estas y muchas otras maneras los Caballeros Lapidarios llegaron a poseer más de lo que varios reyes juntos. Al término de la Campaña,

la Orden Lapidaria se había convertido en uno de los mayores latifundistas del Continente Occidental. Llegaron a poseer 50 castillos y 9000 feudos; de éstos, muchos de escala monárquica en Galactia, Primaria, Lepuria y Arania, sin contar con las posesiones lapidarias en Oriente. La riqueza que llegaron a tener la empleaban en lo suyo, es decir, en La Campaña; bajo el particular modelo lapidario, siempre independiente de los demás ejércitos participantes. El hecho de tener el frente de batalla en ultramar les obligó a invertir en una inmensa flota de navíos con el fin de mantener el flujo de recursos y cerontes. La seguridad, tanto sobre reinos como sobre caravanas de mercaderes a través de bosques y montañas era asunto de preocupación para muchos y la idea de llevar dinero en metálico era muy incómoda. Los reyes locales empezaron por encargarles sus tesoros y la administración de sus economías lo cual ayudó para que la Orden creara el primer sistema bancario desde la caída del Imperio Marteriano. Para hacer posible el transporte de dinero, crearon libros de cuentas, los pagarés e incluso la primera letra de cambio. Por primera vez en Ghesta, se hacía uso de documentos para enviar dinero de un continente a otro. Para dar seguridad a los comerciantes cuya ocupación era el proveer de productos para la Campaña justamente, los Lapidarios idearon el primer sistema de "entregas" seguras. Tenían tantas propiedades que podían transportar los productos, desde cualquier feudo hasta sus puertos, prácticamente a través de ellas. Estas dos implementaciones mayores les volvieron aún más poderosos y acaudalados. Y claro, llegó un punto en que pudieron hacer lo que cualquier banco hace: prestar dinero. Los príncipes de Occidente terminaron adeudándoles considerablemente. En algún momento, el abuelo del Rey de Galactia, les había pedido un préstamo para pagar su rescate tras haber sido tomado prisionero en una de las últimas campañas. El monto del préstamo no había dejado de crecer debido a los intereses y constituía un grave problema para un rey cuya situación económica se hallaba de por sí bastante deteriorada. Ya antes, con algunos años entre uno y otro caso, el Rey de Galactia, al verse en apuros financieros, no había dudado en hacer algo bastante deshonesto: déspota y maligno como era, se había ingeniado para declarar de alguna manera ilegales en su sociedad a dos diferentes grupos étnicos conocidos por su habilidad de hacer dinero. Los había perseguido y desterrado, quedándose con sus riquezas y enderezando su economía. Hay quién dice que este fue el motivo para que el Rey de Galactia empezase a confabular en contra de los acaudalados Lapidarios quienes, poco a poco, se habían alzado como una amenaza frente a todos los demás reyes, monarcas y feudales del Continente Occidental. Este riesgo habría inclinado las simpatías en favor del Rey de Galactia, llegado el caso.

- Es decir, quería repetir lo que antes ya le funcionó.

-Precisamente. También hay quienes creen que su ataque contra la Orden se debió al rencor que le generó el deshonor de ser rechazado tras solicitar su aceptación como miembro de la misma. Bueno,... es siempre posible que las dos cosas hayan sucedido, una después de la otra. Se puede entender que antes de atacarlos, el Rey de Galactia haya intentado unírseles; sobre todo tomando en cuenta que dicha unión seguramente implicaba alguna solución económica que le pudo haber ayudado a recuperarse financieramente. Lo cierto es que el Rey de Galactia se convirtió en su enemigo declarado. Así empezó el final de la Orden Lapidaria o eso es lo que nos hicieron creer. Poco tiempo después, un ex-lapidario que había caído prisionero del rey por beber y causar disturbios, "confiesa" cosas horrendas sobre su antigua orden. La declaración del ex-lapidario cuenta de prácticas satánicas y de rituales de iniciación importados de Oriente. El rey informa al Øppos de lo que se ha llegado a saber y le exige la disolución de la Orden Lapidaria. El Øppos se desconcierta, no sabe qué hacer. Como quiera que sea, la orden es más hija de la iglesia crucígloba que del mundo seglar; debería defenderla. El jefe de la iglesia crucígloba se extiende en dilatorias sobre el asunto. En vista de que el Øppos se demora, el Rey de Galactia envía en secreto una orden en sobre cerrado a todas las capitanías de su reino. La carta dictaminaba que al amanecer de un determinado día se arreste a los lapidarios y se confisque sus bienes. Y así sucede. La mañana predestinada, los Caballeros Lapidarios fueron tomados prisioneros por sorpresa y sus bienes enajenados en favor del rey. En cuanto se enteró, el Øppos trató de oponerse pero sin éxito ninguno. Los soldados del rey torturaron a los lapidarios hasta arrancarles la confesión que necesitaban y lo hicieron con fiereza. Treinta lapidarios murieron en los interrogatorios. El propio Gran Abad confesó, confirmando la declaración del ex-lapidario con lujo de detalles. El Øppos intervino entonces. Reclamó la custodia de los Caballeros Lapidarios. El rey no cedió; miró en la intención del jefe de la iglesia crucígloba un esfuerzo protector que podría terminar en la liberación. El Øppos le recordó que tenía en su poder una carta de sometimiento firmada cuando el bisabuelo del rey se rindió ante los ejércitos del Øppos de aquel entonces. En este armisticio, la familia real de Galactia aceptó la autoridad del jefe

de la iglesia crucígloba. El Øppos amenazó al Rey de Galactia: si no obedecía este tratado, sería motivo de excomunión. El rey reflexionó: la excomunión le haría perder el apoyo del resto de los reyes de Occidente lo cual sería muy importante en cualquier conflicto. El Reino de Galactia quedaría seriamente debilitado. Y, si insistiera en retener a los Caballeros Lapidarios, la próxima jugada del Øppos sería el ataque armado frente al cual, sin el apoyo de los demás príncipes llevaría las de perder. El rey cedió. El Øppos consiguió la custodia de los Caballeros Lapidarios. Después, pasó algo inexplicable: luego de tanto bregar para conseguir el cuidado de los lapidarios, el Øppos los devolvió al Rey de Galactia. Esta decisión parece estar relacionada con una reunión a puerta cerrada entre el Øppos y el Gran Abad de la Orden Lapidaria. No hemos podido saber qué se dijo en ella. O el Øppos se ofendió o los dos se pusieron de acuerdo. De regreso a manos del Rey de Galactia, el Gran Abad cambió totalmente de actitud y se retracta de su confesión y con él quinientos lapidarios más. Pidieron que se les dejara hablar, denunciaron las torturas y calificaron de absurdas las acusaciones a las que habían tenido que asentir en los martirios. En resumen, lo negaron todo. El Rey de Galactia acusó a los renegados de perjurio y declaró que hasta al confeso se lo podría absolver, no así al perjuro pues la retractación demostraba su falta de arrepentimiento. Así, los que no se contradijeron fueron liberados y los perjuros fueron condenados a muerte.

- ¿Pero qué pudo pasar entre el Øppos y el Gran Abad?

- Nadie lo sabe. Y esa no es la única cosa que se ignora. Realmente, cada intervención de los Caballeros Lapidarios está cubierta de sombras.

- ¿Cuáles son las otras cosas que se ignora?

- Bueno, yo te he contado los acontecimientos de manera ininterrumpida pero entre la confesión del ex-lapidario y el desenlace final *pasó algo más de un año y medio. Cuando se revelaron los quinientos lapidarios, la cólera del rey se transmitió hasta el último de los carceleros. Uno de ellos, enfervorizado por los acontecimientos, se las tomó contra un grupo de viejos y mujeres que visitaba a los lapidarios proveyéndoles de comida y recados. Los atacó con su látigo en uno de los corredores que iban a dar a los calabozos situados bajo el suelo. El látigo azotó la espalda de un anciano produciéndole un dolor de fuego. Luego, el chasquido del látigo estalló contra el rostro de una mujer. El infame nervio de cuero se retiró como una serpiente briosa firmando una ese en el aire. Al proyectarse de nuevo sobre los infelices, una mano se levantó de entre los cuerpos y la víbora se enroscó en ella. Látigo y mano se asieron el uno al otro. Con un brutal empellón la mano precipitó al bellaco contra el suelo y allí mismo, con el mismo azote, lo estranguló. Los otros carceleros que festejaban la cobardía se lanzaron contra el estrangulador dándole muerte brutal. Una vez muerto, los carceleros lo reconocieron. ¿Adivinas quién era, querido Ad?*

- ¡Eh!... No, no lo sé. ¿Quién?

- Ni más ni menos que el ex-lapidario y ex-prisionero que originó todo con su confesión. Lo habían dejado libre con un puñado de monedas de plata. Lo habían hecho casi por diversión. Hasta el mismísimo rey había apostado sobre cuánto tiempo sobreviviría el traidor fuera de prisión. Estaban enviándolo a una muerte segura. Eso era lo que les divertía tanto. Pero obviamente el traidor sobrevivió con tanta dignidad como para servir luego de correo y entregar su vida en defensa de sus amigos.

- Parece como si los lapidarios le hubieran mandado a decir exactamente lo que confesó.

- Precisamente, eso es lo que creemos. Aunque más improbable, también cabe la posibilidad de que, una vez que sus ex-compañeros fueron encarcelados, el traidor vio la oportunidad de lograr su perdón si se manifestaba servicial y arrepentido.

- Por eso les llevaba mensajes.

- O comida... Pero esta teoría no explica su previa supervivencia.

- Lo que dije primero también es posible, ¿verdad?

- ¿Acerca de su confesión? Sí, en verdad lo es, porque otro de los enigmas de este episodio se levantó cuando se hizo efectiva la orden de apresamiento de los lapidarios. Esta orden se efectuó en todo el territorio de Galactia. Estamos hablando de veintitrés castillos al mismo tiempo. En ningún caso se resisten al arresto. ¡En ningún caso

de los veintitrés escenarios simultáneos! Los Caballeros Lapidarios, terror de amigos y enemigos, que estaban acostumbrados a batirse con los lunilaicos cargando el peso de su armadura hirviente por el desierto, comiendo y bebiendo sobre sus cabalgaduras, y a veces hasta sus cabalgaduras, que batallaban como endemoniados durante días enteros, estos mismos caballeros se rinden mansamente ante los guardias del Rey de Galactia que llevan borlas en las botas y felpa en el cuello.

- ¡A menos que todos estén de acuerdo!

- ¡Exacto! En Lepuria sucedió algo diferente que sólo confirma nuestras dudas respecto a lo acontecido en Galactia. En Lepuria, los lapidarios se dejan apresar bajo las mismas acusaciones y con la misma mansedumbre. Sin embargo, ante la expresa voluntad del Rey lepuriano de liberarlos pero quedarse con sus bienes, dejan de ser tan tiernos y hacen correr sangre como sólo ellos acostumbraban. Esto demuestra que eran mansos sólo cuando lo querían y que contaban con volver a sus dominios después de entregarse.

- Como que entregarse estaba en sus planes, pero no esperaban que alguien se le ocurra quitarles sus castillos.

- ¡Precisamente! ¿Ves cómo las dudas no son gratuitas? Los Lapidarios de Galactia, todos confiesan lo mismo pero se disgustan con el Øppos; a partir de ese momento, todos piensan diferente. Como si algo no hubiese resultado como se esperaba ¿Tenían un plan preconcebido? ¿Desde cuándo? ¿Desde el aparecimiento en escena del ex-lapidario o mucho antes? ¿Tiene esto que ver con el sigilo con que trabajaron en Oriente? ¿Tiene esto que ver con lo que transportaron tan cuidadosamente en secreto? ¿Tiene que ver con Eli-vé y las sectas herméticas lunilaicas? Creo que todas esas respuestas se encuentran...

- ...¡En la Noche de Los Tiempos! -completé por completar.

El Rvdo. Ogli torció su cuello bruscamente hacia mí pero casi de manera instantánea desenfocó su mirada como si yo no estuviera allí, como si yo hubiese sido transparente. De nuevo nos invadió el silencio. A diferencia de los otros silencios del Rvdo. Ogli en la oscuridad de las desconcertantes gradas, este nuevo mutismo sí era descifrable: era, visiblemente, consecuencia de un profundo estado de abstracción. El silencio se prolongó. Yo me esmeré por respetar su trance. Finalmente dijo:

- Creo que ha llegado el momento de hablar contigo de un asunto que, de no ser por las circunstancias, me estaría prohibido comunicarte.

Los szabeos somos muy cuidadosos en lo que revelamos. Únicamente cuando a través de los años el receptor ha demostrado completa fidelidad a nuestra orden, se autoriza a un monje superior que le confíe lo que llamamos La Exégesis. En ella, el oyente descubre los misterios que envuelven al Gran Misterio y comprende, al fin, nuestra razón de ser como orden religiosa. La Exégesis es el secreto mejor guardado en la historia. Sólo conociéndola comprenderías nuestra cautela.

- Me siento particularmente honrado con su deferencia -contesté apegándome lo mejor que pude al leccionario de doctrinos-. Pero dígame maestro, ¿Por qué va a darme tan pronto un conocimiento tan especial?

- Porque ya había empezado a sospechar el motivo de nuestra presencia en este extraordinario submundo que Wgÿvrán llamó La Noche de Los Tiempos. El que tú accedas a este secreto se volvía cada vez más inminente. Sólo era cuestión de tiempo aunque nos hallemos fuera del tiempo. Si es como presumo, debo ponerte al corriente de los antecedentes pues las consecuencias de lo que aquí encontremos podrían ser bastante trascendentales para ti y para mí y, en general, para todos. Creo necesario que tú entiendas perfectamente las derivaciones de lo que aquí suceda.

- Trataré de no decepcionarlo, maestro.

Capítulo XXI

La Exégesis

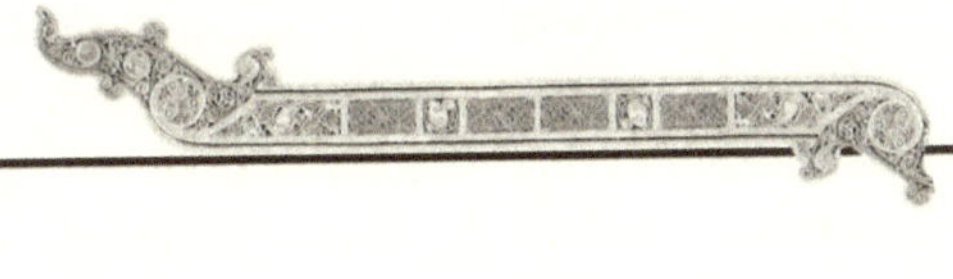

He de contarte, mi querido Ad-d-Tuar, la historia de nosotros, los szabeos. Se nos nombra tanto en el libro sagrado del cruciglobismo como en el del lunilaicismo pero no nos nombramos en el nuestro. Los historiadores antiguos no supieron nombrarnos pues no encasillábamos en sus posibilidades. Los arqueólogos modernos se hallan perplejos con los pocos rastros que dejamos involuntariamente en el pasado. Desean nombrarnos pero han de encontrar la forma de catalogarnos primero. Szabeo fue palabra para nombrar lo pagano, lo cósmico y todo cuanto era cercano a la devoción. Creen que venimos de Narráh porque allí han encontrado algunas ruinas nuestras. Narráh, en Spahá, no muy lejos de la antigua Ntra, goza de la fama de haber acogido el culto a Nas, Dios de la Luna. Pero Nas, en realidad tiene otro nombre, el verdadero. Los lingüistas de la Nueva Era están seguros que los szabeos llevamos incorporado el nombre verdadero de Nas a nuestros nombres herméticos, los que nadie ha intentado delatar sin perder la voz. El Templo de Nas en Narráh tenía su techo construido con cedro de Ifreno que entrega su perfume más allá de los cien años. Los muros ostentaban diseños basados en criaturas nunca vistas en este mundo. Los frisos estaban decorados con los ciscos azulverdes de un esferoide que ya orbitaba el planeta mucho antes de que la civilización se levantara. Las puertas exhibían motivos cósmicos repujados en la materia metálica del mismo esferoide. En la escalinata del templo se erguía la figura excelsa de Nas, Dios de la Luna.

Los arqueólogos están confundidos. Un monje crucígloba que peregrinó por Spahá en ese tiempo, afirma que los szabeos creían en un poder supremo, único y eterno, la Causa Última y Primera del Universo, el Primer Intelecto, el Orden Superior. Este dios-idea habría encargado la administración del Universo a los planetas. Estos idólatras, decía el monje, adoraban imágenes con cuerpo y cabeza que representaban los siete planetas. En la ciudad de Narráh había siete templos dedicados a los planetas, cada uno con una forma especial que correspondía a la divinidad ensalzada. El templo de Ahtemá era hexagonal y negro y su estatua era de plomo. El templo de Ificios era trigonal y verde; su estatua era de estaño. El templo de Eqíodo era rectangular y rojo; su estatua era de hierro. El templo de Idherada era cuadrangular y amarillo; su estatua era de oro. El templo de Abvia tenía como base un triángulo dentro de un rectángulo y era azul; su estatua era de cobre. El templo de Iccio tenía como base un cuadrado dentro de un triángulo, era de color anaranjado y su estatua de arcilla. El templo de la Luna era octogonal y de color gris; su estatua, la del dios Nas, de plata. La colocación de un templo respecto a otro, el tamaño relativo de aquellos y el tamaño de las estatuas estaban calculados según las distintas relaciones planetarias de separación, volumen, peso, distancia desde Ghesta, etc. Cuando rezaban, los szabeos miraban hacia el norte con mucha mayor preferencia que hacía el sur; rezaban al ponerse el día y al amanecer. Seguían cuidadosamente la evolución de los solsticios para ajustar su calendario de ceremonias apoteósicas. Vigilaban todo eclipse para planificar sus procesiones. Sabían cuando confluían los planetas; cuando se encontraban opuestos; cuando se alineaban todos o algunos.

- ¿Eso era cierto, maestro?

- Que nuestro Dios es de naturaleza abstracta: sí. Nuestra concepción de Dios no puede ser más sencilla: Dios mismo está fuera del alcance de nuestra comprensión pero la Naturaleza es su rúbrica.

- ¿Está fuera de nuestra comprensión como un hipercubo que habita en la cuarta dimensión?

- ¡Exactamente, querido Ad! El interés por lo cósmico puede resultar incomprensible por sí mismo para personas que destinan toda actividad a un propósito pragmático, incluyendo la salvación de su alma. Ahora, que adorábamos las estatuas de los planetas, no. Pero aquello sobre la vigilancia de los astros, sí; eso sí era cierto. ¿Recuerdas, querido Ad, que habíamos entendido que un templo quiere ser la imagen del Universo?

- Sí, lo recuerdo.

- Bueno pues, los szabeos creemos que el Universo es el templo de Dios. En ese caso, estudiar la Naturaleza se convierte en un acto de devoción. Al estudiar la Naturaleza conocemos a Dios. Y, conocer a Dios es un acto religioso. Acto religioso era vigilar el tránsito de los astros. Conocer a Dios era seguir los solsticios y los eclipses. Hay muchos actos religiosos como ese que hacen la cotidianidad del szabeo. Y claro, oficiamos ceremonias y procesiones para festejar el hecho natural. ¿En qué consiste el rito szabeo si no? Para mantener la ritualidad al día, necesitábamos, por ejemplo, dominar la astronomía. Siempre fuimos devotos de la matemática, la geometría y la física; así como la botánica, la zoología y la biología pues el bien más preciado que refulge en el Templo de Dios, es el ser vivo. El estudio de la Naturaleza no está completo sin las artes y las ciencias sociales. El aprecio por el conocimiento era característica necesaria en un szabeo de la antigüedad y se perennizó como una exigencia fundamental para el doctrino que ha ingresado al monasterio. Pero, la ciencia no es estática; la ciencia cambia según los descubrimientos o las genialidades de cerebros privilegiados. El estudio de la ciencia, por tanto, ha mantenido a la orden szabea en una actividad intelectual dinámica de la cual le era imposible escapar. Gracias a que el permanente cambio acondiciona al ser pensante a considerar nuevos puntos de vista, distintas posibilidades, o simples conjeturas, los szabeos se mantuvieron abiertos. Acondicionaron su fe al estado del conocimiento.

- ¿Y aquello que habla del Templo de Nas, con tallados metálicos de algo que orbitaba el planeta?

- Las historias de la antigüedad que hablan sobre nosotros nos comprometen siempre con el Templo de Nas, dios de la Luna pero esto no pasa de ser un mito como tantos otros. En un documento de los principios de la expansión lunilaica se cuenta las avanzadas militares de G'wo-pj'i-Ban, el conquistador. Una de ellas da cuenta de su paso por Narráh. Dice que, al llegar él allí, fue recibido por un pueblo cuyos miembros vestían sotana negra, llevaban el pelo largo y rizado como su larga barba y calzaban ligeras sandalias urdidas con la fibra de la paja. G'wo-pj'i-Ban se intrigó al verlos y les interrogó: ¿A qué pueblo pertenecen? Somos narrahneos, respondieron. G'wo-pj'i-Ban alzó la mirada hacia el Templo de Nas, Dios de la Luna, y se fijó en un emblema sobre una de las manos de la imagen de Nas y preguntó: ¿Son lunilaicos? Ellos respondieron: No. Entonces, G'wo-pj'i-Ban

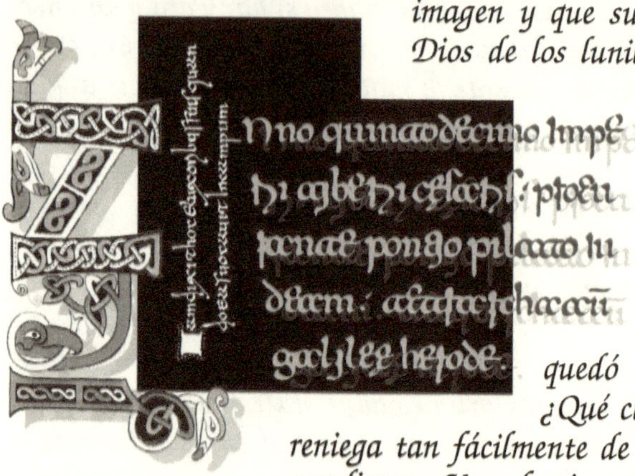

se fijó en el emblema sobre la otra mano de la imagen de Nas y preguntó: ¿Son crucíglobas? Respondieron: No. G'wo-pj'i-Ban les interrogó nuevamente: ¿Tienen un libro revelado o tienen un profeta? Respondieron: No. ¿Los menciona algún libro revelado o algún profeta?, Respondieron: No. Si es así, deben saber que sólo toleramos a los miembros de otras religiones que son mencionadas en nuestro libro revelado. Ustedes son paganos, adoradores de ídolos dijo G'wo-pj'i-Ban. Los voy a colgar si no aceptan que esa estatua es sólo una imagen y que su dios es inferior al Dios de los lunilaicos afirmó G'wo-pj'i-Ban. Ellos respondieron: Esta estatua es sólo una imagen y nuestro Dios nunca fue superior al tuyo. G'wo-pj'i-Ban se quedó perplejo. Les dijo: ¿Qué clase de fe es esa que reniega tan fácilmente de su Dios? Ellos respondieron: Una fe sin arrogancias que no se levanta sobre las vidas de las criaturas de Dios. G'wo-pj'i-Ban se quedó un momento pensando y dictaminó: Entonces, deben elegir entre convertirse al lunilaicismo o abrazar una de las religiones que se mencionan en nuestro libro revelado y que incluye la crucígloba. Si no lo han hecho hasta mi regreso, los mataré sin compasión. Entonces, los narrahneos se reunieron y deliberaron. Se dieron cuenta que por sus creencias no podían simplemente optar por una sola religión, así que se dividieron en dos. Excepto unos pocos elegidos, los narrahneos cambiaron de vestidura, se cortaron los rizos y calzaron cuero. La mitad fue hacia Arteria (antigua Catatonia) con los crucíglobas. La otra mitad fue hacia Vatzar en Sammkara con los lunilaicos. Los que se quedaron eran los sacerdotes de mayor conocimiento. Primero pensaron en refugiarse en las montañas de Vjobasett y preservar en secreto la fe de los narrahneos. Luego, encontraron una solución: iban a decir a G'wo-pj'i-Ban que son szabeos. Este nombre aparece en el libro revelado de los lunilaicos y de los crucíglobas también pero ya nadie lo mantenía. Así, los narrahneos se adjudicaron el nombre de szabeos. G'wo-pj'i-Ban, sin embargo, nunca regresó. Murió combatiendo a los crucíglobas en Qía, junto al legendario E'jo-aij-Afu, el Ariffat Al enterarse de eso, algunos narrahneos intentaron renunciar a sus nuevos credos para volver a Narráh pero fueron asesinados. Esta es, en resumen, la historia que desorienta a los arqueólogos. En fin... Desde entonces, los narrahneos permanecieron secretamente confundidos tanto entre crucíglobas como entre lunilaicos. Al principio, esta dispersión se impuso por seguridad personal pero después los sacerdotes szabeos se percataron de su conveniencia. Todos mantienen una comunicación clandestina. Estos son nuestros informantes de los cuales ya has tenido conocimiento, querido Ad. Los sacerdotes permanecieron en Narráh un tiempo más hasta que se diseminaron en varios monasterios como el de Kien.

- ¿Por qué tanto secreto, maestro?

- Desde el principio, nuestras creencias despertaron intolerancias por eso los szabeos nos hemos cubierto siempre con un manto de oscuridad. Nuestro credo no es algo que pueda ser aceptado por todos por eso tampoco hemos hecho nada por ganar adeptos. Hasta ahora, la práctica szabea se ha extendido, principalmente, por transmisión directa de padre a hijo. De entre estos hijos, pocos son los que sienten el llamado del sacerdocio. Pero la principal razón de tanto sigilo es que guardamos el mayor de los secretos: La Exégesis. Y ese secreto es precisamente lo que voy a revelarte.

El Rvdo. Ogli se cubrió de seriedad absoluta. Buscó su mochila y de ella extrajo dos bandas de tela modesta. Tomó una de ellas y me la puso por detrás del cuello, de tal manera que los extremos de la banda cayeran sobre mi pecho. Tomó la otra y se la colocó de la misma forma. Luego puso sus dos manos sobre mis hombros, elevó su mirada y dijo:

- ¿Estás listo para recibir la revelación, doctrino Ad-d-Tuar?

- Sí, maestro Rvdo. Ogli-s-Oöp.

- ¿Prometes, doctrino Ad-d-Tuar, no revelar jamás el secreto que vas a escuchar, nunca antes de presentarse la Ocasión Espléndida?

- Lo prometo, maestro Rvdo. Ogli-s-Oöp.

- La Exégesis es un sistema de revelación de conocimientos arcanos que proviene del principio de los tiempos; al que escucha, lo prepara para la Ocasión Espléndida. Si el oyente tuviera el privilegio de encontrarla, su conocimiento se elevaría más allá de la sabiduría común y comprendería el pasado y el porvenir: el profundo sentido del plan sagrado. La Exégesis es como un libro de símbolos; los episodios son tan sólo una cubierta que envuelve sus confidencias sublimes. Sin embargo, las más ocultas revelaciones que promueven los secretos *esclarecidos son inasequibles para quien atiende literalmente al texto. La Ocasión Espléndida ha sido un suceso esperado y ansiado a lo largo de la Historia. La Ocasión Espléndida será ocasión de cambio. En la Ocasión Espléndida, el pasado retirará definitivamente su sombra. Habrá una transformación. Le seguirá un apacible estado de reposo, de serenidad, de armonía. No obstante, antes de que se presente la Ocasión Espléndida, el tiempo estará cargado de tensión y angustia. Habrá desesperación, ahogo, señales de fracaso y de autodestrucción. Estados de agonía como estos pueden presentarse varios pero sólo uno conducirá a la Ocasión Espléndida gracias a un profundo esfuerzo y, tal vez, un sacrificio. Los ancianos szabeos creen que quizá signifique la muerte de alguien. El doctrino iniciado debe, por tanto, atender al advenimiento de la Ocasión Espléndida pues está advertido. Se cree también que la muerte de ese alguien dará lugar al encumbramiento de otro. Así, finalmente se alcanzará el bien común.*

- Pues, bien -continuó-. Somos descendientes de la más antigua estirpe de sacerdotes, de un linaje que se pierde en los comienzos del tiempo cuando las misteriosas hebras del destino se empezaban a entretejer. Ya antes de la escritura, nos desenvolvíamos en la escena del mito y la leyenda, en pasajes del génesis de remotas tradiciones, en las explicaciones fantásticas de los espíritus jóvenes y en ancianas meditaciones. Vimos al ser pensante crecer, hacerse su dueño y desarrollar las mil facetas de la civilización. Hemos sido testigos de las guerras, del odio entre los pueblos, de masacres, de genocidios, de xenofobias, de persecuciones, de intolerancias y de indescriptibles torturas. Vimos que todos los responsables tenían su dios y el sacerdote que bendecía un matrimonio era el mismo que bendecía un barco de guerra que partía para asesinar en ultramar. Hemos visto, sin poderlo evitar, matanzas promovidas por falta de un credo común, los ejércitos de dos dioses destruyéndose por incompatibilidades divinas. Hemos presenciado las Guerras Santas y nos hemos horrorizado y nos hemos avergonzado. Pero también hemos asistido a la primera siembra, a la inauguración de los imperios, al surgimiento de las escuelas filosóficas y a la fabricación de vasijas. Vimos al ser pensante interrogándose sobre las posibilidades utilitarias de las piedras, lo vimos repitiéndole la pregunta a un caldero humeante y lo vimos, de repente, regresando de la Luna. Nosotros, Ad-d-Tuar, somos los Sacerdotes Custodios de la Tabla del Arcano.

- ¡Cómo!

- Sí, querido Ad, somos los Sacerdotes Custodios de la Tabla del Arcano.

- Pero, entonces, ¿nosotros guardamos la Tabla del Arcano?

- Lastimosamente y a nuestro despecho, no sabemos dónde se encuentra. Todas las religiones tienen un elemento inalcanzable: el paraíso o el cielo es igualmente buscado y desconocido. Con mayor razón, una religión ancestral como la nuestra no podría estar exenta del asiento mitológico que corresponde a su lejano origen. Tú ya has oído, de mi boca, el génesis según el libro revelado de los szabeos. Es importante estar consciente de la calidad simbólica que, de ninguna manera, es menos trascendente. Con el primer asesinato se destruye la Tabla del Arcano; se separan los seres pensantes en dos creencias; y el odio promovido por la bestia se interpone para siempre entre ellos. Esta es una manera de simbolizar la enemistad entre las principales religiones que dominan el mundo. En segundo lugar, nuestros teólogos creen que también se trata de significar la pérdida de la Tabla del Arcano. Hay indicios de que, en algún momento de su temprana consolidación, la comunidad szabea fue atacada por una fuerza invasora. Estamos hablando de un tiempo mucho más atrás del período marteriano, como unos cinco siglos atrás. El grupo étnico que sometía a los demás pueblos de la región era un pueblo bárbaro muy belicoso llamado etriarca del cual parece proceder el lunilaico. Hace algún tiempo, en las ruinas etriarcas de Buoobh, se descubrieron tablillas de cerámica que narran pasajes de su historia. En una de ellas se narra un ataque etriarca a un pueblo místico en donde todos eran sacerdotes, sacerdotisas o doctrinos y donde todos usaban los cabellos largos y rizados. A pesar de que no atacaron, sí opusieron resistencia con sus propios cuerpos. Las tablillas también dicen que se llevaron el ídolo de los místicos y que lo sumaron al tesoro etriarca. Parece razonable pensar que el cronista etriarca se refiera a nosotros, los szabeos.

- Pero, los szabeos no teníamos ídolos ¿verdad?

- ¡Verdad!

-¿Entonces qué se llevaron los etriarcas?

- ¡Bueno, esa es la cuestión! Es probable que hayan confundido la Tabla del Arcano con un ídolo.

- Y, ¿dónde está el tesoro de los ertiarcas o como se llamen?

- Nadie lo sabe con seguridad.

- Entonces, ¡aquí acaba el asunto!

- No, en realidad. Los etriarcas fueron conquistados por otros grupos. Los asentamientos, los invasores y los imperios pasaron y repasaron

por Rjostos, Sammkara y Spahá. Un siglo antes de la llegada de los marterianos, un viajero grezco llamado Bruenio "el viejo", conocido por sus tratados de medicina, realizó un largo recorrido por esas tierras. Su libro de viajes da cuenta de cuantas costumbres y creencias encontró a su paso. Refiriéndose a lo que quedaba de los etriarcas dice: "Ahora reducidos a mendigos, hay quienes se otorgan glorias pasadas y desprecian a los que se encuentran hoy por encima de ellos. Dicen haber dominado mil años esta región. Se hacen llamar etriarcas y se mantienen sólidamente unidos en espera de un paladín que les ha prometido un profeta sordo. Cuando venga, este héroe emprenderá una campaña triunfal que reconquistará la región y les devolverá sus antiguos honores. Para ello, usará el tesoro etriarca que se encuentra escondido en el Valle Encantado de Souh, en un sitio que sólo él conoce". También, una popular leyenda de Vatzar narra las aventuras de dos amigos en búsqueda del Tesoro de Souh. Con este nombre, se lo encuentra mencionado en varios documentos provenientes de antiguas sociedades lunilaicas esotéricas. Uno ellos dice que el Tesoro de Souh es una fuerza transmutadora; otro, que se trata de una fuente inagotable de inspiración; otro, que es la Piedra Sagrada de los lunilaicos.

- ¡Ajá! Igual que el Santo Råål.

- ¡Igual! Sólo que ésta vendría a ser su versión oriental. Las definiciones son distintas en cada manuscrito lunilaico pero todas las fuentes coinciden en señalar que el Tesoro de Souh se oculta en un lugar conocido con el nombre hermético de Ah-Lê-gönn, "La que no puede ser encontrada".

- Wgÿvrán, el mago, lo llamaría Mal-ö-Goom. ¿Verdad, maestro?

- ¡Muy bien, Ad! Ahora me doy cuenta que sí has seguido mi exégesis. Parece que al hablar de Mal-ö-Goom, Ah-Lê-gönn y Mãlegum, estamos hablando del mismo sitio, en términos druidas, lunilaicos y artícolas, respectivamente. Ahora bien, esta exégesis empezó con la Tabla del Arcano y aparentemente termina con el Santo Råål. Así que, probablemente, El Santo Råål, El Tesoro de Souh, y la Tabla del Arcano son lo mismo.

- Bueno, pero ¿dónde se encuentra cualquiera de los tres?

- De acuerdo con lo anterior, cualquiera de los tres está envuelto en las sombras del mismo misterio...

- Es decir, que ¡ahí acabó la búsqueda de la Tabla del Arcano!

- ¡Paciencia, querido Ad, paciencia! ¿Recuerdas que los cerontes atacaron Urse porque escucharon que en tiempo del dominio crucíg-loba, Gasto Visio, el monarca marteriano que gobernaba en todo el territorio de Rjostos, al ver la ciudad amenazada por los lunilaicos, escondió en alguna parte un tesoro fabuloso que había encontrado en...

- En... ¡Mmm! No, no recuerdo.

- ¡Precisamente, en el Valle Encantado de Souh!

- ¡Ah, claro! Ahora, recuerdo.

- Todo hacía suponer que el tesoro de Gasto Visio se encontraba dentro de las murallas de Urse pero nadie supo exactamente dónde pues Gasto Visio se llevó el secreto a la tumba. Cuando los crucíglobas tomaron la ciudad de Urse buscaron y rebuscaron en la ciudad amurallada y no encontraron nada que no hubiese sido un botín "normal", que no dejaba por eso de ser opulento. Por favor, queridísimo Ad-d-Tuar, no me vayas a decir ¿y ahí acaba todo?

- No, maestro. Lo siento.

- Lo que sigue es pura especulación pues aquí terminan las pistas.

- ¡Eso era exactamente lo que iba a decir!

El Rvdo. Ogli levantó la vista y me miró resignadamente.

- Ya sea porque Wgïjvrán realmente existió; ya, porque trabajando desde el fondo de la literatura indujo en las masas la necesidad inconsciente de una búsqueda; ya, porque fue la necesidad la que ha creado no sólo a Wgïjvrán sino el pretexto para La Campaña y mil aventuras más, el caso es que los Caballeros Lapidarios fueron a Oriente buscando un secreto de existencia incierta, que satisfaga un conglomerado de deseos o sólo uno, que bajo diversas formas sea siempre algo más. Justamente por ser incierto, lo que se estaba por descubrir prometía colmar toda esperanza. Se necesitaba un misterio que no se agote de promesas y, muy en la intimidad, que no desagravie del todo o que nunca se encuentre. Bajo las exigencias expuestas, no es extraño que el misterio buscado haya sido imaginado entre una *aura de divinidad, como un don sagrado, un conocimiento sublime. Se comprende también que un objetivo de tan imprecisa definición pudo haber asociado distintos intereses, lo suficientemente amplios como para comprometer a amigos y enemigos. Así, los lunilaicos que también traían su desesperanza y sus quimeras, llegado el momento, colaboraron con los crucíglobas. Lo que sigue, querido Ad, es la parte final de la Exégesis. Creemos los szabeos que, desde el comienzo de La Campaña, los Caballeros Lapidarios buscaron este conocimiento prometido en el lugar más obvio. ¿Dónde se depositaban los conocimientos? Se depositaban en manuscritos.*

- Por eso sacrificaban parte del botín por una biblioteca.

- ¡Por eso!

- Y, por eso quemaban lo que no les interesaba.

- ¡Perfecto!

- Pero, entonces, ¿qué pasó después?

- Entonces, en una noche corriente y memorable, cobijada por la niebla de los bosques montañosos de los Párkatos; llega hasta el Castillo de Gur, sede de la cúpula lapidaria, una carreta cargada con cientos de manuscritos de acento místico, de mensaje secreto. Una escuadra de Caballeros Lapidarios la escolta. Las puertas del Castillo están abiertas; saben qué es lo que está por llegar y saben cuándo. Dentro, la cúpula lapidaria que se había concentrado allí proveniente de muchas partes, se asoma expectante. En completo enclaustramiento, alrededor de los manuscritos se reúnen el Gran Abad, sus generales, sabios, doctores y visionarios delirantes al servicio de la Orden Lapidaria. Con ellos, también se encuentran lectores de lenguas lunilaicas reclutados en Faronia. Entre ellos hay quien entiende el zhski, la antigua lengua sagrada de Oriente. Los eruditos leen los textos de corrido sin ninguna ciencia mayor que la traducción directa. Luego, los interpretan a la luz del arte druídico, que maneja la permutación de símbolos; los descifran en vano contando las letras y blasfeman sin recompensa. Así pasa una semana; de rollo en rollo, del alba al anochecer. Al fin, aparece algo. Un escrito fantástico de verso mágico y pasmoso. Los doctos se lanzan sobre el estupendo texto, delirantes y alucinados. Lo desentrañan y extraen sus mensajes esotéricos. Se llega a una interpretación. La cúpula lapidaria delibera. Hay un consenso. Inmediatamente, los generales lapidarios parten a Oriente y Occidente a repartir instrucciones. Los cronistas de La Campaña, los otros cerontes y hasta el más simple labriego que observa se da cuenta que algo ha cambiado: los Caballeros Lapidarios ya no guerrean.

En cambio, vaya a saberse por qué medios, toman contacto con las sociedades herméticas lunilaicas. Les hablan sobre algo que han descubierto. Dialogan. Establecen un pacto e idean un plan. Un plan mundial.

- Un plan, ¿para qué?

- No lo sabemos con exactitud pero la evidencia de un plan se desprende de los movimientos que ejecuta a continuación la Orden Lapidaria. Creemos que la cúpula de la Orden Lapidaria descubrió uno o varios manuscritos, probablemente de origen etriarca, que describían el botín arrebatado al pueblo místico. La descripción pudo haber sido fantasiosa pues es presumible que la haya dictado una mente mágica. Sin embargo, los sabios que ayudaban a los lapidarios pudieron sacar en claro algo trascendental sobre la Tabla del Arcano. No sabemos qué fue. Algo que les impuso la necesidad de entrevistarse con la cúpula hermética lunilaica. Algo tan importante que éstos aceptaron la cooperación con los lapidarios mientras los demás crucíglobas masacraban a su pueblo. En fin... Suponemos que como consecuencia del plan, la Orden Lapidaria toma contacto con el rebelde Rey Phi D'Ric que se había formado entre crucíglobas y lunilaicos y que tenía el poder y las conexiones que ellos necesitaban. Phi D'Ric desapareció por un tiempo. Se cree que fue invitado a algún refugio lapidario. Le ponen al corriente del descubrimiento y le explican el plan. El excéntrico Phi D'Ric, amigo de las artes y la ciencia y enemigo de la guerra, una vez convencido, pasa a ser uno de ellos. Ahora, de repente, necesita reconciliarse con el cruciglobismo. Y no sólo eso, al obtener la representación del Øppos consigue ser la segunda autoridad en la iglesia crucígloba. El Rey Phi D'Ric sabe a dónde dirigirse pues la treta ya está armada: no parte a guerrear en Ibur sino a visitar al Ahaxi. Y ahí los tienes: el equivalente al Emperador Marteriano de Occidente y el Monarca todopoderoso de los lunilaicos juntos, sin matarse y sonriendo. Phi D'Ric no habla como emperador, ni como líder de la Cuarta Campaña contra los lunilaicos; habla como embajador de los pactados. Lo que se discute en el palacio del Ahaxi no es a nombre de la civilización occidental ni de la iglesia crucígloba sino a interés de la Orden Lapidaria y los lunilaicos más poderosos. Inmediatamente, el Ahaxi hace suyos los intereses allí aludidos. Y, como consecuencia insólita, le cede temporalmente la soberanía de Ibur. El Øppos está satisfecho y Phi D'Ric tiene un pretexto para desplazarse en suelo lunilaico sin que ninguno de los ejércitos le pida cuentas. ¡Extraño!, ¿verdad? Esto sólo puede entenderse como una confirmación de un plan mundial que involucró a los mayores poderes de Occidente y Oriente.

- Pero, ¿qué pudo ser?

- Lo más relevante que siguió a la reunión es la estadía de Phi D'Ric en el palacio de Ntra con Eli-vé por anfitrión. ¿Qué hacía allí? La repuesta a esta pregunta es la última de las revelaciones de la Exégesis. Iruz-tod, cronista de Ntra en época de La Campaña, en su obra UtE-mê-fhaT, ya nos narró cómo Eli-vé descubrió una cueva oculta bajo los basamentos de la ciudad. La narración dice claramente que la caverna albergaba un edificio escarbado en la roca con un graderío que sobresalía de las aguas fangosas. El edificio lucía un frontón triangular sobre una hilera de columnas con símbolos anaglíficos muy extraños que Eli-vé no supo reconocer. ¿Qué clase de lengua era esa que un guerrero educado no supo identificar? ¿Era quizá una lengua ancestral o un lenguaje litúrgico secreto? Luego dice: Sobre las gradas reposaba un pedazo de mano gigante de color amarillo y otro pedazo de una cabeza roja; probablemente restos de estatuas inmensas. ¿A qué te recuerda eso, querido Ad?

- A los templos szabeos que había en la ciudad de Narráh.

- ¡Exactamente! Pero, como te dije, eso es parte de una leyenda y no de una historia verdadera.

- Igual que Wgijvrán, el mago.

- ¡Sí! Y, me olvidaba, también está el detalle sobre AloOf. De la historia de Eli-vé, en donde un monarca se convierte en engendro alado, se puede presumir que el hechicero AloOf manejaba al dominio el arte nigromántico de la transmutación. El concepto de transmutación tiene, en la búsqueda del Santo Råål, un significado muy gravitante y, con varias apariencias, es común a todas las búsquedas, incluida la búsqueda del Tesoro de Souh. Phi D'Ric viaja hasta Ntra con una escuadra de lapidarios. Una vez allí, descienden a la cueva por el pasillo asqueroso y maloliente. Como ya te dije, hay evidencia de que Phi D'Ric partió de Ntra con algo que no tenía cuando llegó. Al parecer, encontraron lo que buscaban y lo que hallaron no desmereció las expectativas ni las causas del pacto, ni la elaboración del plan. Entonces, y con esto concluye La Exégesis, los Caballeros Lapidarios sí encontraron el Santo Råål. Y, el Santo Råål es la Tabla del Arcano.

- Bueno, ¿dónde la llevaron?

- No tenemos la más remota idea. No obstante, es razonable que haya sido escondida en alguna propiedad de la iglesia crucígloba pues Phi D'Ric disponía del beneficio de representar al Øppos y podía hacer y deshacer sin que nadie le hiciera preguntas. También cabe pensar

que la Tabla del Arcano fue escondida en algún sitio refundido que perteneció a los lapidarios.

- Entonces, no tenemos nada.

- ¡Sí tenemos algo! Es posible que los elegidos entre todos los que han efectuado El Camino de Gnedh seamos nosotros. Estamos sobre el camino privilegiado que nos desvelará el secreto que los szabeos buscamos desde hace siglos: el paradero de la Tabla del Arcano. Para los monjes szabeos, la Tabla del Arcano siempre ha representado la consecución de la paz. Encontrarla ha sido nuestra razón de ser como orden religiosa. Y, dada la situación de alto peligro en que se encuentra la vida sobre este planeta, su hallazgo se vuelve más necesario que nunca.

- ¡Muy bien, Wgijvrán! -gritó mi maestro al aire- ¡Tú has ganado: quiero encontrar el Santo Råål!

Inmediatamente después, hubo un violento oscurecimiento seguido por una explosión de enceguecedora claridad.

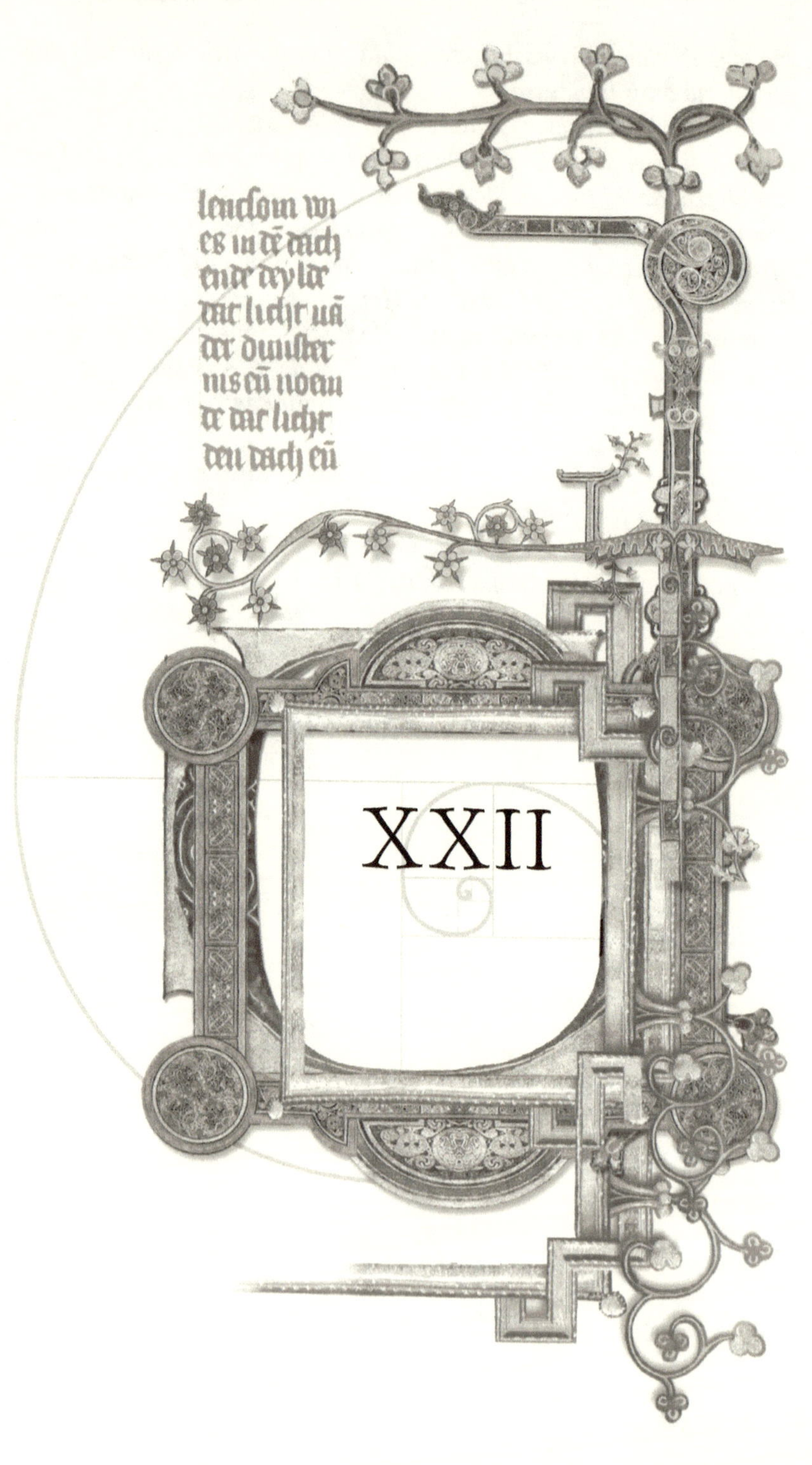

XXII

Capítulo XXII

El Desigual Iris De Dios

El intenso resplandor se fue apagando un segundo después del estallido de luz. Aún impresionado por la claridad, captaba trozos de una escena extraída de los quintos infiernos. Estábamos encerrados en una jaula de barrotes que colgaba de algún lugar de las tinieblas. Justamente debajo, se podía distinguir una gran paila que contenía una sopa espesa que reverberaba dando hervores con la violencia de un volcán. Su costra fracturada en mil pedazos, dejaba entrever la incandescencia de su interior. De allí provenía toda la claridad que era casi nada. Un vapor caliente y húmedo, casi irrespirable, ascendía a través del piso enrejado de la jaula sofocándonos en su nube espesa. El vapor impregnaba mi rostro con un condensado hediondo. No pude evitar el respirar toda esa exudación mortuoria de entrañas sebosas; respiraba mi propio miedo y respiraba tinieblas. Después, sin saber por qué, me encontré pronunciando lentamente nombres inmemorables: Eliseo, Onupis, Rabis, Tsis, Catatonio, Hasás, Uwer de OrEst, Erguen, Wgïjvrán, Ngupd, Dox Ibi-Dor, Ubo, Rubán Ras-i, Igre, E-Tar, O-Tar, AloOf, Eli-vé, Phi D'Ric, Gasto Visio. A medida que los iba nombrando, del vapor asfixiante iba conformándose un engendro onomástico; por cada nombre, el monstruo se adicionaba una cabeza verdosa con ojos de queso rancio y un tentáculo húmedo cubierto de una infección azul. Cuando estuvo completo, todas las cabezas dejaron de moverse y se fijaron en mí. Decenas de ojos encolerizados me clavaron su nauseabunda curiosidad. Entonces, tuve la sensación de

que todos los nombres eran uno: el monstruo de las mil máscaras. Luego, levantó todos sus tentáculos a la vez y los dirigió contra mí. Empezó a avanzar y avanzar hasta que todas sus extremidades grotescas se reunieron sobre mi garganta con una caricia viscosa y espeluznante. Yo lancé un grito de terror al tiempo que me vi cubierto de azul. Estiré desesperadamente mi cuerpo hacia arriba, tratando de escapar y de repente... estaba libre.

Abajo, mientras tanto, los vapores ascendentes que me mantenían sobre sus yemas empezaron a girar. Como una mano vaporosa, el humo me envolvió hasta asirme del todo. Cuando ya me tenía bien sujeto, me succionó como por un sumidero.

En el piso del más lóbrego rincón de un castillo, calentados por una marmita que mantenía una reverberación fosfórica, vapores insanos de mercurio se matrimoniaban con una forma maligna de azufre volátil. Sobrenadando la sopa alquímica apareció una piedra dorada que refulgía. La piedra se descascaró dejando a la vista un huevo inmaculado y perfecto. La marmita empezó a perder calor hasta agotarlo. Una vez que se enfrió, el huevo, comenzó a sacudirse. Hubo un instante que se partió y un hermoso pájaro blanco, esbelto y orgulloso desplegó sus alas y volando huyó del castillo hacia el cielo libre donde fue feliz por siempre.

- ¿Cómo fue que llegamos a parar aquí? -preguntó mi maestro.

- ¡Eh! ...¿Qué?

Ese momento desperté o acabé de llegar, ¡quién sabe! Ya dueño de mí mismo, noté que nos encontrábamos en un gran pasillo como aquellos que van adosados a los palacios. Por la cantidad de artificios bélicos bien podría haberse tratado de una sala de armas pero estaban tan desperdigados que me parecía más bien estar contemplando el saldo de una batalla. El pasillo estaba delimitado, a la izquierda, por una pared; a la derecha, por una secuencia de ventanales de ojiva. Los ventanales estaban construidos con vitrales de estilo bórico que difundían una claridad brillantemente multicolor. La luz rebotaba en los cuerpos metálicos de las armaduras que yacían en el suelo y que parecían guardar fantasmas exhaustos de guerras fracasadas.

- ¡Vaya! -exclamó mi maestro- Si no fuese por lo descuidado que está todo esto yo diría que nos hallamos en un museo de armas; específicamente, en una sala destinada a la Edad Intermedia. Hay armaduras semejantes a las que usaban los Caballeros Lapidarios y todos los demás cerontes; hay yelmos, lanzas, espadas, cuchillos, mallas.

¡Ah! Mira hacia allá, querido Ad: ¡una armadura para cubrir el cuerpo de un jralen! ¿Imaginas el peso que soportaba el pobre animal?

- ¿Qué es eso?

- Eso es una ballesta. Una de las armas más sofisticadas de aquellos tiempos. La ballesta era sumamente mortífera y muy eficaz. Es un mal ejemplo de lo que puede producir la tecnología. No creo que haya un negocio más abominable que la producción y venta de armamentos. Aunque, si lo piensas, sin ella no se habría matado menos. El ser pensante no ha mudado de instintos, tan sólo ha cambiado del garrote cavernícola al misil teledirigido. Tal vez por eso, como último tributo a la honestidad, desea borrar la huella indigna de su paso por el universo autodestruyéndose con bombas de antimateria.

- Maestro, ¿es verdad que una bomba de antimateria es mucho más poderosa que una bomba atómica?

- ¿Recuerdas que yo te hablé antes del hermano Sänte el mayor y más bondadoso sabio que hemos tenido en la orden, a propósito de su modelo del Cosmos en el que si un astronauta partiera en cualquier dirección y viaja siempre en línea recta, regresaría a nuestro planeta siempre y cuando sea capaz de viajar lo suficiente?

- ¡Ah, ya! Sí, lo recuerdo.

- Pues, fue precisamente el hermano Sänte quien encontró una relación entre la materia y la energía que lleva contenida: $E=mc^2$. *El número c elevado al cuadrado en bastante grande, así que, un poquito de materia lleva un cantidad enorme de energía en su interior, suficiente como para arrasar con ciudades enteras. Deja que te aclare, querido Ad, que la fórmula de Sänte no promocionó ninguna bomba; simplemente, explica la violencia de la explosión. Muy bien, en las explosiones atómicas, únicamente parte de una masa se convierte en energía. Pero si la materia se pone en contacto con antimateria, entonces, virtualmente toda la masa se convertirá en energía produciendo una monstruosa explosión que deja enana a la bomba atómica. Primero, se producirán mesones pi y otras partículas. Entonces...*

- Maestro, perdone usted que le interrumpa. Antes de que siga, ¿me podría explicar lo que es la antimateria, por favor?

- ¡Claro! Con gusto querido Ad. Hace ya bastantes décadas, se pudo explicar la materia en términos de electrón, protón y neutrón. Para los estudios de estas partículas se disponía de un sistema para fotografiar el rastro dejado por una partícula que cruza un campo eléctrico. Alguien que revisaba esas fotografías encontró la trayectoria de una partícula que debería haber sido un electrón pero que

curvaba en la dirección opuesta. Se entendió que se trataba de un electrón de carga positiva y se le llamó positrón. Excepto por este detalle, electrón y positrón son idénticos en todos los demás aspectos. El positrón es la antipartícula del electrón. La antipartícula de una partícula es idéntica a ella salvo que una de sus características es la contraria. Si la partícula frente a un campo magnético gira de derecha a izquierda, su antipartícula lo hará en sentido contrario.

- Es decir que esto tampoco nos serviría para comunicar a otro planeta qué es izquierda y qué derecha.

- ¡Es verdad! Es fácil reconocer que en este caso se mantendría la simetría del experimento. Bueno, si una partícula y su antipartícula entran en contacto, el resultado es la emisión total de energía. Hasta el descubrimiento del positrón los científicos, con ciertas excepciones, se habían mostrados contrarios a aceptar la posibilidad de la existencia de partículas opuestas o antipartículas. Hubo un físico teórico llamado Diluac-D'qut, quién profetizó el descubrimiento del positrón con estas palabras: Sería una nueva clase de partícula, desconocida en la física experimental, con la misma masa y carga contraria que las de un electrón. Podríamos llamar a esta partícula anti-electrón. El anti-electrón no duraría mucho tiempo en este mundo; el encuentro con un electrón los destruiría a ambos. Los electrones abundan en nuestro mundo y, tal como lo había predicho Diluac-D'qut, tan pronto como se produce un positrón, éste encuentra un electrón y se aniquilan mutuamente. La teoría de Diluac-D'qut, para ser consecuente, también anunciaba la existencia de un anti-protón y un anti-neutrón. Veinte años después de la anunciación, el trío de anti-partículas era una realidad innegable. Los físicos de la época pensaron que si para cada partícula que forma la materia ordinaria hay una antipartícula, ¿por qué no puede haber antimateria? Un anti-átomo de anti-hidrógeno debería tener un anti-protón como anti-núcleo alrededor del cual giraría un anti-electrón. Cuarenta años después, el primer anti-átomo de anti-hidrógeno fue creado en el laboratorio. Duró 40 billonésimas de segundo, viajó 10 metros, casi alcanzó la velocidad de la luz y, luego, fue destruido por materia ordinaria. La antimateria era un hecho innegable. No había razón para pensar que los anti-átomos no pudieran unirse para formar anti-moléculas y anti-compuestos y anti-cuerpos y anti-seres. Esto fascinó de tal manera a los científicos que se dedicaron a explotar el tema. Habían muchos problemas que solucionar: el tiempo de vida de la antimateria debería prolongarse de 40 billonésimas de segundo

a una existencia permanente; la antimateria debería ser aislada del resto de la materia de este mundo, probablemente haciendo uso de un campo magnético pues su contacto convertiría el laboratorio en la mayor bomba jamás hecha; finalmente, se debía encontrar un sistema para producir antimateria en cantidades importantes; no sólo un simple átomo. Sesenta años después, el primer antigás de anti-hidrógeno se encontraba confinado en una botella termomagnética. Este prototipo sugería la creación de reactores de antimateria inagotables. Bastaba con saber controlar la cantidad de anti-átomos de anti-hidrógeno que cada vez entran en contacto con átomos de hidrógeno. Muy pocos átomos significaban cantidades nunca antes creadas de energía. Esta invención podía solucionar el problema de la escasez de alimentos de una vez por todas. Acabaría con la pobreza abriendo mayores posibilidades para combatir las enfermedades y prolongar la vida.

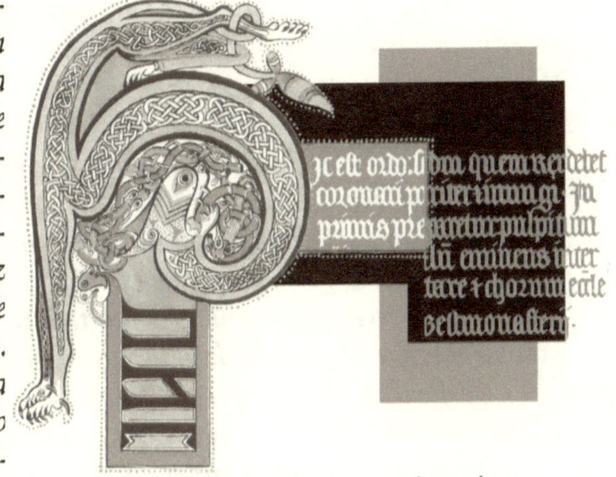

- Sobre la Tabla del Arcano sólo sabemos que representa la paz para el mundo pero no sabemos lo que es en realidad, ¿verdad? ¿Por qué no podría ser un generador de antimateria caído desde los cielos?

- ¡Todo podría ser!

- Y, tal vez, los Caballeros Lapidarios lo guardaron porque todavía no sabían para qué servía ni cómo debían hacerlo funcionar.

- ¡Vaya! Eso sí que sería irónico. Antes de que el generador de antimateria se desarrollara como una posibilidad real, la industria de armamentos, en complicidad con algunos políticos, desvió la atención de la tecnología hacia la producción de misiles con cabezas de antimateria. No importaba saciar el hambre; lo que importaba era ganar dinero. El gran público no supo de la producción de energía a partir de la antimateria hasta que esa tecnología estuvo convertida en armamento. Y, no lo supo, porque estos mismos grupos de poder se las arreglaron para mantenerlo en secreto. Pero lo escondieron precisamente porque sí sabían cómo hacerlo funcionar. Como ya te he *explicado, la industria bélica mundial había estado enfrascada en una carrera secreta por conseguir la bomba de antimateria. Cuando el mundo se dividió en dos enemistades irreconciliables, occidentales cruciglobas y orientales lunilaicos, ambas partes ya poseían el mayor poder destructor jamás creado. Pero, nadie lo sabía.*

- Igual que con el Santo Råål: un grupo de poderosos esconde un secreto que podría salvar al mundo.

- Bueno, querido Ad, tengo que admitir que ese detalle sí coincide pero lo que estás sugiriendo supondría que alguien del espacio exterior nos envió, mucho tiempo atrás, la solución a todos los problemas. Eso es similar a la historia mitológica del héroe que roba el fuego de los dioses para entregárselo a sus semejantes.

- Algo más o menos así.

- Si tu teoría fuera cierta, la Tabla del Arcano debería haber venido de un mundo con la misma clase de materia que este, de lo contrario, ya habría explotado. En cualquier caso, la cuestión es ¿por qué los Caballeros Lapidarios iban a ocultar un bien universal?

- ¡Mmm...! Maestro, ¿es posible que estemos viendo, con el telescopio, galaxias que estén constituidas por antimateria?

- Suponiendo que entre aquella y la nuestra media el vacío, sí, es posible. La dificultad radica en que el fotón tiene como antipartícula a sí mismo. Entonces, la luz proveniente de una galaxia constituida por antimateria no nos daría ninguna clave pues no habría diferencia que se manifieste en la luz. En otras palabras, no hay dos clases de luz, hay una sola. Sin embargo, sí podríamos reconocer que estamos viendo a una galaxia y a su anti-galaxia al mismo tiempo. Pero aun así no podríamos saber cuál de las dos tiene materia como la nuestra. Solo podríamos decir que estamos viendo un par galaxia-antigalaxia. No sabríamos cuál es cuál.

- ¿Cómo?

El Rvdo. Ogli empezó a dibujar en su cuaderno de viaje.

- Mira, querido Ad. La carga eléctrica de una partícula está asociada con la rotación de su campo magnético. Si una partícula cuyo campo magnético está orientado de norte a sur, gira hacia la izquierda entonces tiene carga negativa; si en el mismo caso gira hacia la derecha, tiene carga positiva. Muy bien, teniendo en cuenta los campos magnéticos y las cargas eléctricas, podemos trazar un esquema representativo de una partícula y de su antipartícula.

- Parecen dos imágenes especulares.

- ¡Exacto! La primera partícula parece la imagen especular de la otra. Ya te expliqué que dada la relatividad de términos y movimientos, estas imágenes especulares sí pueden ser superpuestas. Los signos N, S, -, y + son completamente arbitrarios. En este específico dibujo, la partícula de la izquierda sería un electrón y la de la derecha, un positrón.

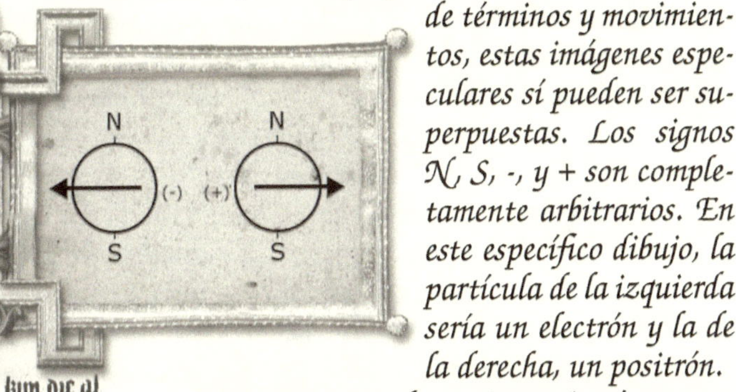

- Pero entonces, la antimateria sí nos serviría para determinar qué es derecha y qué es izquierda. Sólo el electrón es el que gira a la izquierda y sólo el positrón, a la derecha.

- No, tampoco. La razón es que los términos materia y antimateria son relativos. Para un ser de un mundo antimaterial gemelo al nuestro, el antimaterial es justamente el nuestro. Un mensaje como el siguiente: Derecha es la dirección en la que gira su positrón, no tendría sentido alguno.

- ¡Vaya! Parece que el asunto de la antimateria no nos ayuda.

- No, querido Ad.

- Bueno, lo que sí entiendo es que entonces, una galaxia y su antigalaxia aparecerían como dos imágenes especulares enantiomorfas.

- ¡Eso sí! Y si se trata de galaxias espirales, no podríamos superponer la imagen de la una a la imagen de la otra; sus imágenes serían "diferentes" y reconocibles. Pero, en cambio, no sabríamos decir cuál de ellas, la de la izquierda o la derecha, posee la clase de materia que nosotros consideramos "anti". Sería diferente si la galaxia viniera marcada con un letrero que dice "anti" desde su nacimiento. Nada sería más absurdo que transmitir: Si ustedes están hechos de materia, entonces la dirección en que gira su galaxia se denomina izquierda. Tal parece que se mantiene esa simetría de conceptos relativos. En conclusión: ni en la antimateria ni en las partículas subatómicas se puede encontrar una marca de nacimiento. Sin embargo, fue del campo de las partículas elementales de donde nació un asunto sumamente importante. Hay un tipo de fenómenos a nivel atómico que se *denominan interacciones débiles porque se desarrollan con velocidades lentas. Una velocidad lenta a nivel atómico es, por ejemplo, una diezmillonésima de segundo. Un ejemplo de esto es la producción de rayos beta, que no es más que la expulsión de electrones por un núcleo radioactivo. Rayos beta es sinónimo de rayos de electrones. Se habían detectado interacciones débiles en muchos procesos con partículas elementales, casi siempre mesones, pero no se había dado la suficiente importancia como para una prolijidad en el análisis de los experimentos. Hubo un momento en que alguien dio la alarma. Las observaciones de fenómenos posteriores planteaban serias paradojas. Nadie parecía poder resolverlas. Un par de jóvenes estudiantes procedentes del Lejano Oriente, Cea-u y Aceuj, sospecharon algo y revisaron los datos pasados. Luego, sugirieron la posibilidad de que las paradojas existían porque todos se empeñaban en exigir simetría a la naturaleza. Unos se burlaron y dijeron: Dios no puede ser zurdo. Hubo, sin embargo alguien, una científica de la misma procedencia llamada Ij-Wwo, quien armó un experimento para comprobar lo que los jóvenes decían. El experimento de Ij-Wwo involucraba la producción beta por un núcleo de cobalto bastante radiactivo, el cobalto 60 que se mantiene emitiendo electrones constantemente. Se sabía que los electrones eran emitidos por el núcleo del cobalto 60 desde sus polos norte y sur. El experimento estaba diseñado para esmerarse en comprobar si esto era cierto. Para eso había que eliminar la posibilidad de un resultado que refleje un promedio estadístico como consecuencia del movimiento aleatorio de los núcleos. En otras palabras era necesario sujetar a los núcleos para que se queden quietos y todos mantengan sus polos norte apuntando en la misma dirección. El resto del experimento estaría limitado a contar cuántos electrones salen de norte magnético del núcleo y cuántos desde el sur. Para evitar el movimiento de los núcleos, Ij-Wwo enfrió al cobalto 60 cerca del cero absoluto y además sometió al cobalto a un intenso campo eléctrico que obligaba a los núcleos, por lo menos a más de la mitad de ellos, a permanecer con sus campos magnéticos alineados en la misma dirección. ¡Ya! Aunque no del todo, estadísticamente el cobalto estaba atrapado. Después, sólo había que contar cuántos electrones salen por arriba y cuantos por abajo. Si la naturaleza se seguía mostrando indiferente respecto a cuál de los polos de un campo magnético se enfrentaba, es decir, si no hacía distinciones entre ellos, entonces las dos sumas serían iguales. La naturaleza habría sido alabada una vez más por ajustarse al sentido común y al buen gusto, la doctora Ij-Wwo y su par de inspiradores habrían sido tachados de imbéciles y ahí hubiera acabado todo. ¡Adivina, querido Ad, lo que pasó!*

- ¡No sé! ¿Qué pasó?

- Que los electrones en el experimento de Ij-Wwo no eran emitidos por igual en ambas direcciones. Se contaron mucho más por debajo que por encima; es decir, el núcleo del cobalto 60 emite considerablemente más electrones por su polo sur que por su polo norte.

- ¡Al fin! Ahora sí que hay una diferencia entre los polos magnéticos, una marca de nacimiento.

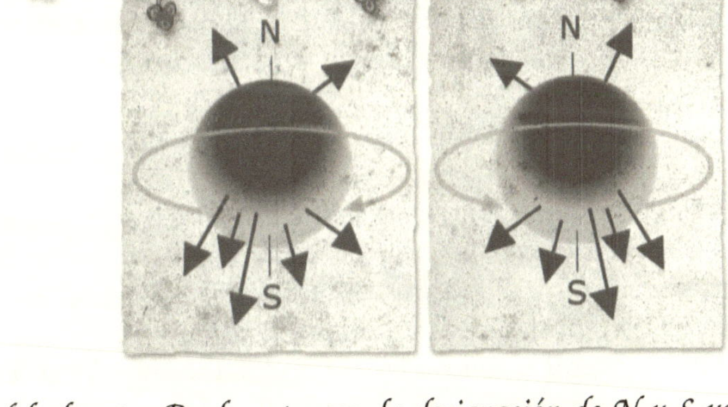

- Efectivamente, el núcleo del cobalto 60 era, de alguna manera, verdaderamente asimétrico. Antes, no se conocía ninguna manera de diferenciar los polos magnéticos salvo observando su reacción frente a otro par que ya fue examinado frente a los polos del planeta. Desde entonces, la designación de N y S ya no sería más una convención. El experimento de la doctora Ij-Wwo ponía en nuestras manos un método para rotular los polos de un campo magnético en referencia al comportamiento del núcleo del cobalto 60.

- Aunque de manera grosera, -siguió- el núcleo del cobalto 60 podía ser entendido como un esferoide girando hacia la derecha de su eje NS.

Las flechas representan las trayectorias de los electrones despedidos, habiendo más flechas alrededor del polo sur. Un diagrama aún más esquemático haría evidente la imposibilidad de superponerlo a su imagen de espejo. Las dos figuras no se pueden superponer porque ahora ya no se pueden conmutar N y S pues ya no son equivalentes. Se trata, entonces, de dos figuras enantiomorfas. Por tanto, el núcleo del cobalto 60 presenta un comportamiento asimétrico que sugiere una constitución espacial asimétrica.

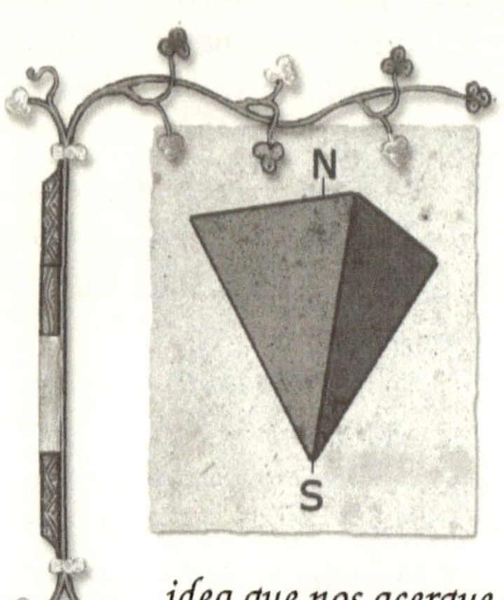

- Después de la doctora Ij-Wwo -siguió- el núcleo de cobalto se encontraría mejor representado con un tetraedro que con un esferoide. Nadie tiene, sin embargo, la menor idea que nos acerque a una explicación del por qué un polo es intrínsecamente diferente que el otro. Muy bien, querido Ad, ahora ya puedes explicar al planeta extraño lo que entendemos por derecha e izquierda. Bastaría con transmitir: ¡Hola! ¡Hola!... El extremo magnético por donde el núcleo del cobalto 60 emite más electrones, es lo que llamamos polo sur. Deben nombrar los polos de una brújula calibrándola respecto a la definición anterior: el uno sur; el otro, norte. Ahora, coloquen la brújula sobre un cable por el cual fluye corriente eléctrica como alejándose de ustedes. El polo norte de esa brújula señalará lo que nosotros conocemos como "izquierda".

- ¡Entonces, era verdad! Tratábamos de exigir simetría a la naturaleza.

- ¡Sí! Al igual que antes impusimos órbitas circulares a los planetas porque considerábamos que sólo el círculo era suficientemente perfecto para ser digno de los astros. El mismo prejuicio cayó sobre el planeta. Tenemos la tendencia a pensar que todo es o debe ser simétrico. Nuestras casas tienden a ser simétricas, los capiteles de las columnas y los caramelos. Cuando debemos diversificar los objetos, como en las pinturas, compensamos el desequilibrio interviniendo en el volumen de los cuerpos, cambiándolo hasta restaurar la sensación del balance. Pero, por más que nos empeñemos en ver simétrica a la naturaleza, los hechos prueban que el universo no es así. Alguien dijo que el universo ahora es concebido como un gigante débil con un

sólo ojo a la izquierda. Tal vez, ese sea el efecto dinámico de mirar dentro del iris infinitamente espiralizante de Dios. Hay quienes especulan que los dos jóvenes científicos se percataron de este defecto justamente porque provenían de un país donde el arte encuentra su belleza en la asimetría. Dando al espacio vacío una valoración estética y compositiva diferente, las pinturas de Lejano Oriente concentran lo verdaderamente pintado a un lado del cuadro. Y es precisamente el desbalance de esta asimetría lo que confiere a la pintura de Lejano Oriente el movimiento que posee y que obliga al ojo a ir de la zona en blanco a la zona con tinta y de ésta volver a la primera indefinidamente. Simple y encantador. Se parece al símbolo de su cultura mística que resulta de la división asimétrica del círculo. El círculo, en Occidente, sugiere en cambio toda clase de simetrías. El símbolo mítico de Lejano Oriente está constituido por dos superficies grandes en forma de gota con una réplica pequeña de sí mismas en su interior. Una de las áreas grandes tiene color oscuro; la otra, claro. Los nombres de estas áreas son Thocj y Thacj. Estos nombres representan los sonidos que produce la caída de una gota de fluido húmedo y la caída de un grano de arena seca. Thocj y Thacj significan todas las dualidades, extremas y antagónicas, que mantienen el equilibrio dinámico del universo; tal como lo sugiere su diseño que de por sí posee movimiento. Este movimiento envolvente recuerda también la generación de una espiral hacia la infinitud. Thocj y Thacj son los motores de esta generación, son todos los contrarios: amor y odio, bien y mal, guerra y paz.

- ...lunilaicismo y cruciglobismo -agregué.

- Sí, y como ves, podrían ser sólo dos partes de un mismo plan de Dios. Thocj y Thacj simbolizan también vejez y juventud, macho y hembra, belleza y fealdad, verdad y mentira, izquierda y derecha, etc. Las áreas menores, las gotas pequeñas, representan la posibilidad de existencia de una gota de fluido que no tenga humedad y de un grano de arena que no se encuentre seco. Con esto se quiere simbolizar que en cualquier lado de una dualidad se esconde siempre un poco del otro lado. Hay algo hermoso en toda persona fea y algo desagradable en las muy hermosas. Hay algo de inseguridad escondida en todo pretencioso y algo presuntuoso en todo acto de humildad. Hay quien lleva velo con vanidad y exhibición. El torbellino de un huracán siempre tiene una zona de calma; y la calma excesiva, un momento de exasperación. Hay algo de mentira en ambos lados de la verdad. Hay algo falso en toda teoría probada como la que mantenía la constancia de la simetría como ley natural. Esta gota oscura en una clara, esta "desviación", esta "anomalía", es el misterio que se oculta en todas las cosas. Parece una secreta conspiración del universo, o de Dios. Donde quiera que se busque, ahí está; en silencio, esperando. Es ese justamente el motor de la ciencia y el desarrollo integral del ser pensante; un continuo acercamiento a Dios sobre su senda espiral.

Capitulo XXIII

El Sofocante Vaho de las Aguas

Hubo un momento en que nos topamos con el final del abarrotado corredor, alcancía de yelmos y armaduras. El extremo no ofrecía ninguna salida. Eso me llenó de conmoción.

- Este largo corredor -dijo el Rvdo. Ogli- parece extraído de la parte trasera de una catedral bórica. No puedo reconocer de qué catedral específicamente se trata. Además, si cabe alguna semejanza, estaríamos hablando de una sección clausurada; con mayor razón, desconocida para mí.

- ¿Puede reconocer los vitrales, Rvdo. Ogli?

- No. Sólo puedo reconocer el estilo. ¡Mira ese relieve, Ad! ¡Y allá! Las formas estilizadas aparecieron al final de las Edad Intermedia. Los nervios que recorren las columnas de alzan hasta hacer contacto unas con otras en el centro de la concavidad de esta ojiva. Este es, precisamente, el sistema nervioso de una catedral bórica.

- ¿Pero, es posible que una catedral bórica albergue galerías ocultas?

- Las catedrales, como las almas de los contritos que a ellas acuden, tienen rincones ocultos donde guardan secretos avinagrados. Los pasadizos de las criptas subyacen en las entrañas de los templos, encajados entre la armazón de sus cimientos. Son lugares lúgubres, mohosos, que hielan la sangre con frío de tinieblas; tinieblas que encubren espantos del infierno. Es el poder inherente a lo sombrío, el imperio de lo espantoso donde los espíritus atormentados claman expiación por lo inconfesado. Las criptas son mármol, frío y humedad, *catacumbas, mausoleos, agria fetidez de las almas. Pero también, en algún recóndito lugar bajo este manto tétrico donde sólo los honestos se atreven, los basamentos de las catedrales guardan conocimientos de brillo cristalino. Son saberes que se ofrecen a los que antes han sabido enfrentar las tinieblas. Se ofrecen como una revelación. Es esa la verdad genuina donde se asienta el edificio; no sobre la oscuridad que es miedo a la verdad. Por cierto, en los basamentos profundos de varias catedrales se han encontrado estatuillas magníficas y carnosas de vírgenes negras que datan de tiempos remotos. ¿Son esas estatuillas el objeto protegido por el lado tenebroso de los templos? ¿Simbolizan una verdad mayor que se oculta en otra parte, en un lugar único y sacrosanto? En una de ellas se encontró gravado el nombre Bha iEx que era el nombre de una antiquísima diosa adorada en Hipotámia bajo la forma de una piedra negra que se decía había caído del cielo. Hay un autor de la Edad Intermedia, contrario al hermetismo, llamado Qeuix de Bardth cuyo testimonio puede considerarse imparcial. Qeuix de Bardth nos cuenta que la virgen negra de la ermita de Otámix fue reemplazada por un monolito sagrado que los antiguos llamaban Opperfuss que quiere decir engendrado en el cielo; la gente simple lo llamó después Piedra Maestra de Poder. Se llamaba también Ardenx en la época cuando "enx" significaba negra oscuridad y, en particular, fuego estelar. De acuerdo con Qeuix de Bardth, sobre la ermita se edificó una catedral bórica de la más regia factura en cuyo seno se guardaba la sabiduría más secreta.*

- Maestro, ¡cómo es que sabe tanto de palabras!

- No es mérito mío, querido Ad. Ya te llegará el momento, si el mundo sigue en pie, en que te iniciarás en el estudio de la Filología y Semántica Arcana. En ella te cultivarás en todas las referencias filológicas emparentadas con el Misterio.

- ¡Ah... me gustaría mucho!

- ¡Paciencia, querido Ad! El viento que trae la primavera sopla solo en primavera. Pero, volviendo al tema, el derrotero nos conduce a la sospecha de que una de las más importantes catedrales bóricas, sino la mayor, fue construida sobre un monolito negro.

- Es posible que esta sea una pista segura para dar con La Tabla del Arcano.

- El problema consiste, en primer lugar, en que nadie sabe dónde se localizaba la ermita de Otámix; parece que se trataba de una divinidad local de limitada devoción. En segundo lugar, casi todos los templos bóricos fueron construidos sobre antiguos lugares de culto,

muchas veces paganos; tantos, que se sospecha que esta observación funcionaba como norma. Muchos de estos lugares sagrados cuando no poseían virgen negra tenían un pozo sagrado como es posible comprobarlo en las obras bóricas pues algunos todavía los conservan. Estos pozos son la materialización de lo que la tradición esotérica conoce como la Fuente de Vida o Fuente de la Juventud. El agua de aquellos pozos era renombrada por sus propiedades medicinales. Hay, en la ciudad de Verdux, una catedral bórica, conocida como Nôtrame d'Teq. Junto al pozo que se hunde en las profundidades, frente a la tumba de un obispo, se puede leer: Quien beba del fondo de este pozo, beberá la vida eterna.

En ese preciso momento me acerqué a la pared; exactamente frente a una atractiva muestra de tallado sobre un relieve ornamental. Algo sonó como un gatillo. De inmediato, el piso se abrió a nuestros pies. No pudimos asirnos a nada. No hubo tiempo. Caímos sobre una intensa luminosidad. Tan pronto como pude acostumbrarme a la claridad refulgente, me reincorporé. No sentí daño alguno. Encontré al Rvdo. Ogli frente a mí. Encontré al Rvdo. Ogli a un lado. Encontré al Rvdo. Ogli al otro lado. Encontré al Rvdo. Ogli atrás. Y más atrás, más Oglis y más Ads. A mi alrededor, en todas las direcciones, nuestra imagen se repetía cientos de veces, entre una infinidad de columnas bóricas blancas como marfil. Di unos pasos para acercarme a mi maestro y mi acción se multiplicó por cien y me enfrenté a otro centenar de dobles en otra posición enteramente diferente. En ese mismo instante, las columnas bóricas desaparecieron. En su lugar, aquel ambiente extraordinario adquirió la decoración de los palacios orientales. Me asusté. Traté de moverme pero vacilé.

- ¡Detente ahí mismo! -gritaron cien Oglis- ¡Ni siquiera te muevas!

- ¡Ayúdeme, maestro!

- ¡Calma, querido Ad! -dijo con voz tranquila y segura- Todo se resuelve con calma y mucha paciencia.

- ¿Dónde está usted?

- ¡No lo sé! Yo también estoy viendo, mezclado con mis imágenes, innumerables Ads y no sé cuál es el real. Lo único que sé es que nos encontramos en un palacio de espejos.

- ¿Un palacio de espejos? ¿Qué es eso?

- Los palacios de espejos se usaban en la antigüedad y volvían locos a los que quedaban atrapados en ellos. Estamos experimentando la sensación que podríamos tener si nos hubiesen achicado y confinado

dentro de un caleidoscopio. Un palacio de espejos estaba construido sobre una habitación de base hexagonal. Cada una de sus paredes estaba conformada por un gran espejo esmeradamente bien pulido para la extrema reflexión. El prisionero de un palacio de espejos se veía a sí mismo reproducido incontables veces a su alrededor y tan lejos como alcanzaba su vista. El malo vería entonces multiplicada infinitamente su maldad; el perjuro vería su blasfemia saltándole a la cara; el asesino no podría esconder su crimen; el envidioso sería atormentado por sus rencores; el ladrón no podría escapar de su vergüenza y el común de la gente sería mortificado por sus pecadillos, sus mentiras, sus infidencias, sus deslealtades. En fin... El que aquí quedaba atrapado se enfrentaba a cientos de fantasmas.

- ¡Deben ser miles de fantasmas!

- ¡Mmm...! No son tantos. Una sala hexagonal bien pulida alcanza a reproducir 468 gemelos, producto de hasta la duodécima reflexión. Entonces, querido Ad, no te muevas. A menos que la casualidad nos favorezca, con cada movimiento nos desubicamos más. ¿Recuerdas, aproximadamente, tus movimientos desde el principio?

- Aproximadamente, sí.

- Trata de regresar sobre tus pasos.

¡Así lo hice! Muy lentamente, desplacé mis piernas hacia atrás procurando repetir mis movimientos.

- ¡Ya! Creo que he regresado.

- ¡Muy bien! Ahora estira tus brazos y gira a tu alrededor. Yo voy a hacer lo mismo.

Un instante después, nuestras manos se tocaron. Abracé a mi maestro. Justo en ese momento la ambientación cambió nuevamente. Nos encontrábamos ahora entre columnas grezcas del período clásico.

- Avancemos ahora hacia adelante -dijo el Rvdo. Ogli- Seguramente vamos a toparnos con una pared que resulta invisible porque en realidad es un espejo. Puede estar orientada sesgadamente respecto a nosotros; entonces, tampoco nos veríamos reflejados en ella aunque pudiéramos ver las demás reflexiones.

- O sea que no sabremos cuándo vamos a chocar con la pared.

- ¡Exacto! Por eso debes avanzar con tus manos al frente.

Efectivamente, hubo un momento en que topamos una barrera invisible.

- Ahora -dijo el Rvdo. Ogli-, si nos movemos a lo largo de esta pared iremos a dar con una de las esquinas del hexágono.

Ambos caminamos muy cuidadosamente. Al desplazarnos, nuestros gemelos se movían en todas las direcciones. Algunos parecían pasar muy cerca de nosotros. Algunas de mis réplicas me miraban con el mismo estupor con que yo lo hacía. Luego, encontramos algo verdaderamente sólido. Se trataba de la auténtica o una de las auténticas columnas grezcas que repletaban el múltiple espejismo.

- Querido Ad, quiero que te coloques lo más apretadamente posible a la columna. Cuando la columna empiece a girar, porque te aseguro que lo hará, vamos a girar con ella acompañando su movimiento. ¿Está bien?

- Sí, maestro. Lo que usted diga.

Esperamos unos instantes pero nada ocurrió.

- Los palacios de espejos más refinados, como este, combinaban la reflexión infinita del objeto reflejado con la mutación total del ambiente. Esto añadía sensación de delirio a la angustia que sufría el desdichado que había sido detenido por el entramado intangible de las reflexiones. Para lograr esto, las paredes del hexágono eran cortadas de arriba a abajo a cierta distancia de las esquinas. Las esquinas, entonces, podían girar exponiendo varias decoraciones. El desdichado se encontraba ya en una selva tropical ya en un palacio de galas orientales. De vez en cuando se dejaba en libertad a uno que otro para que amedrente a los demás con sus relatos sobre la magia negra del Rey. El secreto de esta magia se basaba en un fenómeno físico tan sencillo como la reflexión de los espejos.

- ¡Maestro! -grité- ¡Se empieza a mover!

Igual que una puerta giratoria ordinaria, la esquina del palacio de espejos nos extrajo del inmenso espejismo. Al detenerse la puerta, nos salió al encuentro la luz mortecina de una antorcha. La antorcha se encontraba enclavada en una pared curva hecha con bloques de piedra gris azul. El brillo anaranjado de las flamas destacaba la exudación fría de la pared. Allí se respiraba humedad. Gotas saturadas de pestilencia mineral caían sobre nosotros. La superficie del tumbado de aquel pasillo estaba cubierta de nódulos verdes como las protuberancias de un ser anfibio. El piso estaba alfombrado con un manto de agua.

- Parece que estamos en los sótanos de una edificación antigua -dijo el Rvdo. Ogli- ¿Un castillo? ¿Una catedral?

El Rvdo. Ogli tomó la antorcha y, alumbrándonos con ella, caminamos por un pasillo cavernoso que encontramos a la derecha. Llegamos hasta una grada de caracol, toda labrada en piedra, que descendía más allá de las tinieblas.

- ¿No me diga que quiere que bajemos por aquí?

¡Bajamos! La escalera espiral se hundía barrenando las entrañas del suelo como un taladro. Al resplandor de la antorcha, los escalones brillaban con el azul metálico del acero templado. El sonido lejano de un intenso goteo ascendía hasta nosotros vaticinándonos asuntos más empapados todavía.

Descendíamos antorcha en mano. Las sombras huían de la llama revelándonos formas nodulares que se estiraban y retorcían envolviendo las gradas espirales como si hubiesen sido parte del vórtice de un antiguo caldo volcánico cuando el tiempo ni siquiera contaba. Bajábamos con la atención perpleja y recelando el paso. Las gradas continuaban taladrando las tinieblas, abriendo círculos en la oscuridad. De repente, la antorcha iluminó algo distinto. A ras de un piso mojado, pudimos distinguir una puerta circular de madera como una escotilla de mar. La puerta se mostraba entreabierta.

- Supongo que debemos entrar -pregunté.

- ¡Eso creo, querido Ad! ¡Valor!

Bajo la puerta circular, las gradas continuaban hundiéndose sin cambio aparente. La cuarta vuelta, sin embargo, desembocó en un salón bastante grande y bastante oscuro, atravesado de arriba abajo por un bosque de columnas de rica ejecución. Avanzamos en silencio. Yo, temeroso y asombrado; el Reverendo Ogli, tan sereno como siempre. Hasta tuvo el coraje de quedarse unos minutos "disfrutando la arquitectura". Nunca nos apartamos del espacio entre las hileras de las columnas a las que nos habían conducido las gradas. Por fin, fuimos a parar en una habitación construida enteramente con bloques de piedra. Como todo el resto, el suelo también estaba cubierto por una delgada capa de agua. El Rvdo. Ogli levantó la antorcha para extender la vista. En el extremo, se veía una tina lavatoria casi a nivel del suelo. Sobre ésta, un recipiente vacío en forma de concha estaba adosado a la pared. A su vez, encima de aquel, había un monstruo marino dirigiendo su enorme boca hacia adelante. El conjunto estaba contenido bajo un arco que se asentaba sobre las espaldas de dos gárgolas que coronaban un par de columnas esquineras. Dentro de la boca del monstruo había un extraño grupo de protuberancias geométricas. Toda la pared lucía ancianada, envejecida por el abandono, carcomida por las aguas y las sombras. Nos acercamos para contemplar de cerca al ser marino. Fue entonces cuando oímos un "click" que emergió desde abajo de nuestros pies. De repente, el monstruo empezó a vomitar un chorro de agua sobre el recipiente. Pronto, colmado el recipiente, el agua se derramó hacia la tina lavatoria. Rápidamente, la tina se desbordó.

- Creo que hemos accionado una trampa -dijo el Rvdo. Ogli- ¡Regresemos!

Atravesé el salón de columnas llevado por un demonio. Busqué las gradas como un atolondrado. Subí adelantándome a la luz de la antorcha. Subí con las manos al frente para amortiguar los tropezones. Dos vueltas de escalera, tres, cuatro...

Empujé con fuerza la puerta circular.

- ¡Ah! -grite- ¡La puerta está cerrada!

Mi maestro también trató de abrirla sin resultado.

- Debe haberla bloqueado el mismo mecanismo que se activó allá abajo -dijo.

- ¡Estamos atrapados! ¡Vamos a morir, maestro Ogli! ¡Vamos a morir ahogados!

- ¡Calma, querido Ad! No hay nada que el poder del entendimiento no pueda vencer. ¡Volvamos a la fuente de agua!

- ¡Qué!

Las aguas ya llegaban a nuestras piernas cuando regresamos frente al monstruo inundador. Mi maestro acercó la antorcha al grupo geométrico que albergaba la boca del monstruo. Lo examinó detenidamente y en silencio. Las aguas seguían devorando el espacio respirable. Mi maestro se encontraba totalmente concentrado en la boca del monstruo en una actitud indolente que a mí me desesperó.

- ¡Maestro, el agua sigue subiendo!

- ¡Calma, querido Ad! La paciencia premia con un acertado y único esfuerzo.

Vi que con una de sus manos jugaba con uno de los cuerpos geométricos. Yo estaba subido sobre el borde del lavatorio y aun así el agua me llegaba a la cintura y continuaba creciendo.

- En tiempos lejanos, cuando las tumbas ocultaban tesoros, los constructores colocaban mecanismos de defensa como este -dijo mi maestro completamente impávido-. Se trataba de un sistema basado en un juego que se practicaba en la antigüedad. La prueba consiste en desplazar uno de los cuerpos geométricos abriéndose paso a través de los otros hasta encajar en el espacio vacío por donde sale el agua.

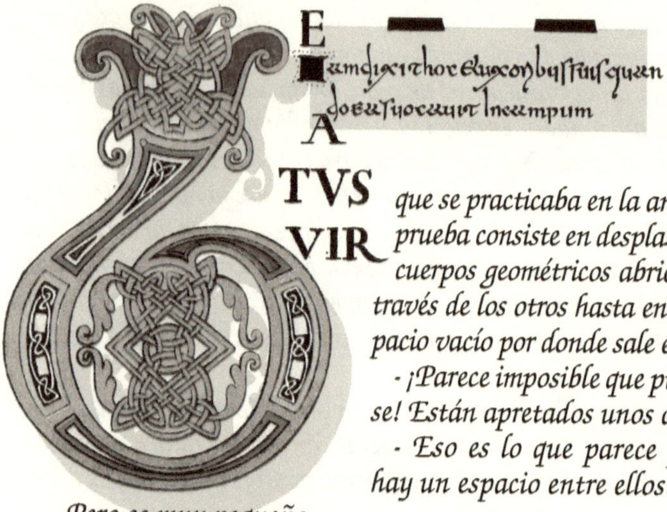

- ¡Parece imposible que puedan moverse! Están apretados unos contra otros.

- Eso es lo que parece pero siempre hay un espacio entre ellos.

- Pero es muy pequeño.

- Esa es precisamente la dificultad. Tienes que arreglártelas sólo con eso.

La mano de mi maestro se movía rápidamente haciendo a un lado las piezas, regresando otras, subiéndolas, volviéndolas a bajar.

- ¡Ya estoy nadando, maestro!

Justo en ese momento sonó ¡click! en alguna parte.

- ¡Ya! -exclamó- ¡Ya está!

Uno de los bloques había encajado justamente en el espacio por donde antes salía agua. La inundación se detuvo. Incluso, momentos después, pudimos ver que las aguas empezaban a retirarse.

- ¡Estamos salvados! -grité- ¡Y por los pelos!

- En una ocasión, un sabio oriental dijo: "Quien espera con conocimiento, espera tranquilo porque sabe que el triunfo es suyo."

- ¡Ese sabio nunca estuvo aquí!

Después de cierto tiempo las aguas se habían apartado hasta persistir a nivel de la tina lavatoria. Mi maestro permaneció examinando la trampa ornamental. Mientras tanto, yo subí por las gradas. Me sentí bastante agotado y empecé a jadear.

- ¡Sigue cerrada! -dije cuando regresé.

- Mmm..

- ¡La puerta! ¡La puerta sigue cerrada! -repetí.

A mi maestro pareció no importarle mucho quizá porque ya lo sospechaba.

- El agua se drena -dijo- a través de un pozo que se hunde en las profundidades y del cual la tina lavatoria es tan sólo su borde. Tenemos que encontrar una salida, querido Ad, pues el aire se está agotando muy rápidamente.

El conocimiento sobre esta amenaza empezó a asfixiarme más rápido que la falta de aire. Mi maestro se volvió hacia mí y comprendió mi angustia.

- Calma, querido Ad. En la situación más dificultosa siempre hay una salida. Y casi siempre se encuentra bajo tus pies. ¿Confías en mí, querido doctrino?

- ¡Sí, maestro! -dije asfixiándome- ¡confío en usted!

- Entonces, ¿vas a hacer lo que yo te diga?

- ¡Sí!

- Voy a descender por el pozo en busca de una salida. Mientras tanto, quiero que permanezcas aquí. Procura estar tranquilo. Si permaneces agitado, tus necesidades de oxígeno van a ser enormes. Practica la respiración profunda conduciendo tus pensamientos hacia la serenidad. Recuerda que la mente puede controlarlo todo. Respecto a mí, de cualquier manera voy a volver. ¡No te preocupes!

El reverendo Ogli se sentó al borde de la tina lavatoria. Aspiró prolongadamente por dos ocasiones. Los músculos de su cara empezaron a relajarse. Su rostro adquirió la expresión ausente que induce la meditación. La extrema concentración de monje szabeo lo ponía en comunicación con las aguas. Luego, expandió sus pulmones y tomó todo el aire que le fue posible. Enseguida, se sumergió en la oscuridad líquida del pozo.

- Que la mente puede controlarlo todo... ¡Sí, cómo no! -pensé- Creo que en mi caso la frase es reversible.

Apenas se fue mi maestro me puse como loco. Traté de serenarme. Decidí practicar la respiración profunda. Crucé las piernas. Enderecé la columna vertebral. Y empecé a aspirar... ¡Pero qué iba a aspirar si no había aire! -me dije-. Cuando no hay aire, no hay nada que se pueda respirar. Y los que no respiran se mueren. Y se mueren asfixiados. ¡Fea muerte! Y feo voy a quedar porque los que se asfixian se ponen azules. Nadie me va a reconocer así, todo azulado. Pero para reconocerme tendrían que verme de nuevo los que ya me conocen. ¡Pero ya nadie me iba a volver a ver nunca jamás! Hasta aquí no ha llegado nadie. Y tampoco han salido. Seguramente se han muerto asfixiados. Azulados. Para toda la eternidad. La eternidad fría y húmeda. ¡Qué lento debe pasar la eternidad para los que se mueren encerrados aquí! ¡Qué lenta está pasando la eternidad ahora mismo! ¡Qué lento pasa el tiempo cuando se respira al instante! Cada respiración es un instante. Cada instante una asfixia. Con cada asfixia menos aire. El aire, cada vez más desgastado. Cada vez menos aire. Que desagradable sensación grasosa deja el aire usado... Me ahogaba. Me estaba ahogando.

De repente, con gran estrépito, el cuerpo enorme de mi maestro rompió las aguas con violencia. Con un quejido doloroso, sus pulmones aspiraron ansiosamente el ambiente viciado

- ¡Maestro!

- Sí, Ad... estoy... de vuelta -dijo acezando

- ¡Ya no hay aire!

- ¡Puedo notarlo!

- ¿Encontró una salida?

- Sí, querido Ad. El fondo del pozo se curva y conduce a una sala mucho más grande que esta. La sala está iluminada por antorchas y contiene aire fresco.

- ¡Qué bien!

- El inconveniente es que el pozo es muy profundo y me temo que se encuentra muy por encima de tus facultades.

- Entonces, ¿me va a dejar aquí?

- ¡No! No te asustes, querido Ad. Lo último que yo haría sería abandonarte.

- Pero, entonces... ¡No veo solución!

- Calma, querido Ad. Ya te dije que no hay nada que la mente no pueda superar. Quiero que me mires fijamente a los ojos.

La hipnosis es una técnica que los monjes szabeos manejan con ventaja después de muchos años de estudios mentales. Es parte de las destrezas que se adquiere al desarrollar la visión interna que se encuentra en la parte posterior de la cabeza.

Mi conciencia no da cuenta de nada de lo que ocurrió a continuación. El Rvdo. Ogli, según me lo explicó él mismo, me llevó hasta el trance hipnótico y me capacitó para respirar como los anfibios que son capaces de sumergirse por grandes períodos. Luego, me sujetó y nadó conmigo hacia las profundidades del pozo. Recuerdo, eso sí, que cuando desperté de mi trance estaba a los pies de una fiera espantosa.

Estaba cubierta de una larga barba ensortijada que se hacía una con su cabellera. No pude contenerme y lancé un grito. Luego vi que mi maestro se precipitaba en mi auxilio desde algún sitio.

- ¡Calma, calma! Es sólo una estatua.

- ¡Una estatua!

- En realidad son dos: una frente a la otra, con sus manos sobre un altar crematorio. Te encontrabas evidentemente muy agotado por la presión a la que habías estado sujeto pues cuando te saqué del trance hipnótico, te quedaste profundamente dormido. Pero, como me di cuenta que también en esta cámara las aguas están creciendo, te transporté a la parte más segura que encontré sobre este graderío...

- ¿Es decir, que este lugar también se está inundando?

- Me temo que sí, querido Ad.

- ¿Hay alguna salida?

- Precisamente, cuando tú gritaste yo me encontraba dedicado a explorar este salón. He podido observar que la cueva alberga los restos de un templo de tiempos remotos. Las aguas ganan altura y eventualmente, lo cubrirán todo.

Frente a nosotros se podía ver las dos estatuas horribles y un altar crematorio. Más allá, en lo alto de las gradas, se levantaba una puerta pesada de marco imponente con simbolismos extraños labrados en sus alas; signos que mi maestro ignoraba. La boca del pozo por donde salimos se había convertido en una piscina informe rodeada por escombros. Unas columnas en pie, otras venidas al suelo completaban el ambiente.

- Si no me equivoco -dijo el Rvdo. Ogli-, nos encontramos frente a una Puerta Consagratoria. Una puerta de estas, según Uggar que vivió hace siglos, se abría por voluntad de los dioses una vez que los sacerdotes habían efectuado un determinado ritual. Los sacerdotes se acercaban a la puerta del Templo cantando alabanzas. Luego, prendían el fuego ceremonial sobre el altar crematorio. Aparecían las llamas. Entonces, cantaban una plegaria para que su dios les abra las puertas de su casa, el templo. El dios accedía y de inmediato, los guardianes del templo, las estatuas que te asustaron, derramaban gotas de oro celeste sobre el altar. El humo divino se difundía, hacía contacto con las puertas y las abría de par en par. Bueno, todo eso era el resultado de un mecanismo ideado para impresionar a los creyentes. El altar era metálico y hueco. Cuando el fuego ardía, mientras los sacerdotes cantaban, el aire contenido en el interior del altar se calentaba y se creaba presión. La presión accionaba dos mecanismos

ocultos y simultáneos. En el primero, el aire presionaba sobre un contenedor de aceite aromático coloreado con resinas que le daban aspecto dorado. De esta manera, el fluido era obligado a subir por conductos escamoteados dentro de los brazos de las ambas estatuas. El aceite goteaba sobre el altar, ardía y liberaba su fragancia solemne. Mientras todo esto sucedía, la presión también se encontraba desplazando agua de un depósito bajo el altar. El agua se descargaba en una cubeta que se llenaba hasta vencer con su peso la resistencia de un mecanismo de engranajes que hacía girar las dos alas de la puerta. Cuando la ceremonia dentro del templo había concluido, se extinguía el fuego. El interior del altar se enfriaba y el vacío creado por el desalojo del agua la volvía a succionar y las puertas se cerraban

de nuevo como si Dios así lo hubiera querido.

- Pero, durante todo ese tiempo, el aceite debía haber continuado goteando.

- Cuando ya no era necesaria la pantomima, los sacerdotes aflojaban un tapón de cera y dejaban entrar aire al sistema del aceite. Eso era suficiente para detener el goteo.

- Bueno -dije convencido-, entonces la manera de abrir esa puerta es prendiendo fuego al altar.

- Así lo creo, querido Ad. Esperemos que se abra la puerta.

- ¡Sí, vamos a ver qué pasa! ¡Pero rápido! Las aguas están subiendo.

El Rvdo. Ogli tomó una de las antorchas que se veían en la pared y la acercó al altar. En seguida, se encendió una llama. Esperamos bastante pero nada ocurrió.

- Creo que nunca vamos a ver ninguna gota de aceite -dije.

El mecanismo debió haberse estropeado o la resina del aceite pudo haber solidificado o cualquier cosa, el caso fue que no funcionó como lo esperábamos. Sin embargo, tiempo después de haber abandonado el altar encendido, muy dificultosamente las puertas empezaron a abrirse.

¿Qué amenazas nos esperaban al otro lado de la puerta? -pensé. ¿A qué peligros nos estará conduciendo?

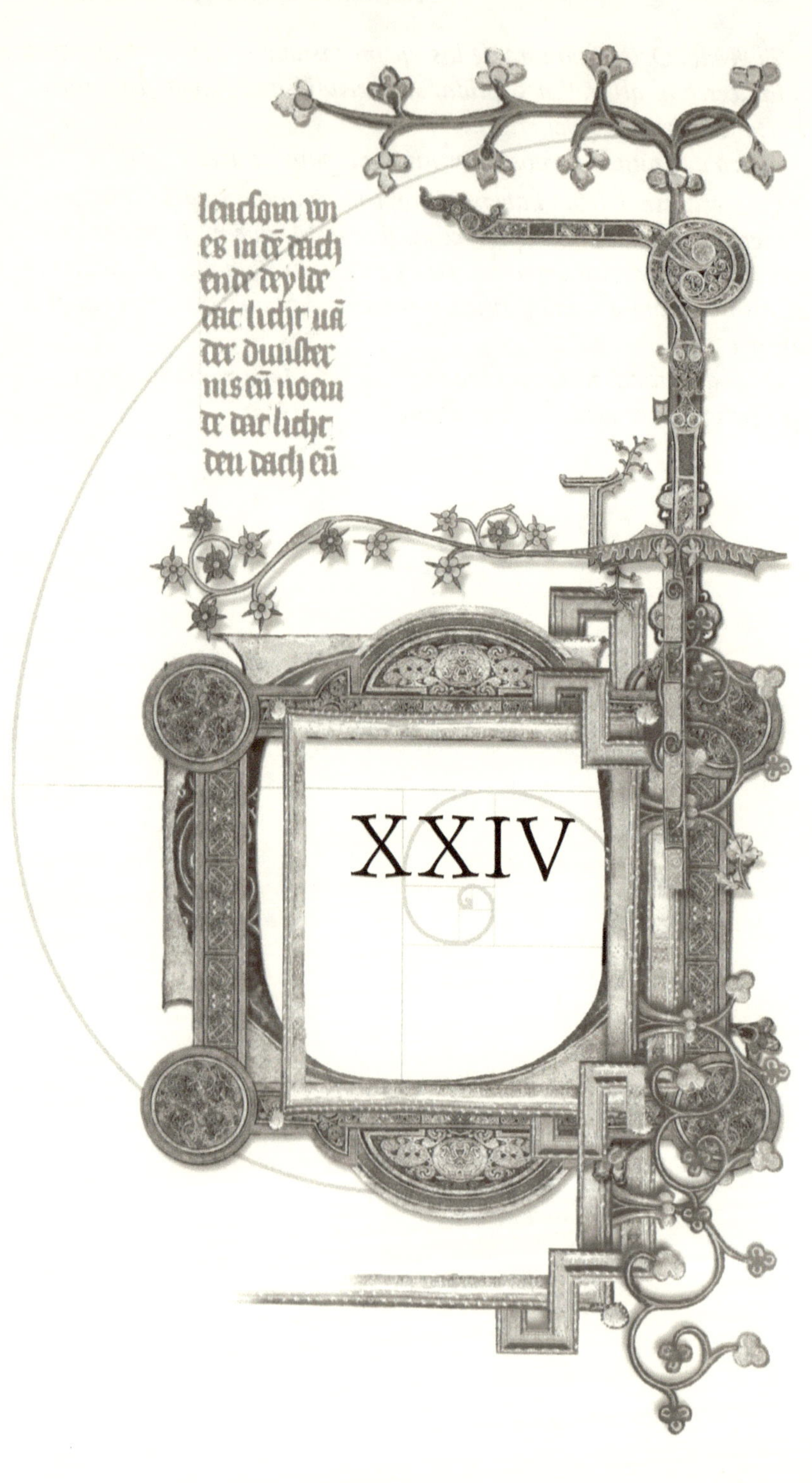

XXIV

Capítulo XXIV

La Fuente de Uronn

Una vez abiertas las puertas del templo, el Rvdo. Ogli y yo entramos en una sala blanquecina completamente libre de decoración y perfectamente lisa. En cuanto estuvimos dentro, las puertas de ingreso se cerraron. La estancia quedó casi a oscuras.

Pensé que estábamos atrapados otra vez pero un reflejo anaranjado sobre el piso nos condujo a una abertura cuadrada de bordes escrupulosamente rectos construida a media altura en la pared izquierda como si fuera una ventana. Allí nacía un pasillo ascendente de paredes pulidas. La luz provenía del lejano fondo del pasillo. Aparentemente, no había trampa en esa sala pero no hubiera podido asegurar lo mismo respecto al pasillo. El Rvdo. Ogli me ayudó a subir. El pasillo era tan estrecho que mi maestro apenas cabía. La gran pulimentación de las paredes dificultaba mi marcha hacia arriba; tanto, que yo no subía sino que era empujado por el cuerpo del Rvdo. Ogli. Prácticamente ascendía parado sobre mi maestro. Él, en cambio, ascendía embutiendo más y más su cuerpo en el pasillo que no le daba espacio. Cabía tan apretadamente que no resbalaba cuando se tomaba algún descanso. El esfuerzo que hacía era notable. Avanzábamos muy despacio. Por fin, luego de lo que a mí me pareció una eternidad, alcanzamos la salida. La boca del pasillo terminaba a ras del suelo de un cuarto rectangular más amplio que el pasillo mismo pero todavía pequeño para ser cuarto. Parecía más bien que nos encontrábamos al fondo de un pozo de piso cuadrado.

El Rvdo. Ogli tomó de la pared la antorcha cuyos reflejos nos habían guiado. Al levantarla, notamos que el pozo comenzaba a unas tres estaturas de mi maestro. Usando unas oquedades de perfecta sección cuadrada practicadas en una de las paredes, escalamos el pozo. Una vez fuera de él, el Rvdo. Ogli alumbró lo más lejos que pudo. Vimos que se trataba de una gran galería ascendente de lados muy altos y extraños. De tramo en tramo hacia arriba, las paredes mostraban un resalto como las etapas de una grada boca abajo, de tal manera que el techo de la galería era más angosto que el piso. Esto volvía imposible cualquier intento por escalarlas. El piso, en cambio, estaba formado por una rampa central y dos veredas estrechas a ambos lados. La rampa central era muy resbalosa pero las veredas tenían, a intervalos regulares, las mismas cavidades cuadradas que nos habían ayudado a subir. Avanzábamos lentamente utilizando las oquedades como escalones. Mi maestro llevaba la antorcha. El ascenso era cuidadoso y agotador. Yo trataba de poner en cada paso toda mi atención pues no quería ni pensar en un resbalón. Mi larga sombra era devorada, más allá, por las tinieblas. De repente, la oscuridad empezó a cerrarse como una sombra que se abalanzaba sobre nosotros. Sentí un fuerte viento sobre mi cara. Me agaché como precaución. Cerré los ojos, aterrorizado. Podía oír el viento en mis oídos. En la intimidad de mi ceguera, sentí que el viento pasaba sin causarme daño. Eso me dio suficiente confianza para abrir los ojos con cautela. No pude ver nada, excepto que la poca luz que se veía fluctuaba intensamente como si estuviese a punto de extinguirse. En algún instante, el viento estuvo cerca de apagar completamente la antorcha. Regresé a ver a mi maestro y lo vi haciendo esfuerzos por mantener el fuego encendido. Cuando logró dominar la extinción, noté que miró con asombro hacia adelante. Volví mi cabeza. Vi a cientos de horripilantes criaturas con rostros espantosos lanzándose directamente a mi cara. Di un grito ahogado. Espeluznado, me percaté que justo antes de alcanzar mi rostro, los monstruos alados modificaban su vuelo y pasaban rozando mis mejillas; ese era el viento que sentía.

- ¡Calma Ad, calma! -exclamó mi maestro asiéndome del cuello con su mano- Son maciégolos, mamíferos alados que habitan las tinieblas y que justamente por eso son invidentes. En lugar del sentido de la vista poseen un sistema de radar. Por eso, parece que estuvieran volando directamente hacia ti pero en el último instante te detectan como un obstáculo y se alejan flanqueando tu cara. Así que no te asustes pues quien desespere puede resbalar por la rampa hacia una muerte segura. Sólo déjalos pasar. Mientras tanto, debes

tener calma y mucha paciencia, querido Ad. A veces, los peligros son apariencias fantasmagóricas que habitan tan sólo en nuestras propias tinieblas.

- ¡Ah! ¿Entonces el viento que casi extingue la antorcha era producido por el vuelo de los maciégolos?

- Sí, querido Ad. Probablemente, al sentirnos se asustaron y su huida oscureció aún más el ambiente y produjo el viento. ¿Te imaginas qué hubiera pasado con nosotros si la llama se llega a extinguir?

Los maciégolos pasaron y se restableció la "normalidad", lo que quiera que esto haya significado en esas circunstancias. La galería terminó en un pasillo tan angosto como el que pasamos primero pero éste tenía la ventaja de discurrir de forma horizontal. Nos introdujimos en él. Mi maestro tuvo que gatear para desplazarse. No avanzamos mucho y a nuestra derecha hizo su aparición una cámara mortuoria. Su piso, paredes y tumbado estaban elaborados con gran belleza. Los bloques de piedra eran cuadrados y empataban unos con otros con precisión admirable. Estaban hechos con granito rojo esmeradamente pulido hasta el brillo precioso. Sobre el piso descansaba un esqueleto lujosamente ataviado. Sobre su pecho reposaba un adorno pectoral trabajado en oro y adornado con piedras preciosas de los más diversos colores. Sobre su casco, de oro también, se podía ver un enorme rubí del tamaño de un huevo que brillaba con el esplendor del sol rojo de las tierras del norte. Unida a lo que quedaba de la mano del guerrero, se distinguía una magnífica espada de mango dorado ornamentada con finos y prolijos altorrelieves en donde abundaban diminutas piedras de fulgor cristalino. Detrás de él, había una mesa de mármol negro casi con total ausencia de ornamentación, excepto por el propio material espléndido utilizado en su hechura. Sobre la mesa, se hallaba un cántaro alto y estrecho, notablemente esbelto, elaborado con el mismo mármol de la mesa. Éste tenía, en cambio, cenefas doradas orbitando su renegrido derredor. Esta misma comunión entre brillos granas y negros creaba un patrón rítmico en la cintura de su tapa. La elegante sinuosidad de sus curvas, la tersura que anunciaba su glamorosa piel, todo él estaba hecho para la invitación al contacto y a la apertura, pues ¿qué otra cosa más que el más regio de los tesoros puede dar hogar un objeto tan precioso como ese?

- ¡Es el Santo Råål! -dije yo.

- ¡Ten cuidado! -me contestó mi maestro- A mí me parece más bien una trampa. Lo que yo supongo sobre el Santo Råål, es decir, sobre la Tabla del Arcano, difícilmente se concilia con el lujo y el aspaviento. La Tabla del Arcano nunca podría ser un tesoro particular, ostentoso y cargado de mezquindad. ¡Todo lo contrario! Sería algo desinteresado, algo noble, un bien común extraordinario, maravillosamente universal. Seguramente, la Tabla del Arcano es sencilla pero profunda, simple como una idea, modesta como la generosidad, pura y franca como la verdad. La Tabla del Arcano debería ser reconfortante como lo es una bendición; no como lo es una lotería. Me temo, querido Ad, que estamos frente a una de las trampas que en la lejana antigüedad se colocaban al paso del profano para tentarlo y alejarlo del verdadero tesoro. A veces, al recoger una joya del esqueleto o al levantar su espada, el buscador codicioso accionaba un mecanismo mortal. Si sobrevivía a esto o si evitaba el esqueleto para alcanzar la fabulosa botella, al abrirla, en vez de un espléndido tesoro, se liberaba un gas venenoso.

- ¿Y qué tal si las joyas son verdaderas y no hay ningún mecanismo? ¿Por qué no podríamos tomar el tesoro y seguir buscando el Santo Råål?

- Sí, existe la posibilidad de que el tesoro sea genuino. Pero, ¿por qué piensas que con eso ha dejado de ser una trampa? Si eliges no desperdiciar esta oportunidad para conseguir riqueza, deberías cargar con ella y buscar vías que seguramente serán distintas a las que te conducirían al Santo Råål y, probablemente, esas sí serán mortales. No puedo imaginar haber llegado hasta aquí cargando un tesoro y el camino que todavía tenemos por recorrer no tiene por qué ser más fácil. Querido doctrino, ¡ten cuidado! Si no tienes claro lo que persigues, las comodidades menores pueden entretenerte e incluso evitar que logres aquello más profundo y duradero que verdaderamente anhelas. El resto de tu vida vivirás la vida de un muerto. Recuérdalo siempre, querido Ad , desviarse del camino podría significar hacerse daño.

- Además -continuó-, en el supuesto caso de que te fuera posible salir, ¿de qué te serviría la riqueza si afuera la muerte acecha sobre todos los seres? La única riqueza permitida en el paso al más allá es la riqueza que llevas dentro.

Nos arrodillamos para reingresar en el apretado pasillo y proseguimos nuestra marcha como si no hubiésemos visto nada. Gateamos por un rato más. La perpendicularidad de los ángulos del pasillo, su pulimentación y su ajustado alineamiento empezaron a perder preponderancia cediéndole el puesto a lo aleatorio, a lo congestionado, a lo protuberante. Nos encontramos, luego, arrastrándonos por un hueco natural que, de improviso, desembocó en una gran caverna inundada. Se trataba de una cueva formada por inmensas masas rocosas de una sola pieza, exentas de bordes agudos y pigmentadas con un fuerte color ladrillo. Las masas aparecían aquí y allá como si fuesen colosales accidentes redondos que se sobreponían. La laguna que estaba en el centro tenía la forma de un hígado. Nos encontrábamos, por así decirlo, en el extremo agudo del hígado. No veía ninguna salida. Se trataba de una nueva trampa

- ¡Salgamos de aquí! -dije a mi maestro- Esto se está inundando.

- ¡Mmm... ! Esperemos un poco. Si mis sospechas resultan ciertas, esta cueva debería desalojar agua; no recibirla. Examinemos el terreno con más detenimiento.

Nos desplazamos sobre el borde curvo de una gran roca hasta que se volvió peligroso el asomarse. En ese preciso momento se oyó un ruido seco y metálico. Regresamos a ver. La boca del pasillo que habíamos dejado ahora se encontraba traspasada con unos barrotes que no supe de dónde salieron.

- ¡Ahora sí! -dije- ¡Más vale que usted tenga razón, maestro! Si esto se está inundando...

- ¡Confía en mí, querido doctrino!

- ¡No debimos salir del pasillo! ¡Esto es una trampa!

- Paciencia, querido Ad. ¡Mira las rocas! ¿Notas que hay un sedimento marginal a lo largo de esta roca? ¡Mira! Se inicia casi a nivel del túnel. Y si te fijas más, te darás cuenta que hay un brillo tenue que se acrecienta conforme se desciende la mirada sobre la roca. Esto demuestra que tengo razón: las aguas están descendiendo.

- Pero, ¿cómo lo supo antes?

- Aunque no he descubierto todos los detalles del mecanismo y algunas cosas sólo las supongo, creo que los tres últimos ambientes en que hemos estado son parte de un sistema hidráulico. El aparecimiento de una cámara como ésta, que más bien se vacía, tenía su lógica. Necesitaba algo así para explicar satisfactoriamente el comportamiento de las otras cámaras que se inundaron.

- Usted quiere decir, la pequeña que tenía la tina lavatoria y la otra que tenía el altar crematorio donde desperté. ¿Cierto?

- Sí, efectivamente. Hace muchos siglos existió un mecánico sapientísimo llamado Uronn quien ideó la fuente que lleva su nombre. La fuente de Uronn está compuesta por tres vasijas: una superior, que está abierta al aire, y dos herméticamente cerradas ubicadas bajo la primera. Al inicio, la vasija superior contiene agua en contacto *con el exterior. La vasija inferior se encuentra llena de aire y está aislada del medio ambiente. La vasija del medio, está llena de agua e igualmente aislada. Estas tres vasijas están unidas por tres tubos. Hay un tubo entre la vasija superior y la inferior. Hay otro tubo entre la vasija inferior y la del medio. Hay un tercer tubo entre la vasija del medio y la superior. La fuente se pone en funcionamiento cuando se permite que el agua de la vasija superior descienda libremente, empujada por la gravedad, hasta la vasija inferior. Esto hace que el aire de la vasija inferior se desplace hacia la vasija del medio. Debido a la presión que ejerce el aire en la vasija del medio, el agua de ésta se verá forzada a ascender hasta la vasija superior. La liberación de agua en la vasija superior se ve como una fuente.*

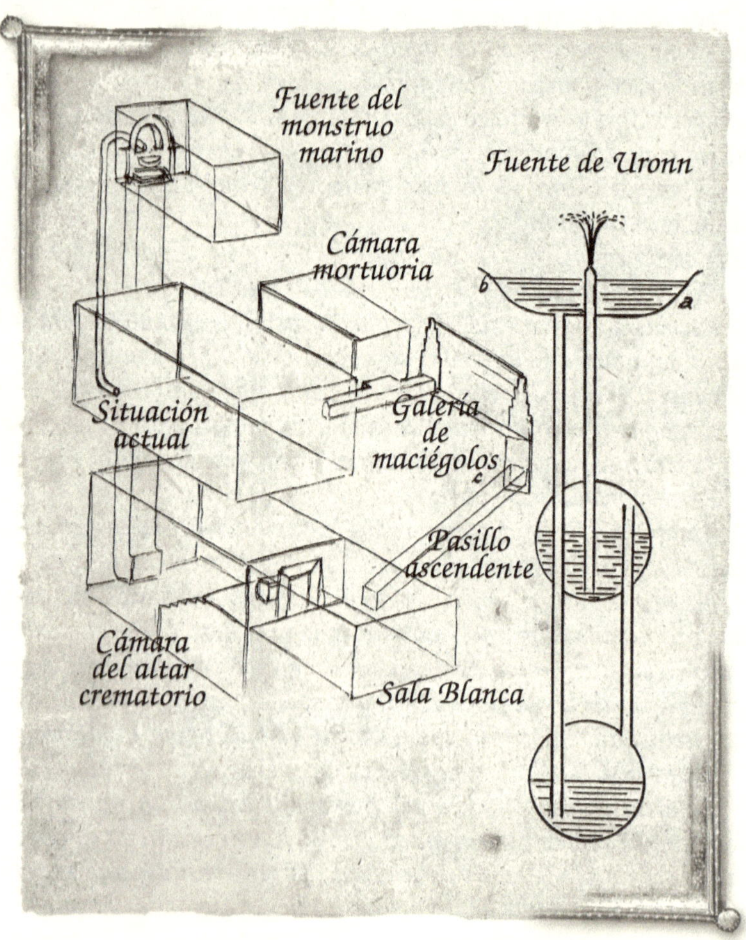

- ¿Como el agua que salía de la boca del monstruo marino? -pregunté.

- Exactamente, querido Ad.

- Pero el cuarto que tenía la fuente del monstruo no tenía agua inicialmente.

- Como te dije, todavía tengo cosas sin explicar del todo y cosas que sólo supongo. Yo creo que si bien ese cuarto inicialmente estaba seco, bajo su piso debía existir un reservorio lleno de agua. Cuando nos acercamos a examinar la tina lavatoria y al monstruo sobre ella, el peso de nuestros cuerpos accionó un mecanismo por el cual, el agua del reservorio empezó a bajar hasta la cámara del altar crematorio.

- Ah! Por eso era que se estaba inundando.

- Si, querido Ad. El aire de la cámara del altar crematorio ascendió hasta la cámara en donde nos encontramos actualmente. El aire presionó sobre el agua que se encontraba aquí. Como consecuencia de la presión, el agua ascendió hasta el cuarto del monstruo.

- ¿Es decir que el agua que salía por la boca del monstruo procedía de aquí?

- Sí. Y es por eso que el cuarto se inundó hasta que pude detener el proceso resolviendo el rompecabezas que se encontraba en el interior de la boca del monstruo. ¿Notas cómo todo adquiere sentido si concibes las tres cámaras como un sistema emparentado con la Fuente de Uronn?

- Sí, maestro, ahora lo veo.

- Si lo piensas, como trampa, esta es una obra de arte. Debes superar varias pruebas que pertenecen a una sola gran trampa: La Fuente de Uronn. Y todas son letales. A pesar de su carácter mortal, hay cierta belleza en todo esto que se desprende de la imaginativa concepción de su ingeniería y la armoniosa coordinación de mecanismos.

- No estoy seguro de ver alguna belleza en eso. Lo que sí estoy seguro es que no veo cómo hubiese podido salir de esto sin usted, Rvdo. Ogli.

- Mi querido Ad, me temo que es al revés: tú has tenido que pasar por todo esto justo por estar conmigo.

- Maestro, ¿cómo es que sabe esas cosas? ¿Vio alguna vez una Fuente de Uronn?

- Sé muchísimo más por haberlo leído que por haberlo visto. La lectura es muy importante en el acopio de la riqueza personal, querido Ad. Los libros, si los sabes escoger, pueden entregarte el saber antiguo que poco a poco se ha ido perdiendo del conocimiento común. Muchos secretos ancestrales pertenecen hoy a las sombras del tiempo y los pocos que emergen son aprisionados por las sectas herméticas. Lee, querido Ad, y te será concedida la magia.

Tuvimos que esperar bastante hasta que la laguna se vaciara. Eso nos dio un momento de relajación. Habíamos estado tan ocupados y tensos que habíamos olvidado descansar. ¡Qué raro! -me dije a mí mismo- No recuerdo haberlo necesitado. Y ahora que lo pienso, ¡Tampoco comer o beber! En fin... Conversamos de muchas cosas. La que más me interesó de todas ellas fue una que giró en torno a la posibilidad de los viajes espaciales.

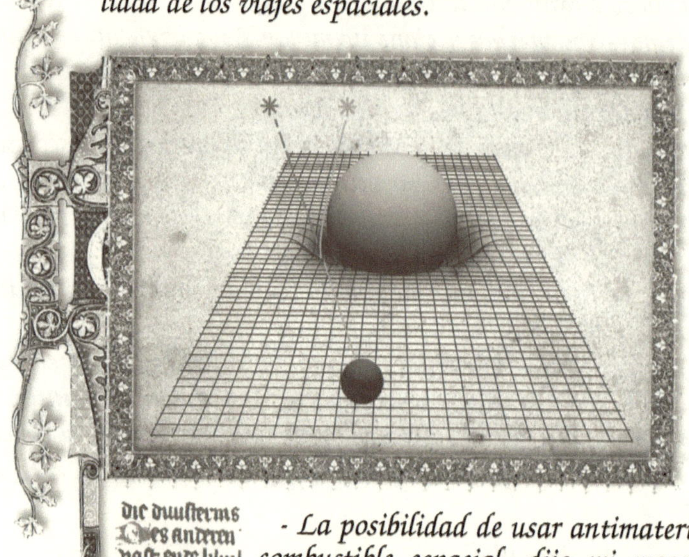

- La posibilidad de usar antimateria como combustible espacial -dijo mi maestro- ha sido tomada muy en serio por los científicos. Se ha pensado en construir cañones de partículas y antipartículas que produzcan haces constantes y susceptibles de ser controlados. Estos cañones estarían dirigidos de tal manera que sus haces chocarían uno contra el otro produciendo la energía de muchos reactores nucleares con mucho menos combustible. Como ya te expliqué antes, la energía de una reacción antimatérica es mucho mayor que la de una nuclear.

- Pero de todas maneras, los viajes espaciales durarían demasiado para regresar y encontrar vivos a nuestros parientes y tal vez a todos.

- Sí, querido Ad. Es por eso que a la vez se investiga la probabilidad de encontrar "atajos" en el espacio exterior.

- ¿Cómo es eso?

- Hay evidencia de que el espacio no es como lo vemos. Los rayos de luz que se aproximan a una masa estelar, ya sea planeta o estrella, *sufren una alteración en su trayectoria. Son desviados, como lo haría la bolita de cristal que un niño impulsa en línea recta, pero que momentáneamente entra en una concavidad. Alrededor de las estrellas, el medio en el cual se propagan los fotones, el espacio, manifiesta una curvatura. Esta curvatura espacial parece ser provocada por la presencia de una gran masa como la de una estrella. Se había pensado que el espacio es un concepto continuo, uniforme. No teníamos razones para pensar que el vacío interplanetario pudiera tener una forma, menos aún una curvatura.*

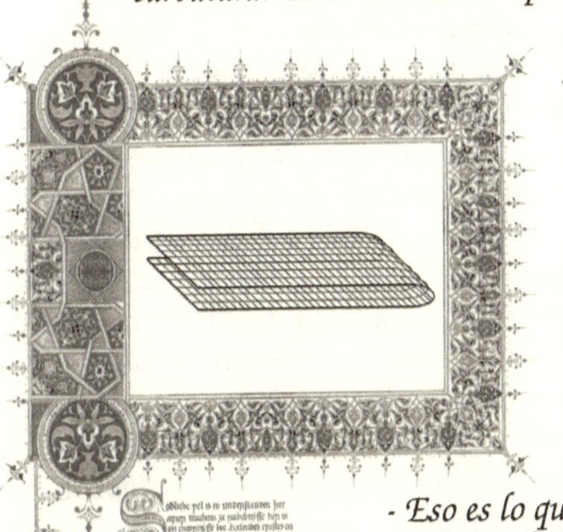

- Es decir, un vacío con forma.

- Eso es lo que se llama espacio.

- ¡No puedo imaginarlo!

- Hay quienes incluso sostienen que el espacio está cuantificado, es decir que existe una unidad mínima de espacio que ya no admite mayor división. Hay, alrededor de esto, una serie de preguntas. ¿Qué tanto puede curvarse el espacio? De la respuesta a esta pregunta depende un posible sistema de viaje espacial que exigiría menor tiempo, al menos, en teoría. ¿Qué tal si el espacio puede curvarse como el lomo de un libro? El espacio que todos creemos entender donde se halla inmerso nuestro planeta, las estrellas, las galaxias, etc., puede estar esparcido sobre una "superficie tridimensional" que eventualmente se pliega. Si esto es así, tal vez las más lejanas galaxias que hemos avizorado se encuentran bajo nuestros pies.

- Pero, si se encuentran debajo ¿por qué las vemos directamente enfrente?

- En realidad, ¿qué es lo que vemos sino la luz que nos llega desde ellas? Y la luz que viene de ellas nos trae su impresión, su imagen.

Y como te expliqué, la luz sigue los "accidentes del terreno". Así, bien podría salir de una estrella situada justamente bajo nosotros, avanzar a lo largo de la "superficie tridimensional" inferior, curvar como lo exige el plegamiento y dirigirse hacia nosotros. Una vez en nuestros telescopios, la luz nos entregaría la huella óptica de la fuente donde se originó. No hay razón aparente para que nosotros podamos discernir la trayectoria sufrida por la imagen. Nos parece que viene directo desde enfrente pero podría ser una proyección virtual acorde con nuestro sentido común. Si esto fuese así, distancias para nosotros inconmensurables podrían ser superadas si el viaje estelar se lo realiza a través de un atajo espacial abierto entre las hojas del pliegue y no sobre el camino ordinario que recorrió la luz. Es decir, usando la distancia más corta entre nuestro planeta y la estrella. De acuerdo con esto, se podría alcanzar un punto en el espacio más rápidamente que la luz sin necesidad de superar su velocidad que es algo físicamente imposible al parecer. Ahora, debes notar que al referirnos a esta superficie estaríamos hablando de una "superficie de tres dimensiones" pues representa nada menos el universo que conocemos. El "espacio" intermedio entre las superficies dobladas del pliegue está dándoles lo que tentativamente podríamos nombrar como "volumen", al igual que el interior de una fruta da cuerpo a la piel. Pero, estas superficies no son bidimensionales sino tridimensionales por lo tanto, es claro que este "volumen" no puede tener tres dimensiones como un volumen cualquiera sino cuatro. Así pues, se cree que un "atajo" espacial en un viaje estelar supondría el paso momentáneo por un ambiente tetradimensional para alcanzar un punto distante en nuestro espacio.

- No estoy seguro de entenderlo completamente, Rvdo. Ogli.

- No es fácil, lo sé. Si esto te ayuda... Imagina que tienes una hoja de papel en tus manos. Dobla la hoja, de manera que se forme una "U" acostada. Imagina que el grueso del papel se vuelve infinitamente delgado, pero todavía puedes ver la hoja. Ahora, podríamos decir con cierta libertad, que estás viendo cómo un mundo bidimensional se ha doblado en dos. El doblez se ha producido a través de la tercera dimensión. Puedes ver el pliegue porque eres capaz de la percepción de la tercera dimensión. Si fueras parte de la hoja bidimensional, no verías el pliegue. Por lo tanto, necesitas estar en una dimensión superior para ver el pliegue de una dimensión inferior.

- Sí, eso me ayudó. Gracias maestro.

- Esta dimensión superior, cuando estamos considerando un mundo tridimensional que está siendo doblado, es lo que algunos pensadores

llaman "hiperespacio". Hay quien dice que no hay razones para limitar los "atajos" a la cuarta dimensión pudiéndose considerar mayores. Creen que mientras mayor es la dimensión del "atajo", más corto resultaría éste. En resumen, querido Ad, es igual que si el escarabajo, que circunvala la piel de la fruta, se hubiese dado cuenta que su mundo plano presenta una curvatura y ahora busca abrirse paso por la mitad.

- Entonces, ¡ya está! ¡Podríamos viajar a las más lejanas estrellas!

- Sólo están pendientes unos pequeños detalles. Primero, nosotros no hemos desarrollado aún un reactor con autonomía para largas distancias cósmicas como podría ser el de antimateria. Segundo, no sabemos todavía cómo agujerear la manzana, es decir, no sabemos dónde se encuentra una fisura hacia la cuarta dimensión y menos cómo provocarla. Tercero, se sospecha que por la misma fisura tetradimensional podríamos terminar en otros universos con sus propios pliegues. ¿Qué tal si vamos a parar en un mundo paralelo de antimateria? ¡Eso sería nuestro fin! Finalmente y en combinación con lo anterior, podríamos sufrir una inversión enantiomorfa, a la ida o al regreso, mientras nos encontramos en la cuarta dimensión. Dependiendo de la clase de materia a la que nos conduzca el "atajo" tetradimensional, podríamos arribar al ambiente incorrecto, convertidos en verdaderas bombas de antimateria y encontrar el fin de todas maneras.

- ¡Cómo! ¿Por qué?

- ¿Recuerdas lo que te expliqué sobre la única manera en que podríamos superponer nuestra mano derecha a nuestra mano izquierda?

- ¡Eh!, pues...

- No importa, querido Ad. Puedo explicarte de nuevo. Sólo pasando a la cuarta dimensión, sufriendo allí un giro y regresando a nuestra dimensión, una mano izquierda podría superponerse a una mano derecha pues se habría convertido en su gemelo especular. Es decir, habría sufrido una inversión enantiomorfa.

- ¡Ah, ya! ¡Ya recuerdo! Lo entendí usando un guante derecho y uno izquierdo.

- ¡Ajá! El hecho es que no se sabría cómo se va a emerger al atravesar una fisura tetradimensional. Podrías sufrir una inversión enantiomorfa, esto es, resultar convertido en tu gemelo enantiomorfo. Podría ser también que no sufras ninguna transformación. Pero al salir de la fisura, o bien podrías terminar en un mundo material o en un antimaterial. Es decir, ¡podría haber mucho peligro!

- Eso no tengo muy claro.

- Lo que pasa es en los experimentos con partículas se ha encontrado violaciones a las tres grandes simetrías incluso; esto es, la simetría de las formas, la carga eléctrica y el tiempo. Hay serios argumentos para creer que toda antipartícula es la imagen especular de su partícula. Es probable que la antimateria no sea nada más que la materia común invertida hasta el último detalle tal como aparece detrás del espejo; no sólo en cuanto a la forma sino también en lo referente a la carga eléctrica y al tiempo. De esta manera, una inversión que te convierta en tu gemelo enantiomorfo posiblemente también implica una transformación en tu anti-ser, tu otro yo antimatérico. Por eso se sospecha que una fisura hacia la cuarta dimensión también puede comportarse como un convertidor materia-antimateria. Y, la descarga explosiva de energía al contacto de materia y antimateria sigue siendo un hecho.

- Entonces, ¿si pudiera convertirme en mi opuesto tendría un carácter contrario al que tengo ahora?

- No sé si sucedería en sentido psicológico también. Ya sea que te hayas transformado o no, el peligro está en que no regreses al ambiente compatible con tu estado.

- ¡Ah! Porque entonces estallaría como una bomba.

- ¡...al menor contacto con la otra clase de materia!

- Entonces, antes de meternos en las fisuras mejor hacemos unas pruebas.

- ¡Como quieras, querido Ad!

- ¿En verdad no se ha encontrado ningún ejemplo de estas fisuras?

- En el espacio exterior, no. Pero en los laboratorios, a nivel microscópico, constantemente se estimula el límite entre los dos mundos. Es por eso que allí ya no sorprende encontrar antipartículas que se han "pasado" a nuestro mundo.

- Pero... me pareció entender que también cambia la carga eléctrica. Es decir que a la partícula con carga negativa le corresponde una antipartícula con carga positiva. ¿Cierto?

- ¡Cierto! Primero, esto fue entendido como una necesidad para restablecer la siempre bien anhelada ley de la conservación de la simetría. Ace-uj, uno de los jóvenes inspiradores de la Doctora Ij-Wwo, escribió: Si pensamos que una reflexión especular, además de una inversión derecha-izquierda, incluye una inversión de carga, la simetría se conserva. Luego, se vio con asombro que esto podía estarse cumpliendo en los experimentos con partículas. El asombro se justificaba pues lo que afirmaba Ace-uj conducía a pensar en la correspondencia entre la inversión enantiomorfa y la transformación materia-antimateria. De allí surgió precisamente la idea de esta equivalencia.

- Es decir que, si se quiere conservar la simetría de los experimentos, se debe pensar en la antimateria como la imagen de nuestro mundo detrás del espejo.

- Sí, querido Ad. Pero también se volvió necesario aceptar la posibilidad de que en estas transformaciones el tiempo sufría su correspondiente inversión. En otras palabras que el mundo de antimateria podría desarrollarse en sentido contrario.

- ¿Quiere decir que, por ejemplo, en un planeta antimaterial se cuenta el tiempo para atrás?

- Quiero decir que en ese planeta antimaterial, ¡los acontecimientos irían para atrás!

- ¿Cómo? ¡No entiendo!

- Lo que en nuestro ambiente marcha en una dirección, en el otro marcha en la dirección opuesta. Los choques entre antipartículas se desarrollan en la dirección opuesta lo cual es imposible en nuestro mundo pero perfectamente válido. Esto implica muchas cosas y muy importantes. Un proceso de fisión se transformaría en un proceso de fusión.

- Si te das cuenta -prosiguió mi maestro-, ésta constituye la representación de una nueva clase de simetría especular. En un anti-mundo, un viento que sopla al revés recoge del suelo las hojas otoñales para incorporarlas a los árboles que enverdecerán. En los cáliz, los insectos entregan el polen y los picaflores llenan de néctar unas flores que, así cargadas, cerrarán sus pétalos hasta reabsorberse en el tejido vegetal de un retoño primaveral. La lluvia gotea hacia arriba y el calor huye hacia lo más ardiente. Las voces se aspiran de dientes para adentro, el ulular se silencia. Los transeúntes desandan, los banqueros descuentan,

las obreras destejen, las naciones desacuerdan y en la cama de un antihospital un desahuciado se recobra y un médico le devuelve la esperanza. En ese mundo se descome las papas y en los banquetes se colman las ollas. Se escupe el vino justo en el estrecho pico de la bota de cuero formando un arco perfecto. La historia es un hecho y se la desescribe para olvidarla. La reproducción consiste en la unificación de, digamos, cinco seres dispersos en tan sólo dos. En cambio, las guerras multiplican; al combate van doscientos y regresan mil. Mientras tanto, una muchacha entusiasta retorna a casa con un letrero que desdice: GUERRA LA PAREN. Definitivamente, el antimundo tendría una ventaja sobre el nuestro: todo acto de arrepentimiento conseguiría la disolución de la culpa.

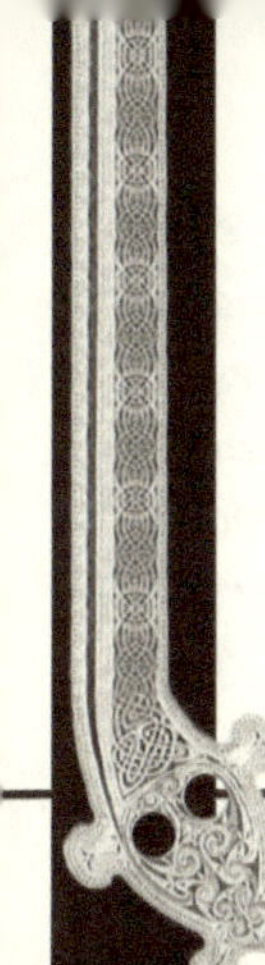

Capítulo XXV

El Secreto de la Rosa

Llegó un momento en que las aguas descendieron hasta desaparecer. Bajamos por una grieta abierta entre las grandes masas rocosas. El fondo de la cueva era plano y estaba construido con piedras lisas. En ese momento apenas mostraba ya rastros del agua. Comenzamos a caminar con cautela. Nos encontrábamos dentro de una gran cubeta; es decir, en una situación vulnerable. Estábamos por entrar en la parte ancha de la cueva que se curvaba a la izquierda. En el encendido fondo anaranjado de las rocas, se habían formado vetas sinuosas de hermosos tonos crema, rosado y violeta. La cueva estaba repleta de formas agradables e insinuantes. Pude notar que sus costados habían sido intervenidos; no eran vírgenes de labor manual. Las pequeñas imperfecciones pétreas, las minúsculas protuberancias naturales se transformaban en cenefas esculpidas con admirable aplicación. Al salir de la curva pudimos ver un espectáculo fuera de lo común. Las cenefas que vimos sólo eran la prolongación de la fachada de un templo esculpido sobre la piedra. El conjunto lucía como una superposición fotográfica pues sus elementos arquitectónicos se veían emborronados por el cremoso fondo veteado tan especial que le otorgaba un aire abstracto.

- ¡Hermoso! -exclamó mi maestro.

El Rvdo. Ogli examinó de cerca la fachada del templo. Después se alejó para contemplarla desde la distancia. La miró de un lado, del otro y volvió a acercársele. Parecía estar cautivado. ¡Mi maestro era feliz!

Luego, se concentró en la espléndida puerta. Sobresaliendo entre sus relieves, emergían de ellos seis prismas hexagonales que formaban un arreglo que recordaba a una rosa. La distancia que sobresalía cada prisma era diferente en cada caso. En sus extremos se habían labrado espirales que se enrollaban siguiendo los contornos rectilíneos del hexágono. En el centro de la rosa, en su parte superior e inferior se notaban tres perforaciones también hexagonales.

- Esto parece ser la cerradura. -dijo mi maestro

Mi maestro permaneció estático unos instantes. Toda su atención se concentraba en el artificio que tenía delante. Súbitamente, pareció interesado en todo lo que no era el artificio. Su aguda mirada sondeaba cada palmo de nuestro alrededor.

- ¡Ajá! -dijo finalmente- ¡Las llaves!

Entre los relieves de la puerta, se podía distinguir la cabeza de una gárgola a medio emerger. Sobre su cabeza sobresalían tres cuernos prismáticos. Los prismas se dejaron extraer sin ninguna resistencia. Introdujimos los tres cuernos en los receptáculos de la rosa pero nada sucedió. Luego, probamos con la punta de los cuernos hacia afuera pero fue igualmente inútil.

- ¡Hay algo que estamos haciendo mal! -dijo el Rvdo. Ogli e inmediatamente adquirió la expresión ausente que acostumbraba cuando se sumergía en una reflexión.

- ¡Mmm... ! Al introducir todos los prismas de la misma manera -continuó- estamos asumiendo que no hay diferencia entre ellos. El diverso distanciamiento de los prismas inmóviles respecto a su base debió habernos hecho pensar que esta distancia es importante.

De su mochila extrajo su equipo de orientación que incluía una brújula, una regla, papel y lápiz. Tomó la regla y empezó a medir la distancia con la que cada prisma se alejaba de la puerta. Anotó los valores encontrados. Después lo vi realizando algunas operaciones con esos números.

- ¡Ajá! -me dijo- ¡Eso es! Todas las distancias son múltiplos de la más corta. Entonces, la clave de la puerta se debe encontrar en la lógica detrás de la disposición de los prismas. Y el problema se reduce a introducir los cuernos de la bestia sólo hasta donde es necesario, ni más ni menos. Querido Ad, ¡debemos buscar las cantidades correctas!

- ¿Correctas con respecto a qué?

- Para dar sentido a la disposición de los otros. En eso consiste precisamente el desciframiento de la lógica de tan sutil arreglo. Alguna *idea tiene que unificar a todos los prismas. Quizá tiene que ver con los números primos, quizá no. ¡Vamos a ver! Una rosa es símbolo de simetría. Esto sugiere armonía... Eso sugiere... equidad*

El Rvdo. Ogli volvió a su diagrama; probaba números, restaba, sumaba.

- ¡Ya está! -exclamó al poco tiempo- ¡Por supuesto!

Luego, mi maestro midió sobre los prismas libres ciertas distancias con su regla y las marcó con lápiz. A continuación, introdujo los prismas hasta las marcas que había hecho. No pasó nada al principio pero luego se oyó un emocionante ¡click!

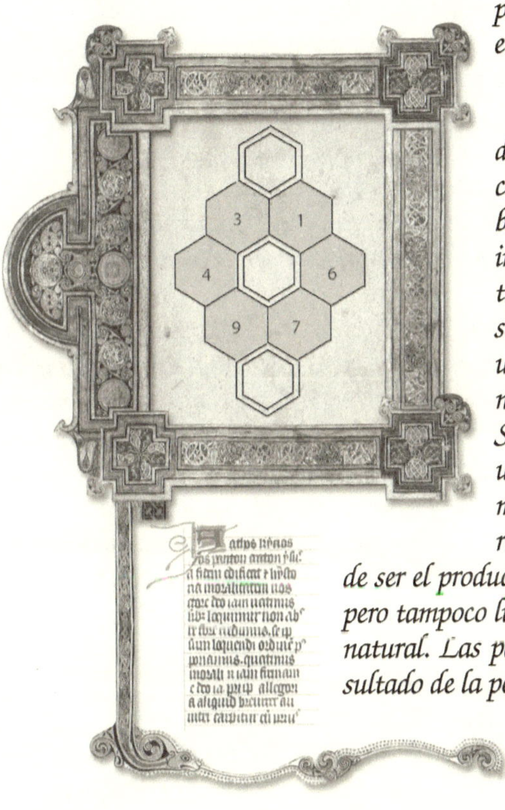

- ¡Se abrió! -grité yo.

¡Sí! Se abrió la puerta de par en par. Pasamos con premura y nos asombramos nuevamente. Su interior era aún más extraño. Frente a nosotros se perdía en las sombras un sinuoso callejón cavernario con piso de arena. Sus paredes mostraban una textura y una conformación muy poco ordinaria que no tenía el aspecto de ser el producto de una labor artística pero tampoco lucía como una formación natural. Las paredes parecían ser el resultado de la petrificación de un cúmulo de enormes gusanos o de una sola serpiente gigantesca que al momento de mineralizarse debió haberse estado retorciendo con atetósicos enroscamientos. A veces, los enroscamientos formaban cámaras de considerable altura; otras, el apretujamiento de pliegues era tan estrecho que teníamos que pasar arrastrándonos por la arena.

- ¡Vaya! -exclamó el Rvdo. Ogli- La apariencia ofídica de estos pasillos me hacen pensar en Mãlegum, la montaña mitológica de los artícolas.

- ¿Por qué? ¿Qué tiene que ver?

- Te conté antes que según las leyendas, durante la guerra entre Eliseo y los Lagartos Terribles, el Dios de Dioses fulminó a la serpiente gigante que se volvió contra él y aterrorizaba al planeta. La descarga divina la petrificó mientras se retorcía del dolor. No contento con esto, Eliseo tomó parte del suelo que estaba junto al cadáver petrificado y lo arrojó contra él cubriéndolo para siempre y formando una montaña. La montaña se llamó Mãlegum cuyo nombre recuerda a Mãleg que era el nombre de la serpiente gigante. La cavidad, dejada por la mano de Eliseo al tomar un puñado de suelo, dio lugar al lago que ya he mencionado en la leyenda de los artícolas. ¿Recuerdas?

- Sí, ya recuerdo. Entonces, Rvdo. Ogli, es probable que estemos en el interior de la montaña Mãlegum.

- ...donde alguna vez se encontraba la Tabla del Arcano.

- ¡Eso quiere decir que por fin estamos cerca!

- ¡Sí, querido Ad, eso es lo que creo! También significa que hemos descendido hasta los períodos míticos que se ocultan en la antesala del tiempo.

En ese preciso momento, salíamos de un pasillo muy estrecho formado entre dos contorsiones del cuerpo serpentino. Luego, nos adentramos en una gran bóveda congestionada con cientos de los mismos pliegues. La vista era impresionante. Súbitamente, algo se levantó de entre la arena. Surgió de improviso. Mi maestro retrocedió. Yo hice lo mismo. Perdí el equilibrio y caí al suelo. Una gran masa de tentáculos y escamas se agitaba amenazante a pocos pasos de distancia

Su órgano olfativo pertenecía a los animales que gustan de remover el fango. Sus gruesas patas acusaban un considerable peso. Pude distinguir órganos visuales laterales pero ni rastros de una boca. Sin embargo, el monstruo nos habló con voz normal:

- ¿Han venido en busca del Santo Råål?

- ¡Sí, así es! Estamos aquí en busca del Santo Råål -contestó mi maestro con ejemplar control de sí mismo. Yo estaba temblando.

El monstruo rió burlonamente y dijo:

- ¡Mira! No podrás encontrarlo jamás si yo te detengo aquí. Para evitar eso, primero tendrías que superarme y ¡no veo cómo! El monstruo alargó uno de sus tentáculos. Yo me espanté. El tentáculo alcanzó el extremo de una piedra que sobresalía en la arena. La levantó en el aire batiéndola como un proyectil que va a ser descargado. Yo eché a correr. Sin embargo, el monstruo la asentó en el suelo y con ella empezó a trazar un círculo.

Luego dijo:

- Mira, buscador: ¡esto es lo que yo sé!

Después, trazó sobre la arena otro círculo, mucho más pequeño, dentro del círculo anterior y tiró la piedra a un lado.

- ¡Esto es lo que tú sabes! - dijo con sarcasmo.

... algo se levantó de entre la arena.

El Rvdo. Ogli permaneció unos segundos en completa abstracción.

- ¿Piensas que eso justifica tu orgullo? -interrogó mi maestro.

- ¡Acaso no ves que mi círculo es mucho mayor que el tuyo!

Entonces, el Rvdo. Ogli se acercó con paso sereno hasta donde se hallaba una piedra más pequeña, la cogió y trazó con ella un círculo muy grande que contuvo a los otros dos. Después, regresó a su lugar y dijo:

- Bueno... ¡Eso es lo que sabe Dios! ¿Todavía te sientes tan orgulloso?

El monstruo quedó en silencio. Luego, gruño. Me asusté de nuevo y retrocedí. Pero, el monstruo no se movió.

- Creo que puedes pasar -dijo con una voz que había dejado de ser amenazante; también su cuerpo había cesado de temblar- ¡No los voy a detener! -agregó- Pero, ¿están seguros que desean continuar?

- ¡Sí, estamos seguros! -dije con resolución.

- En ese caso, tengan cuidado con lo que encuentren al final del descenso; puede cambiar sus vidas de muchas maneras.

- ¿De qué maneras? -pregunté.

- ¡Impensadas! Pueden ser letales o inofensivas pero siempre trascendentes. Y siempre capacitan al viajero que ha alcanzado la armonía con el privilegio de entender el canto de las ballenas. Ese es el sistema por el cual todos los animales se mantienen en contacto.

Inmediatamente, el suelo arenoso se volvió movedizo. Nos hundimos muy rápido. Mi maestro trató de salvar la antorcha de la extinción. La arena nos tragó totalmente. Un instante de oscuridad total. Un momento de desesperación. Al segundo siguiente, caímos sobre un piso verde brillante. La habitación tenía luz propia como una mañana.

Capítulo XXVI

Las Huellas que no Quedan

Creo que hemos tocado fondo -dijo mi maestro.

- ¡Mire, Rvdo. Ogli! -dije señalando al piso.

- ¡Ah! Es exactamente el mismo azulejo que encontramos en la torreta lunilaica luego de descender de Wrestongres.

El ambiente estaba cubierto por un mosaico continuo y brillante. Piso, paredes y tumbado ofrecían una ininterrumpida tersura oliva. El material base estaba compuesto de lustrosa malaquita verde. Esta combinación de refulgencias y colores le ofrecían al observador la sensación de estar contemplando el interior de la más fina porcelana ornamental. El patrón del diseño estaba formado, en su mayor parte, por la repetición armónica de una sola pieza de cerámica; la que habíamos reconocido. Acompañando al tema fundamental, había también otros motivos que lo enmarcaban acentuando los juegos de simetrías a los que daba lugar. Todo brillaba con un resplandor discreto, sin exageraciones que contraríen el deleite.

Desplazándonos con admiración, como a través de un elegante museo, el Rvdo. Ogli y yo avanzamos sobre el piso estupendo. Se podía entrever que nos movíamos a lo largo de un corredor con habitaciones separadas, atrás y adelante, por similares arcadas. Las paredes estaban ausentes de todo relieve escultórico. Ni siquiera se veía columnas. Con excepción de las inevitables junturas entre las piezas del mosaico, las paredes eran completamente lisas y pulcramente bruñidas. La suntuosidad del lugar no provenía de una exhibición de esculturas ni frisos exquisitos. Todo el lujo venía de la elegantísima factura del mosaico. Los ojos, halagados con fulgores verdes, ya seguían un patrón ya se escapaban con el siguiente. Era un palacio donde no se había escatimado el gasto en honor al placer visual.

Pasamos a través del primer arco y entramos en la siguiente habitación. Se veía similar a la anterior; en realidad, gemela de la anterior pero igualmente admirable. La tersura de su laboriosa epidermis parecía producir un halo verdoso que ya había notado antes y cuyos reflejos habían empezado a causar en mí un efecto relajador.

Esto debe ser parte de la recompensa por todos los problemas que enfrentamos antes -pensé- ¿Quién será el Señor de un palacio tan magnífico?

Seguimos avanzando. La siguiente habitación era indiferenciable de las demás. Y la siguiente. Y la siguiente. Encontramos luego una que definitivamente era diferente: daba acceso a más de un corredor.

- ¡Es un laberinto! -dijo mi maestro.

- ¿Qué?

¡Efectivamente! El despliegue de lujo y belleza sólo era un detalle de un malicioso esteta; el mismo que había ideado todo lo demás. Y no acababa de pensar eso, cuando pasó algo terrible. Escuchamos un rugido aterrorizador como nacido de los horrores del infierno. En alguna parte, excitada tal vez por nuestro olor, una bestia bufaba. Podíamos oír cómo, impulsada por la sospecha, se precipitaba en desaforadas carreras de un sitio a otro, inventariando los olores, refrendando huellas, reimprimiendo su sello en cada esquina, en cada tramo de su dominio. Podíamos escuchar a la bestia acezante, cómo estrellaba sus jadeos contra el suelo satinado de malaquita.

- ¡Es un Osterácodo!

- ¿Qué es eso?

- Es el monstruo que vive en los laberintos.

- ¡Maestro! ¿Qué va a pasar de nosotros? ¡Vamos a morir!

- ¡No, querido Ad! No hay nada que la mente no pueda superar. ¡Ya encontraremos el camino! Pero por ahora... ¡corramos!

Yo no esperé explicación. En un segundo me encontraba corriendo despavorido. El rugido se oía más cerca. Atravesamos más arcos, las siguientes habitaciones, los siguientes arcos.

- ¡Rápido! -dijo el Rvdo. Ogli tomándome de la mano.

Mi maestro me condujo a una estancia mucho más amplia que las otras; tenía tres arcos.

- ¡Por acá! -exclamó.

Nos escondimos detrás del arco más grande por el cual se accedía a un pasillo distinto, rocoso, sin ornamentación, ajeno al resto. Este pasaje abovedado estaba localizado, por así decirlo, en el exterior del laberinto. Se oyó otro terrible bramido.

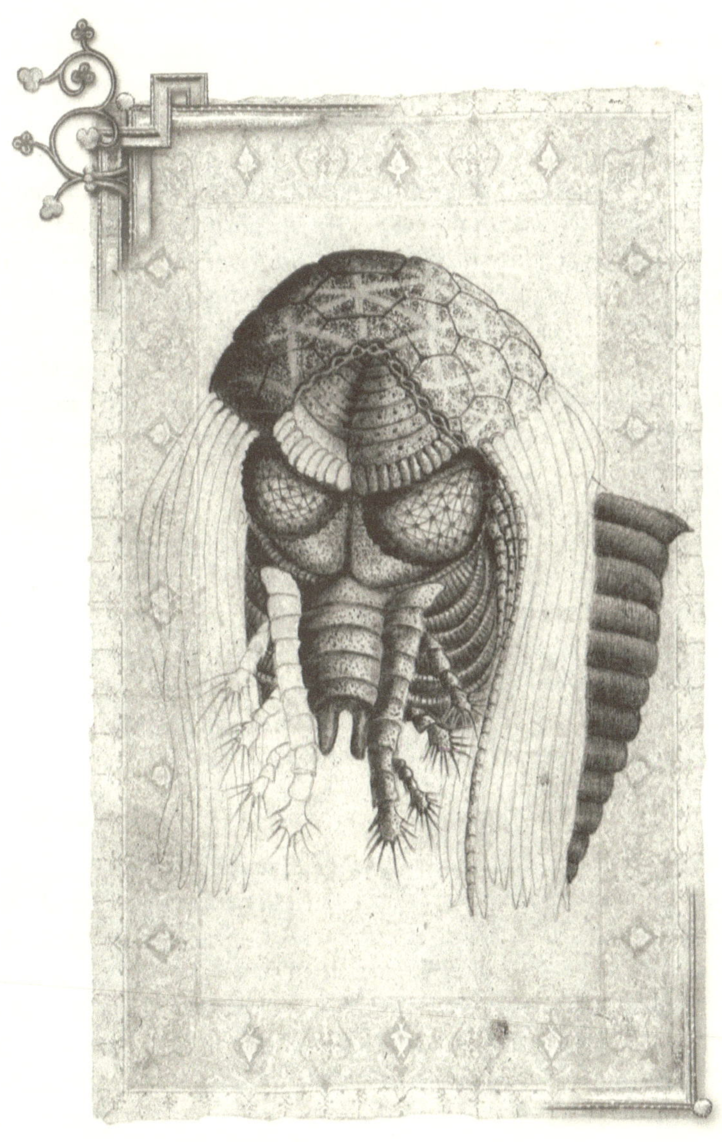

... para él son pasos nuevos.

- Lo vamos a esperar aquí -dijo mi maestro con toda tranquilidad.

- ¡Pues, aquí nos va a encontrar!

- No, él no abandonará el laberinto. Eso va contra su naturaleza. Lo veremos pasar y entonces sabremos dónde dirigirnos.

- ¡Nos va a descubrir!

- No, querido Ad. El Osterácodo era un monstruo mitológico, medio bestia de la cintura para arriba. Está condenado a vagar por los profundos laberintos donde el cautiverio lo vuelve feroz. Y justamente por eso, sin saberlo, custodia los tesoros que guardan esta clase de invenciones complejas e insanas. Este obstáculo se suma al de por sí difícil enigma de la orientación, haciendo de la búsqueda del tesoro un embrollo sin desenlace, un misterio impenetrable. Pero si es penoso para el que trata de sondearlo, también es trágico para la bestia que bufa adentro. El invasor trata de comprender para adentrarse más; la bestia es irracional, no le interesa entender, quiere escapar pero está ciega y no puede salir. Sin embargo, tampoco quiere salir pues no sabría cómo enfrentar el exterior. Un laberinto es un enigma intolerante, contrariado consigo mismo y a veces... despiadado.

- ¡Entonces, no nos puede ver!

- No. Sólo espero que su olfato no compense su ceguera.

- Dicen que los ciegos tienen más desarrollado el olfato y el oído.

- Lo sé, querido Ad. Eso me intriga. Si el Osterácodo pudiera olfatear con ventaja ya hubiera encontrado la salida. Es posible también que el piso del laberinto no guarde el rastro. Vuelve la bestia a repasar los mismos pasos que para él son pasos nuevos. No los reconoce. No aprende. Así, repite su camino una y otra vez.

- ¡Como el escarabajo!

- ¡Sí, como el escarabajo!

En ese momento, escuchamos el rugido más cerca que nunca. Mis piernas me transmitieron los golpes de su trote contra el suelo. Mi maestro me estrechó con uno de sus brazos. Con cada zancada, el suelo temblaba. Por fin, el monstruo entró en la habitación. Yo estaba paralizado detrás del arco. Batiendo su cabeza, el más desagradable monstruo que he visto jamás pasó bramando de furia. A cada tranco, el suelo temblaba. Un sentimiento muy fuerte me hizo cerrar los ojos. No lo quise ver más y abracé a mi maestro hundiendo mi cara en su ropaje.

- ¡Pasó sin distinguirnos! -exclamó el Rvdo. Ogli sacudiéndome un poco- ¡Nos ha olfateado pero pasó de largo! Quizá nuestro olor está

en el aire pero no lo puede precisar porque la malaquita no conserva las huellas. No hay memorias sobre el piso de su laberinto. ¡Pobre bestia!

Esta vez, el áspero rugido con que se perdió el infeliz monstruo entre las arcadas del laberinto me provocó una horripilante compasión. Era la voz atormentada de una bestia sedienta, consumida por la ansiedad. Una bestia que vagaba a través su infierno, bramando la rabia de sus cadenas invisibles. Una bestia que seguía husmeando sus propias pisadas en busca de un olor distinto, de una versión diferente; rumiando su frustración convertida en flema y aliento fétido; desmenuzando a dentelladas sus propias sombras; sombras que olfatea deseando otras que no conoce y tampoco puede ver.

Esperamos hasta que los bramidos perdieron fuerza. Luego, entramos nuevamente en el lujoso laberinto. Las arcadas se sucedían a un lado y al otro acompasando mis presentimientos, dando extensión a mis temores. Avanzamos por donde se alejó el monstruo. Una habitación, otra, un bramido, nuevos estremecimientos. Avanzamos más. Encontramos un pasillo y lo elegimos. Nos asomamos con sigilo. Una habitación estaba libre. Tenía cuatro accesos; era diferente. En cuanto tratamos de alcanzarla, un gruñido llegó hasta nosotros.

- ¡Ya viene otra vez! -dije yo.

Instintivamente retrocedimos hacia el pasillo. Pero, una vez allí oímos un segundo rugido y no pudimos decidir de cuál de los dos lados provenía. El Osterácodo bien podía estar regresando a la habitación donde lo vimos o a la estancia de la cual acabábamos de huir.

- ¿Qué hacemos? -grité.

Fue la primera vez que observé a mi maestro desconcertado. Su mirada se dirigió de un lado del pasillo al otro buscando una respuesta. Pareció abstraerse de nuevo. Luego se fijó en algo. Irguió su cabeza y seguidamente sus ojos brillaron con intensidad.

- ¡Pero qué tonto he sido! -profirió señalando a la pared- ¡El mosaico!

- ¿El mosaico? -pregunté mientras se escuchó un gruñido más cerca- ¡Qué importa el mosaico! ¡Ya viene el monstruo!

- El mosaico siempre nos ofreció la respuesta. La clave estuvo siempre a la vista, escrita sobre el laberinto mismo.

Se escuchó otro bramido aterrador.

- ¡Maestro! -grité angustiado.

- La bestia tiene un patrón que repite dentro de su laberinto y marca su trayectoria. La clave se encuentra en el diseño del azulejo que se repite en el mosaico. ¡Tenemos que descifrarlo!

El Mosaico

Mi maestro se concentró en el azulejo. Nuevamente, se sintió el trote desaforado del Osterácodo que se acercaba. Me tomé las manos, me cubrí la cara. No sabía qué hacer. Nuevamente, el retumbar de trancos. Estuve a punto de correr a la siguiente habitación. Mi maestro me sujetó tomándome del hábito.

- ¡Ya está! ¡Eso es! ¡Salgamos por aquí!

Regresamos a la estancia donde lo vimos antes. En ese preciso momento, observamos a través del pasillo como la bestia trotaba a lo largo de la habitación en que estuvimos.

- ¡Uff! ¡Por poco nos atrapa!

- ¡Sí! ¡Estuvimos cerca!

- ¿Cómo supo para dónde correr, maestro?

- Fue el resultado de una clarividencia de último momento, querido Ad. Antes, no me había dado cuenta que el diagrama del azulejo fundamental del mosaico coincide con la disposición de las habitaciones de este laberinto verde.

- ¡Mmm... !

- Sobre este diagrama también puedes observar algunos iconos que se repiten por aquí y por allá. Cada uno tiene aspecto diferente y propone un significado distinto que yo ignoro. La primera vez que los vi pensé que esos iconos, como tantos otros que hemos visto, significaron en su tiempo algo muy particular que no nos concernía directamente. Podía tratarse de una plegaria sagrada o una liturgia ceremonial en una lengua muerta. Su traducción estaba fuera de mi alcance y eso hizo que me desinteresara en comprenderla. Pero, cuando me percaté de la similitud del diagrama con el trazado del laberinto, en el siguiente segundo comprendí que los iconos estaban allí no para significar sino para marcar un recorrido. Como este recorrido no avanzaba directamente hacia el centro del laberinto, debía tratarse de la ruta que sigue el Osterácodo, del patrón que repite sistemáticamente en su laberinto. Entonces, los iconos no significaban nada por sí mismos. Su aspecto diferente los hace precisamente eso: distintos, diferenciables, agrupables. Asocié inmediatamente los conjuntos con los números... ¡Cosas del inconsciente! Quizá porque la agrupación de objetos nos lleva finalmente a contarlos. ¡Quién sabe! En fin... Pensé que los conjuntos de iconos representan números. Entonces fue cuando descubrí que en uno de los costados del diagrama empezaba una secuencia de conjuntos. ¡Mira! Cada conjunto de iconos equivale a un número porque tiene distinto número de miembros:

1, 1, 2, 3, 5, 8...

- ¡La serie mágica!

- ¡Precisamente, querido Ad! ¿Recuerdas lo que te conté sobre otros patrones animales que siguen la serie mágica? Si el Osterácodo es un animal de la cintura para arriba, es coherente que su patrón coincida con el Turbópulus cuando fabrica su concha o con las plantas cuando producen hojas y organizan sus flores o con la transmisión de información en las colmenas. El Osterácodo anda y desanda una espiral que lo lleva a lo más profundo del laberinto para luego volver a emerger. No todo es malo y sacrílego en el Osterácodo. Él comparte el mismo sentido de elegancia natural que nos recuerda que todos somos hijos del cielo.

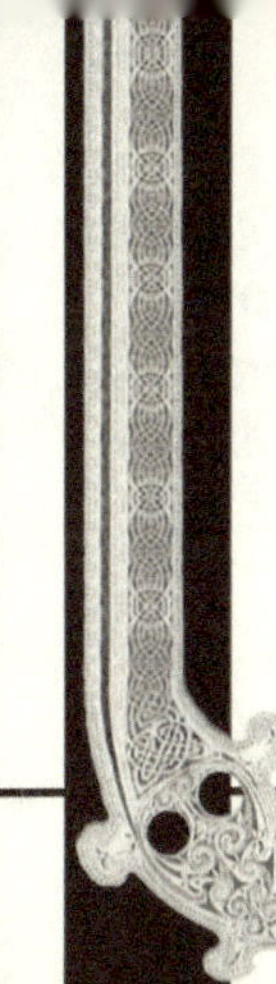

Capítulo XXVII

El Último Sello

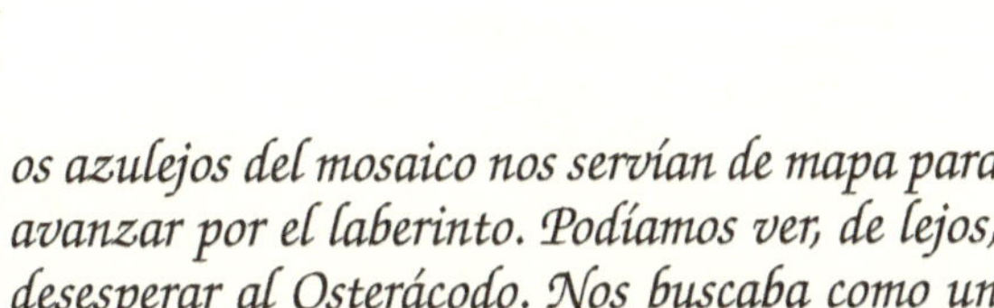

Los azulejos del mosaico nos servían de mapa para avanzar por el laberinto. Podíamos ver, de lejos, desesperar al Osterácodo. Nos buscaba como un poseído. Lo veíamos cruzar por los pasillos, entrar y salir de los suntuosos cuartos y volver a entrar exasperado. Su imagen aparecía y se esfumaba entre los arcos verdes. Nosotros nos limitábamos a dirigirnos hacia el cuarto en que, de acuerdo con el azulejo, no se lo esperaba en ese momento. De esta manera, nos fuimos aproximando más y más al corazón del laberinto. Habíamos llegado hasta las paredes exteriores de la sección central. A mi maestro se le hacía plausible pensar que en el centro se hallaría la salida. Sólo una pared más nos separaba del centro mismo. Nos aseguramos consultando el mosaico que el Osterácodo no estaba por interceptarnos. ¡Al fin, al fin! Tan sólo un tramo más.

Los bramidos se acrecentaron y la bestia empezó a quejarse de forma angustiante. No pudimos esperar; empezamos a correr. Creo que ese momento la bestia se estaba acercando a toda prisa. De alguna manera, pudo presentir lo próximos que estábamos del centro del laberinto. Corriendo como endiablados llegamos al último arco de malaquita. Curvamos velozmente. ¡Y entramos por fin!

Cada vez que recuerdo esta escena, obtengo imágenes superpuestas, concatenadas con sentimientos antagónicos. Las emociones que simultáneamente me impactaron se han fundido en una mezcla aditiva. Hoy, tengo una impresión magnificada de lo que sentí y una sucesión imprecisa de eventos. Mi memoria me devuelve un collage de recortes: una claridad potente enfrente, el júbilo de mi maestro, el Osterácodo detrás. El terror. Fulgores de piedra lustrosa. El bramido más fiero. Cascada refrescante de luces húmedas sobre nosotros. El grito abominable de la bestia. Un destello cegador. Alarido de muerte. Tiempo muerto de obnubilación. El cuerpo tendido del Osterácodo. El cuerpo de Wgÿvrán materializándose sobre de la bestia. Alucinación de formas cambiantes. Una paz infinita inundándome con su serena presencia.

Cuando nos recobramos de esta explosión de imágenes, el laberinto se había esfumado. En su lugar aparecieron las ruinas de un complejo arquitectónico muy antiguo. Un perfume de cedro de Ifreno llegó hasta nosotros.

Detrás, se levantaba un templo decorado con los ciscos azulverdes, con relieves que mostraban criaturas extrañas fuera de este mundo. Lo que quedaba de sus puertas parecía haber exhibido alguna vez adornos metálicos con motivos cósmicos. Más allá se localizaban otras ruinas con diferentes aspectos. Todos en malas condiciones, a punto de desplomarse definitivamente. También se podía ver partes de estatuas gigantes desperdigadas por el suelo: brazos de bronce unos dedos de hierro, piernas y cabezas de diferentes figuras. En medio de todo esto se levantaba una estatua semidestruida, decapitada y sin talón, que sostenía una plancha negra con reflejos metálicos multicolores.

La estábamos viendo casi de sesgo y algo se notaba bajo los reflejos. Nos desplazamos buscando mejorar la lectura. El reflejo multicolor se iba apartando. Empezamos a distinguir unas marcas sobre la plancha.

Conforme nos movíamos, las marcas se iban completando hasta su versión acabada. Cuando las marcas por fin se integraron...

- ¡Qué! -dijo mi maestro con incrédula admiración.

La superficie mostraba una serie de tres símbolos. De arriba hacia abajo, los tres símbolos eran: el crucígloba, una mano izquierda y la media luna lunilaica. Nos quedamos completamente yertos ¡Sorprendente! Las dos religiones citadas simultáneamente sobre la faz de una superficie sobrenatural. ¿Qué clase de alabanza conjunta era esta? ¿Qué bendito credo hermanaba a todo el mundo? ¿Qué clase de ofrenda era esta?

¡Había una conexión! -pensé para mí.

En algún momento estos dos símbolos fueron ensalzados, quizá como parte de un precepto mucho más universal. Había entre ellos un vínculo que se remontaba hasta la cuna de todos los orígenes, de todo cuanto ha habido y ha sido historiado. Ya nunca más las alegrías y las tribulaciones de un pueblo serán de incumbencias particulares; ahora pertenecerán a todos pues una maravillosa hermandad cubrirá el planeta. ¡El resultado de este descubrimiento era magnífico! Lo que se había desvelado era que las dos religiones que habían sostenido y enfrentado al mundo por siglos y siglos eran religiones hermanas. ¡Todo antagonismo era absurdo e insostenible! Ya no había motivos para el odio. ¡Este era el momento de la fraternidad universal, del concilio, de la comprensión y el respeto! ¡Había llegado el momento de la Paz! Un momento justo a tiempo pues afuera, el mundo estaba a punto de aniquilarse azuzado por rencores ancestrales. Esta era la oportunidad para extinguir la xenofobia y terminar con las matanzas. No más guerras. No más sufrimientos. No más niños sin padres. No más atrocidades. No más mutilados. No más aterrorizados. No más barbarie. Esta era la ocasión que los soñadores habían estado esperando. ¡La Era de la Mansedumbre! La paz podía significar la concentración de esfuerzos alrededor del problema del hambre. Se podía dirigir la atención mundial hacia la eliminación de las enfermedades. Suprimidos los enemigos, la multimillonaria industria de armamentos no tendría razón de existir y esto podía significar la inversión de capital en educación, en la lucha contra la pobreza y en la creación de hospitales, en las artes y la ciencia. En fin, la eliminación de las armas como una necesidad, generaría un futuro diferente. Todo gracias a considerarnos hijos de un mismo dios. ¡Eso sí que era maravilloso!

- ¡Las dos religiones son una sola religión! ¿Verdad, maestro?

- No, querido Ad. -dijo muy pausadamente- ¡Ninguna de las dos fue jamás una religión!

- ¿Qué?

- Ahora lo comprendo todo. Ahora todo tiene sentido. Y fuiste tú precisamente, Ad-d-Tuar, quien vislumbró la verdad.

- ¿Yo?

- ¡Sí, tú! ¿Recuerdas que dijiste que si encontraras una fisura tetradimensional, harías unas pruebas antes de cruzarla?

- Sí, porque dentro de la cuarta dimensión un astronauta podría resultar invertido de izquierda a derecha y transformarse en antimateria.

- Y el astronauta, así convertido, estallaría al volver a un mundo tridimensional constituido por materia contraria a él, ¿cierto?

- Sí, maestro.

- El internarse en una fisura tetradimensional supondría un peligro mortal. Entonces, ¿por qué no hacer primero una prueba?

- Sí, esa era mi idea.

- No hay manera de saber a la distancia si la materia que constituye nuestro ambiente es contraria a la del otro lado de una fisura. Sin embargo, podríamos llegar a una conclusión esclarecedora si tratamos de averiguar si lo que aquí es izquierdo allá también lo es. Para esto, primero tenemos que aclarar lo que entendemos por izquierda y derecha. Recuerdas Ad, ¿qué experimento usábamos en nuestro hipotético ejercicio para aclarar esto?

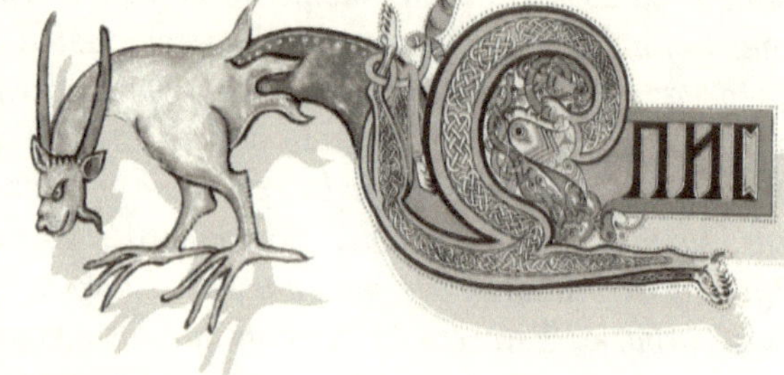

- La emisión de electrones del núcleo de un átomo de cobalto 60.

- ¡Exacto! Y eso es precisamente lo que el primer símbolo de esta plancha significa.

- ¿El símbolo cruciglóba?

- ¡Sí! El símbolo cruciglóba es en realidad la representación del núcleo del cobalto 60 emitiendo electrones por su polo sur. Ahora, querido Ad, contéstame ¿en qué dirección gira el núcleo de cobalto 60 cuando emite electrones por el polo sur?

- Hacia la izquierda.

- ¡Hacia la izquierda! Y eso es lo que justamente esta mano izquierda está simbolizando.

- ¡Ah! Pero, maestro, en este caso ¿qué representa la media luna? La Luna no tiene que ver nada con esto.

- Mi querido doctrino, lo que sucede, si te fijas bien, es que el tercer símbolo nunca quiso ser una media luna porque no es una media luna.

- Entonces, ¿qué es?

- Es una cinta de Ob-Üs.

- ¿Una cinta de Ob-Üs? ¿Por qué?

- Porque es la forma más sencilla de comunicar que se está interesado en un viaje cósmico que contempla una posible inversión especular. ¿Recuerdas que nuestro sabio Sänte propuso un modelo del Cosmos en el que si un astronauta parte en cualquier dirección y viaja siempre en línea recta, regresará a nuestro planeta siempre y cuando sea capaz de viajar lo suficiente? ¿Recuerdas también que te dije que el astronauta podía quedar vuelto del revés, con el corazón al otro lado?

- ¡Sí, maestro!

- ¡Lo ves!

- Entonces, la media luna sí puede ser una cinta de Ob-Üs.

- Entonces, el símbolo del lunilaicismo es una cinta de Ob-Üs. La mano que aparece reproducida en las pinturas rupestres, provenientes de los albores de la civilización, era el único símbolo que los cavernícolas encontraron familiar e inteligible sobre un renegrido y brillante monolito que los antecedió y al que empezaron a respetar: La Tabla del Arcano. Probablemente la leyenda sobre los monjes custodios de la Tabla del Arcano, es decir, sobre nosotros los szabeos y los dos pueblos Tre y Ert que crecieron a las faldas del Monte Mãlegum, que una vez fueron hermanos y que después se enemistaron, quizá contiene más veracidad de lo que pensábamos. Tal vez, lo que se rompió en esa ocasión fue sólo una réplica que se exhibía como la Tabla del Arcano mientras la original siempre permaneció segura. Cada pueblo tomó un pedazo del monolito quebrado y se adjudicó como emblema. De esta manera, extraídos de su contexto, el núcleo del cobalto 60 y la cinta de Ob-Üs se transformaron en los símbolos de dos religiones. Las creencias sagradas en la muy lejana antigüedad estaban estrechamente ligadas a los orígenes de los pueblos y el origen de éstos fue la fragmentación de la Tabla del Arcano. Ambos pueblos abandonaron lo que alguna vez fue el edén después del primer asesinato causado por el deseo de poseer. Los descendientes de Tre se diseminaron hacia las vecindades que bordeaban el desierto; los de Ert fueron más allá y llegaron a poblar el Continente Central. Los unos se autodenominaron lunilaicos y los otros, crucíglobas. En la actualidad, los primeros están agrupados en la Liga de Falanjatos; y los segundos, en los Países Unificados. Y ahora estos mismos pueblos van a la guerra, la última guerra mundial que aniquilará la vida sobre el planeta Ghesta.

- Pero, maestro, ¿Por qué escondieron algo tan importante?

- Te diré lo que pienso. Aunque los asuntos sobre los Caballeros Lapidarios todavía no están muy claros y nunca lo estarán, lo que acabamos de descubrir explica mucho de su proceder. Sabemos que los Caballeros Lapidarios se iniciaron con unos diez que obedecían a un grupo determinado de aristócratas ricos y poderosos. No importa si el interés por las habilidades transmutadoras de los hechiceros lunilaicos existió antes o después de poner pie en Oriente. Lo que importa es que, promovidos por la esperanza de conseguir el secreto de la alquimia para transformar metales innobles en valioso oro, cuya correspondencia literaria es el Santo Råål, empezaron a recolectar

información. Vamos a suponer que dan con un documento que habla sobre unas ruinas. Entre las descripciones existentes en el documento, aparece la correspondiente a una refulgente plancha metálica. Consta en este relato, la descripción del símbolo crucígloba, lo cual seguramente excita la curiosidad de los Caballeros Lapidarios. Junto a éste, más tarde, se describe también el símbolo lunilaico. Esto muy probablemente los desconcierta. Las consecuencias se hacen evidentes. Si ese descubrimiento llegara a ser del conocimiento público, las hostilidades se detendrían. Las poblaciones del mundo tendrían motivos para creer que las dos religiones son hermanas. Tal vez se promovería una revolución filosófica, una reforma religiosa. ¡Quién sabe qué! Pero, muy presumiblemente, La Campaña acabaría. Los Caballeros Lapidarios están muy lejos de entender el significado de la mano izquierda labrada en la plancha metálica, mucho menos de reconocer al núcleo del cobalto 60 o la cinta de Ob-Üs. Lo que sí entienden claramente es que ellos han llegado a ser poderosos gracias a la guerra. Si no fuera por la realidad de la guerra, ellos no habrían poseído tanto como el más opulento de los reinos. Si no hubiera sido por la guerra no se habrían encontrado miembros de la orden infiltrados en las cortes de Occidente, aconsejando, administrando y hasta financiando príncipes; en suma, manipulando el gran poder occidental. Entonces deciden que no se pueden exponer a que este secreto se universalice. Deben encontrar la plancha metálica antes que otros lo hagan. Pero recuerda, querido Ad, que esto sucede cuando gran parte de Rjostos ha sido reconquistada por los lunilaicos. Ya no pueden caminar por allí, buscando lo que quiera como si nada. ¡Pero, necesitan hacerlo de veras! Afortunadamente para ellos, se percatan de que este secreto no sólo los afecta a ellos sino también a algunos lunilaicos que sustentan su poder en la religión y la guerra. Hay que notar, querido Ad, que el poder militar y religioso de los lunilaicos estaba unificado en el Ahaxi y sus gobernadores. Los Caballeros Lapidarios toman contacto con las élites lunilaicas. Les advierten sobre el peligro común. Los lunilaicos consideran el asunto. Finalmente, aceptan. Si alguna vez te preguntaste ¿qué pudo provocar la cooperación de enemigos tan feroces? Esta es la respuesta: lo único que asocia en un camino común a dos déspotas que se odian es la posibilidad de perder el poder que les ha enfrentado. La amenaza que les une casi siempre postula algún tipo de democratización, de igualdad, de libertad para los sojuzgados como sucedió en los períodos de la Independencia. Bueno, lo que sigue se puede entender bastante sobre la misma base. Los lunilaicos, una vez advertidos, se disponen a la búsqueda con igual discreción que sus socios occidentales. Supongo yo que los primeros en conocer sobre la empresa, después del Ahaxi, son los gobernadores de los falanjatos, entre ellos Eli-vé. Debes recordar, querido Ad, que Eli-vé descubrió las ruinas que se ocultaban debajo de Ntra. En los graderíos que encontró cuando luchaba contra el monstruo alado, vio miembros de estatuas de colores en pedazos. Esto probablemente coincidía con la descripción de las ruinas en el manuscrito que originó la búsqueda. Eli-vé debió contar al Ahaxi lo que vio. Éste comunicó a los Caballeros Lapidarios que ya tenían una pista. Quizá los lunilaicos mismo localizaron la plancha metálica. Ninguna de las partes quería destruirla pues reconocían en la plancha de brillo multicolor un carácter sagrado pues en ella aparecía el símbolo de cada una. Como tú lo estás viendo, querido Ad, la plancha parece estar hecha con un material desconocido para nosotros. Eso impone respeto inclusive al profano. Pues bien, no querían destruirla. Decidieron ocultarla. En esos tiempos, Oriente estaba sometida a continuas invasiones crucíglobas, nuevas versiones de un persistente intento por reconquistar Jbur. Los lunilaicos consideraron inseguro su territorio para mantener la plancha metálica a salvo pues no podían garantizar que, en el futuro, otra Campaña no se los arrebate. Esto no había pasado antes porque Ntra nunca cayó ante el sitio crucígloba pero jamás se podía descartar esa posibilidad. Entonces, entre ambos bandos se elaboró un plan secreto. Decidieron ocultarla en el mejor escondite: bajo los mismos pies de aquellos a quienes se quería mantener lejos. El transporte de la plancha metálica a través de territorio lunilaico estaba garantizada pues el Ahaxi abarcaba el poder total, era a la vez el máximo y único jefe político y religioso. No había fronteras entre los falanjatos que hacían el mundo lunilaico. No había aduanas que sortear. En cambio, en suelo occidental la cosa era diferente, los reinos que constituían el mundo crucígloba tenían reyes independientes. Cierto que decían obedecer a un soberano heredero de un título que por entonces existía, equivalente al emperador marteriano, pero esto sólo en teoría pues ya no había imperio alguno. Galactia, Arania, Frigenia, Primaria y Lepuria había tenido guerras entre sí y más de las veces se malquerían. No era raro que en sus fronteras se esmere el cuidado cuando se trataba de una caravana armada de otro reino como tenía que ser la escuadra lapidaria que efectivamente transportó la plancha metálica. Este era un riesgo que no podían correr. Lo único que les unía a los países occidentales era su religión y al único que no detenían en las fronteras era al Øppos o a sus caravanas. Por otro lado, las continuas guerras entre reinos occidentales volvían a este territorio no menos inseguro que el suelo lunilaico. Sin embargo, lo único respetado por todos los ejércitos occidentales era la inviolabilidad de los templos crucíglobas. Por lo tanto, creo yo, no imaginaron mejor escondite que una propiedad inviolable de la iglesia crucígloba. Para esto no vieron mejor oportunidad que convencer a Phi D'Ric, hijo de un monarca protector de Lapidarios, que acepte las exigencias del Øppos sobre él, esto es, dirigir una nueva Campaña. De esa manera conseguirían un salvoconducto en todo el territorio crucígloba pues el líder de una Campaña representaba al mismo Øppos. Con esta maniobra, también lograrían tener a su disposición todos los bienes de la iglesia crucígloba y podrían ocultar la plancha metálica en donde ellos quisieran sin que nadie les pida cuentas. Entonces, tomaron contacto con Phi D'Ric. Le pusieron al tanto de todo. Al ver amenazado su poder, Phi D'Ric no necesitó mucho para ser convencido por la Orden Lapidaria y decidió trabajar con ellos. Se reconcilió con el Øppos para conseguir su representación. El Øppos lo designó líder de la nueva Campaña. Pero, en vez de declararle la guerra, Phi D'Ric visitó al Ahaxi. Ahora puedo vislumbrar por qué. Supongo que la reunión fue necesaria para aclarar algunos detalles de la alianza que se estaba consolidando entre los máximos poderes occidentales y orientales. Por eso Phi D'Ric consiguió tomar Ibur sin derramar una sola gota de sangre.

- Todo fue parte del trato.

- ¡Exacto! Phi D'Ric fue a Ibur, ¡cierto! Pero, inmediatamente viajó a Ntra donde Eli-vé le condujo hasta las ruinas.

- Pero ¿qué pasó después? ¿Por qué disolvieron su propia orden?

- No lo sé, querido Ad. Lo que ahora sabemos no nos ayuda a esclarecer todos los detalles, sobre todo aquellos últimos. Hay quienes piensan que la Orden Lapidaria buscó su disolución oficial para asegurar el ser considerados públicamente extinguidos y luego volverse clandestinos y herméticos. Lo que sí es seguro es que, en el asunto de la disolución, el Rey de Galactia era un auténtico enemigo de la Orden Lapidaria. Tal vez los lapidarios acomodaron su plan de disolución a la circunstancias pero las cosas se salieron de su control.

¡Quién sabe! Su disgusto final con el Øppos no me sorprende. Nunca se llevaron bien con las órdenes sacerdotales de la iglesia crucígloba. Esos mismos pensadores creen que este es el origen de algunas fraternidades secretas, especialmente una, la Fraternidad de los Anónimos. Ésta se caracteriza por haber congregado clandestinamente a los más importantes líderes de la historia así como personalidades distinguidas en los más variados campos. ¿Estuvieron estas figuras públicas conscientes de ser parte de una confabulación mundial para mantener los conflictos en estado candente? Presumo que no. Muchos de ellos lucharon por la libertad, la igualdad y los derechos. Esa confabulación, de haber sobrevivido a los años, debió ser el secreto de una minoría extremadamente restringida, con los mismos sentimientos de propiedad heredados de los gigantescos lagartos terribles que inventaron la guerra. Esta minoría sólo quería poder y riqueza aun a costa de mantener a la población mundial enemistada y sangrante. O, tal vez, la confabulación murió con el Gran Abad y sus líderes más cercanos y así se perdió el conocimiento sobre el paradero de la Tabla del Arcano. Bueno, eso es lo que yo quisiera creer. Sin embargo, estoy seguro que alguien, tal vez una élite entre los Anónimos, guarda la memoria de su trayectoria

- ¿Por qué lo dice maestro?

- Te voy a explicar. Unos seis siglos más tarde, una orden sacerdotal de la iglesia crucígloba se asentó en un lugar del Continente Lateral que era parte de los dominios de Lepuria. Era una orden caracterizada por su dedicación intelectual y pedagógica. Con el tiempo, llegaron a tener tantas propiedades que el Rey de Lepuria sospechó de las pretensiones de estos sacerdotes en su dominio. Hubo un momento, no importa los antecedentes, en que esta orden sacerdotal fue expulsada del Continente Lateral. Para hacer esto, el Rey de Lepuria procedió exactamente de la misma forma cómo los Caballeros Lapidarios fueron hechos prisioneros siglos atrás. Las dos situaciones tienen la similitud de una copia. La orden llega a las capitanías con días de anticipación. Los soldados del Rey se preparan en secreto. El día preciso asaltan por sorpresa los conventos y los encarcelan a todos.

- ¡Parece una venganza!

- ¡Sí, parece una venganza! Es más, los sacerdotes de esta orden han culpado por siempre a los Anónimos que se desenvolvían alrededor del Rey de Lepuria, aconsejándolo y asesorándolo igual como lo hacían los Caballeros Lapidarios. Parece una venganza contra el poder de la iglesia crucígloba que, en tiempos más lejanos, los devolvió al Rey de Galactia para ser ejecutados.

- ¡Entonces, la fraternidad de los Anónimos es la Orden Lapidaria de antes!

- No sabría afirmarlo con seguridad. Tampoco aseguraría ni que los Anónimos actuales se opongan a que desvelemos el secreto en perfecta coherencia con su origen lapidario o que, más bien, cooperen con nosotros, como se podría presumir del ejemplo altruista de muchos de los que fueron sus miembros y ahora los tenemos como héroes de los procesos libertarios y universalizadores. ¿Existen, en la actualidad, miembros de la fraternidad Anónima que conocen dónde está escondida la plancha metálica? ¡Quién sabe! Yo no me atrevo a responder. Pero sí sé que debemos anunciar al mundo lo que hemos descubierto. Hay más motivos para que las dos religiones se respeten y se entiendan la una a la otra y a sí mismas. Debemos detener la guerra. La cuestión es ¿cómo nos llevamos de aquí La Tabla del Arcano?

- ¡No te puedes llevar el Santo Råål! -replicó una voz detrás de nosotros- Estás viéndolo tal como lo encontraron los Caballeros Lapidarios en las ruinas que se ocultaban bajo la ciudad de Ntra. Estás viendo una imagen del pasado. La Noche de los Tiempos ofrece esa oportunidad. ¿Puedes llevarte una imagen o transportar un trozo de tiempo? Y sí, estabas en lo cierto, monje szabeo! Con ayuda de algunos lunilaicos la sacaron de aquí y la transportaron por mar a Occidente.

El que hablaba era un anciano de cabellos blancos y largos que apareció a nuestras espaldas. Era apacible, vestía túnica blanca y se tomaba las manos por delante.

- ¿Quién eres? -preguntó mi maestro.

- Soy Wgijvrán, el mago.

- ¿Y el otro Wgijvrán?

- Esa era sólo una de las mitades que me hacían.

- ¡Déjame adivinar! La otra era el Osterácodo, ¿verdad?

- Celebro que entiendas pues he de disculparme contigo y con tu pequeño discípulo por el comportamiento de mis dos mitades. El gnomo tullido deseaba la recuperación de su integridad. El Osterácodo era un masoquista que se negaba a cambiar. El gnomo quería liberarme de mi ciclo eterno, la interminable repetición de mis pasos, mi prisión temporal en Wrestongres por los siglos de los siglos, mi condena en la Noche de los Tiempos. El Osterácodo se resistía al cambio; después de todo, si no hubiese sido porque he trascendido los límites temporales no sería más famoso que el tintorero del castillo. Como descargo, sólo puedo decir que ninguno de ellos era yo. Todos somos la suma de nuestras partes y nada menos. Por esta razón, quisiera ayudarlos en lo que sea posible y también en lo imposible. ¿Cómo puedo servirles?

- Hay dos cosas en las que agradeceríamos cualquier ayuda -dijo mi maestro.

- Con mucho gusto complacería cualquiera de sus deseos. Estoy en deuda con ustedes.

- Si no es mucho pedir, primero quisiera saber el paradero de La Tabla del Arcano y te estaría muy agradecido si nos permitieras salir de La Noche de los Tiempos.

- ¡Toma esto! -dijo Wgïjvrán entregando al Rvdo. Ogli un objeto cilíndrico- Se llama Scalitrión. Es mi instrumento mágico.

- ¡Vaya! -dijo mi maestro tomando con el mayor cuidado el objeto de las manos del mago- ¡Es muy hermoso!

- Ahora, toma tus discos de Cristal de Luna Negra y contáctalos al extremo más ancho del Scalitrión.

Así lo hizo mi maestro

- Levanta el Scalitrión -continuó Wgïjvrán-. Su extremo más angosto exhibe una abertura. Mirando a través de esa abertura, dirige el Scalitrión hacia los reflejos multicolores del Santo Råål. Verás, entonces, una colorida formación simétrica de bellísimas claridades.

- ¡Sí! Efectivamente, puedo ver una roseta compuesta por brillosos cortes diamantinos.

- Son juegos combinatorios de las cuatro partes perfectas en que se divide un rombo equilátero cuyo lado tiene por medida la razón divina, ϕ.

- ¿Cómo es que aparecen en tu Scalitrión?

- Tus discos de Cristal de Luna Negra separan las refulgencias del Santo Råål; mi Scalitrión realiza una nueva integración especular. Pero, el origen de refulgencias capaces de ser reintegradas de esta manera es, probablemente, el resultado de una característica intrínseca del extraño material con el que el Santo Råål está hecho. Lo más importante es que la roseta que muestra el Scalitrión tiene precisamente el mismo diseño que el rosetón de la catedral bórica que los Caballeros Lapidarios construyeron para ocultar el Santo Råål.

- ¿En verdad?

- Cuando ya tuvieron el Santo Råål en sus manos, se dedicaron a estudiarlo con las herramientas intelectuales que disponían en esa época. En la Edad Intermedia, sólo se contaba con pesas, medidas y la ayuda inapreciable de las matemáticas. Aplicaron lo que ellos sabían al Santo Råål cuyas dimensiones están basadas en la proporción divina. Con este conocimiento, ellos desarrollaron toda una nueva arquitectura que daría hogar al misterio caído del cielo; una arquitectura magníficamente celestial, sólo digna de lo que albergaba. La arquitectura bórica, como una filigrana menudamente tejida en base al valor de ø, se encumbra hacia el firmamento inquiriendo la respuesta de Dios al misterio que guarda y que le da razón de ser. Por esto, si has prestado atención a los símbolos que alberga una catedral bórica, habrás visto que en lo alto se asoman al vacío representaciones de instrumentos simples como reglas y escuadras, martillos y plomadas; arsenal de trazado y de construcción; medios de entender y representar el gusto de Dios. En el armónico ensamblaje de las catedrales, se descubre toda clase de proporciones divinas ya dando cuerpo a los muros ya vaciando los corredores para dar cabida a las ojivas. En el ritmo de ciertas sombras claves es posible reconocer la serie divina y el conteo de balaustradas denuncia la serie mágica. Los muros están salpicados de alegorías alquímicas, de hornillos, de copelas, de retortas, de todo lo que les impulsó a descubrir el misterio caído del cielo. Cuando ubiques la catedral bórica que posee el rosetón que te mostró mi instrumento mágico, entra en ella. Tus pies se asentarán sobre lo que fue la antiquísima ermita de Otámix. Párate frente al rosetón, a la derecha del crucero, cerca del trío de gradas que conducen al deambulatorio más próximo al coro. Si así lo hicieras, verás aparecer en el suelo un círculo luminoso que luego, con el paso de las horas, se transformará en un óvalo a semejanza del huevo alquímico. Los rayos luminosos provendrán de perforaciones precisas practicadas calculadamente en el rosetón. Éstas fueron hechas para indicar la localización de un mecanismo liberador. Ingéniate el medio para levantar la baldosa sobre la cual se proyecta el ovalo al medio día. Debajo, encontrarás una palanca de hierro. Acciónala. Entonces verás abrirse un acceso hacia la cámara donde se oculta el Santo Råål. Pero, recuerda, antes debes ubicar la roseta precisa pues hay trampa también en esto.

Hubo un silencio momentáneo. Mi maestro, el Rvdo. Ogli-s-Oöp mostraba la más apacible complacencia que jamás vi. Luego dijo:

- Te estamos muy agradecidos por la información y lo estaremos más si ahora nos permitieses salir de la Noche de los Tiempos y regresar al tiempo presente. El detener la guerra se hace urgente. ¡Sólo espero poder hacerlo!

- Sé que lo harás, monje szabeo, pero ¿Estás consciente de lo que puede significar para ti esa empresa?

Mi maestro palideció de repente.

- Sí, lo sé -dijo con suavidad.

- Te admiro por eso -dijo el mago. Luego, con su dedo, describió un signo circular en el aire y dijo:

- Ahora eres el portador del Mensaje Final.

es in dē dach
dat licht wā
der duuster
nis eñ noem
de dat licht
den dach eñ

XXVIII

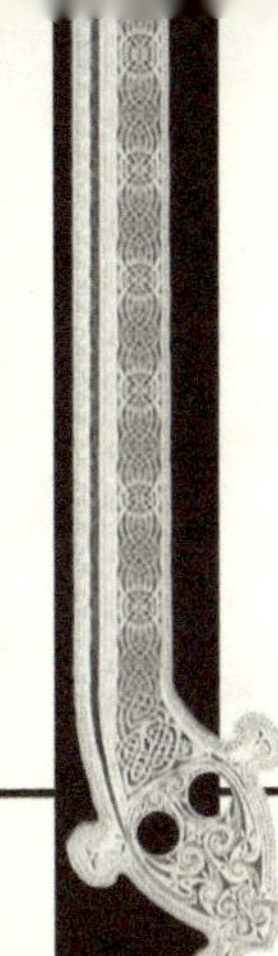

Capítulo XXVIII

La Última Imagen

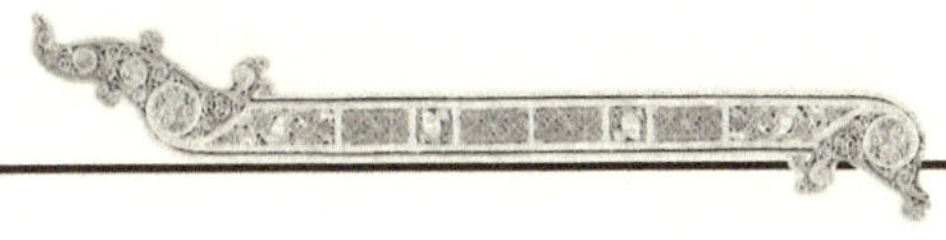

Inmediatamente, todas las imágenes empezaron a deformarse, alargándose, plastificándose y retorciéndose a nuestro alrededor como un tornado de colores delicuescentes. Hubo un estallido de luz cegadora y volvimos a las tinieblas absolutas. Ya no había nada que nos fuera más habitual que el sobresalto ni nada más familiar que las tinieblas. Sin embargo, aquella vez, aquellas tinieblas, me parecieron ajenas a las otras. Era una simple oscuridad, sin trampas, distendida, sin más escamoteo que la interrupción de la luz: la sosegada oscuridad del reposo. Me sentí cómodo y me dejé cubrir por su sereno manto de felpa. Y así, cobijado por la noche, permanecí no sé por cuánto tiempo.

Un asomo de claridad empezó a dejarse ver justo encima de mí. En algún momento, un arco de luz rompió las sombras cortándolas con un tajo plateado propio de una hoz; una hoz celestial. La herida deslumbrante se abrió más y más supurando luz, completándose, inflándose, llenándose. Su claridad azulada finalmente me hirió. Luego, vi al Rvdo. Ogli ya enfocando la mira de un sextante ya dirigiendo los Cristales de Luna Negra hacia el cielo. Quise incorporarme e ir junto a él pero una pesadez me magnetizó contra el suelo. En mi siguiente recuerdo me veo a mí mismo despertado por los gritos provenientes de una carreta halada por un par de knorks.

- ¡Reverendo Ogli! ¡Reverendo Ogli!

La carreta se aproximó rápidamente hacia nosotros; dos monjes szabeos la conducían.

- ¡Reverendo Ogli! -exclamó uno de ellos- ¡Por fin! Hemos estado buscándolos por orden de maese Warhr para llevarlos al monasterio de Istric. ¡Debemos refugiarnos lo más pronto posible!

- ¡Les estoy muy agradecido! -contestó mi maestro- ¡No saben cuánto celebro que estén aquí!

El Rvdo. Ogli me tomó por la cintura y me subió en la carreta. Luego, buscó mi mochila con mucha prisa y me la entregó. Entonces dijo dirigiéndose al par de monjes:

- Les ruego que lleven a mi doctrino con ustedes. Yo tengo que volver al continente.

- Pero... ¡Rvdo. Ogli! -dijo el monje de la carreta- ¡Es preciso refugiarse! ¿Dónde va a ir? Le pido encarecidamente que venga con nosotros.

- ¡Muchas gracias! Pero hay cosas urgentes que esperan por mí en Galactia.

- ¿Qué puede ser más urgente que refugiarse? -le increpó el otro monje.

- ¡Hay algo! ¡En verdad que lo hay! Por favor, hagan lo que les pido. ¡Cuiden de mi doctrino!

Luego, me miró con ojos infinitos.

- ¡Ad! -me dijo.

Yo me abalancé para abrazarlo. Su apretón vibrante, el último, permanecería vívido en mi recuerdo por siempre. Ha habido ocasiones en que me he sentido vencido pero al rememorar este momento, el cálido fantasma de mi querido maestro me ha reconfortado.

La carreta me alejó velozmente del Rvdo. Ogli. Sus muelles crujían con estremecedores alaridos mecánicos protestando la carrera sobre el camino de piedra. La última imagen que guarda mi avejentada cabeza acerca mi maestro me lo devuelve parado junto a nuestro knork, sereno aunque con el brillo de los adioses en sus ojos, levantando la palma de su mano izquierda como si quisiera tocarme ignorando la distancia. Al fondo, el imponente círculo de Wrestongres se bañaba en la luz del amanecer.

www.ingramcontent.com/pod-product-compliance
Lightning Source LLC
Chambersburg PA
CBHW022022240626
47154CB00007B/2214

9780692218723